Minha avait alors vingt ans.

Jules Verne

Fragoso ne put éviter le choc du caïman.

《 *Misérable!* 》 *s'écria* Bénito.

Jules Verne

Bénito recula.

《 Innocent! innocent! 》

第一部 PREMIERE PARTIE

第二部 DEUXIEME PARTIE

第一部

PREMIÈRE PARTIE

I　森番

《Phyjslyddqfdzxgasgzzqqehxgkfndrxujugiocytdxvksbxhhuypohdvyrymhuhpuydkjoxphétozsletnpmvffovpdpajxhyynojyggaymeqynfuqlnmvlyfgsuzmqiztlbqgyugsqeubvnrcredgruzblrmxyuhqhpzdrrgcrohepqxufivvrplphonthvddqfhqsntzhhhnfepmqkyuuexktogzgkyuumfvijdqdpzjqsykrplxhxqrymvklohhhotozvdksppsuvjh.d.》

その男の手にした文書の最後には、奇妙な文字が並んでいた。男は注意ぶかくそれを読みかえしてから、しばらく考えこんだ。

文書には、冒頭のごとき百行ほどの文字がつらねられていたのだが、一つ一つの単語に区別することは不可能だった。それは何年も何年も前に書かれたもののようで、これら聖刻文字（ヒエログリフ）で埋められた分厚い紙は、すでに長い年月にさらされて、古び、黄ばんでいた。

しかし、どのような法則によって、これらの文字は集められたのだろうか？　ただ、ここにいるこの男だけが、それについて語ることができたはずである。実際のところ、これらの暗号文字は、現代の金庫の鍵みたいなものだった。つまり、この文字も金庫の鍵も、同じように自分を堅く守っていたのである。組合わせは、一生かかっても解読することがむずかしいほど、無数にあった。堅固な金庫をひらくには「数字の組合わせ」が必要なごとく、この種の暗号文を読むにも「合カギ」がいる。いずれおわかりになるであろうが、この種の暗号文は、いかに巧妙に立ち向かっても、抵抗するにちがいなかった。どこまでも重々しい見かけをたもっていたのである。

ところで、いまこの文書を読みなおしたばかりの男は、ただの一森番にすぎなかった。

ブラジルでは、脱走黒人奴隷を探す番人のことを、「カピタエ・ド・マト」と呼んでいた。一七二二年にできた制度である。この時代には、奴隷解放の思想も、まだ何人かの博愛主義者の胸にきざしていたにすぎなかった。この時代から一世紀がたってようやく、多数の文明開化した民衆が、この思想を認め実際に適用することになったのである。それにしても、自由である権利、自由に振舞える権利というものは、一つの法則、人間のための自然法の最初のものであるように思われる。しかしながら、高潔な思想によって、いくつかの国に、この法令があえて発布されるには、何千年という人類の歴史がたってからのことだった。

一八五二年、つまりこの物語がくりひろげられる年に、ブラジルにはまだ奴隷がおり、当然のこと、彼らを狩りたてる森番どもがいた。経済上のいくつかの理由によって、奴隷の全面的な解放はおくれていた。しかし、当時すでに黒人は、金を払えば自由になれる権利を所有しており、新たに生まれてくる子供ははじめから自由の身だった。ヨーロッパの四分の三の広さをもつこのすばらしい国には一億の住民がいたが、そのなかにただ一人の奴隷もいなくなる日も、そう遠くはなかった。

実際、森番の職務は、次の時代には消えてしまう運命にあった。逃亡奴隷を捕獲することでもたらされる利益は、はやくも目立って減っていた。そしてまた、長い時代にわたって、この職業は充分わりの合う利得を得てはいたが、それにしても森番たちは、まあまあ解放奴隷や脱走兵といった社会的地位の低い山師がなるのがふつうだったから、現在これらの奴隷狩りが、もはや社会の屑でしかないということはことわるまでもない事実なのである。おそらく、この文書を手にした男も、例の見上げた戦士とも言えない「カピタエ・ド・マト」のうちにあって、まあまあ並の山師であるらしかった。

このトレス——男の名である——は、白人とインディオの混血でもなく、インディオでもなく、黒人でもなく、その点は彼の相棒たちの大方と変わるところはなかった。彼はブラジル土着の白人で、現在の地位が要求しているよりは、まだましな教育を受けていた。つまり、彼のうちに、あの社会落伍者の一人を見るべきであり、こうした男には新大陸の僻遠(へきえん)の地では、しばしば出会うことができた。そしてブラジルの法律がしかるべき職業から白黒やその他の混血児を疎外していた時代には、このことは、彼の氏育ちのせいではなく、個人的な無能さを原因としていたはずである。

しかし、トレスは今、ブラジルにいるのではなかった。ごく最近、彼は国境を越えてきており、数日前から、ここアマゾン上流にひろがるペルーの森林をさまよっていた。

トレスは三〇歳ほどの男で、身体つきはがっしりとしていた。かなり怪しげな生活による疲労も、特異な気質と鉄のような健康のおかげで、彼の上に影をおとしているようには見えなかった。

身の丈は中位で、肩幅はひろく、顔立ちはととのっており、足どりはたしか、赤道の灼けつくような風で顔はすっかり日焼けしており、顎ひげは黒く濃かった。二本の眉は一本につながり、その下にかくれた眼(まなこ)は、ぎらぎらとしてしかも乾いた視線を投げかけ、それがいかにもこの男の鉄面皮を思わせた。日焼けするような季節ではないときでも、彼の顔はたやすく赤らんだりせず、むしろ悪しき情念に強ばっていた。

トレスは森の仕事をする連中の誰もがするような、ごくふつうの身なりをしていた。彼の衣服は、かなり着古したもののらしかった。頭にはふちのひろい革の帽子を、それもななめにかぶっていた。腰には厚ぼったい毛のズボンをはいており、そのすそは、彼の服装のなかではいちばんちゃんとした分厚い長靴の、すねのところに入れられていた。そしていちばん上に、上着ともチョッキともつかず、胸をつつんでいる色あせて黄ばんだ「ポンチョ」をひっかけていた。

だが、トレスがもともと森番だったとしても、彼がこの仕事を今はしていないことはあきらかだった。少なくとも今のところはである。そのことは彼が、黒人を追うときの武器を、ほとんど持っていないことでもわかった。小銃もピストルも、すべて火器という火器を持っていなかった。帯にただ、狩りの短刀というよりも短剣の「マンチェッタ」と呼ばれる武器をつけているだけ。で、ほかには、アマゾン上流の森林に繁殖する概しておそろしくない兎くらいの大きさの齧歯類のアグーチとか、あるいはアルマジロを追いかけるのにつかわれる、「エンチャダ」という一種の唐鍬を持っているだけだった。

それはともかく、この日、一八五二年五月四日、この山師は、眼を異様にすえて、あの文書を読もうと夢中になっていた。南米のこれらの森林をさまようことにかけては、あれほど熟達した彼が、周囲のすばらしさに無頓着だったことでもわかる。しかもここでは、彼の熱中を邪魔するものは何一つなかった。サンチレール氏が巧みにも、木々の技を打つ樵夫（きこり）のまさかりの音と比べた、吠える猿の長々と尾をひくあの叫び声もなく、それほど挑戦的ではないにしても、有毒でトグロを巻いたガラガラ蛇が鳴らす音もなかった。爬虫類族のなかでも醜悪の極ともいうべき、あの角の生えた蛙の甲高い声もなく、唸り声をあげる蛙の、重々しく同時によく響く鳴き声もなかった。この蛙は、大きさにおいて、牡牛を凌駕することはまさかできなくても、鳴き声のすさまじさにかけては、牛と同じだった。

トレスは、新大陸の森林の入り組んだ声そのものとも言える、この騒がしい声を耳にしなかった。すばらしい樹木の下に横たわって、彼は、あの「パオ・フェロ」の高い枝や、あるいは野生のインディオの道具や武器の代わりになる、金属のようにかたく、トウモロコシの実のようにしまり、くすんだ樹皮をもつ鉄のような木に、感心しているわけではなかった。そうなのだ！　森番は、指でふしぎなこの文書をこねくりまわしては、自分の物思いにのめりこんでいた。彼は、自分だけが知っている秘密の鍵で、文字の一つ一つにその真の意味を取りもどさせた。彼は読みつづけ、彼以外の誰にとっても理解しがたいこれらの行の意味を、ととのえようとした。そして彼はホクソ笑んだ。

それから彼は低い声で、いくつかの文句をつぶやいたが、このペルーの森の無人地帯では、誰一人そのことばを聞くことのできるものはなく、それにまた、その文句を理解できるものもなかった。

「なるほど」と彼はつぶやいた。「ここにはっきりと書きつけられた百行の文字があるが、こいつは、わたしの知っている誰かにとって、まぎれもなく重要なものだ！　この誰かは、金持にちがいない！　こいつはその御仁にとって、生きるか死ぬかの問題だ。こいつは、どこへ持って行っても貴重なものだぞ！」

そして貪るような目つきで、文書を見つめた。

「このおしまいのところの文句の、単語の一つ一つについてだけでも三〇〇〇フランの値打ちはある。これでひと財産だ！　この文句にはそれほどの値打ちがある！　この文句は、この文書全体のしめくくりだ！　この文句はほんとうの登場人物を教えてくれる！　しかし文句を理解しようとするまえに、まず文句のなかに含まれている単語の数を決定することからはじめる必要がある。だが、そうしたとたんに、この文句の真の意味はまたわからなくなるかな！」

こうつぶやきながら、トレスは頭のなかで計算しはじめた。

「ここには五八の単語がある」と、彼は大きな声で言った。「これで一七万四〇〇〇フランだ！　これだけあれば、ブラジルでもアメリカでも、どこでもお望みの土地で、遊んで暮らすことができる！　もしこの文書のすべての単語が、この値段でわたしのポケットにころがりこむとしたらどうだろう！　何十万フランという額にのぼるはずだ！　ああ、神さま！　とうとうひと山あてたぞ。さもなければ、わたしはよほどのぼんやり者ということになる！」

　トレスの手は、はやくも巨額の金を受けとり、金貨の棒包みにさわっているかのようだった。

　突然、彼は新しいことを思いついた。

「とうとう」と彼は叫んだ。「目ざす目的に触れたぞ！　大西洋岸からアマゾンの上流まで辿りつくという、このうんざりした旅も、これでむだではなかったわけだ。あの男は、アメリカを去って、いまごろ海の向こうにいたかもしれぬ。もしそうだとすれば、わたしはどうやって奴に会うことができたろう？　だがちがう！　奴はたしかにここにいる。あの木の一本の頂上にのぼったら、奴と、奴の家族全員が住んでいる住居（すまい）の屋根をのぞみ見ることができるはずだ！」

　それから紙をつかみ、それを熱に浮かされたしぐさで振ると、次のように言った。

「明日までに、わたしは奴と会わねばならぬ！　明日になれば、奴は、自分の栄誉も生涯も、この文書のなかに封じこめられていることを知ることになる！　そして彼がこれらの文句を読むための鍵を知りたいというならば、彼はその代償を支払わずにはいられまい！　わたしのひと言で、全財産だって支払うだろう。血の全部であがなうようにだ！　ああ！　神さま！　番人仲間の偉物（えらぶつ）が、わたしにこの貴重な文書をゆだね、その秘密を打ち明けた。どこに行けば彼の昔の同僚を見つけることができるかを教え、その男が長い年月、どんなふうに身をやつしているかを教えてくれたが、あの偉物の仲間は、自分がわたしの財産をつくったなどとは、ほんの小指の先ほども思ってはいなかったのだ！」

トレスはもう一度、黄ばんだ紙を見つめた。そしてそれを丁寧にたたむと、財布の役にもたつ、革製のかたい雑嚢（ざつのう）のなかに押しこんだ。

実際の話、トレスの全財産が、この葉巻入れほどの大きさの雑嚢に入っていたとして、世界のどこへ行ったからといって、彼を金持扱いにしてくれるところなんかあるはずがない。彼はこのなかに、この付近一帯の地方の金貨を、どれも持っていたと言ってもいい。一つ一つがおよそ一〇〇フランの値打ちがある。コロンビア共和国の「番（つがい）のコンドル」、対等の値打ちのあるベネズエラの「ボリバル帽」、二倍のペルーのソル、少なくとも五〇フランはするチリのスペイン貨幣いくつか、そのほか、小額貨幣である。しかし、これらを全部あわせても、わずかに概算五〇〇フランにしかならず、トレス自身、どこでどのようにしてこれらを手に入れたか、おぼえていないようなやり方で集めたものだった。

たしかなことは、数か月前から、パラの国でやっていた森番の仕事を突然なげうって、トレスはアマゾン河の流域をさかのぼり、ペルー領に入るため、国境を越えたということである。

それにまた、この山師には、生活費というものが、ほとんどいらなかった。出費といって、いったい何があっただろう？　住居はいらず、着るものもいらない。森さえあれば、森の生活者の方法で、ただで食物を手に入れることができる。煙草には、数レイスあれば足り、彼はそれを、伝道団や村落のあるところで買うのだった。ひょうたんに入った酒も同じである。ほんのわずかなもので、彼は遠くまで行くことができた。

例の紙が、その蓋がきっちりと閉まる金属の入れものにしまいこまれると、トレスはそれを彼の「ポンチョ」の下にある上着のポケットに入れるかわりに、慎重に自分が横たわっているかたわらの木の根のくぼみに置くのが上策と思った。

ところが、それがまったくの不注意で、あやうくトレスは大損をするところだった！

とても暑い天気で、うっとうしかった。すぐ隣りの小部落の教会に時計があったとしたら、ちょうど二時というところだったろう。三キロも離れていなかったから、風にのって、その音はトレスの耳にとどいたかもしれない。

しかし、彼は時刻などに頓着してはいなかったはずだ。地平線上の太陽の位置を多少とも計算して道を辿ることに慣れている山師は、生活上のさまざまなことで、時間に正確を期す必要を感じなかったようだ。彼は食事にしても、朝晩、食べたいときに、食べられるときにとった。眠るときも、どこでも、いつでも眠くなると眠る。テーブルはいつもあるとはかぎらないが、寝床はいつも森のなかの、一本の木の下や茂みのなかにある。安楽という点にかけては、トレスはそれほど気むずかしくなかった。彼は今、午前中の大方を歩いてきたところだったので、ほんのわずか食べれば、あとは眠りたいだけだった。二、三時間も休めば、また歩きはじめることができる。彼はできるだけ楽な姿勢で、草の上に横たわり、眠りを待った。

だがトレスは、就眠の儀式をしなくても眠れる人種に属してはいなかった。彼はまず、何かつよいリキュール酒を飲む習慣をもっていた。それからパイプをくゆらせる。酒はつよく頭を刺激し、煙草のけむりは夢の煙にまじりあう。少なくともこれは彼の考えだった。

トレスはこうしてかたわらのひょうたんを口にもってゆくことからはじめた。ひょうたんには、ペルーで「チカ」と呼ばれ、アマゾン上流ではとくに「カイスマ」という名で一般に知られているリキュール酒が入っていた。それは、甘いマニオクの木の根を醱酵させてかるく蒸溜してつくられたものである。味覚の半分麻痺した森番は、それにちょっぴりタフィア酒を添加しなければならないと思いこんでいた。

トレスが何口か、このリキュール酒を飲み、ひょうたんを振り、残念なことにそれがほとんどからになっているのに気づいた。

「酒を補給しておかなくては！」と、彼はぽつりと独りごとを言った。

それから、木の根でつくられた短いパイプをひき寄せると、ブラジルの粗悪なぴりりとする煙草をつめた。この煙草の葉は、ニコによってフランスにもたらされた、あの古い「ペタン」の一種であり、それはナス科の植物から大量生産されて、ひろく普及していた。

この煙草はフランスの製造者がつくり出す、よりぬきの刻み煙草とはまるきりちがったものだったが、トレスはこの点にかけても、とんと気むずかしくはなかった。彼は火打ち石で、「蟻の火口（ほくち）」の名で知られる、ある種の膜翅類が貯えているあのどろどろとしたものに火を点じた。そして彼はパイプに火をつけた。

ふた口めで、彼の目はふさがり、パイプは手から落ちた。そして眠りこむというよりも、ほんとうの眠りとはちがった、一種の麻痺状態に落ちこんだのだった。

II 泥棒と盗み

トレスが眠ってからおよそ三〇分ばかりたったとき、木の下で物音がした。それは、まるで誰かがそうっと気づかれないように注意して、裸足で歩み寄ってでもきたような、軽い足音だった。もしそのとき彼の目がさめていたとしたら、近づいてくる怪しいものを警戒するのは山師の第一の気づかいであったろう。しかしそれは彼の目をさまさせるまでにいたらなかった。そして進んでくるものは、気づかれることなく、この男の横たわっている木から十歩のところまでやってきた。

それは人間ではなく、「グアリバ」だった。

アマゾン上流の森林に出没する尾長猿（おながざる）という尾長猿、優美な形態をしたのや、角のあるのや、灰色の尻尾をしたのや、しかめ面の上に仮面（マスク）をつけているような尾長猿のなかで、グアリバは正真正銘、もっとも独特のものである。人好きのする気質で、ほとんど残忍さをもたず、たけだけしく厭（いと）わしい「ミュキュラ」とは大いに異なり、このグアリバは仲間づくりの趣味をもち、通常、群れをなして歩くのである。グアリバがいることは、聖歌隊員の一本調子のお祈りに似た、単調な声の合唱によって遠くからでもわかるのだ。しかし自然の摂理で、連中が意地のいいほうだとしても、彼らを軽々しく攻撃することは禁物だ。いずれにせよ、眠っている旅人がグアリバに出会うとして、自分を守る態勢ではない状態でふいに襲われても、ただちに生命の危険にさらされているというわけではない。

ブラジルでは「バルバド」の名でも呼ばれているこの猿は、身の丈が大きかった。この猿の手肢のしなや

かさとつよさは、彼をつよい動物にし、森の巨木の頂の枝から枝へと飛ぶのと同じように、地上で戦うのにも適していたのである。

しかしそのとき、グアリバは用心ぶかく、小刻みに進んでいた。彼は尻尾を忙しく振りながら、左右に視線をやっていた。猿族のこれらの代表者たちに、自然は霊長類の資格たる四つの手をあたえるだけでは足りず、なおも気前をよくしたのだった。そして彼らはまったくのところ五つの手をもつことになる。彼らの突起した尻尾の先は、完璧な把握力をもっているからである。

グアリバは、一本のかたい枝を振りまわしながら、音もなく近づいたが、その手にした棒は、つよい腕力に操作されて、一個のおそろしい武器にかわることができたのだ。数分前から、彼は木の下に横たわった男を見つけているはずだった。しかし眠る人が動かないので、たぶん彼はもっと近く寄ってみようとしたのだった。彼は、いくらかためらいつつ進み、ようやくその男に三歩のところで立ち止まった。

その顎ひげの生えた顔がしかめ面をすると、象牙のように白い、するどい歯が見えた。彼の棒は、森番にとって、安心のならないやり方で動いた。

たしかに、このグアリバは、トレスを見て好意をもたなかったらしい。そこでこの猿はたまたま無防備状態でいるこの人間の見本に恨みを抱くことになった。たしかにそうだ！　ある種の動物は、自分がこうむった芳(かんば)しからぬ扱いをよくおぼえているものであり、このグアリバも、森の仕事師に対して何らかの恨みをもっていたようだ。

つまり、とくにインディオにとっては、猿は狩りの重要な獲物であり、インディオたちは何種類かの猿をネムロッドの熱狂ぶりで追っている。ただ狩りのたのしみのためにだけではなく、それを食べるたのしみのためだ。

ともかく、グアリバは、今や、いつもの立場を逆転する気になっているわけではなかったろうが、単なる草食動物という自然からあたえられた性質を忘れて森番を貪り食うことを考えるところまではいかないにしても、少なくとも自分の当然の敵の一人をやっつける決心をかためているらしかった。

こうして、しばらく森番を見つめてから、グアリバは、樹木の周囲をまわりはじめた。彼はゆっくりと歩き、息をひそめ、しかしだんだん近づいた。その恰好は脅迫的で、面相は凶暴だった。この動かない人間を、一撃のもとに打ち倒すことほどたやすいことはなかった。この時たしかに、トレスの生命は風前の灯であった。

ついにグアリバは、もう一度、樹木のすぐそばに立ち止まった。彼は眠る男の頭を見下ろすようにしてそばに立った。そして一撃を加えようとその棒を振りあげた。

しかし、トレスが、手のとどく木の根のくぼみに、自分の財産とあの記録文書入りの鞄をうっかり置いていたので、それが彼の生命を救うことになった。

一筋の陽光が、木の枝のあいだからこぼれ、鞄にふれると、その鞄の金属が、鏡のように光る。猿は、猿属特有のあの浅はかさで、たちまち気が散った。動物がものを考えるとしての話だが——猿の考えはすでに別のコースをとった。猿は身をかがめ、鞄をつかみ、数歩しりぞき、それを目の高さにかかげ、陽光で光らせてみて、ちょっとおどろいた。鞄のなかに入っていた数個の金貨が鳴るのを聞くと、なおいっそうおどろいたにちがいなかった。その音がグアリバの気に入った。子供が手にガラガラを持ったようなものだった。それから、猿は口に鞄をくわえ、歯で金具をかんでみたが、それをかみ切ろうとはしなかった。

おそらくグアリバは、何か新種の果物だと思ったにちがいない。一種の光る大きなアマンドの実のようなものであり、核がその殻のなかで自由に動くことのできるようなものと。しかし、それがまちがいだとわかっても、猿はそのためにこの鞄を捨てようなどとは思わなかった。反対に、猿は左手でなおもギュウッと鞄をにぎりしめ、手から棒が落ちて乾いた枝の折れる音がしても、拾おうともしなかった。

この物音にトレスは目をさました。そして、たえず警戒しつづけている人に特有の敏捷さで立ちあがった。（そのような人間にあっては、眠っている状態から目のさめた状態に一瞬に変わることができるのだ）

一瞬、トレスは何が起こったのかを知った。

「グアリバ！」と彼は叫んだ。

自分のそばにあった短剣を手につかみ、防御の姿勢をとった。

おそれをなした猿は、たちまち退却した。眠りこんでいる男の前では勇敢でも、目をさました男の前ではそうはいかない。グアリバは大急ぎでとびあがると、木の下にすべりこんだ。

「しまった！　ならず者め、挨拶もなしにわしにひどいことをしおったな！」とトレスは叫んだ。

彼はそのとき、二〇歩先に立ち止まって自分をひどいしかめっ面で見つめている猿の両手に、自分の大事な鞄を見た。

「ろくでなしめ！」と彼はまた叫んだ。「わしを殺すかわりに、もっと悪いことをしてくれたな！　盗みおった！」

まっさきに彼を不安にさせたのは、鞄に金が入っているということではなかった。彼がとびあがるほどおどろいたのは、鞄のなかにあの文書がしまいこまれているということであり、それがなくなるということは、彼にとっては絶体絶命、つまり一切の希望がなくなることだった。

「ちくしょう！」と森番は叫んだ。

こうなっては、是が非でも鞄を取りもどさなくてはならないと思って、彼はグアリバを追った。

しかしあの敏捷な動物をとらえることは、容易なことではないのがわかった。地面の上では、おそろしいほどの速さで逃げる。木の上では、高いほうへ高いほうへと逃げる。小銃で狙いをぴったりつければ、走っていようと、飛んでいようとつかまえることができたかもしれなかった。しかしトレスは、何一つ火器を持っていなかった。彼の短いサーベルや唐鍬は、それでグアリバを叩くことができないとなれば、なんの役にもたたない。

次第にはっきりしてきたことは、猿は不意打ちでなければつかまえ得ないということだった。そこでトレスは、あの意地の悪い動物を、策略にかけねばならなかった。立ち止まり、何かの木の幹のかげに身をひそめること、茂みのかげに消え、グアリバをそそのかすこと、立ち止まるにせよ、もとの道をもどるにせよ、ほかに手だてはなかった。トレスはこうしたなかで追跡をはじめた。しかし、森番が身をかくすと、猿は彼がまた姿をあらわすのをしんぼうづよく待っており、こうした手管（てくだ）にトレスはただただ疲労した。

「あのグアリバめ！」と彼は手もなく叫んだ。「わしは結局、あいつをやっつけることができまい。こういうふうにして、わしをブラジルの国境までひっぱって行くことも、やつにはできるのだ！　ああ、わしのあの鞄を手から離してくれないものか！　だめだ！　金貨が鳴るのが、やつにはおもしろいのだ！　ああ、泥棒め！　お前をひっつかまえることさえできたなら！……」

そしてトレスはまたも追いはじめ、猿は新たな熱心さで逃げはじめた！

こんなふうにして一時間がたったが、どんな成果をあげることもできなかった。トレスは完全に頭に血がのぼっていた。あの文書がなければ、どのようにして大金を手に入れることなどできるだろう。トレスは怒り心頭に発しようとしていた。彼はののしり、地団太を踏み、グアリバをおどした。からかうことの好きな猿は、まったく腹立たしいことに、冷笑しているようにさえ見えた。

そこでトレスは、またも猿を追跡しはじめた。彼はあえぎながら走り、丈の高い草や、分厚い藪のからみあったツタのなかで、二進も三進もいかないありさまだった。グアリバのほうはその藪を、障害物競争の走者のように通りぬけようとしていた。草のなかにかくれていた木の大きな根が、ときおり小径をふさいでいた。彼はつまずき、また立ちあがった。とうとう彼は、まるでそれを猿に聞かせたいかのように、いきなり叫び声をあげてしまった。「返せ！　返せ！　泥棒ザルめ！」

やがて力もつき、呼吸は苦しくなるばかりで、彼は立ち止まらざるを得なくなった。

「ちくしょうめ！」と彼はののしった。「叢林をくぐって逃亡奴隷を追いかけていたときも、こんなに苦労はしなかった！　だが、わしはあの呪わしい猿めをつかまえてやるぞ。つかまえてやるとも！　見ていろ、足のつづくかぎり、追いかけてやるからな！……」

山師が追いかけるのをやめたのを見て、グアリバは立ち止まった。グアリバのほうもひと息入れていた。トレスのほうはどうにもならないほど疲労困憊していたのにひきかえ、グアリバのほうは余裕があった。グアリバは、地面から引きぬいた二、三本の木の根をかじりながら、一〇分間ほどそうしていた。そしてときどき耳もとで鞄を鳴らした。

激昂したトレスは、グアリバに石を投げつけ、それはあたりはしたものの、この距離では大した傷をあた

えることができなかった。

とはいえ、一つの決心をしなければならなかった。つかまえ得るチャンスはまずないのに、追いつづけること、それは気ちがいじみたことだった。他方、どこまでも偶然に待つということは、一匹のおろかな動物に、打ち負かされるばかりか、裏切られ煙にまかれることであり、絶望的なことだった。

トレスは、夜がきたら盗人は苦もなく身をかくすということを、認めないわけにはいかなかった。そして被害者である彼のほうも、このうっそうとした森をくぐって、辿るべき道を見つけることが困難になると思われた。じじつ彼は、川に沿って何キロも追いつづけて、早くも、もとのところへもどることはむずかしくなっていた。

トレスはためらった。彼は冷静に考えをまとめようとした。そしてとうとう、最後の呪いの文句を吐いてから、鞄を取りもどして帰るという考えを放棄しようとした。と、そうした自分の意志に反して、なおもあの文書のことが念頭に浮かび、その文書を利用することによる、空中楼閣にも類する未来の全貌がちらつき、彼はやはり、ぎりぎりの努力はするべきだと考えた。

こうして彼は、ふたたび立ちあがった。

グアリバもまた立ちあがった。

彼は数歩、前に進んだ。

猿はうしろへしりぞいた。しかし今度は、森のなおも奥深くに入りこむかわりに、猿は一本の巨大なイチジクの根元に立ち止まった。——この木は、そのさまざまな種類が、アマゾン上流地域に多数見いだされるものだ。

四つの手で幹をつかみ、猿に扮した道化役みたいにすばしこくよじのぼり、地上一〇メートルのところに真横にひろがっている最初の枝に尻尾でつかまり、それから木のてっぺんによじのぼった。その木の最後の小枝が、猿の重みでたわむところまで達した。それもすばしこいグアリバにとっては一つの遊びでしかなく、まったくあっという間のことだった。

その場所にゆうゆうと腰をおちつけると、グアリバは手のとどくところにある果物をとって、さきほど中断された食事をまたもつづけた。もちろん、トレスもまた飲み食いをしたかったが、それはできない相談だった。彼の雑嚢はぺちゃんこで、水筒はからっぽだった！

しかし、もどって行くかわりに、彼は木のほうへと向かった。猿がえらんだ場所は、彼にとってはなおいっそう都合の悪いところにあったにもかかわらず。猿がさっと別の木に飛びうつりさえしなければ、彼はその木の枝によじのぼりたいと一瞬思った。

取りもどすことのできない鞄が、なおも彼の耳に鳴りつづけた！

こうして、怒り狂ったトレスは、グアリバに向かって罵声を浴びせた。その罵言がどのようなものであったかを説明することはむずかしい。白人であるブラジル人の口からするもっとも重大な罵言である「混血(あいのこ)」ということばだけではなく、「クリボカ」――すなわち、黒人とインディオの混血ということばまでつかったようだ！　ところで、こんな熱帯のもとでは、人から人へ投げられる一切の侮辱も、それほど残酷なものではない。

しかし、単なる四手類でしかない猿は、人間類の代表をいきり立たせる何もかもをせせら笑ったのだった。と、トレスは、またも猿に向かって、石や木の根のかけらを、投げられるものなら何でも投げはじめた。

彼はこうして、猿に重い傷をあたえたいと思ったのだろうか！　いや！　彼は自分で何をしているかわからなかったのだ。まったく彼の力ない怒りは、彼から理性を奪っていた。たぶん彼は、一瞬、グアリバが枝から枝へと飛びうつるうちに、手から鞄を離すのではないかとねがっていた。かつまた、猿がこのうえ攻撃されないように、彼の頭に鞄を投げつけるのではないかとも期待していたのだ！　しかし、だめだった！　猿はしっかりと手で鞄を抱えこんで、他の三本の手で移動した。

絶望したトレスは、計画をすっぱりと放棄し、アマゾンのほうへもどりかけた。と、そのとき人の声が聞こえた。そうだ！　それはまさしく人間の声だった。

その声は、森番が立ち止まっている場所から、二〇歩ほどのところでした。

トレスはすぐに分厚い茂みのなかにかくれようと思った。慎重な彼は、少なくとも相手が何者かわからないのだから、姿をあらわしたくなかった。

彼は、心臓をドキドキさせ、気をはりつめ、耳をすまして、待った。と、突然、銃の発射音が轟いた。

悲鳴がつづき、致命傷をうけた猿は、トレスの鞄をつかんだまま、どさりと地上に落ちた。

「待てば海路の日よりというものだ！」と彼は叫んだ。

そしてもう見られることなどおかまいなく、茂みから出ると、木の下に二人の青年が立っていた。

それは狩猟のいでたちをし、革の長靴をはき、棕櫚の繊維でできた軽い帽子をかぶり、上着というよりも、登山服のようなものをつけた（帯皮でしめ、ポンチョよりも着心地がよさそうに見えた）、ブラジル人たちだった。その顔立ち、色つやから、彼らがポルトガル系だということはすぐわかった。

彼らは一人一人、スペイン製の長い銃で武装していたが、その銃は正確このうえなく、射程距離の長いア

ラブ銃を思わせた。高地アマゾンのここらあたりの森の常連は、巧みにこの銃を操作した。さきほどの発射はそのことの証拠だった。それは八〇歩をこえる遠くから、一発で猿に命中していた。

また、二人の青年は、帯にブラジル語で「フォカ」という一種の短剣をつけていたが、狩人らはそれで、ためらわずこの森で、さほど凶暴ではないが頻繁に出くわす、オンサやそのほかの獣を攻撃するのだった。

もちろん、トレスは彼らに出会っても心配はしなかった。そして彼は猿のほうへと走りつづけた。

しかし、同じ方角に進んでいた青年たちは、猿の落ちたところまで、それほど離れていなかった。数歩、歩いただけで、トレスと顔を合わせた。

トレスは気をとりなおした。

「これはこれはどうも！　みなさん」と彼は帽子のひさしをもちあげて陽気に声をかけた。

「この意地の悪い動物を殺してもらって助かりましたよ」

狩猟者たちは、どうして礼など言われるのかわからず、互いに顔を見合わせた。

トレスは手短に事の次第を話した。

「あなた方は、猿を一匹殺したくらいに思っているのでしょうが、実は泥棒を殺してくれたのですよ！」と彼は言った。

「ぼくたちがあなたのお役に立てたとしても」と、二人のうちで若いほうの男が答えた。「たしかにそれとは気がつかずにですよ。でも、よろこんでもらえてうれしいですね」

そして二、三歩あとへさがって、グアリバをのぞきこんだ。それから、苦労してまだぴくぴくしている猿の手から鞄をとりあげた。

「これがあなたの所有物ですね?」と、青年は言った。

「そうなのですよ」と、トレスは勢いよく鞄をとり、ほっと安堵の吐息をもらした。

「こんなにしていただいて、いったい、あなた方はどなたなので?」と、トレスはたずねた。

「ブラジル陸軍の軍医で友人の、マノエルです」と若い男は紹介した。

「ぼくがこの猿を撃ったのだが、見つけたのはきみだよ、ベニート君」と、マノエルは言った。

「とすれば、わたしはお二人にお礼を言わねばなりませんね、マノエルさんと、それから……」と、トレスは言った。

「ベニート・グラール」とマノエルが答えた。

森番は、この名前を聞くと、ふるえだしそうになるのをおさえることができなかった。なかでも若い男が親切から、次のように言ったときにである。

「ぼくの父であるホアン・グラールの農場は、ここからわずか六キロのところにあります。もしよろしければ、ええっと、お名前は……」

「トレス」と山師は答えた。

「トレスさん、もしおいでになるなら、ねんごろにおもてなししますよ」

「そう願えるかどうか、まだ予定が立ちませんが!」と、思いがけない出会いにおどろいて、決心をためらったトレスは答えた。「あなたのお申し出をお受けできなくて、まったく恐縮です……あなた方に今しがたお話した不意の出来事で、時間がなくなってしまいました!……急いでアマゾンのほうへもどらなければならないのです!……アマゾンはパラまで下るつもりです……」

「それじゃ、トレスさん」とベニートが言った。「途中でまたお会いできるかもしれませんね。一と月たったら、ぼくの父と家族は、あなたと同じ道を辿るでしょう」

「ああ！」とトレスはかなり元気よく言った。「あなたのおとうさんは、ブラジルの国境を越えようと思われているのですね！」

「そうです。数か月の旅に出るでしょう」とベニートは答えた。「少なくともぼくたちはそう彼が決心したと信じたいのです。――ねえ、マノエル」

マノエルはうなずいた。

「それでは、みなさん」と、トレスは答えた。「われわれはこうして出会えたのですが、残念ながらわたしは今、あなた方のお申し越しをお受けするわけにはいきません。それにしても、あなた方には感謝します。二度までも借りができてしまったわけですな」

そういうと、トレスは青年たちにおじぎをした。青年たちも礼をかえし、農場への道をまた辿っていった。

トレスのほうは、彼らが遠ざかるのを見つめた。彼らが視界から消えると、

「ああ！　あの男は国境を越えようとしている！」と、くぐもった声で言った。「彼が国境を越えるとは、わたしには願ってもないことだ。よい道中を！　ホアン・グラール」

そう言い終わると、森番は、南に向かい、最短距離で河の左岸へ行きつこうと、森の茂みのなかに消えて行った。

III　グラール家

イキトスの村は、アマゾンの左岸の近くにあった。ここもまだ、マラニョンの名で呼ばれている大河アマゾンの一部で、ほぼ、経度七四度の位置にあった。この河の河床によって、ペルーとエクアドル共和国は分けられていた。ブラジルの国境から西のほうへ、二二〇キロのところである。

イキトスはキリスト教の伝道師たちによってひらかれた。アマゾン流域の家々や、部落や、まばらな村の集合体はどれもがそうである。今世紀の一七年目にいたるまで、唯一の住民だったイキトスのインディオたちは、河からかなり離れた地方の奥深くにこもっていた。しかし、ある日、彼らの領地の源流が、火山の噴火によって涸れてしまい、彼らはマラニョンの河の左岸に移る必要にせまられた。民族は、川沿いに住むインディオ、チクナ族あるいはオマグア族とのあいだに結ばれた同盟によって変質した。そして今日、イキトスの住民は、一種族から成るのではなく、若干のスペイン人、それに、白人とインディオとの混血の二、三世帯をつけ加えなければならない。

かなり貧弱な四〇の小屋があり、その屋根はようやく、藁ぶきの家と呼べるほどのものだった。それが村の全体であり、河岸を一八メートルの距離で見下ろす見晴台にまったく絵に描いたように集合していた。幹を横たえてつくった一本の階段が、村と河をつなぎ、旅人もこの階段をのぼらなければ、必要な距離をとることができず、村を見ることができなかった。しかし、ひとたびのぼれば、一つの囲いがあって、それはツタのひもで結ばれた喬木や、さまざまな小灌木で守られており、そのあちこちに、もっとも良質な種類の棕棡や、バナナの木の頭の部分がのぞいているのだった。

この時代には、イキトスのインディオたちは、ほとんど裸だった。彼らの服装が変わるのは、まだ先のことと思われる。ただ、何人かのスペイン人と、混血だけが、土着民たちを軽蔑して、簡単なシャツ、軽い綿織物のズボンをはき、麦藁帽子をかぶっていた。誰もがこの村では、かなりみじめに生活しており、また互いに親しくせず、ときに集まるとしても、伝道の鐘が教会のかわりをしている廃屋に、人びとを呼び集めるときにかぎられていた。

しかしイキトスの生活が、大部分の高地アマゾン地帯の部落と同じく、ほとんど原始状態だったにせよ、河をくだってものの四キロも行けば、おなじ岸にひとところ富裕な開拓地があり、そこには快適な生活のありとあらゆる要素が集められていた。

そこがホアン・グラールの農場であり、二人の青年は、森番と出会ったあと、そこに帰っていった。

川幅一六〇メートルほどのナネイ川との接合点、つまりアマゾンの河臂にそって、土地で「ファゼンダ」と呼んでいるこの畑は、もうずいぶん昔からきり拓かれており、今ではゆたかに肥えていた。北は、一キロ半にわたってナネイの右岸にとりかこまれ、東も、同じ長さにわたって大河の川添いになっている。西は、ナネイの支流であるいくつかの小流れ、ごく平凡にひろがったいくつかの潟が、この農場と、動物の飼育される草原や平野とをわけへだてていた。

ホアン・グラールは、この物語がはじまる二六年前の一八二六年に、農場の所有者によりここに迎え入れられた。

マガルアエスという名のそのポルトガル人は、この地方の森を切りひらく事業だけにたずさわっていた。

彼の開拓地は、そのころまだ、河岸添いの八〇〇メートルしか占めていなかった。

古い人種であるポルトガル人の常で、マガルアエスはもてなし好きだったが、彼は娘のヤキタといっしょにそこで暮らしていた。娘は母の死後、家事のきりもりをしていた。マガルアエスは、疲れを知らない働き手だったが、教育がなかった。彼には、自分の所有している何人かの奴隷や、雇っている一〇人以上ものインディオをつかう術こそ心得ていたが、外に向かって道を切りひらいてゆくことには適していなかった。それゆえ、その無知から、イキトスの建設は進まなかったし、ポルトガルの商人の事業の発展もはかばかしくなかった。

当時、二二歳だったホアン・グラールが、マガルアエスと出会ったのはそうしたときだった。グラールは力つき、万策つきて、この地にやってきた。マガルアエスは、近くの森で、グラールが飢えと疲労のため半死半生になっているのを見つけた。ポルトガル人は律儀だった。彼はこの未知の男に、どこから来たかなどということは聞かず、必要なことだけをたずねた。その極度の疲労にもかかわらず、グラールの高貴で誇り高い顔つきは、ポルトガル人の心を打った。さっそく彼は、グラールを受け入れ、体力を回復させ、手厚いもてなしをしたが、それは生涯にわたってつづいた。

こうして、ホアン・グラールはイキトスの農場に入ってきた。

ブラジル生まれのホアン・グラールは、家もなく財産もなかった。悲しむべきことがつもりつもったため、彼は帰国ののぞみも断って故国を外にしたと語るのだった。彼は農場の主に、過去の不幸について――不当なほどきびしいものだった――不幸について、今は語りたくないと申し出た。彼が求めのぞんでいるのは、新しい生活、労働の生活だった。彼はどこか内陸の農場に定住したいと考えて、あえてやってきたのだった。グラールには、教育があり、利口だった。彼の堂々たる風采には、何かしら誠実で、その心は曇りなく一本気な男らしさがあった。マガルアエスは心底からひきつけられて、彼にこの農場にとどまって、この自分に欠けたところを補ってくれるようにと言った。

ホアン・グラールはすぐさま受け入れた。彼はまず「セリンガル」つまりゴム園経営に入りこむ企画を立てた。よい働き手はそこで日に五、六ピアストルを得ることができ、チャンスさえあれば、パトロンになるのも夢ではなかった。しかし、マガルアエスは、彼に次のことをよくよく考えさせた。つまり報酬がよくとも、収穫期のわずか数か月以外には、ゴム園で働くことはできない。それでは青年がのぞんでいるような、安定した地位をつくることはできないと。

ポルトガル人が正しかった。ホアン・グラールはそのことを納得した。そして彼は意を決し全力をあげて農場で働くことにした。

マガルアエスは自分のしたことを悔いなくてすんだ。彼の事業は確乎たるものとなったのである。アマゾンからパラまでひろげられた木材の商いは、やがてホアン・グラールの推進力によってみるみる発展をとげた。農場もそれにおとらず大きくなり、河岸に面して、ナネイの河口にまでひろがった。住居のほうはと言えば、ベランダに囲まれた二階もある、魅力的な家がつくられた。ベランダは、美しい樹木、ミモザ、イチジク、熱帯産マメ、グワラナの木に半ばかくれており、木々の幹はさらに、深紅色の花を咲かせ不規則な蔓を這わせるトケイソウやアナナスに蔽われていた。

遠くのほう、巨大な藪のうしろ、喬木の密生したなかに、農場の人の住む構造になった黒人やインディオのための家や納屋があった。蘆(あし)と水生植物にふちどられた河岸からは、こうして森林の家しか見えなかった。潟に沿って営々と開拓された広大な平野は、すばらしい飼料を提供した。動物たちはそこにあふれた。それはこの富んだ地方の大きな利益の新しい源泉となった。そこで羊たちは四年で二倍に増え、一〇パーセントの利益をあげた。飼育者たちが消費する分は別として、殺した動物の肉と皮を売るだけである。いくつかの《別荘》と、マニオク芋とコーヒーは、伐られた森のなかにつくられた。砂糖キビの畑は、糖蜜や、ラムの一種タフィアやラム製造用の砂糖キビの茎をしぼるため、風車の据え付けを必要としていた。もちろん、ホアン・グラールがここにやってきてから一〇年後、イキトスの農場は、アマゾン上流地帯の、もっともゆたかな事業体の一つとなった。内にあっては労働、外に出ては事業と二つのことにたずさわる若いグラールが定めた立派な方針によって、この農場は、日ましに繁栄していった。

ポルトガル人は、自分がグラールの助力を大きく受けているのを認めるのにやぶさかではなかった。論功行賞のため、彼はまず開発の利益をグラールにも分かちあたえた。ついで、グラールがここに着いて四年後には、共同経営者として、ともに事業にあたることとなった。

しかし彼は、なおも夢想していた。娘のヤキタも父親同様、このおとなしく、他人にやさしく、自分にきびしい青年に、まじめな性質をみとめていた。彼女は青年を愛していた。ホアンのほうも、このけなげな娘のやさしさや値打ちに心を打たれていたのだが、自尊心からか、それともためらいからか、彼女に結婚を申し込むつもりだとは思えなかった。

ところである重大な事件が起こって、解決を急がせた。

ある日、マガルアエスは、伐採を指揮中、木が落ちてきたために瀕死の重傷を負った。農場までそうっと運ばれてきたが、死の近いのを感じとった彼は、ヤキタを呼び寄せ、そばで泣く彼女の手をとり、それをホアン・グラールの手にのせ、グラールに妻とするよう誓わせた。

「きみはわたしの財産を立てなおしてくれた」と彼は言った。「思いのこすのは娘のことだ。二人がいっしょになってくれれば、この娘の将来を心配することなく死ねるというものだ！」

「いいえ、結婚しなくとも、わたしはヤキタの忠実なしもべとして、兄として、保護者としてとどまります」と、はじめのうち、ホアン・グラールはこたえていた。「マガルアエスさん。わたしが今日あるのも、あなたのおかげです。そのことをわたしはけっして忘れません。それもあなたがこれまでしてくださった、数々の分にすぎるお心づかいのためと考えています！」

老人は声をはげました。死は旦夕に迫っている。彼は約束してくれるようにと求め、その約束は交わされた。ヤキタはそのとき二二歳、ホアンは二六歳だった。二人とも愛しあっていた。そして彼らは結婚し、マガルアエスは最後の力をふりしぼって二人の結婚を祝福することができ、それから数時間後に彼は、息をひきとった。

一八三〇年、ホアン・グラールが、農場じゅうのすべての人の大歓迎のうちに、イキトスの新しい農場主になったのは、こうしたいきさつのあとのことだった。

農場がこのように繁栄したのも、二人の知恵者が、心を一つにしてはじめて成ったのだ。

結婚後一年、ヤキタは一人の息子をもうけ、二年後、娘を一人もうけた。老いたるあのポルトガル人の孫にあたるベニートとミンハは、祖父や、両親にふさわしい子供になった。

少女は魅力的に成長した。彼女は農場を一歩も離れなかった。こうした澄んだ、健康な環境、熱帯の美しい自然のなかで育てられ、教育を父母から受けることができた。そのうえ、マナウスやベレンの修道院で、何を学ぶ必要もなかった。彼女はこの土地にいるだけで、もっともすばらしい美徳を学ぶことができた。両親の家にいながらにして、もっともこまやかにその心と精神は形成された。もし彼女の運命が変わって、そ

L. DUCVIER SC

の母親の農場での生活のあとを継ぐことができなくとも、彼女はどのような環境のうちでも立派にやっていけそうだった。

ベニートのほうはまた別だった。父親はその息子に、ブラジルの大きな都市で受けられるのと同じようなちゃんとした教育をあたえたいと希望していた。今では、富裕なこの農場主は、息子のためにどんなことでもしてやることができた。ベニートはよろこぶべき素質をもち、頭脳明晰、知性は活発、気力も心情もつりあって育っていた。十二歳のとき、彼はパラのベレンにおくられていた。そこで、すぐれた教師たちの指導のもとに、のちに立派な人間になるための教育の基礎をさずけられた。文学も科学も芸術も彼には身近なものとなった。まるで父親の豊かな財産がぼんやりしていることを彼に認めないとでもいったように、彼は勉学にいそしんだ。彼は金があれば働かなくていいと思うような人間ではなく、真に人間らしくあるためには、何びともこの当然の義務をまぬがれることはできないと考える、しっかりした雄々しい精神の持ち主だった。

ベレンに行った最初の数年のあいだに、ベニートは、マノエル・バルデスと知りあった。パラの商人の息子である。この青年は、ベニートと同じ学校で勉強していた。性格や趣味が共通していることから、彼らはつよい友情でむすばれるようになり、無二の親友となった。

一八三二年に生まれたマノエルは、ベニートより一年の年長だった。彼には母しかなく、彼女は死んだ夫がのこしたつつましい遺産で暮らしていた。そのため、マノエルは基礎課程がすむと、医師となるコースについたが、彼はこの聖職にあこがれており、軍務に服するつもりだった。

ベニートという友人と出会った当初、マノエル・バルデスは、すでに最初の課程を終えていて、農場に何か月かの休暇の折に訪れ、彼はそののちもここで休暇をとる習慣をもつようになった。この顔立ちのよい、目立った風貌をした青年は、その風貌にふさわしい誇りある家の出であり、ベニートの両親も息子が一人ふえたくらいにしか考えていなかった。しかし、それでベニートとは兄弟と思えても、この家の息子というのでは、ミンハに対する気持は満足しなかった。やがて彼はこの少女と、兄妹よりももっとつよいきずなでむすばれようとしていたからである。

一八五二年――この物語のはじまるときには、すでに最初の四か月はたっていたが――ホアン・グラールは四八歳だった。人をいちはやくすりへらしてしまう堪えがたい風土のもとにあって、彼は節制をし、趣味に走らず、仕事に捧げた生活をし、他の人ならそれほどの年でなくてもへこたれてしまうところを、それに耐えることができていた。短く刈った髪の毛、のばしっぱなしの顎ひげは、すでに銀灰色になっており、それが彼にピューリタンの風格をあたえていた。ブラジルの農場主や商人たちのひろく知られた律儀さは、彼の人相にもよくあらわれており、その廉直さはとくに目につく性格だった。物静かな気質にもかかわらず、彼のうちには、意志によって抑えられた内面の火が感じられた。彼のきっぱりした視線は、生命力をしめしていた。自分の義務を果たすとき、彼ははっきりとその力をあらわした。

けれども、血の気も多く、人生に成功したといえるこの平静な男のうちに、何か妻のヤキタのやさしさをもってしても癒すことのできない、根深い悲しみがあった。

この幸福を約束する一切の条件に恵まれ、みんなに尊敬されている人が、どうして晴ればれと心をひらこうとはしなかったのだろう？　なぜ自分の心の内部からではなく、他の人びとによってしか幸福になれないように見えたのだろうか？　このような心の様子は、何か秘密の苦悩があるためではないだろうか？　それこそ彼の妻のいつもの気がかりとなっていた。

ヤキタはそのとき四四歳だった。この熱帯地方では、三〇歳にもなると、老けこむのがふつうだが、彼女は、この風土の何もかも溶かし去ろうとする作用に抗うすべを知っていた。彼女の、少しかたくはなっていたが、まだ美しい顔立ちは、ポルトガル人のあの誇らしげなととのいを保っていた。ポルトガル人にあっては、顔の高貴さは、そのまま魂の威厳にむすびつけられるのだ。

ベニートとミンハは、自分たちに注がれる限りない愛に、同じような限りない愛をもってこたえていた。

ベニートはそのとき二一歳で、活気にみち、勇気のある、感じのいい、向日的な青年だった。そんなわけでまじめな思慮ぶかい友人マノエルとは対照的だった。農場からあんなにも遠いベレンで一年間を過ごしたのち、自分の友人とともに父母の家にもどったことは、ベニートには何にもかえがたくよろこばしいことだった。父や母や妹に再会し、アマゾン上流地方の、何世紀にもわたって人類がいまだ知り尽くし得ないすばらしい森にわけ入って、彼は果敢な猟人となるのだ。

ミンハは二〇歳だった。それは魅力的な若い娘で、褐色の髪と、青い大きな目をもっていたが、その目は彼女の魂を映しているかのようであり、中位のととのった身の丈は、生き生きとした優雅さをもっていた。彼女の美しさは母親のヤキタゆずりのものだった。兄よりはすこし生まじめで善良で慈愛ぶかく思いやりがあり、彼女はみんなに愛されていた。この点に関しては、農場で使われているもっとも下層の召使たちも同じだった。たとえば兄の友だちであるマノエル・バルデスに彼女のことを「どう思っているか」とたずねる必要もなかったほどだ。彼はこのことばかりを考えていたといってもいいので、このことについて公平に答えることなどできはしなかった。

グラール家の全体像はこれで完成されたわけではない、農場で働いているたくさんの人びとについて語ら

なければ不充分のそしりをまぬがれまい。

まず第一にシベールという六〇歳の年とった黒人女をあげる必要がある。彼女はその主人の意志で解放された奴隷だったが、ヤキタの乳母として彼女の主人とその家族に心からつかえていた。彼女はヤキタやその娘と家族のように口をきくことを許されていた。

彼女は家族の一員だったのだ。この善良な女の一生は、農場の地平線を限っている川岸の森のまんなかにある畑のなかで過ごされた。彼女は黒人がまだ牛馬のようにあつかわれていた時代にイキトスにやって来た子供だったが、ずっとこの村を離れることがなかった。この土地で結婚し早くやもめになり、一人息子を失ってからもマガルアエスにつかえていた。この広いアマゾン地帯も、彼女にとっては目の前のこの村だけだった。

特別にミンハにつかえているのは、美しいよく笑う黒白の混血娘、ミンハと同い年で、彼女にすべてを捧げているリナだった。彼女は生まれはいやしいが、あのおとなしい種族の一人なので、みんなは親愛感をもってあたり、彼女はそのおかえしに女主人たちを大切に思っていた。生き生きとしてよく動き、愛らしく、甘えてさえいて、家のなかで自由にふるまっていた。

使用人たちのほうは二種類に分けられた。一方はインディオでその数は一〇〇人くらい。農場の仕事のために雇われていた。もう一方は黒人で、数はその二倍、彼らはまだ自由の身ではなかったが、その子供たちはもはや奴隷ではなかった。ホアン・グラールは奴隷解放をブラジル政府よりも先におこなっていた。この国では他の国よりも、ベングラやコンゴや黄金海岸から来た黒人たちが、つねに温情をもってあつかわれていた。外国からの植民に関して、しばしば見られるあの悲しむべき残酷物語の例は、探そうとしてもこのイキトスの農場にはたえて見られなかった。

Ⅳ　ためらい

マノエルはベニートの妹を愛していた。娘のほうも彼の愛情にこたえていた。二人はお互いに、尊敬しあうことができた。互いにそれにふさわしい二人だったと言える。

マノエルはミンハに対して感じていた感情をもはやごまかすことができなくなったとき、まず最初にベニートに一切をうちあけた。

「マノエル君」と感激性の青年はすぐに答えた。「きみはぜひともぼくの妹との結婚をのぞむべきだよ！ぼくにまかせておいてくれたまえ！　ぼくはまずこのことをぼくたちの母に話すことからはじめよう。母はすぐに同意してくれる、受けあってもいいよ！」

半時間後、約束は果たされた。ベニートはその母を、少しも説得する必要はなかった。やさしいヤキタは、誰よりも早く、二人の若者の心を読んでいた。

一〇分後、ベニートはミンハと向きあっていた。マノエルの気持を伝えなければならなかったが、くどくどとことばを重ねるまでもなかった。ひとことふたことで、愛らしい娘の頭は兄の肩によりかかった。そして「うれしい」という告白が、その心からあふれたのだった。

兄妹のことばは一つだった。答えははっきりしていた。ベニートは多くをたずねなかった。

ホアン・グラールは、もちろん一も二もないはずだった。しかし、ヤキタとその子供たちが、すぐにこの二人の結びつきのことを彼に話さなかったのも、みんなはもう一つの難問のことをとりきめておきたかったからだ。それは結婚式をどこであげるかという問題だった。

いったい、どこであげたらいいか？　この村のあのつましい藁ぶきの家が、教会のかわりになるだろうか？　ならないということはない。というのも、ここで、ホアンとヤキタはそのころイキトスの教区の司祭だったパサンハ神父によって式をあげていた。その時代にあっては、現代のように、ブラジルでは教会の証明は役所の証明ともなった。教会の登録は、どのような役人もすることができないような権限をもっていた。

ホアン・グラールはまずまず、この結婚がイキトスの村で、盛大に、農場のみんなを集めておこなわれることをのぞんでいるはずである。しかしそれが彼の考えとすれば、この点が厄介きわまることになりそうだった。

「マノエル」と、若い娘はそのフィアンセに言った。「あたしの考えはどうかときかれたら、ここではなくて、パラで結婚したいと思いますわ。あなたのおかあさまは、おかげんが悪くて、イキトスまでおいでになることができません。おかあさまと知りあうことなく、あの方の娘になることになってしまいます。わたしの母は、いつもわたしと同じことを考えています。ですから、ベレンに行けるように、おとうさまにおねがいしてみましょう！　じきにわたしたちの家になるのですもの。わかってくださいますわね！」

この申し出に、マノエルは、しっかりとミンハの手をにぎりしめた。彼にとっても、自分の母が結婚式に参加してくれるということは、このうえない希望だった。ベニートは否も応もなくこの考えに賛成した。あとはホアン・グラールを決心させるだけだった。

この日、二人の青年が森に狩りに行っていたのも、ヤキタとホアンを二人きりにするためだった。

こうして二人は、午後、大広間にいた。

帰宅したばかりのホアン・グラールは、こまかに編んだ竹の長椅子に半ば横たわっていた。と、少し興奮したヤキタがそばに来て坐わった。

ホアンに娘に対するマノエルの気持を説明するのは気の重いことではなかった。ミンハの幸福は、この結婚によってかためられることはまちがいなかった。ホアンがもともと知っていて、このまじめな性質を褒めているマノエルを、新しい息子とすることをいやがるはずはない。しかし、農場を離れることを夫に決心させるのは厄介な問題だと彼女は感じた。

要するに、まだ若かったホアン・グラールが、この国に着いて以来、彼は一日たりとここを留守にしたことがなかったのだ。東のほうへとゆるやかに流れている水、アマゾン河の風景が誘いかけても、毎年、木材の筏（いかだ）を、マナウスに、ベレンに、パラの沿岸地方に送っても、休暇がすんで、学校へもどるベニートの出発を、くる年もくる年も見送っても、ホアン・グラールは、いっしょに行ってみようということは少しも考えないらしかった。

農場主は、農場の産物、森の材木、カンピーヌ鶏などを、居ながらにして送り出していた。たぶん、自分の人生の中心であるこの楽園の地平線を、彼は心のなかでも目によってものりこえたくなかったようだ。

その結果、二五年来、ホアン・グラールはブラジルの国境を越えていなかったが、妻と娘もブラジルの土地を離れたことがなかった。しかしわずかでも、ベニートが何度も話してくれたあの美しい国を知りたいというのぞみは、この母娘にもあった！　一度ならず、ヤキタは夫にこのことを洩らしていた。しかし、数週間でも農場を離れると思うことで、彼の額のいつもの悲しみの影は二倍になってあらわれた。彼の目は、そんなとき、やさしい非難の色で曇るのだった。

「なぜこの家を離れるのかね？　ぼくたちはここにいるだけで幸せじゃないかね？」と、彼は答えるのだった。

そうするとヤキタのほうは、どこまでも善良な、その変わることない愛情で自分を幸福にしてくれるこの男の前で、しいて言いはることはできなかった。

しかし今度は、真剣な理由があった。ミンハの結婚は、この若い娘をベレンに送ってやるまったく自然な機会だった。その地で彼女は夫と住むことになるのである。

そこで彼女はマノエル・バルデスの母と会い、好きになるようにするだろう。こうなればいかなホアン・グラールでも、こうした当然の希望は、はっきり許してやらないわけにはいくまい。また、自分の子供の第二の母となるはずの女性を知りたい希望がわからないということはないはずだ。ホアン・グラールもその気持をともにしたいと思わずにはいられまい。

ヤキタは夫の手をとっていた。そしてこのきびしい働き手にとっては、いつも天来の音楽とも思われたあの愛情にあふれた声で、「ホアン」と呼びかけた。

「あることをお話したいと思いますわ。それは是非とも実現させたいことで、あなたにとっても、わたしや子供たちにとってもすてきなお話なのです」

「何のことかね、ヤキタ?」とホアンはたずねた。

「マノエルとわたしたちの娘が愛しあっているので、結婚させてやりたいのですわ……」

ヤキタがそう言い終わらないうちに、ホアン・グラールは突然、抑えきれないように立ちあがっていた。ついでその目は伏せられ、妻の視線を避けようとするかのように見えた。

「どうなさいました、ホアン?」と彼女はたずねた

「ミンハが？……結婚するって？……」ホアンがつぶやいた。

「あなた」と、ヤキタは胸のしめつけられる思いをしてまた言った。「あなたはこの結婚に、何か異議をおもちですの？　もうずっと前から、マノエルが娘に抱いていた気持を、お気づきだったのでしょう？」

「うむ！……しかも一年も前からだ！……」

それからホアンはまた腰かけたが、なおも考えつづけていた。心をはげまして、彼は気をとりなおそうとした。彼の心の言語につくせぬ衝動も鎮まっていた。少しずつ、彼は目で、ヤキタの目を求めようとした。

そして、彼はなおも思いをめぐらしながら、妻を見つめた。

ヤキタはその手をとった。

「わたしのホアン」と彼女は言った。「わたしはまちがっていたでしょうか？　いつかは結婚の話が起きるとは思っていらっしゃらなかったのでしょうか？　この結婚で、わたしたちの娘に、ほんとうに幸福がもたらされるのだと」

「うむ……」と、ホアンは答えた。「幸福が！……もちろんだとも！……しかし、ヤキタ、この結婚は……いつのことになるのかね……近々のことなのかね？」

「時期はあなたにおまかせしますわ、ホアン」

「で、ここで、イキトスでおこなわれるのだろうね？」

ヤキタはこの質問で、心にかかっていた第二の問題に移ろうとする気持になった。しかし彼女は、当然のことながらためらいをおぼえた。

「ホアン」と、彼女は、ちょっと沈黙をおいて言った。

「よく聞いてくださいな！　結婚式のことは、あなたのお気に入るような方法を考えたいと思いますわ。この二〇年に、一度ならずわたしと娘は、一度も行ったことのないパラや、アマゾンの下流地方に行ってみたいとお願いしてきました。農場のことや、仕事があなたを必要としていることから、わたしたちの希望はかなえられませんでした。あなたがここを留守にするということは、たとえ数日でも、あなたの事業をそこなうことになったでしょう。でも、今では、事業も希望以上に成功しました。あなたには、休息のときがまだ来ていないにしても、少なくとも今は、お仕事を数週間くらいお休みになってもいいのではないかしら……！」

ホアン・グラールは答えなかった。しかしヤキタは、自分の手につつまれた夫の手が、何か苦悩の衝動によってふるえているのを感じた。にもかかわらず、かすかな笑みが、夫の唇に浮かんだ。妻に向かって、言いたいことを言ってしまうように、無言ですすめているかのようだった。

「ホアン」と彼女はつづけた。「わたしたちの一生でも、もう二度とないような、これは機会なのです。ミンハは遠くで結婚しようとしているのですわ。ミンハはわたしたちのもとから飛び立って行こうとしているのですわ！　わたしたちは、はじめて娘のことで悲しまねばなりません。じきやってくるこの別れのことを思うと、胸がしめつけられる思いがします！　ですから、あの子について、ベレンまで行ってやれたらどんなにうれしいことか！　それにあの子の夫となる人のおかあさまと、わたしたちもお近づきになっておいたほうがいいとお思いになりませんか。わたしのかわりになってくださり、わたしたちがご信頼申し上げようとしているあの方に。それにまたミンハは、バルデスのおかあさまに、ベレンから遠い土地で結婚する悲しみを味わせたくないようですわ。あなた、わたしたちの結婚した時代には、あなたのおかあさまが生きていらしたとしても、おかあさまのそばで結婚することなど、したいと思ってもすることはできなかったのですもの！」

ホアン・グラールは、このヤキタのことばに、おさえきれない身じろぎをもう一度した。

「あなた」とヤキタは言った。「ミンハと、二人の息子ベニートとマノエル、それにわたしたち二人と、みんなでブラジルを見たいのですわ！　この美しい河をくだって、沿岸の地方の、ずっと果てまで行きたいのです！　あそこまでついて行ってやれば、別れのつらさも、少しはやわらげられると思えます！　帰りには、心づもりでは、バルデスのおかあさまのお宅で、あの子にもう一度会うこともできるでしょう！　知らない方のところに、娘を訪ねては行けませんもの！　娘の暮らしているところなら、わたしも余所(よそ)へ行ったような気はしないでしょうしね！」

今度は、ホアンは目をちゃんと妻に向け、しばらくじいっと見つめていたが、何も返事はしなかった。

ホアンの心中には、何が起こっていたのか？　彼女のしごくもっともな質問を満足させ、家族のみんなを心からよろこばせるはずの、「いいよ」という一語を発することを、なぜ彼はためらっているのだろうか？

事業のことが気がかりだというのでは、理由として納得できるものではなかった！　どうころんでも、数週間留守にすることで、この家族が困ったはめに陥るとは思えない！　管理人は、大丈夫肩がわりして、農場の面倒を見てくれるだろう！　だが、彼はあいかわらずためらっていた。

ヤキタは二つの手で夫の手をとり、それをやさしく握りしめた。

「あなた」と彼女は言った。「気まぐれでこんなお願いをするのではないのです。いいえ、わたしは何度も何度もこのことを熟慮してみましたわ。あなたの賛成さえあれば、わたしのほんとにしたかったことが実現されます。わたしたちの子供たちは、今、わたしがあなたにお願いしていることを知っています。ミンハ、ベニート、マノエルは、あなたに、みんなして旅のできる幸福を期待しています！　それにわたしたちは、イキトスでよりもベレンで結婚式をしたいのですわ。娘のために、娘を結婚させ、ベレンであの子が暮らしやすいようにするためには、それが役に立ちますもの。あの子も、両親や兄といっしょに行ったほうがいいにきまっています。娘のこれからの生活の大部分が過ごされることになるあの町で、娘もよそよそしい気持を味わわなくてすみますわ！」

ホアン・グラールは、肱（ひじ）をついていた。彼は一瞬、両手で顔をおおった。答えるまえに思いをこらす必要があるように。彼の心のうちには、あきらかに、たたかわねばならないためらいがあった。妻として、感じることはできても、説明できない屈託があった。あの思慮ぶかげな額のもとに一つのひそかな闘いがなされていた。心配になったヤキタは、こうした問題をもち出したことを、悔む気持になろうとしていた。いずれにしても、彼女はホアンの希望が何であれ、それに目をつぶるつもりになっていた。出発することが重荷すぎるなら、彼女は自分の希望には口をつぐませるつもりだ。彼女はもう、農場を離れることについては言い出さなかった。彼女はこの何ともわからない夫の拒否の理由を、けっして問いただそうとはしなかった。

数分間が流れた。ホアン・グラールは立ちあがった。彼はうしろもふり向かず、戸口まで歩いた。そこで彼は最後の視線を、そこから見える美しい自然に、二〇年、彼が自分の人生の一切の幸福をこめてきた、世界のこの一隅に投げかけたかに見えた。

それから、彼はゆっくりした足どりで、妻のほうへともどった。彼の顔には、新しい表情が、ようやくのことで一つの大きな決心をしたばかりの男の表情があらわれていた。

「おまえの言うとおりだ！」と、彼はヤキタに、決然とした声で言った。「この旅はやはり必要だ！　いつ出発したらいいだろう？」

「まあ、あなた！」と、ヤキタはよろこびにあふれて叫んだ。「わたしだけではなく、みんなもきっとよろこぶでしょう！」

ホアンが胸に抱きしめると、ヤキタの目に、安堵の涙が浮かんだ。

そのとき、住居の外に、よろこびにみちた声がした。

と、すぐに、マノエルとベニートが敷居のところにあらわれ、ほとんど同時に、ミンハが部屋をとび出してきた。

「おとうさまのお許しが出たわよ、みんな！」と、ヤキタは叫んだ。「みんなでベレンに発ちましょう！」

ホアン・グラールは重々しい顔をし、ひとことも口をきかず、息子の抱擁と娘の接吻を受けた。

「おとうさま」と、ベニートはたずねた。「で、いつ結婚式をあげるおつもりですか？」

「いつだって？……」と、ホアンは答えた。

「いつになるか？……今にきめよう！……ベレンに行ってきめることにしよう！」

「うれしいわ！　何てうれしいことでしょう！」と、ミンハは、マノエルの求婚を知った日のように、ただくりかえすばかりだった。「じゃ、すばらしいアマゾンを、ブラジルのいろんな地方を通りながら見ることができるのね！　まあ、おとうさま、ありがとう！」

夢がふくらんできてうきうきしたこの感激屋の娘は、ベニートとマノエルにたずねた。

「書斎に行きましょう」と彼女は言った。「本や地図を全部ひっぱり出して、このすばらしいアマゾンを勉強しておきましょうよ！　盲のままで旅をする手はないわ。あたしはこの河の王さまのことを、何もかも見聞きしたいわ！」

V　アマゾン

「全世界でもっとも大きな河だ！」と、翌日、ベニートはマノエル・バルデスに話していた。

二人とも農場の南端にある崖の斜面に坐り、アンデスの巨大な山脈から発し、ここから三二〇〇キロ流れて大西洋に注ぎこもうとするゆったりとした河の流れを見つめていた。

「河は海に、まったく莫大な水量を提供しているわけだね！」と、マノエルはベニートのことばを受けて言った。

「すごい量だ」と、ベニートはつけ加えた。「河口からはるか離れたところで海水の塩抜きをしているわけだ。そして海岸から三二〇〇キロさかのぼってもなおたくさんの船を往来させている！」

「一筋の河の大流が、緯度として三〇度以上にわたってひろがっているんだからね！　それが、南から北へ少なくとも二五度以上にわたる一盆地を貫通している！」

「一盆地だって？」と、ベニートは叫んだ。「だが、アマゾンが流れているこの広大な平野、見渡すかぎりひろがっているこの草原（サバンナ）、勾配を知ろうにも一つの丘だになく、地平線をつかもうにも、山の一つもない草原をいったい盆地と呼べるだろうか？」

「しかもその全流域にわたって」と、マノエルは言った。

「いくつかの奇怪な蛸の触手のように、二〇〇もの支流が北から南からやってきて、それが無数の細い支流によって養われる。その横に置けば、ヨーロッパの大河もほんのせせらぎにしか見えない」

「その河ときたら、小さな島は勘定に入れなくとも五、六十の島があり、根の生えたのやら漂うのやら、一種の群島をなしていて、その島だけで、優に一王国の富をなす！」

「運河、潟、礁湖、湖があって、全スイス、ロンバルディア、スコットランド、カナダを合わせてもそれだけの数にならないくらいある！」

「一つの河で、千万の支流でふくらんで、一時間に、二兆五〇〇〇億立方キロメートルの水を、少なくとも大西洋に注ぎこんでいる」

「一本の河の流れが、二つの共和国の国境となり、南米の最大の王国をおごそかに貫いている。まるで、運河によって、大西洋に注ぐ太平洋そのものだ！」

「それに何という河口だろうか！　入り江にたたずむマラジョという島は、二〇〇〇キロの周囲をもっている……」

「大洋も、すさまじい闘争のうちに、『ポロロッカ』と呼ばれる海嘯を引き起こすことによってのみ、水を押しもどすことができる。それにくらべれば、引潮や、潮津波や、他の河川の河口の高波も、微風によってもちあげられる小皺にすぎない！」

「三つの名が集まってようやく命名することのできる大河。巨船が、積荷を一つも捨てることなしに河口から五〇〇〇キロもさかのぼることができる！」

「本流によると、各支流によるとを問わず、南アメリカ全土を通る商業のための水路をひらき、マグダレナからオルテカサへ、オルテカサからカケタへ、カケタからプツマヨへ、プツマヨからアマゾンへと通いあう！　六四〇〇キロの水路はわずかばかりの運河しか必要とせず、航路網はそれで完全になる！」

「つまり、世界でもっとも讃嘆すべき、もっとも広大な水路の体系がこれなんだ！」

二人の青年は、この比類ない河について、一種の熱狂をもって語りあっていた！　彼らはまさしくこのアマゾンの申し子だった。このアマゾンの支流は、アマゾンの名にふさわしく、ボリビア、ペルー、エクアドル、新グラナダ、ベネズエラ、さらには英領、仏領、蘭領、そしてブラジルのものである、四つのギアナを通って進む道をなしている！

はるか昔にさかのぼる祖先をもつ多くの民衆、多くの民族がいる！　同様に地球上にはいくつかの大河がある！　それらの真の源は、なお調査探求の及ばないままである。多くの国家が、その探求をなしとげるという栄誉を求めている！　アマゾンもその中に入る。ペルー、エクアドル、コロンビアが、長いあいだその栄光ある父親探しを争ってきた。

しかしながら今は、アマゾンが、ペルーのタルマの管轄地であるウアラコの地方に発しているということには異論がないようだ。南緯十一度から十二度のあいだにあるとされるラウリコチャ湖から発していることもだ。ボリビアに湧き出させ、チチカカの山々から落としたがっている人びとには、真のアマゾンは、パロとアプリマックの合わせ目をなしているウカヤリであることを証明する義務があるだろう。しかし、この見解は、今後、しりぞけられなければなるまい。

ラウリコチャ湖から出た河は、北東に九〇〇キロのぼり、一本の重要な支流、パンテを受け入れたのち、はじめて決然と東のほうへと向かう。河は、コロンビアとペルーの領内、ブラジル国境までは、マラニョン、あるいはマランハオという名で呼ばれる。というのもマラニョンというのはフランス語化されたポルトガル名でしかないからだ。ブラジル国境からすばらしいネグロ河がそこに加わるマナウスまで、河沿いの地方にまだ名ごりののこっている土着の種族ソリマオの名からきた、ソリマエ、ソリモンエスの名をとっている。そしてついに、マナウスから海までが、アマソナス、あるいはアマゾン河で、スペイン人、あの勇しいオレラナの後裔からきた名である。オレラナの物語は、真偽はあやしいが熱狂的なもので、大河の中位の支流のひとつ、ヌハムンダ川に沿って暮らしていた女戦士の一族がいたことを思わせる。

最初から人は、アマゾンがやがて壮大な水流になるだろうと予想することができる。その源からはじまって、ほんの少し狭められたその流れが、不揃いな二つの絵のような山のあいだにひろがるところまで、どんな障害物も堰もない。アンデス山脈に属するあたりの山を横切るあいだ、東のほうに河が斜行する地点で、はじめて滝が河の流れに襲いかかる。そこのところで、いくつかの急変があり、それさえなければ、河はたぶん、源から河口にいたるまで、航行可能であるはずだ。何であれ、フンボルトが注意を喚起したように、この河はその流れの六分の五にわたって自由である。

そしてはじめから、多くの小支流によって養われている支流にこと欠かない。左のほうには、北東から来るシンシペがある。右のほうには、南東からくるカカプヤスがある。左のほうはマロナとパスツカ、右にはグアラガで、ラグナの布教区のあたりで姿を消す。左のほうからなおも、北東からくるカンビラとティグレがやってくる。右のほうからはウアラガで、大西洋から四五〇〇キロのところで本流に注ぐ。その流れを船はなおも三〇〇キロ以上もさかのぼることができ、ペルーのまんなかにまで入りこむ。右のほう、サン・ヨシム・ドマグアスの布教区のそば、堂々と水をサクラメントの大草原を横切って曳いたあとで、アマゾンの上流沿岸が終わる場所に、壮大なウカヤリがあらわれる。アリカの北東のチュキト湖が注ぐ、多くの水流でふくれあがった大動脈である。

これらがイキトスの村の上のほうの主なる支流である。下流において、さまざまな支流は非常におびただしいものとなり、そのため、ヨーロッパの諸河川の川床も、たしかにそれを入れるには狭すぎるほどとなる。しかしこれらの支流の河口を、ホアン・グラールとその家族は、自分たちのアマゾン下りのあいだは河口と認識することになる。

ほとんどつねに、赤道下数度のところを流れて、この地球のもっとも美しい国をうるおしている、競争相手のないこの河。この河の美しさに、ナイルもミシシッピーもリヴィングストンももっていない一つの性質をつけ加えるべきである。あの古いコンゴ・ゼール・ルーアラバ。つまり、あきらかに事情に通じていない旅人たちの言にもかかわらず、アマゾン河は、南アメリカの健康的な地帯のすべてをつらぬいて流れている。その流域は、たえず西からくる風に掃かれている。それは河の流れをうちにもっている高い山々にせまられた一つの谷ではなく、北から南へ、一四〇〇キロに至るひろい平野なのだ。いくつかの丘が、辛うじて腫物(はれもの)のように高く見え、そこを大気の流れが自由に走りまわることができる。

アガシー教授は、たしかに商業生産のもっとも活発な中心地となるよう運命づけられた一地方の風土が、非衛生的ではないことを正しく証言する。彼の言うところによると、「軽やかな微風が、恒常的に感じられ、一つの気化をつくり出し、そのおかげで、気温は下がり、土地はむやみに暑くはならない。涼しいこの風がいつも吹いていることは、アマゾンの風土を快適にし、甘美なものにさえしている」

また、ブラジルの古い布教師、デュラン司祭は、次のようなことをたしかめることができた。気温が一方で二五度以下に下らないなら、三三度以上にもまずならない——。そのことは一年じゅう、わずか八度の間隔をもって、二八、九度の平均気温を保つことになる。

こうした確認ののちで、次のことをたしかめることができる。アマゾンの流域は、同じような緯線にあるアジアやアフリカの国々の酷熱はもたない、と。谷として役立っているこの広大な平野は、まったく、大西洋から送られてくる広汎な微風を受け入れるようにできている。

この川がその名をあたえてきた地方アマゾンは、地球のもっとも美しい地方の一つであり、もっとも健康的な土地であるとはっきり言っていい。

そしてアマゾンの水路が知られていないことを、誰も信じない！

一六世紀にはすでに、ピサロ兄弟の一人である中尉が、ネグロ河を下り、一五四〇年、大河に出、案内人もなくこの一帯を探り、それについて彼はすばらしい物語を書いたが、一八か月の航行の果てに彼はこの河の河口に到達した。

一六三六、七年、ポルトガル人、ペドロ・テクセイテは、四七艘の丸木舟（カヌー）の船隊をひきつれて、ナポまでアマゾン河をさかのぼった。

一七四三年、ラ・コンダミーヌは、子午線から赤道への弧を測定してから、ブーゲや、ゴダン・デ・ゾドネーという仲間と別れ、シンシペに船で乗り入れ、マラニョン川との合流点まで下り、七月三一日、ナポの河口にまで到達し、ジュピターの最初の衛星の出現を観察するのに間にあった。――それはこの「一八世紀のフンボルト」に、正確にこの地点の緯度経度を定めることを可能にした。彼は両岸の村々を訪ね、九月六日、パラの砦に辿りついた。この大旅行は大きな成果をおさめることになった。すなわち、アマゾンの流れが科学的方法でたしかめられたのみではなく、アマゾンがオリノコ川と通じていることはほぼたしかとなった。

五五年後、フンボルトとボンプランは、ナポ川までのマラニョン川の地図をつくって、ラ・コンダミーヌの貴重な仕事を補足した。

さて、この時代から、人びとはたえずアマゾン河とその支流を訪ねるようになった。

一八二七年には、リスター・モウ、一八三四、五年には、イギリス人スミス、一八四四年フランスの中尉が、いわゆるブロンネーズを指揮し、一八四〇年にはブラジル人バルデス、一八四八年から六〇年まで、フランス人ポール・マルコウ、一八五九年には幻想的な画人ビアール、一八六五、六年は、アガンス教授、一八六七年は、ブラジル人技師フランツ・ケラー・リンゼンシャーが、そしてようやく一八七九年には医師のクルヴォーが、この河流を探検し、支流をさかのぼり、多くの支流が航行可能であることを知った。

しかし、ブラジル政府の名誉にかけて、もっとも注目に価いする事実は次のようなものである。

一八五七年七月三一日、ギアナの境界をめぐるフランスとブラジル間の国境紛争のあとで、公然と自由化されたアマゾンの流れは、あらゆる国にひらかれた。そして理論と実践を同じくするために、ブラジルは、アマゾンの流域にある一切の水路の開発を、隣接する国々とともにした。

今日、リヴァプールとじかに結ばれている、快適な蒸汽船の航路はアマゾンの河口からマナウスまで、河を連絡している。他の航路はイキトスまでさかのぼり、また他のものは、タパジョース、マデイラ、ネグロ、プルスの各河川を通って、ペルーとボリヴィアの中心部まで入りこんでいる。

世界じゅうに比ぶものないこの広大で肥沃な流域における商業が、いつかの日どのように発展するかは火を見るよりもあきらかなことだ。

しかし、未来という名のメダルには裏側がある。進歩は原住民を犠牲にすることなしには、成されないものだ。そうなのだ。アマゾン上流地帯では、多くのインディオの種族が、なかでもクリシクルスとソリマオスが、はやくも消滅した。プツマヨでは、ユリ族にはまだ出会うことがあっても、ヤウアスは遠い支流のほうへと避難してここを去っているし、マオオスは今この岸辺を離れて、少数だがジャプラーの森をさまよっている！

また、ツナンテインの川はほとんど人影を見ない。ジュルアの河口には、いくつかのインディオの流浪家族しかいない。テフェはほとんど見捨てられている。ジャプラーの水源のあたりのウマウアは大国の残骸しか残っていない。コアリは人跡を見ない。プルスの岸辺にはムラのインディオが少数。古くからのマナウス族は流浪家族がいるだけ。ネグロ河のほとりには、ポルトガルと原住民の混血しかいない。そのあたりでは、二四のさまざまな国が滅びている。

これが進歩の法則なのだ。インディオは消えてしまうだろう。アングロサクソンのまえでは、オーストラリア人や、タスマニア人は姿を消してしまう。極西の征服者の前では北アメリカのインディアンは消えてしまう。いつかたぶん、アラブ人は、フランスの植民主義にかかっていなくなってしまうだろう。

しかし、今は、一八五二年という日時にもどらなくてはならない。今日では多岐になった交通連絡の方法はまだ存在しなかった。ホアン・グラールの旅は四か月よりも少ないものとはなり得なかった。とりわけこうした状態では。

二人して足もとをゆっくり流れる河の水を眺めながら、ベニートはそのようなことを考えていた。

「マノエル君、ぼくたちのベレンへの到着は、ぼくたちの別れるときなのだから、きみにはとても短い時間に思われるだろうね！」

「そうとも、ベニート」とマノエルは答えた。「しかし長いと言えば長い。というのも、旅が終わらなければ、ミンハはぼくの妻とはならないのだからね！」

VI 地上を覆う森林

そんなわけでホアン・グラール一家は喜々としていた。このすてきなアマゾン下りの旅は、快適にはじまろうとしていた。単に農場主とその家族が数か月の旅に出るというだけではなく、いずれわかるように、彼らは農場で働いている人びとの一部をともなうことになっていた。

自分のまわりでだれもが幸福そうにしているのを見て、ホアン・グラールは、彼の人生を脅かしているあの心配事を忘れたかのようだった。この日から彼には覚悟ができて別人になったかに見えた。旅のしたくに取りかかるというときには、もう昔の活動力を取りもどしていた。彼の家族にとっても、彼がもう一度仕事に励む姿を見ることはこのうえない満足だった。心が肉体にうちかち、ホアン・グラールは、かつての数年間がそうだったように精力的になって、しっかりとしてきた。森や野原や川からなるこの生命感にみちた雰囲気のなかで、彼はふたたびいつも外気のなかで暮らしていたころの人間にかえったのである。

そのうえ、出発に先立つ数週間が有効に過ごされようとしていた。

先に述べたように、このころはアマゾンの流れにはまだあのおびただしい蒸汽船が走っていなかった。しかし一つならずの会社はすでにこの河やその支流に進水させることを考えてはいた。水路はそこを通る一人一人が、まだ自分たちのためにつくっているだけだったし、また多くの場合、ボートや小舟のたぐいは沿岸の施設のためにしか使用されていなかった。

これらの小舟には次のようなものがあった。まず「ウバス」。これは火と斧で丸太をえぐってつくったカ

ヌーの一種で、舳（へさき）のほうはとがって軽く、艫（とも）のほうは重くふくらんでいた。だいたい十二人までの漕ぎ手を載せて、三トンから四トンの荷が積める。それから「エガリテアス」。荒っぽい組立てながら、ふんだんに装飾をほどこし、脇に漕ぎ手たちの坐る通路をあけて、中央に木の葉を葺いた屋根がしつらえられている。そして「ジャンガダ」。これは不定形の筏の一種で、三角帆一つで走り、藁葺きの小屋がのっかっているのだが、これがインディオとその家族に、浮かぶ家の役を果たしている。

この三種類の小舟はアマゾンの小船隊をなしていて、ふつう人や商品を運ぶときにしか役立たない。もっと大きな舟ももちろんある。「ヴィギリンガス」がそうだ。八トンから一〇トンの舟で、三本のマストと赤い帆を装備し、風のないときには四本の櫂（かい）で走るのだが、この櫂がまた流れをさかのぼるときにはひどく重いのだ。それから「コベルタス」。二〇トンまであるジャンクの一種で、船尾船室が一つ、キャビンが一つ、四角な大きさのちがう帆が二つあり、風の弱いときや向かい風のときには、一〇本の長いオールが使われる。インディオたちはこのオールを高い前甲板で漕ぐのだ。

しかし、これらの乗物はホアン・グラールの気に入らなかった。彼はアマゾンを下ることに決めたときから、この旅を大きな筏でやろうと考えていたのである。彼はまたこの旅を利用してパラに向けた大量の商品輸送をやってのけようと考えていた。この点からみれば、短期間のうちに河を下るということはどうでもよかった。こうして彼の方針はきまった。——その方針はたぶんマノエルは別として、多くの賛同を集めるにちがいない。青年は当然、スピードの速い蒸汽船を考えているはずだった。

しかし、ホアン・グラールの考えた輸送方法は、どれほど退化した原始的なものであろうと、多くの人びとを運ぶことができ、またとない快適さと安全さで河の流れに身をまかすことのできるものだったのである。

実際、河岸を離れてアマゾンを下るのは、イキトス農場の一部分であり、そこには住居や小屋や納屋や、主人も使用人も含めて農民たちの一族をなしているすべてのものがあった。

イキトスの施設はその開拓地一帯にあのすばらしい森のいくつかを含んでいた。これらの森は、南アメリカ中央部では、言ってみれば汲みつくすことのできないものである。

ホアン・グラールは、指物細工(さしものざいく)や家具製造や大工の仕事に適した、貴重な幾種類もの樹木の伐採に完全に通暁していた。彼はそのことから年々莫大な利益を引き出していた。

事実、河はアマゾンの森林の産物を、鉄道以上に確実に、そして鉄道以上に経済的に運ぶためにあった。だから、ホアン・グラールは毎年、彼の貯蔵している樹木を何百本か切り倒し、厚板や背板やあら削りの丸太を組んだあの巨大な筏をつくった。この筏は河の水深や流れの方向を熟知した腕ききの水先案内人の手でパラへ導かれるのだった。

そんなわけでこの年もホアン・グラールは、いつもの年と同じようにしようとしていた。ただ、彼はいったん筏ができあがったら、この大がかりな商売のこまごましたところをベニートにまかせるつもりだった。しかしぐずぐずしてはいられなかった。事実、六月はじめという時期は、旅立ちに都合のよい時期だった。と言うのも、上流の氾濫でかさの増した水が十月までにだんだん減っていくからだ。

そんなわけで最初の作業は一刻も早く着手されねばならなかった。筏はけたはずれの大きさになったからである。問題なのは、ナネイとアマゾンの合流点にある五〇〇平方メートルの森、つまり、農場の沿岸部の一角を全部伐ること、それでもって巨大な筏を組むことだった。——それは、まるで島のような大きさにつくられるジャンガダか河筏とそっくり同じものだった。

さて、ホアン・グラールは、この地方でどの舟よりも安全で、一〇〇のエガリタスあるいはヴィギリンダスをつなぎ合わせたものより大きなジャンガダで、家族や働き手や積荷とともに船出しようと考えたのである。

「いい考えですわ！」とミンハは父の計画を知って、手を拍って叫んだ。

「そうね！」とヤキタが答えた。「これならあたしたち、危い目にもあわず疲れもしないでベレンに着くわ！」

「それに停まっているあいだは、岸辺の森で狩りもできるというわけだ」とベニートが口をそえた。

「これでは少し長すぎるようだ」とマノエルが注意をうながした。「それにアマゾンを下るにはもっと速い移動手段を選ぶのがいいのではないでしょうか？」

たしかに長いかもしれない。しかしこの若い医者の、一刻も早く結婚したいという、言うなれば利害のからんだ異議申し立ては、誰一人認めようとしなかった。

ホアン・グラールはこのとき一人のインディオを呼びにやった。この男は農場一番の家令だった。

「一か月後にはジャンガダができあがって乗り出せるようになっていなければいけない」と彼は言った。

「今日からすぐに取りかかります」と家令は答えた。

これはきびしい仕事だった。ざっと一〇〇人ばかりのインディオと黒人がいたが、彼らはこの五月前半に、まったくめざましい働きをした。このような樹木の大伐採にあまり慣れていない純朴な人たちだったら、たぶん樹齢数百年を数える巨大な樹木が二、三時間のうちに樵夫たちの斧で切り倒されるのを見て、呻き声をあげたことであろう。しかし、樹木は上流の河岸にも下流の島々にもありあまるほどあって、両岸の眼路はるかな地平線をどこまでも埋めていた。だから、たかだか五〇〇平方メートルの森林を伐採しても、それと目につくような空地のできるはずもなかった。

　家令とその使用人は、ホアン・グラールの指示を受けたのち、あらかじめ地面を覆う蔓や灌木や雑草や喬木類を伐りとった。彼らは鋸と斧を手にする前に山刀で武装していた。誰であれアマゾンの森林にわけ入ろうとするものには必須の道具だった。それはいくぶん反りかえった幅のひろい平べったい大きな刀で、長さは七、八十センチ、しっかりした柄がついている。土民たちはこれをおどろくほど器用に使いこなした。短い時間のうちに、彼らは山刀の助けを借りて地面を払い、下草を刈り、大樹の繁る森の奥まで幅ひろい通路をひらいた。

　こうして準備はととのった。地面は農場の樵夫たちによって裸にされた。古い樹木の幹は、蔓やサボテンや、羊歯や、苔や、アナナスの着物をはぎとられた。樹皮がむき出しになり、やがて今度は生のままはぎとられた。

　この樵夫の一団は、数えきれないほどの猿の群れが、自分たちほどの敏捷さもしめさずに逃げて行くのを目にしながら、高い枝によじのぼり、幹から分かれた太い枝を落とし、葉の繁った小枝を払った。小枝は即座に焼かれることになっていた。まもなくこの見放された森には、もう枝を払われて梢を切り取られた長い立木しか残らなかった。そして、新しい空気とともに太陽の光が、これまでおそらく一度も日の射したことのない湿った地面にまでさんさんと降りそそいだ。

　大工仕事だとか大きな建具仕事だとかの力仕事に適さないような樹は一本もなかった。こちらには、まるで褐色の輪のついた象牙の柱のように、高さ四〇メートル、根本の直径一メートル以上もある椰子が何本か生えていた。これは変質することのない材木を提供してくれる樹木だ。また、他方には、角のある実をつ

ける固く白い木質の栗の木。建築材用の「ムリシス」。地面から何十センチかのところで急に大きく膨れた直径三メートル半ほどの瘤のある「バリグドス」。灰色の塊茎の突き出た茶色っぽいてらてらした樹皮の樹で、この塊茎から出た鋭い棘は、水平になった繖形花を支えている。白くてつるつるしていて、まっすぐで幹の高い、「ボンバクス」。こうしたすばらしいアマゾン植物群の標本のかたわらに、「クァティボス」も倒れていた。この樹の天蓋状のバラ色の枝は、あたりの樹々を見おろし、小さな鉢に似た実をつけている。この実のなかには一列に栗の実がならんでいる。そしてこの樹から採れる木材は、あかるい紫色をしていて、とくに船舶建造に必要なものだ。それから鉄のようにかたい樹々もあった。とくに「イビリラテア」。ほとんどまっ黒といっていい木材で、たいへん木目がつんでいるため、インディオたちはこれで戦闘用の斧をこしらえる。マホガニーよりももっと貴重な「ジャカランダ」。それから「セザルピナス」。この種類の樹木は、木樵りたちの手のとどかない古い森の奥に行かなければ見つからない。一五〇メートルもあって天然の支柱に支えられている「サプシアス」。この天然の支柱は、樹の根元三メートルあたりから生え出て、九メートルあたりで全部いっしょになり、幹のまわりにまるでラセンの柱のように、ぐるぐる巻きついて昇っている。この樹のてっぺんは、植物でつくった人工の花束のように花開き、それをさまざまな宿り木が、黄色や緋色や雪白に彩っている。

作業がはじまって三週間後には、ナネイとアマゾンの一角をおおうこれらの樹々はすべて伐られた。伐採は完全だった。ホアン・グラールは森の管理に気を使う必要もなかった。二〇年か三〇年もあれば、またもとどおりになるからだ。樹皮が若かろうが老いていようが、先になって伐るときの目印として樹が伐り残されるということはなかったし、伐採の限度を示すとされるあのサンシュユ類も、一本残らず伐り取られた。

「総伐り」だった。すべての幹が根もとまで地面すれすれに伐りこまれた。やがて新しい根が分離し、次の春がやってくれば、そのうえにまた緑色の若木がいちめんに生え出ることだろう。

いや、アマゾン河とその支流の水に境界線までひたされて、この一〇〇〇平方メートルの空地は、開墾され、耕され、植樹され、そして種を蒔かれることになっていた。そして翌年には、マニオク、コーヒー、インハム、砂糖きび、葛、とうもろこし、落花生などの畑が地面をおおうことになる。そのときまでにはゆたかな森林の植樹がこの地面に影を落としているであろう。

五月の最後の週がやってこないうちに、全部の幹が、その材質とどれくらい浮遊力をもっているかによって別々に分けられ、アマゾンの岸辺に並べられた。巨大なジャンガダはそこで建造されることになっていた。それは乗組員たちに必要な住居をそなえたほんものの浮かぶ村となるであろう。やがて時が来れば、氾濫で水かさの増した河がジャンガダをもちあげにきて、何百キロの距離を大西洋の沿岸まで運んで行くであろう。

これらの作業のつづいているあいだ、ホアン・グラールは精魂こめて仕事にうちこんでいた。彼はみずから陣頭に立って作業を指揮した。はじめは伐採地で、ついで、幅ひろい砂浜でできた農場の境界で。そこには筏の部分がならべられていた。

ヤキタはシベールといっしょにあれこれと旅立ちの準備にかかっていたが、この老いた黒人女には、現在こんなにまで満足して暮らしているこの場所をみんなが去ろうとしていることが理解できなかった。

「でもお前、これまで一度も見たことのないようなものがいろいろ見られるんだよ!」と、ヤキタは老女に言い言いした。

「それはあたしたちが見なれているものほどの値打ちがあるものでしょうかねえ?」老いた黒人女の答えは

いつもきまっていた。

二人のそばでは、ミンハとそのお気に入りの娘が彼女らだけに関係したことを考えていた。彼女らにとってはただ単なる旅が問題なのではなかった。これは決定的な旅立ちだった。見知らぬ地方に身を落ちつけたときに出会うさまざまな出来事が問題なのだった。若い混血娘は、その地方へ行っても彼女が心から慕っている主人のそばで暮らしつづけることになっていた。いかにもミンハは少々心を痛めていた。しかし陽気なリナはイキトスを離れることを、それほど気にはしていなかった。主人がミンハ・グラールからミンハ・バルデスに変わったところで、リナは少しも変わらないだろう。彼女の笑いをとめるには、ただその女主人から引き離せばよかっただろう。そんなことはこれまで一度も問題にならなかった。

ベニートは活発に父の仕事を助けていたが、その仕事もようやく完了した。彼はこうしてこの農場主の職業の生きた知識を手に入れるのだった。いずれは彼も農場主になるのである。同じように、彼はこれから川を下りながら、商人の仕事にも精通しなければならなかった。

マノエルはといえば、彼はヤキタとその娘が忙しく立ち働いている住居のほうと、それからベニートが人の気持も知らずに連れて行きたがる開墾現場の両方で、できるだけ公平に仕事をした。けれども、結局のところこの両天秤は無理だったし、それはもっともなことでもあった。

Ⅶ　蔓づたいに

ある日曜日、とはいってももう五月の二六日だったが、若い人たちはちょっとだけ気晴らしをやることになった。天気は上々で、あたりはアンデス山脈から吹いてくる涼しい風にみちていた。この風が気候をやわらげていたのである。すべてが野へ遠足に出よと招いていた。

ベニートとマノエルは、そんなわけで娘たちに、農場の向かい側にある、アマゾンの右岸を占める大森林へ行ってみないかと誘った。

これは魅力的なイキトス付近に暇を告げる一つの方法だった。二人の青年は猟師として行く。とはいえ、獲物を追っても連れのもとからは離れることのない猟師としてだ。この点についてはマノエルは信頼できた。――そして二人の娘は（というのもリナは主人から離れることなどできないから）ただ散策するために行くことになる。二人は九キロや一〇キロの遠足におじけづくような娘ではなかった。

しかしホアン・グラールもヤキタも彼らといっしょに行く暇はなかった。一つには、ジャンガダのプランがまだ完成されていなかったし、その建造は少しでも遅れてはならなかったからだ。もう一つには、ヤキタとシベールは、農場の女の働き手の全員に助けてもらっていたが、やはり一時間もむだにできなかったからだ。

ミンハはこの誘いを心からよろこんで受けた。こうしてこの日の十一時ごろ、朝食を終えた二人の青年と二人の娘は、二つの流れが合流するところにある牧場に向かって出かけた。黒人の一人が彼らにしたがった。みんなは農場で使っているウバスに乗りこんで漕ぎ出し、イキトスとパリアンタ島のあいだを通りぬけてアマゾンの右岸に着いた。

小舟はみごとな木状羊歯がアーチをなしている場所に横着けになった。それらの木状羊歯は十二メートルほどの高さで、しなやかな緑色のビロードの枝でできた暈のようなものをいただき、その枝にはこまかな植物性のレースに飾られた葉がついていた。

「さあさあ、マノエル」と娘は言った。「あなたを森に迎えるのはあたしの役目です。あなたはこのアマゾン上流地方では余所者にすぎないのですからね！　ここはあたしたちの家なのです。あなたはあたしが主婦としての義務を果たすのを黙って見ていてくださいね！」

「いとしいミンハ」と青年は答えた。「きみはぼくらのベレンの町でも、イキトス農場でと同じように主婦になるんだ。ここもあっちも同じだよ……」

「ちょっと、ちょっと、マノエル、それからお前」とベニートが叫んだ。「きみたちはそんな甘いことばを交わしにここへやって来たのではないだろう……しばらくはきみたち婚約者同士だということを忘れてくれよ……」

「一時間でもいやだ！　一瞬たりともいやだね！」とマノエルが答えた。

「でもミンハがそうしろと言ったら？」

「ミンハはそんなこと言わないさ！」

「どうしてわかるのでしょう？」と、リナが笑って問いかけた。

「リナのいうとおりよ！」とミンハが答えた。そしてマノエルに手をさしのべた。「忘れるようになさいな……忘れなさい！……兄さんが言っているんですもの！　全部ご破算、全部……この遠足のあいだじゅう、

DUMOUZA

あたしたちは婚約者ではないのよ！　あたしはもうベニートの妹ではありません！　あなたも彼の友だちではありません！……」

「そのとおり！」と、ベニートが叫んだ。

「すてき！　ここにいるのはみんな見知らぬ者同士なのですね！」と若い混血娘は手を拍って答えた。

「互いにはじめて姿を見て、はじめて出会って、挨拶をかわしている余所者なのよ！」と娘が言い足した。

「マドモアゼル……」と、マノエルがミンハの前に腰をかがめた。

「どなたさまでいらっしゃいましょう？　ムッシュ！」と、娘はこれ以上ないくらいにまじめくさってきいた。

「マノエル・バルデスと申します。もしお兄さまからご紹介いただければ、このうえなくうれしいのでございますが……」

「やれやれ、なんてものの言い方だ！」とベニートが叫んだ。「ぼくはなんてくだらないことを考えたんだろう……。婚約者同士でいたまえ！　そうしたいあいだはそうしていたまえ！　いつもいつもそうしていたまえ！」

「そう、いつもいつもよ！」とミンハが言った。このことばは大へん自然に彼女の口から洩れたので、リナはいっそうけたたましく笑ったくらいだった。

感謝にみちたマノエルの眼差しが、この慎しみのない彼女のことばにじゅうぶんむくいた。

「歩いていればこんなにおしゃべりはしないだろうな！　出かけよう！」とベニートが叫んだ。もじもじしている妹を助けるためである。

しかしミンハは急がなかった。

「ちょっと待って、兄さん!」と彼女は言った。「ごらんのとおりよ、あたしは兄さんのいうとおりにするつもりだったの! 兄さんはマノエルとあたしが兄さんの遠足を台なしにしないように、忘れることを望んだわ! そこで、兄さんに、遠足を台なしにしないように一つお願いしなければならないことがあるの! もしよかったら、いいえ、たとえ兄さんの気に入らなくとも、忘れるって約束してほしいの……」

「忘れるって、いったい何を?」

「兄さんの猟師を!」

「何だって! お前ぼくにいけないって言うのかい?」

「兄さんにあのかわいい鳥たちを撃つのをやめてもらいたいの。オウム、インコ、カシケスやキヌバネドリ、あんなに楽しそうに森のなかを飛びまわっているじゃありませんか! 小さな獲物が出てきても同じよ。今日はあたしたちには権利がないのよ! もし大蛇とかジャガーとかが近づいてきたら、それは別ですけれど!」

「しかし……」とベニートは口をはさんだ。

「さもないとあたしマノエルの腕を取りますよ。そして二人で逃げ出し、姿をくらまします。そうなれば兄さんはあたしたちの後を追ってこなければならなくなりますよ!」

「どうだい、これは? きみはぼくに断わってほしいかね?」と、ベニートは友人のマノエルを見ながら叫んだ。

「そう思うね!」と青年は答えた。

「じゃ、やめだ!」とベニートは叫んだ。「断わらないことにしよう。きみがくやしがるように、彼女の言うとおりにするか！　出発だ！」

こうして四人は黒人を連れ、美しい樹々をくぐって森に入って行く。樹々をおおう葉のしげみは、陽光が地面にとどくのをさまたげていた。

アマゾン右岸のこの一帯以上にすばらしいところはない。そこには絵のようにまじりあってさまざまな樹が生えていた。わずか一キロ四方の空間に一〇〇種もの珍しい植物が数えられるほどだった。そのうえ、もし林務官が見まわれば、ここには樵夫は一人も斧を入れていないことがすぐわかったことだろう。ひとたび開拓されれば、その後数世紀を経ても、その傷は消えないだろう。新しく育った木が樹齢百年に達しようと、開拓以前の様相に戻ることはないだろう。その理由の最たるものは、蔓やその他の寄生植物が修正されてしまうからである。興味深い徴候であり、原住民たちがそれを見誤ることはないはずである。

こうして愉快な一団は高い草にわけいり、やぶを通りぬけ、雑木林をくぐり、しゃべっては笑いして森へ入って行った。黒人が先頭に立ち、やぶがあまり厚いときは山刀をふるって道をひらいた。そしてその気配におどろいておびただしい鳥が舞い立つのだった。

高い枝のしげみをあちこち飛びまわっている鳥たちを撃たないように主張したミンハは正しかった。そこには熱帯地方の鳥類のなかでも、とりわけ美しいのが姿を見せていた。緑色のオウム、叫ぶインコは、これらの巨木に自然に生（な）った果実のようであった。蜂雀とそのすべての変種、つまり青ひげ、ルビー＝トパーズ、長いとがった尾をもつ「ティサウラス」は、まるで枝から枝へ風に吹かれて飛ぶたくさんの花のようだった。羽がオレンジ色で茶色のふちのあるツグミ、金ぶちのいちじく食い、カラスのように黒い「サビアス」は、耳を聾（ろう）するばかりにさえずっていた。巨嘴鳥（おおばし）の長い嘴は「ギリリス」の金の房をついばみ刻んでいた。ブラジル産のキツツキたちは、彼らの赤紫の点のついた頭を振っていた。それはもう目もあやな光景だった。

けれども、これで明るい褐色のはいたかの一種、「アルマ・デ・ガト」、つまり猫の魂（アーム・ド・シャ）が、錆びた風見のように樹々のてっぺんで軋る叫びをあげると、これらの鳥たちはいっせいに鳴きやみ、姿を消した。しかし、「アルマ・デ・ガト」も、たとえ長くて白い尾羽根をひろげて偉そうに飛びまわっていても、雪のように頭の白い大鷺「グラヴィアオ」がもっと高いところにあらわれれば、こそこそと逃げだすのだった。この鷺は森じゅうの鳥たちの恐怖の的だったのである。

ミンハはマノエルをこのおどろくべき天然の光景に見とれさせた。もっと開けた東部地方では、この光景もその原初の単純さでは見ようにも見られなかった。マノエルは娘の意志を耳でよりも目で聞いていた。それにこのおびただしい鳥の叫びや歌声は、ときにはなはだしく強くて、彼女の声を耳で聞きとろうとしたとしても、不可能だったのだ。わずかにリナのはじけるような笑い声だけが、あらゆる種類の鳴き声を、その楽しげなするどい調子で凌駕することができた。

一時間たったが、まだほんの一キロも来ていなかった。河岸を遠ざかるにつれて樹々は別の姿を呈してきた。動物たちの姿はもう地面には見られず、二〇メートルか二五メートルも上のほうを、猿の群れが渡って行くのが見えるだけだった。彼らは高い枝から枝へ追いかけっこしているのだった。あちこちに円錐形をした日光が下草までさし入っていた。実を言えば、この熱帯の森林では、光はもはや森林の生育に必要不可欠の力であるとは思えない。大きかろうと小さかろうと、また樹木であろうと草であろうと、植物の発育には空気さえあればいいのだ。そして樹液の伝播に必要な熱は、すべて周囲の空気からではなく、地面のなかから汲みとるのだ。地面にはまるで巨大な暖炉のように熱がたくわえられていた。

そして、大きな森の下にまた小さな森をつくっているアナナス、スネークウッド、蘭、さぼてん、それからあのあらゆる寄生植物の表面に、何とたくさんの珍しい昆虫が、そう、まるでそれらがほんものの花でもあるかのように摘みとれたことか！　玉虫色の光沢のある青い羽根をつけたネストル、金色の鱗粉にみどりの縞模様の入った蝶の「レイルス」、木の葉色の翼があって長さ二五センチもある蛾、金色の鎧を着た一種の生きたエメラルドである蜜蜂の「マリブンダス」。それからたくさんの甲虫の類、前胸部が青銅色で羽根がみどり色、目から黄色がかった光りを放つバラギュームが、夜になると森をさまざまな色のかがやきで照らしだすにちがいない。

「なんてたくさんの珍しいものがあるのでしょう！」と娘はうっとりとして何度も言った。

「お前は自分の家にいるんだろう、ミンハ。少なくともそんなふうに言ったぞ」とベニートが叫んだ。「それなのにお前は自分の財産のことをそんなふうに言うのかね！」

「笑いなさい、兄さん」と、ミンハが答えた。「こんなにたくさんきれいなものがあるのですもの、褒めたっていいはずだわ、ねえマノエル？　みな神さまがおつくりになって、すべての人のものなんだわ！」

「ベニートには笑わせておくさ」と、マノエルが言った。「彼はかくしているけれど、一人になれば詩人なんだよ。そしてぼくたちと同じくらいこの自然の美しいものを讃美するのだ！　ただ鉄砲をかかえているときだけは、詩ごころとはお別れというわけなのさ！」

「じゃあ詩人でいなさいな、兄さん！」と娘が答えた。

「ぼくは詩人だよ！」とベニートがやりかえした。「おお魅惑の自然よ、天然よ」

とは言うものの、ミンハが兄に猟銃を撃つのを禁じてがまんさせたことはたしかだった。森に獲物の姿は絶えなかったし、彼が何発か思いきりぶっ放したくてうずうずしたのも無理からぬことだった。

実際、かなり広い空地のひらけた、あまり樹のしげっていないあたりには、一メートル半ほどもある何組かの番(つがい)の駝鳥や、「ナウドゥス」の一種が姿をあらわした。これらの鳥たちの進むところには、かならず七面鳥の一種である、あのおつきの「セリエマス」がいて、そいつらのほうが、食用という点からみれば比べものにならぬくらい上等だったのである。

「つまらない約束をしたおかげで、とんだことになったね！」ベニートは本能的に肩にかまえた銃を、妹のしぐさを見てふたたびおろしながら叫んだ。

「あのセリエマスは大事にしなければいけないよ」とマノエルが答えた。「だって、あいつらは蛇を殺すのだから」

「同じように蛇も大事にしなければいけないさ」と、ベニートがやりかえした。「だって蛇は害虫を食べるのだから。そして昆虫は昆虫で、もっと有害なアブラムシを食って生きているんだから大事にしなければいけないさ！　この理屈でいけば、なんでもかでも大事にしなければいけないよ！」

しかし、この若い猟師の本能は、もっときびしい試練にさらされることになった。森は獲物にみちていた。敏捷な鹿、優雅な小鹿が樹々の下を逃げた。よく狙って撃てば、逃げるところをまちがいなく一発でしとめられただろう。そして、次のようなものがあちこちに姿を見せた。ミルクコーヒーの色をした七面鳥、獣肉愛好者がたいへん好む野豚の一種のペッカリー、南米で兎や野兎の同類とされているアグーティ、モザイク状の形をした鎧をつけた齧歯(げっし)類に属するアルマジロ。

P. Louis

実際ベニートは、ブラジルで「アンタス」と呼ばれている貘、今日もうアマゾン上流やその支流ではほとんど見つからない、あの象を小さくしたような生きものを見かけたときには、まさに勇気以上のもの、ほんもののヒロイズムを示したのである！　この厚皮動物は数が少ないために猟師たちが必死に探している獣だった。牛肉よりもはるかに美味な肉、なかでも王侯の食物とされているその首筋の突起のために食通たちが大いに珍重する獣なのだ。

若者はもう胸が鳴って鳴ってしかたがなかった。しかし自分で立てた誓いに忠実な彼は、泣く泣く鉄砲をおさめたのである。

ああ！　彼はそのことを妹にうちあけたが――たとえばもしも彼が、あのきわめて珍しい大アリクイの一種である「タマンドア・アッサ」の至近距離にいたら、弾は彼の意志とは無関係に飛びだしたことであろう。これを撃つということは、その年の狩猟年誌で抜群の腕前とみなされるものなのだ。

しかしさいわいなことに、大アリクイは姿をあらわさなかったし、また、あの、パンテールやレオパール、ジャガーその他、南米ではひと口にオンサという名で呼ばれている豹も姿をあらわさなかった。これらの豹にはあまりそばへ寄られては危険でもあった。

「やれやれ」と、ベニートがちょっと立ち止まって言った。「歩きまわるのもいいものだ。しかし、目的もなしに歩きまわるというのは……」

「目的がないですって！」とミンハはおどろいた声をあげた。「あたしたちの目的は、見ること、感心すること、この中部アメリカの森に最後の訪問をすることでしょう。パラに行けばもう見られないのよ。森に最後のさよならを言うことが目的ではなくって！」

「いい考えがありますわ！」

こう言ったのはリナだった。

「リナの考えときたらばかげた考えにきまってるよ！」

ベニートは首を振りながら答えた。

「兄さん」と娘が言った。「リナを笑ってはいけないわ。リナは兄さんのおっしゃる目的をつくろうとしているのですもの……」

「ベニートさま、私の考えがお気に召せばの話ですけど。きっとお気に召すと思いますわ」と若い混血娘は答えた。

「あなたの考えというのはなあに？」とミンハが訊いた。

「この蔓を見てくださいまし」

と言って、リナは大きなネムの木に巻きついた「シポ」類の蔓を指さした。このネムの木の葉は羽毛のように軽く、ちょっと音がしただけで閉じてしまうのだった。

「それで？」とベニートがたずねた。

「私の提案というのは」とリナが受けた。

「この蔓をみんなで端まで辿って行ってみませんかということなんですわ！」

「そりゃいい考えだ、いい目的だ！」とベニートが叫んだ。「やぶだとか、雑木だとか、岩だとか、小川だとか、急流だとか、どんなに障害物があってもこの蔓を辿って行く。どんなものにも立ち止まらないで行く。何があろうとも……」

「まったく兄さんのおっしゃるとおりだったわ！」とミンハが笑いながら言った。「リナは、ちょっぴりおばかさんよ！」

「それはどういう意味なんだい！」と兄が答えた。「お前はリナがおばかさんだと言う。しかしそれは僕がばかだと言うことなんだね。というのも僕はリナの意見に賛成なんだからね！」

「ともかくばかになりましょうよ。みんなが賛成らしいのですもの！」とミンハが答えた。「蔓を辿って行きましょうよ！」

「きみたち、こわくはないのかい……」とマノエルが注意した。

「ああ、また異論が出た！」とベニートがそれを受けた。「マノエル、もしもミンハがこの蔓の向こうで待っているのだったら、きみもそんなふうには言わないだろうし、もうさっさと歩きはじめているだろうにねえ！」

「ぼくは黙るよ」とマノエルが答えた。「もう何も言わない。ついて行くよ。蔓を辿ろう！」

こうして彼らは、休暇に入った子供たちのように楽しげに出発したのだった！

この植物でできた綱は、もし彼らがそれをあのアリアドネの糸のようにあくまで端まで辿って行くつもりだったら、ずいぶん遠くまで彼らを連れて行くはずのものだった——ただこのミノス王の娘の糸は迷路を出るのを助けたのに、これはもっと奥深く連れこむことになるのだった。

事実これはサルサ目に属する蔓、赤い「ジャピカンガ」の名前で知られたシポの一種で、長さはときに数キロに達することがある。しかし、そのことだけが問題なのではなかった。

シポは、あるときは幹に巻きつき、またあるときは枝にからみついて、木から木へと切れ目なく伝わっていた。こちらでは竜血樹から紫檀にとびついているかと思うと、あちらでは「ベルトレティア・エクセルサ」という巨大な栗の木や、アガシがその枝をみどりの斑のあるサンゴの杖に比した、あの「バカバ」の樹々にとびついている。それから「テュキュマ」にとびうつり、数百年もたったオリーヴ樹のようにあちこちねじくれ曲がったフィキュにとびうつっている。ブラジルではこの樹の変種が四三種はあるとされている。またゴム液の出るさまざまな種類の灯台草科の植物、幹がすべすべとしてすらりとした優雅な美しい棕櫚「グァルテ」、アマゾン川とその支流の岸辺に自然に生育するカカオの木、バラ色の花をつけたのや白味がかった鹿毛色の円錐花に飾られたのなど、色とりどりの野牡丹。

しかしこの楽しげな一隊は導きの糸を見失ったと思ったときには、がやがや騒ぎだし、すぐにまた糸を見つけては、寄生植物の群れのなかにそれを見分けるのだった。

「ここです、ここです。見つけました！」とリナが言う。

「お前の勘ちがいよ」とミンハが答える。

「それじゃあないわ。それは全然べつの植物の蔓よ！」

「そんなことはない！　リナが正しい」とベニートが断定する。

「いや、リナはまちがっている」と、もちろんマノエルが答える。

そうして、丁々発止のいい合いがはじまるのだが、誰一人ゆずろうとするものがない。

とうとう黒人とベニートが、それぞれの側の言い分を代表して樹に登り、シポがからみついた枝まで行って、正しい方向を見つけるということになった。

ところが、これがたいへんな大仕事だった。なにしろ蔓が網のようになった葉群れのなかには、するどいとげの生えたアナナスがあり、紫色の唇弁をもち、手袋大の赤い花を咲かせた蘭科植物があり、子猫がさんざんじゃれついた毛の玉みたいにもつれた「オンシディウム」があるというぐあいだった。

おまけに蔓が地に垂れ下がっていたりすれば、見つけるのがまたおおごとだった。というのも、リコポデスや大きな葉のヘリコニウス、紅い樹冠のカリアンドラやリプサルのかたまりが、電導コイルの鎧装みたいに蔓にからみついていたり、大きな白イポネアのかたまりのなかを通っていたり、ヴァニラ樹の太い幹の下を通ったり、時計草やら葡萄類がおどろおどろしくしげったなかを蔓が匍っていたりというふうだったからである。

だから、問題のシポをやっと見つけたときには、一同大歓声をあげた。そこでまた、この中断していたご大そうな散歩を続行ということになった。

かれこれ一時間、青年たちは歩きつづけたものの、待ちに待った終点はいっこうにやってくる気配がなかった。手荒く蔓を揺すってみても、びくともしなかった。幾百とも知れず鳥が飛びたち、猿どもは道案内でもするように樹間を渡り去った。しげみが道を遮断していれば、鉈でしげみに穴をあけ、一同はそこをくぐりぬけた。またあるときは、一行のまえを塞いでいるのはみどりにおおわれた大岩であり、蔓はその上を蛇のように匍い、うねっていた。一行は苦労して岩によじ登ってそれを越えた。

ようやく彼らは広い空地に出た。そこには、とりわけ植物にとっては太陽の光同様に必要欠くべからざる新鮮な大気のなかに、バナナの木が一本すっくと立っていた。バナナはフンボルトの考察によれば、『文明の揺籃時代から人類とともにあった』熱帯の住民の偉大なる授乳者だった。シポの蔓はそのバナナの高い枝にからんで、さらに空地の向かい側の端にまで達し、また森のなかへとつづいていた。

「もうよそうか」とマノエルが言った。

「いや絶対によさないよ」と、ベニートが大声で言った。

「蔓の端までは何としても行かなくては」

「でも、そろそろ帰りのことも考えておかなければいけないわ」と、ミンハが注意した。

「でも、ミンハさま、まだ大丈夫ですわ」と、リナが答えた。

「さあ前進、前進」と、ベニートが励ました。

そこで、この夢中になった一行は、さらに森の奥へと進んだ。今度のは先ほどの森より邪魔ものが少なく、楽に進むことができた。

おまけに、シポは北にのびて、河のほうへ近づいていた。ということは一行が右岸に近づいていたわけで、蔓を追うのも楽であったし、河をさかのぼるのも容易になったようだった。

一五分ほど進んで、アマゾンの小支流をまえにした湿った渓谷の底に一同は足を停めた。といってもたいしたことでもなく、枝の網でつながった「ベコ」に似た蔓の吊り橋が、その流れを渡っていただけだった。シポは二筋に分かれて橋の欄干のようになり、崖から崖へと渡っていた。

ベニートは揺れる植物の橋をさっさと渡った。

マノエルはフィアンセを守ろうと考えた。

「ここにいなさい、ミンハ」と彼は言った。「ベニートは勝手に行ってしまった。けれど、ぼくたちはここで彼がもどってくるのを待とう」

「いいえ、行きましょう、ミンハさま、行きましょう」と、リナが叫んだ。「大丈夫ですよ。ほら蔓が細く

なりましたわ、引きさがるわけにはまいりません、端をつきとめなければ」

そこで、若い女主人もためらわず、ベニートのあとを追って大胆に前進した。

「なんて子供みたいなんでしょう」とミンハが言った。「さあマノエル。追いかけましょう」

一行は、谷の上でブランコみたいに揺れる橋をわたり、さらに大木がドームをつくっているなかへとわけ入った。

河のほうに向かって、果てしなくつづくシポを追って、ものの一〇分ほど進んでみんなは足を止めたが、今度は、いささか理由があってのことだった。

「とうとう蔓の終わりまで来たのかしら」とミンハが言った。

「そうじゃないよ」とベニート。「でも、こりゃ慎重に進まなければいけないな。ほらごらんよ」

ベニートは高いフィキュスの枝に埋もれたシポを指さした。シポは何か強い力に引っぱられて揺れていた。

「どうして揺れてるんだろう」と、マノエルがたずねた。

「何か動物がいそうだな。とすると用心したほうがいい」

そこでベニートは発砲できるように銃をかまえて、自分が行くという合図をしてから一〇歩ほどまえに出た。

マノエルと二人の娘と黒人は今いる場所を動こうとしなかった。

突然、ベニートが何か大声をあげて、木に向かって突進した。みんなはそこに駆けよった。

予想外の目をおおう光景だった。

一人の男が、太綱のようにしなやかな蔓に頸を吊られてもがいていた。ちょうど綱の結び目みたいなぐあいになって、断末魔の痙攣でぴくぴくと引きつっていた。

ベニートはその男のところに馳けよると、狩猟用の小刀の一撃でシポを断ち切った。男は下にずり落ちた。マノエルは、まだ間にあうなら、男を介抱し、生命を取りとめようと、彼の上に身をかがめた。

「まあかわいそうに」と、ミンハがつぶやいた。

「マノエルさま、マノエルさま」とリナが叫んだ。

「まだ息があります。心臓が動いてますよ。助けてあげなくては」

「もちろんだとも」とマノエルは答えた。「だが、もう少しでだめだったろう」

男は年のころ三〇歳くらいの白人で、粗末な服を着ていた。たいそう痩せていて、ひどく苦労してきたように見えた。

男の足もとにはからになった水筒と、椰子の木製のケン玉が転がっており、ケン玉には糸で亀の頭でつくられた玉がつながっていた。

「自分で首を吊ったんですわ。自分で首を吊ったんですわ」とリナがくりかえした。「まだ若いというのに。どうしてこんなことをしたんでしょう」

マノエルの手当てが間にあって、男は生命をとりとめた。男は目を開けて力づよく「ウーン」とうなった。突然だったのでリナはびっくりして自分でもうなり声をだしてしまった。

「あなたは誰です」とベニートがたずねた。

「ごらんのとおり、いま首吊りをした男です」

「いや、名前を……」

「いま思いだしますから」と、男は額に手をやりながら言った。「ああ、そうでした、名はフラゴッソと申します。このようになってもまだできるのなら、皆さまの化粧、髯そり、整髪に手練のほどを発揮しましょう。つまりわたしは床屋なんです。いや、くわしく申せば、フィガロのなかでもいちばん絶望したフィガロです……」

「しかし、どうしてあんなことをする気になったんです……」

「そりゃあ、しかたがないじゃありませんか、勇敢な坊ちゃん方」とフラゴッソは微笑みながら答えた。「絶望して、何と悔んだことでしょう。後悔がこの世のことでなければよかったんですがね。でもね、三二〇〇キロもさまよい歩いて、ポケットには一パタクもないままでね。それじゃ気が滅入るだけですよ。わたしは、まったく生きてゆく勇気をなくしたんです」

要するに、このフラゴッソという男は、善良で気立てのよい人間だった。元気を取りもどすにつれて、彼は生来は陽気な男だろうと思われてきた。彼は、アマゾン上流地帯を渡り歩く床屋たちの一人だった。そういう渡り床屋は、村から村へ歩き、彼らを大事にしてくれる黒人やインディオたちのなかで仕事をしていたのである。

ところで、このかわいそうなフィガロは、まったく運が悪く、ひどいことには、四〇時間も食べ物ひとつ口にできずに、この森で迷い、あげくのはて、とうとう気が変になったのである。……で、先刻のような仕儀となった次第である。

「ではきみ」とベニートが言った。「ぼくたちといっしょにイキトスの農場まで行きませんか」

「もちろんです、願ったりかなったりですよ」とフラゴッソが答えた。「あそこから下ろしてくれたのですから、わたしはあなた方にぺったりくっついて参りましょう。あんな人助けをして、こりゃ、まずいことをなさいましたぞ」

「まあ、何ですって！　ご主人さま、わたしたち、よくまあ散歩をつづけてあげたものですわ」とリナが言った。

「まったくね」とミンハが答えた。

「実際」とベニートが言った。「シポの端っこに人間がいたなんて、まったく予想外だったよ」

「それが何と、困りぬいて自殺の最中の床屋だったということで」とフラゴッソが言った。

かわいそうな男は、頭がはっきりしてきて、ことの成り行きを知った。

フラゴッソは、リナに向かって、うまいぐあいに蔓辿りを思いついてくれたことに感謝した。一行は農場への道をひき返した。その農場でフラゴッソは、これまでの自分のあんな辛い商売は二度とはじめたりはすまいと考えるほどの厚いもてなしを受けた。

Ⅷ　ジャンガダ

八〇〇メートル四方にわたって森が伐られた。船大工は、砂浜に横たわっている樹齢の古い木を筏に組むという仕事に、また取り組むことになる。

ホアン・グラールの指揮のもとに、農園に集まったインディオたちはみごとな腕前を発揮しようとしていた。船の建造にかけては、この土民たちはまったく驚くべき職人ぞろいだった。斧と鋸だけを持って、彼らは、道具が刃こぼれするようなひどく硬い木と取り組むのだが、動力鋸一つ使わずに、四角に柱をつくり、大きな幹を厚いのや薄い板にするのである。これらはすべて、彼らの器用な、忍耐強い、驚くべき天性の資質で、やすやすと成された。

木をあらかじめアマゾンの河床に置くようなことはしない。ホアン・グラールはいつも別の方法によった。つまり、筏を平らな砂浜に規則正しく配置して、ナネイと大河との合流点の高さより低くしておいた。そこでジャンガダを組む。いよいよ使う段になるとアマゾン河が、そのジャンガダを浮かばせる。

誰にも奇異に思われるだろうが、この大河の地形と、河沿いの住民なら誰でも知っている一風変わった現象について、ちょっと説明しておこう。

ナイルやミズリーのミシシッピーは、おそらく、このブラジルの大動脈よりさらに長大であろう。ナイルはアフリカ大陸を南から北へ、ミズリーのミシシッピーは北から南に北アメリカを横切って流れている。この二大河は、それゆえ、非常に変化のある緯度の上を辿って流れることになり、さまざまな気候を反映しているのである。

しかしアマゾン河は、それらとはちがって、エクアドルとペルーの境から東方へと斜行しており、南緯二度から四度のあいだに収まっている。つまり、大アマゾンは、そのどの流域においても、同一の気候条件のもとに置かれていることになる。

ということは、季節は雨期と乾期に分かれ、半年ごとに雨が降るということである。ブラジル北部にあっては、雨期は九月からはじまり、南部においては三月からである。だから、左右の支流は半年間隔でしか増水を見ない。その結果、六月に最高水位に達し、一〇月に到るまで少しずつ減少してゆくというアマゾンの水位の変化が起こるのである。

このことをホアン・グラールは経験を通じて知ってきた。そしてこの現象を利用して、ジャンガダを岸辺でつくりあげておいて、それを進水させるようにしたのである。

事実、最高水位は四〇ピエ（一ピエは約三二センチメートル—訳注）、最低水位は三〇ピエ、それぞれアマゾンの平均水位から昇降する。このような水位差が、仕事をきわめて容易にしていた。

建造は遅滞なく進展していた。広い砂浜には、むろん浮力は考慮に入れたうえで、大きさの順に幹が並べられた。

事実、これらの重くて硬い木にあっては、比重はまずほとんど水の比重と同じなのである。

一番下の土台をつくる際には、木と木のあいだをくっつけずに細い隙間を残しておき、全体を堅固にするため、小梁を横に渡して置いた。これらをたがいに「ピアサバ椰子」の太索（ふとづな）で結び合わせた。これだと、大麻の太索を用いたと同様にしっかりする。この太索は、河岸のいたるところに生えている椰子の樹皮毛でつ

くられ、この国一帯で広く用いられている。ピアサバ太索はきわめて浮力がつよく、しかも廉価でできるということで貴重な品物だが、すでに旧大陸との交易で扱われていた。

さて、その柱と小梁の上に、吃水線上七五センチの高さまで厚板と小割板を重ねてジャンガダの敷床を強化した。こうしてジャンガダは大そう大きなものになった。筏が長さ一〇〇〇ピエ、幅六〇ピエもあると、表面積が六万平方ピエになることは、すぐおわかりいただけよう。まさしく、この筏は、アマゾンを流れ下る森の観があった。

建造はホアン・グラールの指揮のもとで、まるで専門家の仕事のように仕上がった。さて、仕事が完了し、艤装のことが話題になってくると、みんなで討議したが、これには例のフラゴッソも招かれた。

ここで、農園でのフラゴッソの新しい位置がどのようなものになっていたか、ちょっと述べておこう。

親切な家族に迎えられた日以来、床屋はかつてないほど幸福に過ごしていた。ホアン・グラールはフラゴッソにパラのほうへ案内してくれるようにたのんだ。ホアンの心はそちらのほうへ向かっていた。何しろあの蔓が「自分の頸をとっつかまえて、ひきとめた！　のだから」とフラゴッソは考えた。フラゴッソはこれを受け入れ、心から感謝した。それからというもの、恩義を肝に銘じた彼は、できるだけみんなの役に立とうと努めた。こうなると、彼は、いわば「利き腕の二本持ち」の、つまり何でもやり、何でもこなすこのうえなく気のきく家僕となった。リナ同様に陽気で、いつも歌っていて、当意即妙の才にあふれる彼は、たちまち人びとに愛されるようになった。

だが、とりわけ彼が恩義を感じていたらしく思われるのは、リナに対してであった。

「何とすばらしいことを考えてくれたんでしょう、リナさん」彼は何度もくり返して言った。「『導きの蔓』

で遊ぼうだなんて、ああ、ほんとうに何とすてきな遊びだろう。そりゃ、ま、たしかに、いつもいつもその端っこに床屋を見つけるわけにゃあいかないでしょうがね」

「偶然だわ、フラゴッソ」とリナは笑いながら答えた。「ですからね、借りがあるなんて思わないでくださいな」

「とんでもない。あなたは命の恩人なんですよ。わたしはね、これから一〇〇年は生きながらえようと思ってるんです。そうすりゃ、わたしの感謝の気持は長つづきしますからね。いいですか、首吊りなんて、わたしの肌にあわないんですよ。そりゃ、やりましたよ。でも、あれはしようがなかったんですよ。もちろん、よく考えてみれば、飢え死にしたり、こき使われて死んだり、いっぺんに死なないで野獣の餌になったりするよりは、あのほうがましだと思いますがね。あの蔓は、まさしくわたしたちの結びの糸ですよ、あなたが何とおっしゃろうと……」

だいたいにおいて、会話は楽しい調子でつづいた。フラゴッソは心の底で、先頭に立って彼を救ってくれた若いリナに深い感謝の念を抱いていたのである。また、リナのほうでは、自分と同じく、勇気があって、まったくあけっぴろげで率直な、この顔立ちのよい男のことばの真意が全然わからないというわけではなかった。二人の友情の厚いのを見ても、ベニートやシベール婆やや他の連中は、例の陽気な調子で「おや、おや」と言うようなことはしなかった。

さて、ジャンガダのほうに話をもどそう。討議が終わり、幾月か航行しつづけても、筏の造作はそれに完全に耐え、快適にすすむだろうということに落ちついた。父親、母親、娘、ベニート、マノエルのグラール一家と、召使たち、シベールとリナにはそれぞれ個室が必要だった。この小社会にさらに、四〇名のインディオ、四〇名の黒人、フラゴッソとジャンガダの航路を委ねる水先案内人を加えねばならない。

これほど多くの人員をもってしても、筏の操縦にはやっと足りる程度なのだ。実際、流れの渦巻く個所や、散在する大小の島をぬって筏を航行させるのはたいへんな仕事であった。アマゾンの流れそれ自体がモーター代わりだったとしても、動きがとれなくなってしまう。そこで、両岸の中央に筏を浮かべるために鈎竿(かぎざお)を操つる一六〇本の腕が必要ということになる。

まずはじめに、主人の住居をジャンガダの後部にこしらえる仕事があった。家は、部屋を五つと、広い食堂を一つ備えるようにつくられた。部屋の一つはホアン・グラールと妻、いま一つは、二人の主人の近いところにあって、これはリナとシベール、三番目のはベニートとマノエルがそれぞれ使用することになった。ミンハの部屋はそれらとは少し離れていたが、けっして居ごこちの悪いところにあったのではない。

この中心になる家屋は、煮たてた松脂(まつやに)をよく滲みこませた板でしっかりとつくられた。こうしておくと、板は水気をはじき、完全に防水力がつくのである。側面と正面に窓があったので、家屋は陽気に輝いていた。表の部屋では入口の扉が開かれていて、居間に通じるようになっていた。家屋の前部を直射日光から護るために、華奢なベランダが細い竹柱の上に掛かっていた。全体はさわやかなオーカー色で塗ってあったが、このため、熱気を吸収せずに反射するので、内部がほどよい気温に保たれることになった。

けれども、ホアン・グラールが、いわゆる建物の「土台と屋根(グロズーガル)」の測量図をつくったとき、ミンハが口をはさんだ。

「おとうさま」と彼女は言った。「おとうさまのおかげで住居ができましたから、なかのことはあたしたちで趣向をこらしてみたいと思いますわ。外側のことはおとうさまのお仕事だけれど、内側のほうはあたしとおかあさまとで、イキトスのお家が、河下りにつき従って行くようなぐあいにしたいの。そしたら、おとうさまもイキトスを離れたような気がしなくておすみになるでしょう」

「お前の好きなようにしていいよ、ミンハ」とホアン・グラールは、あの、ときたま見せる悲しげな微笑を見せて答えた。

「まあ、うれしい」

「お前になら、まかせておいて大丈夫だよ」

「あたしたちを立ててくださるのね、おとうさま」とミンハが答えた。「これから旅していこうとするこの美しい国のためにも、是非そうしなければ。わたしたちの国なのですもの。おとうさまは、ほんとうに何年間も離れていたその国に、今からお帰りになろうというのですもの」

「まったくだ、ミンハ、まったくだね」とホアン・グラールは答えた。「追放が赦されて帰って行くような気がしないでもない……いや、自分からその追放を望んだのであってもね。さあ、がんばっておくれ。お前がすること全部に、わたしは今から賛成しておくよ」

娘にはマノエルが、リナにはフラゴッソが、よろこんで力をかし、屋内の飾りつけにとりかかった。ちょっとした趣向をこらしたり、美的感覚を発揮したりして、彼らはたいへん見事にそれをやっていくのだった。内部には、まず、当然のこと、農園にあった最上の家具が移された。パラについたならば、それらを、アマゾンのイガリテアを使って、送り返せるようにしてあった。テーブル、竹の肱掛椅子、籐の長椅子、彫刻をほどこした飾り棚といった熱帯地方の美しい家具セットが、浮かぶ家のなかにあんばいよく配置された。二人の若い男性の協力もさることながら、婦人たちの腕が采配をふるったということは誰にもすぐわかるのだった。壁板が裸のままだったなどと想像してはならない。なかなかどうして、仕切り壁には、とてもきれいな綴れ織りの壁掛けがかかっていた。ちょっとふれてみると、この綴れ織りは、「テュテュリス」というめったにない木の樹皮でつくられており、現代の家内装飾物でももっともやわらかで絢爛たる綿や綾織布そっくりに、大きな襞のあるものなのだ。部屋のはめ木床の上には、みごとに斑の入った豹の皮や、ふんわりとした毛並が足を埋めるほどに厚い猿の毛皮を敷いた。「スマ＝ウマ」でつくった幾枚かの茶色っぽい絹のカーテンが窓に掛けられた。寝台は、蚊帳や枕、マットレスやクッション等を含めて、アマゾン上流地域の竹のやわらかくさわやかなものをあてた。

また、飾り棚や小卓の上のいたるところに、きれいな小間物があれこれと置かれたが、それらは、リオ・デ・ジャネイロやベレンから来たもので、しかも、マノエルがミンハのために持ってきたものだったから、ミンハにしてみればひとしお貴重なものだったのである。たしかに、愛する人からの贈り物であるそれらの小さな飾り物は、沈黙していながら思いのたけを伝えてくれるのだから、これにまさって見た目にうれしいものもないだろう。

幾日かのうちに、屋内は完全に整備された。それはイキトスの農園の家と同じようにできた。小さな美しい木は天井から下がり、水のほとりにある住居としてこれ以上のものはのぞめないと思われた。大河を下ってゆくあいだの熱帯の景観を、この家が通って行くことで台なしにするようなこともよもやあるまいと思われた。

この住まいの外観もまた内部に見劣りのするものではなかった。

事実、屋外では青年たちが、趣向と着想の妙を競っていた。

家屋は、土台から屋根の唐草模様の突端まで、文字どおり葉でおおわれていた。それらは、花盛りの蘭科植物やブロメリアスや蔓類の集まりであり、これらは、青草で埋めた良質の腐植土箱に植わっていた。ミモザやフィキュスの樹が、これほどまで華麗に「熱帯風」に身を飾ったことはなかったことだろう。伸びほうだいの小枝、紅い実、金色の細枝、たわわに実ったブドウの房、からみ入り組んだ枝が、びっしりと、棟木の持出しから、屋根の弓梁、扉のハメ木にいたるまでをおおっていた。こうするのにも、農園付近の森から胸いっぱいに抱えてくるだけで充分だった。長大な一本の蔓が、これらの寄生植物をつないでいた。蔓は幾重にも家を巻き、あらゆる角に掛り、突出した部分では輪飾りのようになり、分岐し、密生し、奔放、気ままに細枝を伸ばして、家屋をおおいつくしていた。そうして家屋は、花盛りの葉群れのうちに埋没し去ったかのようだった。こまやかな心づくしで、シポの尖端は、若い女主人の窓辺にも花開こうとしていた。これが誰の企てたものかはすぐにわかったが、鎧扉を越えてミンハのところにとどく花束は、さぞいつでも生き生きとしていることであろう。

つまるところ、何もかもがすてきだった。とにかくヤキタも娘もリナも満足したのだから、これ以上くどくどしく書いてもしかたがあるまい。

「もしおのぞみなら」と、ベニートが言った。「ジャンガダの上に樹を植えてごらんに入れましょう」

「まあ、樹ですって」とミンハが答えた。

「どうして、できないわけがありますか」とマノエルがつづけた。「このしっかりした甲板の上にたっぷりと土を置き、そこに植えたら、きっとよくしげりますよ。慣れない気候条件のもとに置かれなけりゃ大丈夫ですよ。それにアマゾンはずっと同緯度地域を流れているわけですからね」

「それにね」とベニートが言った。「島や河岸から流れにもがれた緑の小島が、毎日河を流れてゆくでしょう。その小島は、木立ちやしげみや岩や草地を乗せて、ここから三二〇〇キロも流れて大西洋に入って行くんですよ。だったら当然ぼくたちのジャンガダだって浮かぶ庭園にできる道理ですね」

「リナさん、森をおひとついかがですか」と疑うということを知らないフラゴッソが言った。

「いただきましょう、森を一つ」と若い混血女がはしゃいだ声で言った。

「鳥や猿もいっしょにしてね……」

「大蛇や豹も……」ベニートが受けた。

「インディオも流浪部族も……」とマノエルが言った。

「食人種もおまけにつけて」

「いったいどこへ行くの、フラゴッソ」と、すばしっこい床屋がはやくも河の土手を登って行くのを見てミンハが叫んだ。

「森探しですよ」とフラゴッソが答えた。

「そんなことしなくていいのよ」とミンハは微笑みながら言った。「マノエルが花束をくださったのよ、あたしはそれで満足。ほら、このとおりよ」彼女は花に埋もれた家を指し示しながらつづけた。「ほら、マノエルがあたしたちのお家を婚約の花束で包んでくれたのよ」

IX　六月五日の夕

主人の家が建てられているあいだ、ホアン・グラールは台所と事務室もそのなかにある「付属設備」の整備にも大童(おおわらわ)だった。そのなかには、あらゆる種類の貯蔵物を貯えこむことになっていた。

最初の段には、大切なあの灌木の根を貯蔵した。この灌木は六ピエの高さで、熱帯地方の住民のおもな食物であるマニホクはこの根から製造される。この根は長く黒っぽい黒赤蕪に似ており、ジャガイモのように密生している。これがアフリカ産の場合だと別だが、南アメリカのものはかならず有害な汁が含まれているので、あらかじめ、圧縮してとりのぞかねばならない。こうして根が残ると、住民の好みに従って、あるいはタピオカにするなど、粉末にしていろいろ利用するのである。

こうしてジャンガダの上には、この有用な製品を蔵っておく倉庫がさまざまに立ち並んだ。その貯蔵物がふだんの食物として供されることになる。

肉類の貯えとしては、一群の羊がちゃんと用意され、前部の専用家畜小屋で飼われた。また外にも、極上質の、この地「特産」のモモ肉がかなりの量、用意されていた。しかもなお、青年たちと幾人かのインディオの鉄砲を当てにすることができた。これらの優秀な猟師らは、獲物にはこと欠かなかった――こと欠くどころではなかった――島や、アマゾン流域地帯の森のなかでは。

かてて加えて、河は日々の食糧を大量にもたらしてくれるのだった。まず、えび、ざりがにである。「タンバグス」、これはこの河一帯でもっとも美味なもので、ときに比べられる鮭ほどあくが強くはない。「ピラルク」、これは赤い鱗の、ちょう鮫ほどの大きさの魚で、塩漬けにされて、ブラジル各地に出まわっている。「カンディルス」、危険をおかさないと獲れないが、美味である。「ピランハス」、一名悪魔の魚、赤い縞が入っており、体長は七五センチ。大小の亀、数はおびただしく、土民の主要食品になっている。これら川の産物が、次から次へと、主人たちや下僕たちの食卓に供されることになろう。

というわけで、やる気になれば毎日、猟と漁とが定期的におこなわれることになる。

各種飲料はというと、この地に産する美味なものがたっぷりと貯えられてあった。「カシマ」とも「マチャチェラ」とも呼ばれるアマゾン河流域産の、酸味のある爽快な飲料、これは甘マニホクの煮汁を蒸溜したものである。ブラジルの「ベイユ」、土産の蒸溜酒の一種である、ペルーの「チカ」、例のウカヤリの「マザト」、これは果物の煮汁や、圧縮して発酵させたバナナから絞ったものである。「ガラナ」、これは「パウリニア・ソルビリス」という良質のアーモンドでつくった捏物の一種で、色はまったくチョコレート板のようだが、細かく碾いて水を加えるとおいしい飲み物となる。

まだこれで全部ではない。この地方には、「アサイ」椰子の汁からとった濃紫色の酒があり、その芳香をブラジル人はたいそう好む。そのため筏の上にはたいへんな数の二リットル瓶が置かれた。これも、パラに着くころにはきっとからになってしまうだろう。

また、ベニートの顔を立てて、彼が専用酒庫の差配をすることになった。何百本というシェリー酒やセッバルやポートワインが南アメリカの最初の征服者たちにゆかりの名を思わせるのだった。それらに加えて、若い酒庫番は、極上のタフィアの二〇リットルの大壜を幾本か貯蔵したが、この酒は砂糖から製する蒸溜酒で、土地産のベイユよりはややつよい酒だ。

煙草はどうしたかというと、アマゾン流域の土民がよく用いている例のまずい葉からのものではなかった。これはヴィラ - ベラ・ダ・イムペラトリス直送のもの、つまり、中南米最高級の煙草の産地からのものにした。

かくしてジャンガダの後部には、付属家屋や調理場や執務室を含む中心になる家屋が立ち並んだ。これら全部がグラール家の人びとや家僕たちによって使用される。

甲板の中央部にはインディオや黒人の寝泊りするバラックが建てられていた。これらの乗組員は、イキトス農場でと同様の条件下に置かれることになり、水先案内人の指揮につねに従って操縦できるようなところに置かれた。

しかし、全乗組員を収容するには、相当数の家屋が必要とされ、そのために、ジャンガダは一個の浮かぶ小村落の観を呈しそうだった。実際、ここには優に高地アマゾンの小部落に匹敵するほど家屋が並び、人員も多かったのである。

インディオのために、ホアン・グラールは各種の小屋を用意しておいた。これは壁のないもので、屋根には葉を葺き、細目の足場丸太で支えてあった。空気は滞りなくあけっぴろげの建物のなかを吹きぬけて、室内に吊るしたハンモックを揺った。ここでは、なかには女子供の混った家族構成のものも二、三見られたが、土民たちは地上でと同じように住まっていた。

黒人たちは、筏の上に、彼らの住み慣れた小屋を見つけた。これらの小屋は、インディオの小屋とちがって、四壁で密閉し、ただ一つの入口から出入りするようになっていた。インディオは、広々とした場所で自由に暮らしてきているので、黒人にとっては住みやすい密閉した小屋ではやっていけないのである。

さて前部には、ホアン・グラールが森の産物といっしょにベレンまで運んで行こうとする商品のための貨物倉庫が建てられた。

これらの大きな倉庫のなかには、ベニートの指揮で、豊富な積荷が、まるで船倉に積んだように整然と収められた。まず第一に、七〇〇〇アロブのゴムが、積荷中でももっとも貴重なものであった。というのも、この品物一キロに六フランから八フランの値がつくからである。ジャンガダにはまた五〇クインタルのサルサ根が積まれていたが、これはアマゾン流域では重要な輸出品目になっており、河岸ではだんだん少なくなってきている。それというのも、多くの土民らが収穫に際してその茎を大切に取り扱わぬ節があるためだ。トンキン豆、ブラジルでは「クマルス」と呼ばれているが、これからはある種の揮発油がとれる。傷にきく高価なバルサムがとれるサッサフラス。染料用植物の包み。各種のゴムを入れた箱。大量の珍しい木。これらの品物で積荷はいっぱいだったが、パラ地方ではよくさばけて多額の利益をあげられるのである。

ところで、インディオと黒人の乗員数が、筏の操縦に足るぎりぎりの数であるのに、読者は懸念を抱くかもしれない。アマゾン流域の蛮族の襲撃にそなえて、いま少し多数の者をともなわなくてもよいのだろうかと。ご心配無用。中央アメリカの土民をおそれる必要はまったくない。彼らの襲撃に用心しなければならない時代ではなくなった。

流域のインディオは平和を好む種族で、もっとも獰猛なインディオは、大河や支流に沿って徐々に滲透してきた文明の潮のまえに後退していった。ただおそろしいのは、黒人逃亡奴隷や、ブラジル、イギリス、オランダからの植民地追放罪人らのみである。とはいえ、これら逃亡者の数はたかの知れたものだった。彼らは森林や草原を孤立したグループをなしてうろついているが、これら森林の放浪者の攻撃を、ジャンガダは充分撃退することができる。

そのうえ、アマゾン河流域には、多数の町や村という宿駅があり、多人数の伝道団がいる。大河は砂漠のなかを流れているのではない。日々に植民者数が加わっている盆地を流れているのだ。だから、先に述べた類の危険は物の数でない。どんな攻撃でも、予知できないものはない。

ジャンガダに関する叙述を終えるに当たって、かなり風変わりな二、三の付属設備にふれておこう。これがあるために、ジャンガダはきわめて絵画的な外観を呈するのである。

前部には水先案内人の箱(ボックス)がある。あくまで前部と呼び、後部とは言わない。後部はつねに舵手の場所ということになっている。実際には、このような航行状態にあっては、舵を用いることはない。櫂も、一〇〇本のたくましい腕に操られているものの、この長さの筏に対してはべつに効力を発揮するわけではない。ジャンガダを流れのなかに位置せしめたり、逸脱した筏を正しく方向づけるのは、側面にある鈎竿や、底部につけた腕木によるのである。この方法で、何らかの理由で停止する必要のある際には筏をいずれかの岸に寄せる。甲板には四艘の丸木舟と二艘の索具付きのカヌーが置かれ、岸との連絡を容易にしていた。したがって水先案内人の役目は、水道や流れの急変、避けて通らねばならない渦、碇泊に都合のよい湾や入江を見つけることに限られており、そのためには、水先案内人の場所は、まさしく前部でなければならなかった。

水先案内人がこの巨大な乗物の物理的な面での指導者だったとすれば――このような表現をしてはいけないだろうか?――いま一人の乗組員が精神面での指導者を勤めることになる。この任に当たるのが、イキトス教会を管理しているパサンハ神父であった。ホアン・グラール一家ほどに信仰心あつい家族ともなれば、

日ごろ尊敬している老司祭を是非ともともなわぬわけにはいかなかった。

パサンハ神父は、もう七〇歳の老人ながら、善良で福音伝道の志に燃えた慈悲心のある心ばえのよい人だった。そして、教会の派遣員がかならずしも徳行の範を示すとは言いがたいこの地方にあって、彼は、蛮地のただなかで啓蒙の労をつくした、かの偉大な伝道師たちの一典型だった。

一五年来、彼は教会の首席を勤めてイキトスで過ごしてきた。彼は誰からも敬愛され、またそれに値する人物だった。グラール家は彼とたいへん親しくしてきた。マガルアエスの娘と、農園に雇われた若い使用人との結婚を執りおこなったのも彼だった。彼はその二人に子供が産まれたのを見とどけ、子供らを洗礼し、教化してきた。そして彼は、その子供らにもまた婚礼の祝福をあたえたいと心から願っていた。

パサンハ神父は、もはやきびしい聖職に耐え得る年ではなかった。引退の時期がもうきていた。最近になって、彼は若い伝道師をイキトスに呼び、年老いた神の僕(しもべ)のために設けられた僧院で余生を送るため、パラへ帰りたいと思っていた。

そんな彼にとって、グラール家の人びとといっしょに河下りをして行くというようなよい機会は、またとないものだったであろう。彼は申し出を受けて乗客になることにした。そして、ベレンにつけば、例のカップル、つまりミンハとマノエルの結婚を執りおこなうのが彼の役目になる。

パサンハ神父が航行中、グラール家の食卓につくのは当然だろうが、ホアン・グラールは、神父のために別に個室を設けようと思っていた。ヤキタと娘も、彼を居ごこちよくさせようとどれほど心を砕いたかは神の知るところである。この老神父が、自分の慎ましい司祭館でも、これほどに快適に過ごしたことはなかったと言っても過言ではあるまい。

司祭館での起居はパサンハ神父にとっては、ときにままならぬこともあった。司祭館は礼拝堂をも兼ねていたからだ。

こうして、教会がジャンガダのまんなかに建てられ、小さな鐘楼もそびえ立った。と言っても、小さな教会なので、乗員全部が入るにはせますぎた。けれども、立派に飾られており、ホアン・グラールがこの筏の上で農場の住居を思うことがあっても、パサンハ神父はもうイキトスの彼の質素な教会を去ってつらいと思ったりはしなかった。

これが、このすばらしい乗物である。これがいよいよアマゾンの流れを下って行こうというのだった。筏は砂浜で、大河の水位が上がってくるのをいまや遅しと待っている。さていよいよ、水位の測定が終わると、時を移さず出航である。

六月五日を目前に準備は完了した。

水先案内人は、出発の前日にやってきたが、五〇歳になる、仕事に関しては万事手落ちのない男だが、ただし、いささか酒好きだった。とにかく、ホアン・グラールは彼を全面的に信用して、あれこれ交渉した後、まったく懸念をすてて、ベレンへの筏の航行の案内人としてその男を雇った。

アラヨ――これが男の名である――は砂糖きびの汁からつくるつよいタフィアを飲まないと目が冴えない男で、それさえ飲めれば上機嫌になっていられたということもつけ加えておかねばなるまい。彼は酒の入った大壜をかかえてひっきりなしに飲みながらでなければ、けっして仕事をしようとしなかった。

河水増量の兆（きざし）はすでに数日前からめだってきていた。刻々と水位はあがり、最高水位に達するより四八時間前に、河水は農園の砂浜を浸したが、まだ筏を浮かべるに足るほどではなかった。

増水状態はゆるみなくつづき、最低水準を上回る水位の見積りにもまちがいはないと思われたが、待ち時間のあいだ、関係者はなんらかの懸念をいだかずにはいられなかった。事実、説明しようのないなんらかの理由で、アマゾン河の水位が、ジャンガダを浮きあがらせるに足るまでにはいたらないということもあり得よう。もしそうなれば、この大仕事はやり直しということになる。そして、氾濫の退行は急に起こり、ふたたび同じ状態になるまでには長い月数のあいだ待たねばならない。

こうして、六月五日の夕刻には、ジャンガダに乗る人びとは、砂浜の一〇〇ピエの高さに聳える台地の上にひとかたまりになって、暗黙裡に願いを一つにして潮時を待っていた。

そこには、ヤキタ、娘、マノエル・バルデス、パサンハ神父、ベニート、リナ、フラゴッソ、シベール、農場のインディオと黒人とからなる下僕たちが集まっていた。

フラゴッソは一か所にじっとしておれなかった。彼は往ったり来たり、岸辺をくだったり台地にあがったり、水準基線に目をこらし、水位が次々に目盛りをあがって来ると万歳と叫んでいた。

「浮かべてくれ、浮かべてくれ」と彼は叫んだ。「わたしたちをベレンに乗せて行く筏を！　どしゃ降りがアマゾンをいっぱいにしたら、さあ、浮かべてくれ！」

ホアン・グラールは水先案内人や作業班と筏の上にいた。彼の仕事は作業開始に必要なすべての手段を講ずることだった。ジャンガダはまだ岸につながれたままであった。出航のときにならなければ解かれないのだ。

村の連中は言うにおよばず、イキトス近辺の一五〇から二〇〇ほどのインディオの部族が、この壮観を目の当たりにしようとしてやってきていた。

人びとは見た。壮観に圧倒されて誰一人として口をきくものもなかった。

夕方の五時ごろ、水位は——一ピエ以上も——前日より高くなっていた。やがて、砂浜はまったく水面の下に没し去っていた。

ある種のきしみが巨大な骨組みのなかを伝わった。けれども、筏がもちあがり、浮かびあがるにはまだあと数十センチの水位の上昇がなければならない。

一時間たつうちに、きしみがはげしくなってきた。厚板がいたるところで砕けた。砂の川床から台が少しずつ離れていった。

六時半ごろ、歓声が湧きあがった。筏はついに浮上し、流れが河の中央に運んだ。パサンハ神父が、船を祝福するのと同じようにして、筏を神の御手が守り給らんことをと祝福したときに、筏は太索に引かれて静かに岸辺に沿って浮かんだ。

X　イキトスからペバスへ

翌六月六日、ホアン・グラールとその一行は、農園に残る執事やインディオや黒人の下僕に別れを告げた。午前六時、全乗組員――全住民と呼ぶべきであろう――はジャンガダに乗りこんで、おのおのの船室、というよりは、むしろ家に居場所をさだめた。

出航の時がきた。水先案内人アラヨは部署につき、漕ぎ手たちは長い櫂をとって漕手席についた。

ホアン・グラールは、ベニートとマノエルの助力を受けながら、太索を解く作業を監督していた。

水先案内人の命令一下、纜(ともづな)は解かれ、櫂は河岸を押し、ジャンガダは流れにのった。筏は左岸に沿って、右方にイキトスとパリアンタの島を見て流れた。

航行ははじまった。行く先はどこ？　パラへ、ベレンへ、あのペルーの小村までは三二〇〇キロもある。航路変更もまったくないというわけにはゆくまい。どのように航行は終わるだろうか？　終わってみなければそれは誰にもわかるはずはなかった。

気候は上々だった。さわやかな「パンペロ」が酷暑をやわらげた。これは六月から七月にかけて、広大なサクラメント平野を渡り、二、三千キロの彼方、アンデス山脈から吹いてくる風である。ジャンガダにマストと帆が備わっていたなら、微風に押されて、速度は早まったであろう。しかし、川は蛇行し、急に曲がっているので、速度を加減しなければならず、微風からもたらされる動力のほうはあきらめねばならなかった。

アマゾンの河面と同じように平坦な流域は、じつのところ、涯(はて)のない平野に過ぎず、河床の傾斜はほとんどめだたなかった。また、ブラジル国境のタバティンガと、この大流の水源とのあいだにあっては、水位の差は四キロにつき一〇メートルを越えることはなかった。したがって、勾配がこうもゆるやかな大河は、アマゾンのほかにはどこにもないと言ってよかった。

アマゾンの流水速度は、平均水量時には二四時間に八キロを越えることはまずなく、乾燥期にはこれを下まわることもしばしばだった。

しかし、氾濫期には、この速度が三〇から四〇キロにあがるのだ。

好都合なことに、ジャンガダが航行しようとしているのは、まさしくそのような条件のもとでだったが、なにしろ重量が重量だったので、速い流れにそっくり乗ることはできなかった。それにまた、流れが蛇行したり、少なからぬ数の島をよけたり、浅瀬を避けたり、あるいは夜は安全に航行できぬほど暗いので停止しなければならないといったわけで、減速の必要が生じ、行程は二四時間に二五キロ以上を見こむわけにはゆかなかった。

河面ははるか遠くまで、さえぎるものもなかった。まだみどりの樹、植物のかたまり、草の小島、これらがたえず岸辺から離れて流れにさらわれ、流れに漂う艦隊の状を呈していたが、これがまた高速度の航行をさまたげたのである。

ナネイ河口はすでに過ぎ、河口は左岸のせりだした背後にかくれた。左岸には、陽光に灼けた茶色っぽい禾本科植物の絨毯がひろがっており、この地点が、地平線のほうにある濃いみどりの森林の色彩ゆたかな前景をなしているのだった。

ジャンガダは絵のように美しい島々のあいだを次々に縫って進んだ。島はイキトスからプカルパにいたるまでに十二を数えた。

アラヨは、あいかわらず例の大壿の助けをかりて、視力と記憶を冴えかえらせ、島あいを巧みに先導して行った。彼の命令で、五〇本の櫂が同時に筏の両側であがっては、自動仕掛けのように水を打つのだった。それは興をそそる眺めであった。

この間、ヤキタはリナとシベールに手伝わせて、身の回りの整理をしていたし、インディオの料理女は食事のしたくに忙しかった。

二人の青年とミンハはどうだったかというと、彼らはパサンハ神父のお供をして散歩していた。娘はしばしば住居のまわりの台に植えた植物に、水を注ごうとして立ち止まった。

「神父さま」とベニートが言った。「こんなすばらしい河の旅のしかたをご存知でしたか?」

「知りませんでしたねえ」とパサンハ神父が答えた。「まさに、これは家ぐるみの旅ですな!」

「おまけに、ちっとも疲れないね」とマノエルがつづけた。「これだと何十万キロでも行けますよ!」

「それに」とミンハは言った。「神父さまも、いっしょにおいでになったことは後悔してはいらっしゃらないようですし! ねえ、わたしたちは島に乗っていて、その島が河床から離れて、平地や樹木もいっしょに静かに流れているような気がしません? でも、ただ、ただ……」

「ただ、どうしたんですか?……」とパサンハ神父がきいた。

「あの島のことなんです、神父さま。あの島はわたしたちがこの手でつくったものですわ。あれはわたしたちのものです。わたしは、アマゾンのどの島よりも、あの島が好きなんです! わたしは心からあの島のことを誇りに思っていますわ」

「そうですとも」とパサンハ神父は答えた。

「あなたが誇りに思うのももっともです！　マノエルさんの目の前であなたを叱るわけにもまいりませんしな」

「いいえ、どうぞおかまいなく」と娘は陽気に答えた。「わたしにいけないところがあれば叱ってほしいということは、マノエルに知っておいてもらわなければいけませんわ。わたしにはたいへんいけないところがあるのに、マノエルは寛大すぎるのですから」

「それじゃあ、ミンハ」とマノエルは言った。

「この機会に思いだしてもらおうか……」

「まあ、何を？」

「つまり、きみは、農園にある本をたくさん読んで、アマゾン上流に関してはぼくをたいそう物識りにしてくれると約束したことですよ。それなのに、ぼくたちはパラに向かっているのに、ろくろくものを知らないでいる。おまけに、ジャンガダはもういくつもの島を過ぎたのに、きみときたら、島の名前さえ教えてくれないんだから！」

「それは無理というものよ」と娘は叫んだ。

「そうとも、無理だよ」とベニートは、すぐつづいて言った。「これらの島につけられている『トゥピ』方言の名前をいちいちおぼえておくなんて、誰にもできることじゃないよ。誰にもわかりゃしないさ！　北アメリカの人たちはミシシッピーのことを知っているがね、番号をつけたりしてさ……」

「街の通りや路に番地をつけるみたいにね！」とマノエルが言った。「実のところ、ぼくはその番号をつけるってやり方が大嫌いなのさ！　まったく夢がないよ、六四番島、六五番島、これじゃ、一三番街六丁目と大差はないよ！　そう思わないかい、ミンハ？」

「そうよ、マノエル、兄さんがどう思っても」と娘が答えた。「でも、名前なんか知らなくたって、わたしたちの見ているこの河の島は美しいわ！　ごらんなさい、椰子の垂れさがった葉かげを過ぎるあの島々！あの島々を巻いた葦の帯、あのなかだったら、細身のカヌーでも抜けるのはたいへんだわ！　ほら、あのマングローブ、風変わりなかたちの根が、何かお化け蟹の足みたいに岸を這っているわ！　ああ、どの島も美しいこと。でも、美しいというだけのこと、わたしたちのこの島みたいに動くわけにはいかないのだわ！」

「かわいいミンハは、今日はちょっと感激屋さんだね」とパサンハ神父が言った。

「まあ、神父さまったら」と娘は叫んだ。「まわりがしあわせそうなので、あたしもしあわせなのよ」

このとき、家のなかからミンハを呼ぶヤキタの声が聞こえた。

娘は微笑みながら駆けて行った。

「お行きなさい、マノエルさん、ほんとうにお似合いのお二人だ！」と神父は青年に言った。「あなたといっしょに飛んで行こうとしているのは、この家族のよろこびそのものなのですよ！」

「ちゃっかりしたミンハめ！」とベニートが言った。「妹がいなくなったらさびしいだろうな。神父さまのおっしゃるとおりですよ！　できれば、きみが妹と結婚しなけりゃいいのだよ、マノエル！……しかしもう時がきたんだ！　妹は行っちまうんだ！」

「彼女は去って行くさ、ベニート」とマノエルが答えた。「だが信じてくれ、いつか、みんなまた顔をあわせることになるよ。そんな気がするんだ」

最初の一日は平穏に過ぎた。昼食、ディナー、午睡、散歩、すべては、ホアン・グラールとその一行がいまだにあの快適なイキトスの農園にいるかのようになされるのだった。

この二四時間に、左岸では、バカリ、チョチオ、プカルパの各河口、右岸ではイティニカリ、マニティ、モヨク、トゥユカの各河口と同名の島々をこともなく通過した。夜になっても、月が明るかったので、停止せずにすみ、筏はアマゾンの河面をおだやかにすべった。

あけて六月七日、ジャンガダはプカルパ、別名、新オランの村の岸辺に沿って進んだ。旧オランは、六〇キロ下流の、同じ左岸にあるが、新オランができたので見捨てられ、現在は、マヨルナル、オレホネス両族のインディオが住んでいる。土手は、まるでベンガラを塗ったようで、未完成の教会があり、小屋があり、その藁葺きの屋根に高い椰子が影を落としていた。岸には二、三艘の丸木舟がなかば引きあげてあった。この村はまことに絵に描いたように美しかった。

六月七日は、ジャンガダは左岸沿いに進み、名の知れない支流口をいくつか過ぎて、こともなく暮れた。ただ一度、シニクロ島の先端にジャンガダが衝突しそうになったことがあったが、作業班がよくがんばったので、水先案内人は危険を避けて、流れに筏を乗せることができた。

夕刻にはナポという大きな島のふちに達した。島の名は、このあたりで北北西に入りこんでいる川の名からきており、この川はオレホネス族のコトスインディオの領域をうるおして、約八〇〇メートルの幅の河口でアマゾンに合流している。

六月七日の午前には、ジャンガダは小島マンゴの側面にあった。この小島は、ナポがアマゾンに流れ入るときに二つの流れに分かつ位置にあった。

何年かあとになって、フランス人旅行者、ポール・マルコワが、この流れの水の色を見、いみじくも緑オパール色のアプサン酒と比べることになる。同時に、彼は、ラ・コンダミーネの引いた数字のいくつかを訂正することにもなる。それはさておき、ナポの河口は氾濫のためにかなりひろがっていた。これは、コトパキ東方の斜面から流れだし、アマゾンの黄色い流れに渦巻いて合流した流れの速度によるのである。

何人かのインディオが、この河口付近でうろついていた。彼らは頑健で背が高く、髪は長くうねり、鼻には椰子の小さな棒を通し、耳朶には、特殊な木の重い円盤をつけて肩までさげていた。何人かの女がいっしょにいた。彼らは誰一人として筏にやってこようというそぶりを見せなかった。

この土民はおそらく食人種であったのであろう。これはこの河岸の種族についてしばしば言われてきたが、ほんとうにそうだったとしても、食人の風習に関する証拠は、今日でも得られてはいない。

何時間後かに、やや低めの河岸にあるベラ・ヴィスタの村の上に、高々と聳える美しい樹木の葉が姿をあらわした。これらの樹木のはるか下方には藁葺きの小屋があり、また亭々たる椰子の葉が小屋の上に、あふれて流れる水盤の水さながらに垂れていた。

それから水先案内人は、岸辺から離れた快適な流れに筏をみちびき、これまで接近したことのなかった右岸のほうに寄せた。この操作はいささかむずかしかったが、アラヨは何度か大墝の首ねっこにしがみついたあとで、さいわいにもうまく切りぬけることができた。

右方に寄ると、アマゾン流域に数多い、黒い水の潟湖を眺めながら過ぎることができた。これらの潟湖は流域に点在しており、しかも、大河とは連絡していないものもたまたまある。そのなかの、オラン潟と呼ばれるものは、中くらいの広さであるが、大きな水道の水がここに入っていた。川の中央にはいくつかの島があり、奇妙なぐあいにかたまっていた。対岸に、ベニートは旧オランの跡を指し示したが、そこにはただか

L. Benett

たちのはっきりしない遺跡があるだけだった。

二日間、流れに押されてジャンガダは、あるときは右に寄り、あるときは左に寄りして、骨組みにはほんのちょっとした接触を受けることもなく進んだ。

乗り組んだ人びとは、はやくもこの新しい生活に慣れていった。ホアン・グラールは商品発送に関することはすべて息子に一任し、しばしば自室にこもって考えごとや書きものをしていた。だが、何を書いているのかを、彼はヤキタにさえも話さなかったが、それは、真実の記録という重大なことにかかわっていたのだった。

ベニートのほうは一切に目を配り、水先案内人としゃべり、方向を訂正したりしていた。ヤキタと娘とマノエルはほとんどきまっていっしょで、将来のことを話したり、農園でしていたように散歩を楽しんでいた。まったく同じ生活だった。ただベニートにとってはそうでなかった。彼は狩の楽しみを満喫できないでいたのだから。しかし鹿や齧歯類、臍猪や水天竺鼠のいるイキトスの森はなかったにしても、河岸には鳥は群れて飛び、おそれ気もなくジャンガダに翼を休めに来るのだった。たまたまうまいぐあいに鳥が食卓に供し得る類のものだと、ベニートはよき獲物ござんなれとばかりに撃ったが、これには妹もあえて異を立てなかった。みんなの利益になることだったからだ。けれども、岸をうろついているのが灰色の鷺の類や、紅色や白色のときの類だったりすると、ミンハの気持をくんで見逃しておくのだった。ある種のカイツブリ属の鳥は、まったく食べられるものではなかったが、この若い貿易商のお慈悲を得ることができなかった。泳いだり飛んだりのほかに潜水もできる不快な声の持主であるこの「カイアララ」こそは、アマゾン流域で種々の商品中でももっとも高価な値の羽毛をもっていたのである。

さて、オマグア族の村とアムビアク河口を過ぎて、六月一一日の夕刻ジャンガダはペバスにつき、河辺に停泊した。

日が落ちるには間があったので、ベニートは筏をおりて、フラゴッソを連れて、小部落近辺の密林へ猟に出かけた。この幸運な遠出のあとでは、ざっと一ダースばかりのしゃこ、やましぎの類は言うにおよばず水天竺鼠と齧歯類がそれぞれ一匹、網にかかった。

ペバス、ここには二六〇人ほどの人が住んでいたが、ベニートは教団の助修士と何らかの取引きができるはずだった。彼は同時に卸し商人でもあったのである。ところが彼は、最近サルサの包みや、何アロブかのゴムをアマゾン下流地方に発送したばかりで、倉庫はからっぽだった。

そこでジャンガダは日がのぼると出帆して、右手にコチクイナス村を見て過ぎ、イアティオならびにコチクイナスの諸島のあいだに進み入った。河の右方、島々の合間からは、名もない細い流れの河口が次々にあらわれた。

剃髪し、頰と額に入墨をして、鼻翼と下唇の下に金属盤をつけた土民がかいま見られた。彼らは弓矢と吹矢で武装していたが、彼らはそれを用いようともせず、またジャンガダの人びととつき合おうともしなかった。

XI　ペバスから国境へ

その後、幾日か、航行は何ごともなく過ぎた。夜は美しく、筏は流れのままに進み、停泊もしなかった。絵のような河岸は、次々に移り変わる映画の場面のように、筏のそばを流れるようであった。知らず知らずに起こる一種の目の錯覚で、ジャンガダは動く側廊のあいだにあって不動のもののように思われた。

筏は全然碇泊しなかったので、ベニートは岸辺へ猟に出かけられなかった。けれども、釣りのほうの獲物はうまいぐあいにたくさん獲れた。

実際、珍しい魚がいた。「パコス」、「スルビス」、「ガミタナス」というような、かたちの美しいもの、このうちのあるものには太い縞が入っている。また腹部が紅く背部の黒い、猛毒を出す箭(や)で武装した「ドウリダリス」とかいったものがいる。また無数の「カンディルス」を獲ったが、これは鯰(なまず)の一種で、そのうちのあるものはきわめて小さく、水浴をする人が不用心に彼らの棲息地に入ってゆこうものなら、たちまちふくらはぎに玉のように群がってくるのである。

ゆたかなアマゾン河には、ほかにも多くの水棲動物がいて、河面のジャンガダに四六時中つきまとうのであった。

たとえば巨大な「ピラルク」で、これは体長三・五メートルほどで、深紅のふちには大きな鱗がある。しかし、この肉を食べるのは土民くらいなものである。また、しなやかな海豚(いるか)にも目を奪われずにはいられなかった。何百ともしれない海豚が押し寄せてきては、筏の背板を尾で拍ち、まえにうしろにたわむれ、その

ため水面は彩りもあざやかに飛沫が陽にきらめいて、無数の虹となって映えるのだった。

六月一六日、岸辺に接近するさい、首尾よくいくつかの浅瀬を避けて、サン・パブロ島近くに達した。そして次の日の夕刻には、アマゾン左岸にあるモロモロス村に泊った。二四時間後、アタクアリとコチャ河口、さらにカバリョ・コチャ湖に通じる運河を過ぎて、右岸に、コチャ布教区の高地を見る地点に寄港した。

ここはかのマラファス・インディオの地である。長髪を波打たせて、口は中央のところで、椰子の葉でつくった扇のように裂けており、その裂け目は十四、五センチあるが、このため、彼らは猫科の動物のように見える。そして、これは――ポール・マルコワの説によれば――その不敵さと力強さと狡猾さで賞讃されている虎に、自分たちを似せたいからなのである。それらのマラファスたちといっしょに女もいて、彼女らは葉巻を喫っていたが、火のついたほうを歯でかんでいた。連中はいかにもアマゾンの森の王者らしく、ほとんど裸に近い格好でのし歩いていた。

当時コチャ布教区を治めていたのは、フランチェスコ派の修道僧だったが、この人がパサンハ神父に会いたがった。

ホアン・グラールはこの修道僧を丁重に接待し、家族の食事にまで招待した。

この日の晩餐はインディオの料理女にとってはたいそうな名誉であった。この地に伝統的な芳香のある草を入れたブイヨン、ブラジルではしばしばパンの代用となるパテ、このパテは肉汁とトマトソースをよくしみこませたマニホクの粉で練ってある。それから酢と「マラグエタ」でつくったピリッとしたソースに浸した米のつめられた鶏、唐辛子であえた野菜料理、肉桂をまぶした冷菓、いつもは貧しい教区のつつましやかな食事に甘んじている修道僧にとって、一つの誘惑の種がここにはあった。みんなは彼を引きとめようとした。ヤキタと娘はあらゆる手をつくした。けれども、フランチェスコの修道僧は、コチャの病気のインディオを見舞わねばならなかった。そこで彼は家族全体でのもてなしにあつく礼を述べて去った。彼は何一つとして贈り物を持って行かなかった。持って行けば布教団の新しい信徒におおいによろこばれたにちがいない。

二日間というもの、水先案内人アラヨにはたくさん仕事があった。川床は少しずつ広くなっていった。けれども島の数も多くなってきた。流れはそのような障害物のためかえって狭くなった。したがって、カバリョ・コチャや、タラポテ、カカオ諸島間を通過する際には、おさおさ注意を怠らず、しばしば停止したり、また何度かは坐礁を避けるためにジャンガダを退行させたりしなければならなかった。みんなはそこで操縦できるように待機していた。このかなりきびしい条件のもとで、六月二〇日の夕方、ヌエストラ・セノラ・デ・ロレトが見えてきた。

ロレトは、ブラジル国境に達するまえ、左岸にあるペルー最後の町である。二〇軒前後の家屋のある村に毛の生えた程度の町で、なだらかな起伏の上に集まっており、小高いところは黄土と粘土からなっていた。

この布教区がジェズイット僧によって建てられたのは、一七七〇年だった。河の北方を領していたティクマス・インディオは、肌が赤味をおびており、頭髪が濃く、中国式のテーブルにかけた漆模様みたいに顔面に縞を描いてあった。男女ともに簡略な衣服を着け、胸部と腰部を木綿の帯でしめていた。現在では二〇〇人たらずで、かつては強力な酋長の指揮下にあった民族の末裔はほそぼそと暮らしている。

またその他にも、ロレトにはペルーの兵隊や、綿織物や塩漬の魚やサルサ等の交易にたずさわっている、二、三人のポルトガル人の貿易商も住んでいる。

ベニートはできればアマゾンの各市場ではいつも高値を呼ぶ「スミラセ」の包みを買いたいと思って筏を

おりた。ホアン・グラールは時間のかかる仕事で多忙だったため、筏をおりなかった。ヤキタと娘も同様で、マノエルとともに筏に残った。ロレトの蚊はたいへん名高く、旅行者は、このおそるべき双翅類に血を一滴たりともやるまいと警戒するからである。

たちまちマノエルは、その昆虫について少し説明したところであった。と言っても、そいつらの吸い口に勇敢に立ち向かおうという気を起させようとしてのことではない。

「つまりですね」と彼はつけ加えた。「アマゾンの岸辺にはびこっている九種類の蚊が、ロレトの村に集まるのだと言われています。ぼくはそれをそのまま信じますね。そこで、ミンハ、きみが選べばいいんだよ。灰色の蚊や、やわらかい毛の生えたもの、白い足、小人、ラッパ吹き、小さな横笛、アルルカン、大きな黒人、森の朽葉色といったもののなかからね。というより、それらすべてがきみを的にしてしまい、きみは変わり果てた姿になって帰ってくることになるかもしれませんがね。実際、土手にいる、やつれてやせた冴えない兵隊なんぞよりも、猛烈なこれらの双翅類のほうがよくブラジル国境を護るのではないかと言われるくらいですよ！」

「でも、自然のなかでは一切がそれぞれの役に立っているとしたら」と、娘はたずねた。「蚊なんていったい何の役に立っているのかしら？」

「昆虫学者を幸福にするのにね」とマノエルは答えた。「これ以上の名答をひねりだそうとしたら頭が変になるな」

ロレトの蚊についてマノエルが話したことはけっして誇張ではない。それだから、買い物を終えてベニートが帰ってきたとき、彼の顔や手には無数に刺された痕があり、また言うまでもなく皮靴をはいていたのに、砂蚤は足指までかんでいた。

「出航だ、ただちに出航だ！」とベニートは叫んだ。「さもなくば、このろくでもない昆虫の大軍がわれわれを攻めてきて、ジャンガダに、こんりんざい住めなくなってしまう！」

「でも、パラまで連れていくことになりそうだよ」とマノエルが答えた。「もうごっそり乗っけてるんだから！」

というわけで、その河岸での夜明けなど思いもよらなかったので、ジャンガダは岸辺をはなれて流れに乗った。

ロレトを過ぎると、アマゾンはやや南東に曲がって、アラバ、クヤリ、ウルクテアの島々のあいだを流れていた。そしてジャンガダは、アマゾンの白い流れと交わったカハールの黒い流れを滑っていった。その左岸の支流を過ぎて、六月二三日の夕刻に、ジャンガダはハフマという大きな島のそばをおだやかに流れていた。

褐色のさえぎるものもない水平線にかかる熱帯の落日は、温帯ではけっして見られない美しい夜を告げていた。さわやかな微風は大気を蘇らせた。月ははや星をちりばめた中空にのぼり、幾ときか、低緯度地帯にはない黄昏（たそがれ）にかわった。けれども、まだ夜闇の薄いこの時間にも、星ははやたとえようもなく鮮明にきらめいていた。盆地に横たわる広大な平野は、海にも似て、涯なくひろがったように思われ、八〇〇〇兆キロを越える目路のかなたには、北極星なる金剛石が北空にあらわれ、南に目を転ずれば、南十字星の四星が輝いていた。

左岸の樹木とハフマは、なかば輪郭がぼやけ、黒い影となって浮き出ていた、傘のようにひろがるコパイバ・バルサムの木立ち、「サンデイ」の木立ち、この木からは葡萄酒の酔いごこちをあたえる乳液と糖がしぼれる。八〇ピエの高さに聳える「ビガティコ」の頂は、かすかなそよぎにふるえていた。そして、これらはわかちがたい影のように見えた。「アマゾンと森はなんと意味ぶかく語りかけていることか?」と人びとは言うのである。そうなのだ。またこうもつぎのように言えたであろう。「熱帯の夜は、なんと霊妙な頌歌(しょうか)であろうか?」

鳥たちは夕べの名残りを告げていた。「ベンチビ」、これらは岸辺の葦に巣をかける。「ニアンブ」、シャコの一種で、鳴き声は和音をなす四つの調子で、これをまた、ものまね鳥がくりかえして歌う。「カミチ」は嘆くがごとくに歌う。カワセミは、何か合図のように鳴きかわした。「カニンデス」はラッパのような声で鳴き、紅い金剛インコは、はやくも夜が美しくいろどった「ヤケティバ」の葉かげに翼をおさめた。

ジャンガダでは、全員が休息の姿勢で各自の持ち場にいた。ただ水先案内人は前方に立っていて、その丈高い姿が、迫りはじめた闇のなかにほのかに浮かんでいた。当直班は肩に櫂をかついで、ダッタン騎兵の宿営のようだった。ブラジル国旗は筏の前方の竿の先に垂れていた。微風も旗をそよとも動かさなかった。

八時に、晩禱(ばんとう)の最初の三点鐘が、小さな礼拝堂の鐘楼から響いた。さらに二番目、三番目と三点鐘は鳴り、つづいて小刻みに小さな鐘楼の鐘の音の鳴るなかで夕べの祈りがはじまった。

家族全員は、六月のいちにちの終わりに、新鮮な戸外の空気を吸おうと、ベランダの下で憩っていた。こうするのは毎夕のならわしだった。寡黙なホアン・グラールはただ耳を傾けているだけだったが、若者たちは就寝の時間まで陽気にさんざめくのだった。

「ああ、この美しい流れ! すばらしいアマゾン!」とミンハがはしゃいだ。彼女は、このアメリカ大陸の大河を見ていると心が高まってならなかった。

「ほんとうに、比べものもないほどだ」とマノエルが答えた。「ぼくには、この河のどんなこまやかな美しさだってわかるよ！　今ぼくたちは、オレルラナや、ラ・コンダミーヌみたいに河下りをしているわけだ。ずいぶん昔のことだ。でも、あんなにみごとな描写で報告したのも、もっともだと思うよ！」

「いささかお伽話じたてだがね！」とベニートが茶々を入れた。

「兄さん」娘がまじめな口つきをした。

「わたしたちのアマゾンをわるくおっしゃらないで！」

「何もわるくなんか言ってないさ、ただ伝説があるってことなのさ」

「そうね、ほんとうね、あるのよ、すてきなのが！」とミンハが答えた。

「どんな伝説？」マノエルがたずねた。

「まだパラのほうまでは伝わっていませんよ、少なくとも、ぼくは知りません！」

「ではいったい、ベレンの学校で何を教えてもらったの？」と微笑みながら娘は言った。

「何も教えてもらわなかったということがわかりかけてきましたよ！」とマノエルは言った。

「何ですって！」とミンハは冗談でしかつめらしい物言いをした。「あなたは、ミンホカオという幾度かアマゾンにきた大蛇のこともご存知ないとおっしゃるの！　とても巨大なので、河に入れば水かさが増し、出てゆくと水かさが減ったという、あの大蛇のことも！」

「そんなことを言って、あなた方はそのミンホカオを実際に何度も見たんですか？」とマノエルはたずねた。

「残念だけど、ありませんわ」とリナが答えた。

「それは残念！」とフラゴッソはこの一言だけはという勢いで言った。

「それから『マエ・ダグア』」と娘はつづけた。「傲慢でおそろしい女なの。この女をうっかり見たりした人は、その眼差しに射すくめられて、川のなかに引きずりこまれるのよ」

「おお！　マエ・ダグアでしたら、ほんとうにいるんですよ」と素朴なリナが叫んだ。「土手を散歩だってしているそうですわ。でも、人が近づくと、水の精のオンディーヌみたいに姿をかくすそうです！」

「じゃあ、リナ」とベニートが応じた。「見つけたらぼくに報せにきてくれ」

「あなたがにらみすくめられて、河に引きずりこまれるようにするためにですか？　とんでもございません、ベニートさま！」

「信じているからなのね！」ミンハが叫んだ。

「マナウスの幹を信じている人はずいぶんいますよ！」と、ここで、リナの心を得ようとしているフラゴッソが例のように仲に入った。

「マナウスの幹？」とマノエルはたずねた。「いったい全体そりゃなんだい、マナウスの幹とは？」

「マノエルさま」とフラゴッソが、おどけた調子でいかめしさを装って答えた。「こういうことでございます。あるところに、と申すよりは、今となっては、昔あるところに、「ツルマ」の幹がありました。この幹は毎年、期を同じくして、ネグロ河をくだり、マナウスに幾日か泊まり、こうして、港々に泊りながらパラまで行くのでした。港では土民たちが、この幹を、うやうやしく、旗で飾ってやるのでした。ベレンまで行きますと、この幹は止まり、道を引き返して、アマゾンをさかのぼり、ネグロ河をさかのぼって、ひっそりとはじめに出て来たその森に帰って行くのでした。さてある日のこと、人びとはこの幹を平地に引きだそうとしました。ところが河が怒ってふくれあがったので、これをあきらめねばなりませんでした。それからまたある日、今度はある船の船長が、幹に銛を打ちこんで、曳いて行こうとしました……このときもまた、川は怒り狂って、綱を断ち切ってしまいました。こうして幹は奇蹟的にも逃れることができたのでした」

「それからどうなったの?」とリナがたずねた。

「さよう、最後に河をくだったとき」とフラゴッソが答えた。「ネグロ河をさかのぼるかわりに、幹は道を変え、アマゾンの流れに乗って行ってしまった。それからというもの、誰もその幹を見た者はないのでした」

「おお! またぐりあえればよいのにね!」とリナが叫んだ。

「もしめぐりあったなら」とベニートが言った。「それを筏の上に置こう、リナ。幹はお前をふしぎな森に連れていってしまうだろう。お前もまた、伝説の水の精ナイアードのように暮らすんだよ!」

「それでもいいですわ!」と熱しやすい娘は答えた。

「伝説はいっぱいありますよ」と、ここでマノエルが言った。「この河にまつわる伝説もなかなかおもしろい。しかし、ほかにもそれらと同じくらいおもしろい物語もあるよ。ぼくも一つ知っているが、何しろたいそう哀しい物語なので、みなさんが、それでひどくつらく思ったりしないと言うなら、話してみてもいいんだけれどね!」

「おお、お話しください、マノエルさま」とリナが叫んだ。「涙が出るような物語って、わたしは大好きでございます!」

「泣くんだって、お前が、リナ!」とベニートが言った。

「わたしだって、ベニートさま、でも、笑いながら泣くんですの!」

「それでは、話してくれたまえ、マノエル」

「あるフランス女性の話なんだが、その女性の不幸な話で、一八世紀には、この河岸が有名になった」

「どんなお話かしら」とミンハが言った。

「でははじめましょう」とマノエルは言った。

「一七四一年のことです。この年にブールゲとラ・コンダミーヌという二人の学者によって探検がおこなわれました。彼らは赤道の緯度の測定に来たわけですが、このとき、ゴダン・デ・ゾドネという有名な天文学者も同行しました。

こうしてゴダン・デ・ゾドネは出発しましたが、ただ一人で新世界に発ったのではありませんでした。彼は若い妻と子供たち、それから義父と義理の息子もいっしょに連れてきたのです。

一行はつつがなくキトにつきましたが、このときからデ・ゾドネ夫人に打ちつづく不幸がはじまったのです。ついてから幾月かのうちに彼女は何人かの子供をなくしてしまったからです。

ゴダン・デ・ゾドネは仕事を終え、一七五九年の末には、キトを離れ、カイエンヌに向けて発ち、その地につくと家族を呼び寄せようと思いました。けれども、宣戦が布告されていたので、ポルトガル政府に、デ・ゾドネ夫人とその一行の交通許可を願い出ねばなりませんでした。

信じがたいことですが、その許可はおりないままで数年経ってしまいました。

一七六五年、ゴダン・デ・ゾドネは、その遅滞に見切りをつけ、キトにいる妻を求めてアマゾンをさかのぼることを決意しましたが、いざ発つというときに、彼は急病にかかり、企てを果たすことができませんでした。

しかし、奔走はむだでなく、デ・ゾドネ夫人は、必要な許可と、河をくだって夫に会えるよう小舟を用意させるとのポルトガル王の承認を得ました。同時に、護衛隊にアマゾン上流の布教区で、彼女を出迎えようとの命令がくだりました。

おいおいにおわかりいただけるでしょうが、このデ・ゾドネ夫人は、なかなか勇気のある人でした。彼女はためらうどころか、大陸横断という危険な道をものともせず出発しました

「それは妻たるものの務めだわ、マノエル」と、ヤキタが言った。「わたくしだってそうします！」

「デ・ゾドネ夫人は」とマノエルはつづけた。「キトの南にあるリオ・バンバへ、義理の息子や子供たち、それに一人のフランス人の医者を連れて行きました。小舟や護衛隊がいることになっていたので、一行はブラジル国境の布教区につかねばならなかったのです。

はじめのうちは、航行は順調でした。一行は小舟でアマゾンの流れをくだりました。天然痘が猖獗(しょうけつ)をきわめる土地のただなかで、危険やら疲労やらで、旅は次第に困難になってきました。数日のうちに、案内に立った連中はいなくなり、航行者たちに忠実に従っていた者も、フランス人医師の負担を軽くしようと思い、ボボナサ川に投身しました。

早くも、岩や漂う樹幹に打ち当たって破損したボートは、使用に耐えなくなり、ために、陸にあがらざるを得なくなりました。そして陸にあがると、深い森のそばに、いくつかの藁葺きの小屋を建てねばなりませんでした。医者は、デ・ゾドネ夫人のもとから片時も離れなかった一人の黒人と、先に進んでみようと申し出て、発って行きました。一同は何日か二人の帰りを待ちました……けれども、むだでした……二人は帰ってこなかったのです。

そのうちに、食糧が尽き、見捨てられた人たちは、なんとかボボナサ川を丸木舟でくだろうとしました

が、それはむなしい試みでした。こうなると森に入るほかはありません。ほとんど通行不可能な密林のなかを歩いて行かねばならなくなりました。

その気の毒な人たちにとって、それはあまりにも骨の折れることでした！　けなげなフランス女性の看護もむなしく、つぎつぎと人が倒れました。何日か過ぎたあとには、子供たちも、両親も、下僕も、みな死んでいました！」

「おお、不運な方ですこと！」リナが言った。

「デ・ゾドネ夫人は今や天涯孤独でした」とマノエルはつづけた。「彼女は目的の大西洋からはまだ四〇〇〇キロも離れたところにいたのです！　川に向かって歩んで行くのは、もはや一人の母親ではなかったのです……子供たちをなくした母親です、彼女は自分の手で子供たちを埋めたのです……今では、ただ夫に会いたい一心の一人の妻にすぎませんでした！

彼女は昼夜をわかたず歩きました。そしてやっとボボナサの流れにめぐりあいました！　ここで彼女は親切なインディオたちに救われました。彼らは彼女を護衛隊の待つ布教区へ連れて行きました！

けれども、彼女はただ一人でした。彼女のうしろには、墓が立ち並んでいました！

デ・ゾドネ夫人はロレトにつきました。わたしたちは何日か前にそこにいたわけです。このペルーの村から、ちょうどわたしたちが今しているのと同じように、彼女はアマゾンをくだりました。そして、やっとのことで、一九年の別離のあとに、彼女は夫に再会したのです！」

「お気の毒に！」と娘が言った。

「かわいそうな母親！」とヤキタが答えた。

ちょうどこのとき、水先案内人アラヨがうしろに来て言った。

「ホアン・グラールさま、今、ロンデ島の前にいます！　国境を通過します！」

「国境か！」とホアンは言った。

彼は身を起こして、ジャンガダの端に立ち、流れを分けているロンデ小島を長いあいだ見つめた。それから、何か思い出を探るように彼は額に手を当てた。

「国境か！」彼は無意識に頭を垂れながらつぶやいた。

けれども、すぐ彼は頭をあげた。このとき彼は、なすべきことをなそうと決意した者の顔つきをしていた。

XII　フラゴッソ開業

「ブラサ」、燠、このことばは十二世紀以来のスペイン語のなかに見いだされる。このことばは、赤い綴織りの壁掛けをつくるある種の木をさす「ブラジル」ということばのもとになった。こうして、赤道を横ぎる南米の広大な地域に、ブラジルの名があたえられた。というのも、この地の森にはこの樹木がたくさん見られるからである。この樹木はまた、初期にはノルマン人との交易の重要品目であった。木は「イビラピトゥンガ」と呼ばれるのだが、製品の「ブラジル」の名が樹木の名として残り、これがまた、熱帯の陽光に燃えかがやく巨大な燠のようなこの地の名前ともなったのだった。

まずポルトガル人がこの地を占拠した。一六世紀初頭、水先案内人アルヴァレス・カブラルによって、この地の占拠がなされた。あとになって、フランスやオランダが、部分的にこの地を占拠したにしても、もとこの地はポルトガルのものであり、いかにもその小国の民のものらしい特質を保持しているのだ。今では知的で芸術家的な王ドン・ペドロを戴いた南米最大の国家の一つとなっている。

「部族における汝の権利は何か?」とモンテーニュはアーヴルで会ったインディオにたずねたことがある。

「戦闘に一番に出陣する権利である」とインディオは簡潔に答えた。

ご承知のように、戦争は、長いあいだ、もっとも確実にして迅速な文明の運輸機関であった。ブラジル人もまたインディオがしたことをおこなったのである。インディオは戦い、征服者を防ぎ、倒しもした。そしてこれこそ彼らが文明に向かって歩みはじめる第一段階だったのである。

ルソ・ブラジル帝国建設の七年後の一八二四年に、フランス軍がポルトガルから逐ったドン・ファンによって、ブラジルは独立宣言した。

隣国ペルーと新帝国との国境線設定の問題が残されていた。たやすい問題ではなかった。

ブラジルが、西方のナポ川まで領土権を主張すると、ペルー側は、エガ湖、つまり西経八度の地点までを主張した。

けれども、この間に、ブラジルは、アマゾンのインディオの奪略、スペイン系ブラジル布教区のためになされる奪略を防ぐために干渉しなければならなかった。この種の取引きを阻止するには、タバティンガよりやや上流のロンデ島を強化するほかなかったので、そこに碇泊港を設けた。

これで、ことは落着し、これを機にして、両国の国境はその島の中央を通過している。

これより上流では、河のペルー名は、呼び慣らわされていたとおりにマラニョンとなっている。

下流はブラジル領で、アマゾン河という名で呼ばれていた。

ジャンガダがタバティンガに碇泊しようとしていたのは、六月二五日の夕方だった。このタバティンガはブラジル領の最初にある町で、左岸にあり、ここから同名の河が流れており、この地一帯は、下流の聖ポール教区に属している。

ホアン・グラールは乗員を少し休ませるために、その地で三六時間を過ごすことにした。したがって出航は二七日の午後以降のこととなる。

今度はヤキタや子供たちも、イキトスでよりもおそらく土地の蚊にたかられまいとのことで、上陸して部

落を見物してみたいという意向を述べた。

タバティンガの人びとは、ほとんどがインディオで四〇〇人ほど、このなかには、アマゾン流域やその支流域に定住するのを好まないで、さまよっている混血ももちろん含まれている。

ロンデ島の碇泊港は何年か前に遺棄されており、タバティンガに編入されている。そこで、この町を守備隊駐屯地と呼んでもよかろう。ところで、実際のところでは、駐屯部隊は九人の兵士からなり、これがほとんどインディオで、軍曹が一人いるが、これが事実上の砦の指揮官であった。

約九メートルの高さの土手には、たいして堅固ではない階段が刻まれていて、小さな堡塁のある見晴台の中堤をなしていた。指揮官の住居は鍵の字についた二軒の藁葺き家であり、兵士たちは、そこから一〇〇歩ほど登ったところの大木の近くにある長家に住んでいた。

この小舎の集落は、もしも、歩哨などついぞいたためしのない監視小屋の上に、ブラジル国旗の旗竿が立っていなかったら、あるいは必要とあらば指示に従おうとしない小舟を撃つための、四台の青銅製の短身砲が置かれていなかったら、アマゾン流域一帯に散在している村や小落と、まずもって見わけがつかなかっただろう。

村のほうは高台の向こうの低地にあった。何分間か一本の道——道といってもフィキュスやミリティスの木かげの溝にすぎない——を辿ると村についた。そこでは、なかば裂けた黄土の断崖の上に、「ボイアス」椰子の葉におおわれた一ダースほどの家屋が、中央広場の回りに建っていた。

こういう風景は別に何ら変わったものではなかったのだが、タバティンガ近辺は風光明媚であった。なかでもハバリ河口は美しく、アラマザ諸島を浮かべてひろびろと扇形にひらいていた。この付近には美しい樹木も多く、そのうちには椰子の樹がたくさん植わっていたが、これからハンモック用や漁網用のしなやかな繊維が得られ、交易の品目にもなっていた。つまるところ、この地は、アマゾン上流中でももっとも熱帯らしいところなのだった。

また、このタバティンガの地は、やがてかなり重要な碇泊港になることを約束されていたので、かならずや急速にひらけることであろう。事実、ここに、流れをさかのぼるブラジルの汽船や、あるいはくだってくるペルーの汽船が碇泊することになる。またこの地点で、船荷や船客の積み替えや乗り換えがおこなわれることになる。イギリスやアメリカのいくつかの村ほどにではないだろうが、とにかく数年経てば、ここがもっとも重要な交易の中心になってゆくのである。

このあたりの水は、流れのなかでももっとも美しいところである。ごく自明の理であるが、大西洋から二四〇〇キロ以上も離れているタバティンガには、潮の干満は影響しなかった。しかし、「ポロロッカ」のために事情は異なり、その一種の津波のために、三日間というもの、アマゾン河は大潮時のように増量して、時速一七キロの速さで流れる。そして事実、この津波はブラジル国境にまで波及するということである。

翌六月二六日、昼食の前に、グラール家の人びとは町を訪れようと上陸の用意をした。

ホアンやベニート、マノエルたちはブラジル帝国のいずれかの町に足跡を残したことがあったが、ヤキタとその娘はそうでなかった。それゆえ彼女たちにしてみれば、それはちょっとした侵攻といったところだったろう。

ヤキタとミンハが、その訪問をある意味で重要視しているらしいのが傍目（はため）にもわかった。

また一方、フラゴッソは、巡回床屋という仕事柄、中央アメリカのあちこちの地を歩いていたが、リナのほうは、若い女主人同様、ブラジルの地を踏んだことがなかったのである。

けれども、ジャンガダをおりようというときに、フラゴッソはホアン・グラールを探しにいって、彼とつぎのような話をした。

「グラールさま」と彼は言った。「あなたがわたしをイキトスの農園にひきとってくださってからというものは、住むところから、着る物、食べ物にいたるまで、まことにご親切にしていただきました。あなたはわたしの恩人です……」

「いや、きみ、何も恩にきてもらうことはないのですよ」とホアン・グラールは答えた。「べつに気にしなくともよいのです……」

「いいえ、ご安心ください！」とフラゴッソは叫んだ。「ご恩返しなんて、わたしの力にあまることです！そのうえにあなたはわたしをジャンガダに乗せてくださり、河くだりの方法まで会得させてくださったのですから。そして今、こうしてブラジルの地にまできているのです。わたしは二度とこのブラジルを見ることは叶わないことと観念していましたよ！　あの蔓がなかったらどうなっていたことやら……」

「それは、きみ、リナにですよ、リナにこそ、きみは礼を述べるべきでしょう」とホアン・グラールは言った。

「わかっております」とフラゴッソは答えた。「あなたにたいしてほどではなくとも、彼女に恩を受けたことは忘れますまい」

「フラゴッソ」とホアンはことばを継いだ。「きみはわたしに別れを告げに来たんですね！　するときみはタバティンガに残るつもりなんですね？」

「そうではないのです。グラールさん。あなたはわたしをベレンまで連れて行くとおっしゃったのですから、ベレンまで行って、なろうことなら、昔の仕事をまたはじめたいのです」

「なるほど、それがきみの考えだとすると、わたしに何を求めたいのですか？」

「お願いしたいのは、もしよろしければ、わたしにこの道中でも、その仕事をさせていただきたいということなのです。腕を鈍らせたくはありませんし、それに、自分でかせいだものなら、ポルトガル貨幣のひと握りもポケットに入れておきたいというわけでして。ご存知でしょうが、グラールさん、床屋というものは、同時にちょっとした美容師も勤めますし、まあ、マノエルさんという方がおいでになるわけですから、あえて医者もやるとは申しませんが、そういうわけで、アマゾン上流の村だとけっこう客が来るものなんです」

「なるほど、ブラジル人のあいだではそうでしょうね」とホアン・グラールは答えた。「まあ、土民たちでは……」

「いいえ、失礼ですが」フラゴッソが答えた。

「土民たちのあいだでこそよいのですよ！　ええ！　彼らには剃ろうにも髯が生えていないんです。そういう粧いに関しては自然が彼らにたいへんもの惜しみしたものですからね、ですが、頭髪のほうだと最新流行の型にいつだって結う仕事がありますよ！　連中は、あの野蛮人たちは、男も女も、髪を整えるのが好きなんです！　タバティンガの広場でものの一〇分もケン玉を持って立っていれば——まず彼らを引きつけるのはケン玉です。わたしはそれを操るのがたいそううまいんですがね——わたしのまわりにインディオの男女が輪になって集まるでしょう。みんな、わたしの好意を得ようと競争になります。一ヵ月もここにいれば、ティクナ族の全員を、わたしの手で化粧してやれます！　みんなすぐに「カール鏝」——わたしのことを連中はそう呼んでるんですが——がタバティンガの城郭に帰ってきているのを知りますよ。わたしはもうせんに二度ばかりここで開業しまして、鋏と櫛で上手にやってのけたんです。ええ、ついでに申しますと、同じ場所には、あまりしげしげと顔を出さぬほうがよろしいのです。インディオの女にしたところで、ブラジルの町のおしゃれ女みたいに、そう毎日めかしこむわけでもありませんからね！　まあ年に一度整えると、その年のあいだじゅう、彼女らは、こう言っては何ですが、なかなかもってみごとに結いあげた髪型をくずすまいと気をつかうのです！　さて、タバティンガに行ってからもう一と歳がめぐりました。だから、わたしは、廃墟と化したわが記念碑を見にゆこうと思います。もし、グラールさん、あなたがよろしいというなら、わたしはもう一度この地で得た声望にふさわしい仕事をしたいのですよ。まず何よりも金の問題です。自尊心が問題ではないのです。わかってくださいますね！」

「では、きみ、やりたまえ」とホアン・グラールは微笑しながら答えた。「でも、いそいでくださいよ。タバティンガには一日しかいられません。明日の夜明けには出発しますからね」

「一刻もむだにできません」とフラゴッソが答えた。「道具を取りそろえたら、ただちに上陸します！」

「行きたまえ！　フラゴッソ」とホアン・グラールは言った。「どうかポケットにたんまりお金が降るように！」

「ありがとう。でも、もうここでは、かつて注いだこともないほどの恵みの雨がざあざあ降っておりますよ！」

そういってフラゴッソは、大いそぎで立ち去った。

そのすぐあとで、ホアン・グラール一人を残し家族の全員は上陸した。上陸が容易にできるようにと、ジャンガダは土手にかなり近く寄せてあった。崖に刻まれた手入れのあまり行きとどいていない階段を登って、訪問者一行は砂丘の上に行くことができた。

ヤキタとその一行は、あまりパッとしない砦の指揮官に迎えられた。パッとしないとはいうものの、この男も、接待のしかたは心得ていて、その宿舎で一同に昼食を供した。歩哨があちらこちら往ったり来たりしていた。また一方、兵舎の入口には、ティクマの血を引く兵士の妻と混血のかなりみすぼらしい子供たちが姿を見せていた。

軍曹に昼食を供されたお返しに、ヤキタは自分たちといっしょに指揮官と奥さまもジャンガダに来ませんかと申し出た。

指揮官は否も応もなかった。約束の時刻は一一時ということになった。

時刻を待つあいだ、ヤキタと娘と混血娘はマノエルにつきそわれて、ベニートが規則どおり交通証書交付のために指揮官のもとにとどまったのを残して、砦の付近を散歩しにいった。というのも軍曹はまた税関と軍属の長とを兼ねていたからである。

さて、手つづきが終わると、ベニートは例によって、付近の大樹林へ狩りに行った。今度は、マノエルはついて行かないと言ってあった。

さてこの間にフラゴッソのほうはジャンガダをおりていた。けれども、彼は砦のほうに登ってはいかずに、土手の裾にひらけている右方の溝を通って村のほうへといそいだ。当然ながら、駐屯隊の連中よりは、土民のお客のほうが彼には気がかりだったのである。もちろん、兵士の妻君連中も、いい腕の床屋にかかれるにこしたことはなかったであろう。ところが、彼女たちの夫は、かわいい妻君たちの夢を満たしてやるためになにがしかの金銭を散じてみようとは、もうとう思いはしなかったのである。

土民たちにしてみると、家庭の事情は全然べつだった。夫も妻も、陽気な床屋のもくろみどおり、懸命になってもてなしてくれるのだった。

さて、フラゴッソは二本のフィキュスの木かげになっている道を登って、タバティンガの中央広場に到着した。

彼が広場につくや、人気男の化粧師の到着がふれまわられ、一同、彼を思いだして取りまいた。

フラゴッソは、客の目を引くための大箱もタンバリンもコルネットも持っていなかった。また、縁日で見られる、人びとの注意を引くための、きらきらかがやくランタンや鏡を取りつけた銅の車も持っていなければ、大きなパラソルも持ってはいなかった！　何一つ！　けれどもフラゴッソにはケン玉があった。このケン玉が彼の指さばきでめまぐるしく動く！　彼はなかなかみごとに、亀の頭でできた玉を、細い軸で受けてみせた！　彼は水際立った手練で、玉であの有名な曲線を描いた。この曲率は、例の名高い「主人につき従う犬」の軌跡を定義づけた数学者たちによっても、おそらくいまだに算定されてはいまい！

土民たちのすべてがそこに集まってきた。老若男女いずれもいささか原始的な着物に身をつつんで、眼を見ひらき、耳をそばだたせる。

愛嬌たっぷりの床屋は彼らに向かって、ポルトガル語とティクマ語をちゃんぽんにして上機嫌でいつもの口上を立て板に水とまくしたてた。

彼がしゃべったことというのは、イスパニアのフィガロであろうがフランスの理髪師であろうが、およそ大道に店をひろげて商う者すべてが、きまってしゃべる類のことであった。その内容は、どこにあっても変わらぬ落ちつきはらった態度や、人情の弱みを衝く知識や、手垢にまみれたお世辞が、おもしろおかしい身

ぶり手ぶりでふりまかれ、またこれに聞きほれている土民のほうも、文明社会の野次馬と別に変わりはなく、驚嘆し、もの珍しさでいっぱいになり、手もなくまるめこまれているのであった。

そして一〇分もすると、人びとは興奮して、一種の酒場として使用される、広場の「ロハ」に陣取ったフラゴッソの前にひしめいていた。

この「ロハ」はタバティンガに在住する一ブラジル人の所有しているものだった。ここで何ヴァテム、ヴァテムとはこの国の貨幣で約二〇レイスに当たるが、それだけだして、地酒、なかでも、アサイ酒を買うのである。この酒はある種の椰子の実からとった半流動体の果実酒で、これをこのアマゾン流域一帯でひろく用いられている「コウイ」という容器か「ひょうたん」に入れて飲むのである。

さて、いよいよ土民の男女が――男のほうも女におさおさ劣らず熱心だったが――床屋の椅子にすわることになった。彼らの頭髪は、ほとんどがまことに細く良質だったので、髪もそれほど刈る必要がなく、フラゴッソの鋏は当然ながら無用の長物になりかねなかった。けれども、片すみの火鉢で熱しているカール鏝や、櫛は、めまぐるしいほど活躍しなければならなかった！

かてて加えて、人ごみのなかでの、この芸術家のはりきりようときたら大したものだった！

「さあ、よろしいかね」と彼は言った。「あんた方、じかに寝っころがらなきゃ、型はくずれやしませんよ！　これで一年はもちますよ。え、いいですか、この髪型はベレンでも、リオ・デ・ジャネイロでも最新流行なんですよ！　もったいなくも女王さまの娘さんだって、こんなにいい線はいっちゃいませんぜ。え。ポマードだってたっぷり使ってありますよ！」

いやそのとおり！　彼はポマードをけちったりはしなかった！　実際のところ、ポマードとはいっても何か花の汁をまぜた脂にすぎなかったが、とにかく、セメントで塗りかためるようなぐあいにべったりと使ってあった。

フラゴッソのおっ立てたそれらの記念碑に、いろんな髪型の名をつけてもまあいいだろう。そして、その建設にあたっては、ありとあらゆる建築術が駆使された！ 巻毛、カール、ウエーヴ、束髪、房毛、ちぢれ髪、巻きつけ髪、渦巻き髪、カールペーパー、これらがそれぞれそのところを得て、付け毛、付け髷、鬘の類のごまかしは一切なかった。土民たちの頭髪は、伐採や抜き取りでまばらになった輪伐樹木とはほどとおく、まるで原始林のようなものであった！ けれどもフラゴッソは、その地方のおしゃれ女たちが持ってきた、ほんものの花や二、三本の長い魚骨、あるいは骨製や銅製の細工の細かな装身具を、できあがった髪に飾ってやることもいとわなかった。たしかに、五執政官時代の伊達者たちも、この三段四段の奇想天外な髪の結いようを見ては、うらやましがるを得まいし、かの大レオナルド・ダヴィンチといえども、この異境のライヴァルに脱帽せざるを得ないだろう！

このような次第で、ヴァテムや、ひと握りのレイス貨幣——この貨幣でしかアマゾンの土民らは取引をしない——がフラゴッソのポケットに雨あられと降りこんだ。彼はこれらを大満悦のていで箱におさめた。けれども、引きも切らず押し寄せて来る客の注文をさばききらぬうちに、日が暮れるのはまずまちがいのないところだった。「ロハ」の戸口でひしめいていたのはタバティンガの住民だけではなかった。フラゴッソ来たるの噂はたちまちひろまり、土民たちは四方八方からやってきた。左岸のティクナ族、右岸のマヨルナス族、さらにはカフル族の連中からハヴァリの村の連中まで。

とにかく、中央広場には、順番を待ちこがれる人びとが長々と列をなしていた。フラゴッソに頭を仕上げてもらった意気揚々たる男女は、まるで大きな子供みたいに、誇らしげに家から家へと、からだを動かさぬように気をつかいながら、しゃなりしゃなりと歩くのだった。

そして正午の時は告げられたというのに、大忙しの髪結い師は昼食時にも筏へもどれぬというはめになり、いたし方なく、カール鏝を使う合間を盗んで、少しばかりのアサイ酒と、マニホクの粉と、亀の卵でがまんしなければならなかった。

けれどもまた、居酒屋の亭主にもこのためにいい実入りがあった。というのも、こうしたフラゴッソの活躍のあいだに、「ロハ」の酒倉からあげてきた果実酒がずいぶんと飲まれたからである。実際、このアマゾン上流の部族の、平凡にして非凡な調髪師、有名なフラゴッソの到来は、タバティンガの町ではちょっとした事件だったのである。

XIII
トレス

暮れ方の五時になっても、フラゴッソは、まだそこにいた。そうするほかなかった。待っている大勢の人びとを満足させるには夜までかかるのではないかと彼は内心思っていた。

このとき、広場に見知らぬ男がやってきた。土民たちのひしめいているのを見て、宿屋のほうに向かって歩いて行った。

しばらくすると、この見知らぬ男は、何やら用心しながらフラゴッソをまじまじと見つめた。品定めの結果はよかったにちがいない。というのは、その男は「ロハ」に入って行ったからである。

男は三五歳見当だった。彼はかなりちゃんとした旅装をしていた。その装いから彼の人となりも保証されているようだった。けれども、彼の黒髯はもじゃもじゃで、長いあいだ刈りこんだ様子もなく、髪も長かったので、まぎれもなく床屋のカモであると見えた。

「やあ、きみ、こんにちは！」と彼はフラゴッソの肩を叩きながら言った。

フラゴッソは、なまりのない、土民のことばなどのまじっていないブラジル語を聞いてふり向いた。

「お国の方で?」と、彼はマヨルナス女のしまつにおえぬ巻毛をロールにする手を止めずにきいた。

「さよう」と見知らぬ男は答えた。「同国人ですよ。あなたにさっぱりしてもらいたいんですがね」

「やりますとも！　でもいま少し」とフラゴッソは言った。「『ご婦人を一丁あげ』ましたらすぐに！」

ご婦人はカール鏝を二丁お見舞いしてけりがついた。

一番あとに来た男は、すわる権利はなかったのに、椅子に腰掛けたが、順番を遅らされた土民のほうからは何の異議も出なかった。

フラゴッソはカール鏝を鋏に持ちかえて、床屋らしくやりはじめた。

「どういうふうにやりましょう?」と彼はたずねた。

「髯と髪を刈りこんでくれ」と見知らぬ男が答えた。

「かしこまりました!」フラゴッソは客の伸びた髪に櫛を入れながら言った。

そしてすぐ鋏を使いだした。

「で、遠くからおいでなんで?」とフラゴッソはたずねた。この男はさかんにむだ口をたたかないでは仕事ができないのである。

「イキトスのほうから来た」

「おや、それじゃ手前と同じで!」とフラゴッソは叫んだ。「手前はイキトスからタバティンガまでアマゾンをくだってまいりましたんで! で、失礼ですが、お名前をおききしても?」

「なに、かまわんよ」と見知らぬ男は答えた。「わしはトレスという者だ」

客の頭髪を「最新流行の型」に刈ると、フラゴッソは髯を刈りこみにかかった。けれどもこのとき、客の顔がよく見えて、彼は手を止め、また仕事にかかったが、とうとうこう言った。

「ああ! トレスさん」彼は言った。「あのう、手前はあなたを存じあげておりますようで!……どこかでお会いいたしませんでしたかな?」

「そんなことはないね!」とトレスはきっぱりと答えた。

「じゃ、手前の勘ちがいで！」とフラゴッソは答えた。

そして彼は仕事に専念した。

少したつと、フラゴッソの質問でとぎれていた会話をトレスのほうからつづけた。

「どうやってイキトスから来たのかね？」と彼は言った。

「イキトスからタバティンガへ？」

「そうだ」

「筏に乗りましてね。ある立派な農園主の方に乗せていただいたんで。その方はご家族一同お連れになってアマゾンをくだっておりますんで」

「おや！　きみ、本当かね！」とトレスは答えた。「こりゃあいい機会だ！　その農園主がわしを連れていってくれるといいがね……」

「すると、あなたも河をくだりたいわけで？」

「そういうわけだ」

「パラまで？」

「いや、マナウスまででいいんだ、そこで仕事がある」

「なるほど。手前の主人は親切な人ですから、おそらく喜こんで乗せてくれると思いますよ」

「そう思うかね？」

「たしかなことを言ってるつもりですよ」

「で、その農園主は何という方だね？」とトレスは、くだけた調子でたずねた。

「ホアン・グラールさまで」とフラゴッソは答えた。

そして、彼はひとりごとをつぶやいた。

「たしかにどこかでこの男を見たはずだ！」

トレスは、自分のためになりそうな話が立ち消えになるのを見過ごすような男ではなかった。抜け目はない。

「すると」と彼は言った。「きみはホアン・グラールがわしを乗せると思うんだね？」

「何度もいうようですがね、まちがいありませんよ」とフラゴッソは答えた。「手前みたいなしがない男にもそうしてくれたのに、まして同国人のあなたに対して拒んだりしないでしょう！」

「そのジャンガダに彼は一人で乗っているのかね？」

「いいえ」フラゴッソは答えた。「いま申しましたように、ご家族全員で旅をなさっています――うけあときますが、みなさん親身な方たちで――それにまだ、農園で働いていた連中のうちからインディオと黒人の漕ぎ手を連れてきています」

「金持ちなんだね、その農園主は？」

「おっしゃるとおりで」とフラゴッソは答えた。「たいそう金持ちです。ジャンガダに使ってある材木と積荷だけでも一財産ですよ！」

「それじゃホアン・グラールは家族全部を連れてブラジル国境を越えたところなんだね？」とトレスがつづけた。

「そうです」とフラゴッソは答えた。「奥さまと息子さんと娘のミンハさんと、それにミンハさんの許婚者です」

「ああ！　娘さんがおありかね?」とトレスが言った。

「すばらしい娘さんです」

「で、近々結婚するんだね?……」

「そうです、しっかりした青年と」とフラゴッソは答えた。「この方はベレンの守備隊の軍医でして、旅の目的地に着けば、二人は結婚するんです」

「なるほど！」とトレスは微笑しながら言った。「すると、婚約旅行と言ってもいいね！」

「まったく、楽しい旅です！」とフラゴッソは答えた。「ヤキタ夫人と娘さんはまだブラジルの地を踏んだことがありませんし、ホアン・グラールにしてみれば、旧マガルアエスの農園に行って以来、はじめて国境を越えるわけですよ」

「どうだね」とトレスがたずねた。「家族には何人かの召使がついているんじゃないかね?」

「おっしゃるとおりです」とフラゴッソは答えた。「五〇年このかた農園にいるシベール婆さん、きれいな混血娘のリナ、リナは若い女主人の召使というよりは友だちでしょうがね。ああ、あの気立てのよさ！　心の温かさ、美しい瞳！　おまけに賢くて、とくにあの蔓のことなんか……」

　こちらのほうの考えに夢中になったフラゴッソは、もしトレスが他の客に席を渡そうと椅子から立ちあがらなかったら、とどまるところを知らず、リナについての熱烈な告白をやらかしたに相違なかった。

「いくらだね?」と彼は床屋にきいた。

「いりません」とフラゴッソは答えた。「国境で出会った同国人同士で、そんな水臭いことは言いっこなしですよ！」

「しかしだね」とトレスが答えた。「わしは……」

「それでは、あとで勘定しましょう、ジャンガダの上で」

「そんなこと言ったって、きみ」トレスは答えた。「ホアン・グラールにわしを乗せてくれといきなり頼んでも……」

「遠慮することはありません！」とフラゴッソは叫んだ。「ま、そのほうがよけりゃ、わたしからグラールさまに話してあげますがね。それに、そういうことであなたのお役に立てるとなれば、グラールさまもたいそう喜びますよ」

このとき、夕飯をすませて町に来ていたマノエルとベニートが、フラゴッソの仕事ぶりを見ようとして、戸口に姿をあらわした。

「おや、あの若いお二人をわしは知ってますよ、いや見覚えがありますよ！」と彼は叫んだ。

「見覚えがあるんですって？」と、かなり驚いてフラゴッソはたずねた。

「ああ、まちがいなしだ！　一と月まえに、イキトスの森のなかで、二人に困っていたのを助けてもらったことがある！」

「でも、あのお二人はほかならぬベニート・グラールとマノエル・バルデスなんですがね」

「知っているとも！　名前を聞いたのだから。でも、まさかまたここでお会いしようとは思いもよらなかったな！」

トレスは、彼に気づかないでじっと見ている二人の青年に近寄った。

「思いだしませんか？」と彼は二人にたずねた。

「待ってくださいよ」とベニートが答えた。「トレスさんですね。もし記憶が正しければ、あなたですね。イキトスの森で、猿のグアリバのことでえらく閉口していたのは?……」

「そうです、このわたしですよ!」とトレスは答えた。「ここ六週間、わたしはアマゾンをくだって来ているんですが、あなた方と同じときに国境を越えたとはまた!」

「うれしいですね、またお会いできたなんて」とベニートは言った。「でもまさか、ぼくが父の農園においでくださるようにと言ったのを、お忘れだったのではないでしょうね?」

「忘れてはおりませんよ」とトレスは答えた。

「それなら、ぼくの言ったようにすればよかったのに! そしたら疲れを治しながら出航を待って、国境までいっしょにくだることができたでしょうに! 徒歩で来るのにかかった日数もずいぶん倹約できたでしょうに!」

「そうでしょうね」とトレスは答えた。

「この同国の方は国境には止まりません」と、そのときフラゴッソが言った。「マナウスまで行かれるのです」

「それでは」とベニートが答えた。「ジャンガダにいらっしゃいませんか、歓迎しますよ。それに、父はきっとあなたをお乗せすると思います」

「では喜んで!」とトレスは答えた。「いろいろのご親切、ほんとうにありがとうございます!」

マノエルは全然、会話に加わらなかった。彼はベニートが親切な申し出をするにまかせ、トレスを注意して見ていた。彼はトレスの面影を少しも思いだせなかった。実際、この男の目には率直さがまったくうかがえなかった。相手を正視するのをおそれてでもいるように、視線が絶えずきょときょと動いていた。けれどもマノエルは、世話をしてやることになった同国人を傷つけまいと思い、その印象を胸にしまった。

「みなさん」とトレスが言った。「もしよろしければ、港までお供したいと思います」

「おいでなさい！」とベニートは答えた。

一五分後、トレスはジャンガダの甲板にいた。

ベニートは、彼らがすでに知り合いになったさいのことを語り、彼をホアン・グラールに紹介し、トレスをマナウスまで乗せてやってくれるように頼んだ。

「いや、あなたのお役に立てて何よりです」とホアン・グラールは答えた。

「どうもありがとうございます」と、トレスは言った。そして宿主に手を差しのべるとき、彼は我知らずにしたかのようにその手を止めた。

「明朝、夜明けに出発します」ホアン・グラールはつけたした。「ですから、筏に泊まったほうがよろしいでしょう……」

「おお、長くはご迷惑をかけません！」とトレスは答えた。「この身一つだけのことですし」

「どうか、くつろいでください」とホアン・グラールは言った。

その夜のうちに、トレスは床屋の部屋に近い部屋をもらった。

ジャンガダにわずか八時間でもどってきた床屋は、若い混血女に手柄話をしてやり、また、自尊心ぬきではなく、有名なフラゴッソの名声はまたも、アマゾン上流の盆地にひろまったと、くり返して言った。

XIV さらにアマゾン河をくだって

翌朝六月二七日の明け方、纜は解かれて、ジャンガダはアマゾン河の流れを漂流しつづけた。

筏には一人だけ余分の人間が乗りこんでいた。実際このトレスという男はどこからやって来たのだろうか？　誰も正確には知らなかった。どこへ行くのだろうか？　彼のことばによれば、マナウスへ行くということであった。しかもトレスは、過去にどんな生活をしていたか、二か月前にはどんな職業を営んでいたのか、まったくうかがい知ることができなかった。ジャンガダにねぐらを提供した男が、もと森番だったとは、誰一人として考えるものはいなかった。ホアン・グラールは、あまりしつこく聞いて、この先この男が気持よく働けなくなるのでは不都合だと思った。

筏に乗せたのは、この農場主が人情にほだされたからだった。アマゾン流域の広大な無人境のまっただなかで、わけても蒸汽船がまだ河流に航跡を曳くに至らなかった時代には、安全かつ敏速な輸送方法をとることはきわめて困難なことだった。ボートはあったが定期的な運行はしていなかったから、ほとんどの場合、旅行者は森林をかきわけて進むほかなかったのだ。トレスの場合も同様だったし、こうして助けられなければ、その後何事も起こらなかったであろう。したがって、ジャンガダの客となれたことは、彼にとって思いがけぬ幸運だったわけである。

ベニートは、どのようないきさつでトレスに会ったかを物語ってから引き合わせたが、ひょっとしたらこの男はみんなに、あの大西洋横断定期船の客のような目で見られたかもしれない。この定期船の乗客は、交際好きか否かによって、みんなといっしょに生活してもよし、一人離れて暮らしてもよし、自分の思いのままにできるのである。

少なくとも最初のころはあきらかにトレスはグラール一家の団欒（だんらん）のなかにとけこもうとはしなかった。いつも遠慮っぽくひかえていて、ことばをかけられれば答えはするものの、自分から話しかけようとはしなかった。彼が少しでも多く好んで語り合ったのはフラゴッソとだった。彼がジャンガダに乗りこもうと考えたのも、この陽気な仲間のすすめがあってのことだった。たまに彼は、イキトスでグラール一家はどんな立場にあったのか、娘のミンハはマノエル・バルデスをどう思っているのか、などということをフラゴッソにたずねていたが、そこにはまだどことなく用心している様子があった。一人でジャンガダの舳先（へさき）をさまよっているか、それとも、自室に閉じこもっていることが多かった。

昼食や夕食はグラール一家とともにとったが、食卓の会話にはほとんど加わろうとはせず、食事が終わるとすぐにひっこんでしまった。

その日の午前中、ジャンガダは、ハバリ河の大きな洲にできた美しい島々のあいだをぬって進んだ。アマゾン河のこの大支流は南西に向かって流れており、流れは、水源から河口までどんな小島も急流も、せき止めている様子はなかった。この河口は幅約九〇〇メートルあって、その昔スペイン人とポルトガル人とが所有権をめぐって争奪戦を演じたハバリという同じ名をもつ町のあった場所から、千数百メートルの上流に口をあけている。

六月三〇日の朝までは、航行中、特筆すべきことは何も起こらなかった。たまに数艘の小舟に出会った。小舟は両岸沿いに数珠つなぎになって水面を滑るように進み、それらをひとまとめに操っていくには土民ただ一人で充分だった。土民たちはこの種の航行をさして『ナビガル・デ・ブビア』と言っているが、これは「流れのままに航行する」という意味である。

やがてアラリア島、カルデロン群島、カピアツ島、その他の島々を過ぎた。これらの島の名はまだ地理学者の知るところとなっていない。六月三〇日、水先案内人が、流れの右手にフルパリ＝タペラという小さな町が見えると知らせた。その町に二、三時間碇泊した。マノエルとベニートは町の近辺に狩に出かけ、獲物として鳥を数羽もち帰った。獲物は料理番が喜んでひきとった。同時に二人の青年は奇妙な動物を一匹捕えてきたが、これはむしろジャンガダの料理女よりも生物学者に重宝がられるようなしろものだった。

黒っぽい毛色の四足獣で、いくぶんニューファンドランド犬の大きなのに似ていた。

「大アリクイ」だと獲物を筏の船橋に投げだしながらベニートが叫んだ。

「しかもすばらしくでかいやつだ。こいつなら博物館に陳列してもおかしくないね」とマノエルがつづいて言った。

「たいへんだったでしょう、こんな変てこな動物をつかまえるのは」と、ミンハがたずねた。

「もちろんさ、ミンハ」とベニートが答えた。「お前がいなくてよかったよ。いれば、助けてあげて！　といったにちがいないからな。こいつらほんとにしぶといんだ。こいつをやっつけるのに弾を三発ばかり使っちまった」

この大アリクイはじつにみごとだった。白黒のだんだら模様の、ふさふさした毛のはえた長い尾をもっている。こいつの主食はアリであって、アリ塚のなかにさしこむあの尖った鼻面をそなえている。長さ一三センチのするどい爪のついた、やせて細長い四つ足をもっている。この爪は人間の手指のように握りしめることもできる。しかし何というすごい手だろう、この大アリクイの手は！ ひとたび何ものかをつかんだが最後、もぎ放すためには手を刃物で切開しなくてはならない。旅行家エミル・カレーが「虎ですらこの抱擁にかかっては絶命してしまう」といみじくも言ったのはこの点についてである。

七月二日昼前、ジャンガダはサン＝パブロ＝デ＝オリベンサのふもとについた。そこにつくまでには、四季を通じて緑におおわれ、うっそうたる大樹の影になった無数の島々を通りぬけてきたのだった。主な名をあげれば、フルパリ、リタ、マラカナテナ、クルル＝サポ等の諸島である。また同時に幾度となく、『イグアラペス』すなわち黒々とした水をたたえる「小支流」の河口のかたわらを進んできたのだった。

これらの河水の色合いはかなり興味ぶかい現象であって、その大小にかかわらずアマゾン河のいくつかの支流にかぎって見られるものである。

マノエルは河の水が、どんなに複雑な色合いを帯びているかにみんなの注意をうながした。一見無色透明の水面をのぞきこむと、その色合いが克明に観察できたのである。

「これまでも、いろんなふうにこの色どりの説明がなされてきたけれど」と彼は言った。「どんな大学者もこれぞといったうまい説明をしてはいないようですね」

「この水、ほんとにまっ黒で、すてきな金色に光っているわ」と、ジャンガダのかたわらを静かにながれる金褐色の水面のたゆたいをさしながら、ミンハが答えた。

「そのとおりですね」と、マノエルが答えた。「すでにフンボルトがきみと同じように、このふしぎな金色の輝きに気づいていた。しかしもっと注意ぶかく見てみるとわかるが、この色どりの主調はむしろセピア色なんだ」

HILDIBRAND

「なるほど」とベニートが叫んだ。「またしても学者の意見が一致しない現象に出くわしたわけだ」

「こういうことは鰐や海豚や海牛の意見を聞いてみるべきかもしれませんね」とフラゴッソが意見を述べた。「彼らは好んでこういう水で泳ごうとしているのですからね」

「この水がとくに今言われた動物たちをひきつけることはたしかだが」と、マノエルが答えた。

「いったいなぜなのだろう。その理由を言うのは非常にむずかしい。実際、水がこんな黒い色をしているのは、炭化水素が水中にとけこんでいるせいなのか、それとも泥炭層の上や、石油、無煙炭の地層を水が通ってくるせいなのか。それともおびただしい微小な植物が、流れに含まれているからなのか。どうもはっきりしない。ともかくこの熱帯地方ではきわめて好ましい冷たさがあるし、まったく無味無害だから飲料水としては最適だ。ミンハさん、少しすくって飲んでごらんなさい。飲んでも大丈夫ですよ」

事実、水はきれいに澄んでいて冷たかった。ヨーロッパ各地でさかんに使われている飲料水と比較しても、このほうがずっとすぐれていたかもしれない。みんなは炊事用にフラスコ数個分を汲んだ。

さて前述したとおり、七月二日の朝、ジャンガダはサン＝パブロ＝デ＝オリベンサに到着した。この地では、「ピアサバ椰子」の殻をつなぎあわせてつくるあの長い数珠玉が大量に生産されている。これこそまったく人気のある商品だった。この地方の旧支配者であるトゥピナンパ族やトゥピニキス族が、こういうカトリック教の聖具の製造をその生業とするようになった事情は奇妙に思える。しかしとにかくそれは事実なのだ。これらのインディオたちは、もはや昔のインディオではない。彼らは、額にハチマキをして金剛インコの羽根をさし、弓と吹矢の筒を手にして民族衣装を身にまとうかわりに、白のズボン、手製の木綿のプンコというアメリカふうな服装を採用したのだ。現在では、妻たちがプンコをつくりあげる腕前も非常に上達した。

サン＝パブロ＝デ＝オリベンサは、かなり大きな町で、近在の各部族から出てきた約二〇〇〇人の住民が住んでいる。今でこそアマゾン上流地帯の首都になっているが、最初発足した当時は、ポルトガルのカルメル会士たちが一六九二年ごろにひらいた、単なる「伝道村」にすぎず、ついでイエズス会伝道者に受けつがれたのだった。

かつてこの地方は、だいたいオマグア族の土地といってよかった。オマグア族という名は「扁平な頭」という意味である。この名の由来は新しく生まれた子供の頭を土民の母親たちが二枚の板きれではさみつけ、頭蓋骨を横長のかたちにのばすという野蛮な風習によるものであった。こういう風習が当時大流行した。しかしあらゆる流行の例にもれず、この流行も今はすたった。頭は自然なままのかたちをとりもどした。これら数珠玉づくりの頭蓋骨には、かつての変形の痕はもうないだろう。

グラール一家は、ホアン・グラールをのぞいて全員が上陸した。トレスも筏に残るほうをえらんだ。彼はサン＝パブロ＝デ＝オリベンサを見物したいようなそぶりはまったく見せなかったが、といって、この町にすでに来たことがあるというのでもなさそうだった。

どうやら、この山師がたいそう無口だったのは、彼の好奇心が乏しかったからだとしなければならないようだった。

ベニートはわけなく物資の交換をして、ジャンガダの積荷の不足分を補うことができた。みんなは、町の名士である駐屯司令官と税関主任の非常な歓迎をうけた。司令官と税関主任という身分であっても自由に商取引をすることができたのである。二人は、この若い商人に、土地の特産物をマナウスやベレンで自分たちにかわって商ってくれるように依頼しさえした。

町は六〇軒ほどの家々からなっていた。家並みは、河の岸がそこだけ高くぬきん出ている丘の上に散らばっていた。ほとんどが藁屋根の家だったが、何軒かは瓦で葺かれていた。このあたりとしては比較的珍しいことである。しかし聖ペテロと聖パウロを祭った教会は、藁屋根でおおわれているだけだった。世界でもっともカトリック的な国の教会建築にふさわしくない、むしろキリストの生まれたベツレヘムの馬小屋にふさわしい粗末なものであった。

司令官と副官、それに警察署長は、グラール家の食卓で食事をすることを承知した。そしてホアン・グラールからそれぞれの地位相応のもてなしをうけた。

食事中、トレスは、いつもより饒舌になった。ブラジル奥地へ遠征した話をいくつかして、ブラジル通らしいところを見せた。

しかし旅行の話をしながらもトレスはマナウスを知っているか、あなたの同僚がマナウスに駐屯しているか、この地方の司法官は今のような夏季に避暑に出る習慣があるか、などと司令官に問いただすのだった。こういう一連の質問をしながら、トレスはひそかにホアン・グラールの顔色をうかがっているように見えた。それはたからもかなりはっきりわかるしぐさだったので、ベニートは何か奇異の感じをもって彼を観察していたが、父親のホアンもまたこうしたトレスの発する奇妙な質問に一心に耳を傾けているのに気がついた。

サン=パブロ=デ=オリベンサの司令官は、高官たちがマナウスにいないということはあるまいと、トレスに確言した。また、自分がよろしく言っていたと伝えてくれるよう、ホアン・グラールに頼みさえした。たとえどんなことがあっても、おそくとも七週間後、八月二〇日から二五日のあいだに筏はマナウスの町につくだろう、と彼は言った。

大農園の客たちは、夕刻一家にいとまを告げて帰った。そして翌七月三日朝、ジャンガダはふたたびアマゾン河の流れをくだりはじめた。

正午、左舷にヤクルパ河の河口を見た。この支流は、はっきり言って、正真正銘の放水路にすぎない。なぜならこの河はイサ河に水を放水しているからであり、イサ河自身もアマゾン河左岸の一支流なのである。そして、特殊な現象だが、ヤクルパ河自体がところどころで自分の支流をはぐくんでいる。

午後三時ごろ、ジャンガダはヤンディアツバ河の河口を過ぎた。ヤンディアツバ河は南西からその洋々たる黒い水を運んできて、インディオのクリノス族の土地をうるおしたのち四〇〇メートルの河口から大動脈アマゾン河に流れこんでいる。

ピマチカイラ、カツリア、ヒコ、モタヒナなどたくさんの島々がつらなっていた。そのうちの一部の島には人が住みつき、他は無人島だったが、いずれも一様にうっそうとした樹林におおわれ、アマゾン河の両岸にまたがって、まるで切れ目のないみどりの葉飾りのようなかたちをしている。

XV 同じくアマゾン河くだり

七月五日の夕べとなった。前夜から重くしめりけを含んだ大気は、嵐が間近いことを告げていた。褐色がかった色の大コウモリが、大きな翼をばたつかせて、アマゾン河の流れの上をかすめて飛んでいた。そのなかに、焦茶色で腹のあたりだけ白いあのペロス・ボラドルが見られた。ミンハと、とりわけ黒白混血のリナはそのコウモリに本能的な嫌悪を感じた。

まさしく彼らこそおそろしい吸血鬼だった。野獣の生血を吸い、野原で不用意に眠りこんでしまった人間にさえ襲いかかるのである。

「まあ、何ていやあな動物なんでしょう」とリナは目を手でかくしながら叫んだ。「おそろしいわ!」

「見かけだけじゃなくほんとにおそろしいやつらなのよ」と、つづけてミンハが言った。「ねえ、そうじゃなくて、マノエル?」

「実際、非常におそろしいやつですよ」と、青年は答えた。「あの吸血鬼たちは特別な本能の働きで、いちばん血の流れやすいところ、原則として耳のうしろをさぐりあてて吸いつくのです。血を吸っているあいだ、たえず翼をはばたいて冷たく気持のよい風を送りこむものですから眠っているものはますます深く熟睡してしまうことになるのです。たくさんの人びとが被害にあっています。みな数時間のあいだ何も知らずに血を吸われつづけ、二度と目をさましません!」

「そんなこわいお話はやめてちょうだい、マノエル」とヤキタが言った。「でないとミンハもリナも、今夜眠れなくなりますよ」

「何もこわがることはありません」とマノエルは答えた。「必要ならわたしたち男が不寝番をしてあげましょう」

「静かに」とベニートが言った。

「どうしたのだ」と、マノエルが訊いた。

「あっちのほうで変な音がしているのが聞こえないか」と、右岸を指さしながらベニートがつづけた。

「聞こえるわ」とヤキタが答えた。

「いったい何の音かしら」とミンハがたずねた。「まるで小石が島の砂の上をころがっているようね」

「うん、わかったぞ」と、ベニートが答えた。

「明日夜が明けたら、亀の卵と新鮮な子亀が好物の者はタラ腹食べることができるだろう」

そのとおりだった。その物音はあらゆる大きさの無数の亀たちが、産卵をするために島にあがってゆく音だった。

これらの両棲類たちは、手ごろな場所をえらんで、砂浜に卵を産みつけるのである。産卵は日没とともにはじまり、日の出とともに終わるはずだ。

すでにこのときボス亀は、川床を去って、砂浜に気に入った一角を見つけていた。そのほかの亀たちは、大群をなして集まり、長さ一八〇メートル、幅三・六メートル、深さ一・八メートルの溝を掘ることに熱中していた。卵を埋めてしまったら、卵の上に厚く砂をかぶせ、土まんじゅうをつくるように甲羅で打ち固めるだけだった。

こういう亀の産卵活動は、アマゾン河とその各支流の沿岸に住むインディオたちにとってはまさに大事件である。彼らは亀の到着を待ち伏せし、太鼓の音とともに卵の掘りだしにとりかかる。そして収穫を三部に分け、一部は見張りの者たちの取り分、もう一部はインディオたちの取り分、残りの一部は沿岸警備長官らによって代表される国家の取り分となる。警備長官たちは、警備をつかさどると同時に、租税の取り立てもおこなうのだ。河の水が引いたあとに出現する多数の亀を招き寄せるいくつかの貴重な砂浜は、「国王の砂浜」と呼ばれていた。収穫のあとはインディオたちが祝宴をはる。しかし河に住む鰐たちもまた祝宴だ。彼らはこれら両棲類の残骸をむさぼり喰うのである。

だから、亀や亀の卵は、アマゾン河流域にあってはきわめて大切な商品である。これら亀たちのなかには、ちょうど産卵を終えてもどるところをあお向けにひっくり返されるのもいる。彼らはこうして生捕りにされ、魚のいけすのような柵付きの囲いで飼われたり、あるいは地面や水中をようやく往復できるぐらいの索で杭につながれたりするのである。こうしておけば、この動物たちの新鮮な肉がたえず手に入るというわけだった。

卵からかえったばかりの子亀たちは、これとは別のやり方で処理される。囲いのなかに入れておいたり、杭につないだりする必要はまったくない。その甲羅はまだ固まらず、肉もきわめてやわらかいから、火を通したあと、カキを喰うようにして食べられる。このようにしておびただしい子亀が消費されているのである。

しかしこれは、アマゾンやパラ地方でおこなわれる、もっともふつうの亀の利用法というわけではない。マンテイニヤ・デ・タルタルガ、つまり亀のバター、これはノルマンディやブルターニュ産の最良の製品にも匹敵し得るものだが、このバターの製造のためにも、例年二億五〇〇〇万から三億個の卵が消費されている。しかしこの流域の水中には亀は無数に棲息しており、これまた数えきれないほど多量の卵を砂に産みつける。

それにもかかわらず、土民たちばかりか、沿岸の渉禽類、空の黒禿鷹、水中の鰐どもが競って亀の卵を乱獲する結果、卵の数はいちじるしく減少し、今では子亀一匹につきブラジル価格で一パクタもする。

翌日夜明けごろ、ベニート、フラゴッソ、それに数人のインディオたちは、一艘の丸木舟に乗りこんで、まだ暗いうちに、ずらりと並んだ大きな島の一つに向かった。ジャンガダを停めておく必要はなかった。筏にもどることは簡単にできるはずだった。

砂浜には、小さな砂の山がいくつも見えた。それは昨夜、卵が一六〇から一八〇個ずつひとかたまりに溝のなかに産みおとされた場所を示していた。だからそれらを掘り起こすことは問題ではなかった。最初の産卵が二か月以前に終わっていたので、卵が砂中に蓄積された熱の働きで孵化してしまい、すでに数千の子亀が砂浜の上を走っていた。

大漁であった。丸木舟はこれら貴重な両棲類たちでうずまり、うまいぐあいにちょうど昼食の時間に間に合うよう筏にもち帰られた。獲物は筏の乗組員に分配された。そして夕食時に残りを調べたところ、ほとんど食べつくされているありさまだった。

七月七日朝、サン＝ホセ＝デ＝マツラについた。これは、水草が高くしげっている小川の近くの村落で、伝説によれば、そのほとりには尻尾のはえたインディオたちが住んでいたということである。

七月八日昼前、サン＝アントニオの村が見えた。二、三軒の小屋が樹々のあいだにかくれていた。ついで、幅九〇〇メートルある、イサ河あるいはプツマイヨ河の河口が見えた。

プツマイヨ河はアマゾン河のもっとも大きな支流の一つである。この場所に、一六世紀ごろ、最初にスペイン人たちの手でイギリスの「伝道村」がひらかれ、その後ポルトガル人たちによって滅ぼされた。現在ではもはやそのあとかたもない。今もなお見いだされるのは、インディオのいろんな部落の代表者たちである。彼らが何族に属しているかは、その入墨の種類によって簡単に見わけることができる。

イサ河は、キトの北東にあるパスト山系が、このうえなく美しい野生のカカオの森のあいだを東に向けて送りだす水流である。五六〇キロまでの距離は吃水一・八メートル以下の蒸汽船が航行可能だから、将来南米大陸における主要な水路となるだろう。

その間に悪天候がやって来ていた。間断なく雨を降らせはしないものの、嵐がひんぱんに起こって大気をふるわせていた。こうした大気現象はジャンガダの進行をいささかもさまたげることはなかった。ジャンガダは風を受けて走るのではなかったからである。またジャンガダは非常に長いものだったから、アマゾン河の大波にも動じなかった。しかし滝のような驟雨(しゅうう)のあいだ、グラール一家は家にこもっていなければならなかった。そのひまな時間をとにかくつぶさねばならなかった。そこでみんなのおしゃべりとなった。それぞれ自分の考えをだしあい、舌は休みなく動いた。

こういう次第でトレスは少しずつ自分から会話に加わるようになった。ブラジル北部全域に渡って何度も旅をしたときのいろいろな事件が、無数の話の種となった。この男は多くの経験をしてきたに相違ないが、それは懐疑家の考え方につらぬかれていて、聞いている折り目正しい人びとの心を傷つけた。それから彼がミンハのご機嫌をとり結ぶような態度を示したこともつけ加えておかねばならない。こうした熱心さはたしかにマノエルにとって不快なことであったが、まだこの若者が二人のあいだに割って入らなければならないと思うほどあけすけなものではなかった。しかもミンハはトレスに本能的な嫌悪を感じており、それをかくそうとはしなかった。

七月九日、流れの左岸にツナンティンス河の河口があらわれた。河口は一二〇メートルの洲をなしており、ツナンティンス河は、インディオのカケナス族の土地をうるおしたのち、西北西から流れて来た黒い水をこの洲からアマゾン河に放水している。

このあたりでアマゾン河の流れは真に雄大な眺望を見せたが、河床はこれまでよりもずっと多く島や小島にさえぎられていた。これらの群島をぬって進むためには、水先案内人の完全な巧妙さが必要だった。両岸のあいだを、浅瀬を避け、渦を逃れ、安全な進路をとりながら進まなくてはならない。

彼はたぶんアファティ＝パラナ河の水路をとることもできたかもしれない。この水路は、いわば自然にできた運河であり、ツナンティンス河の河口から少し下流でアマゾン河を離れ、さらに一八〇メートルくだったところでハプラ河から本流にもどれるようになっていた。しかしこの河のもっともひろい個所が四五メートルあるにしても、もっとも狭い個所は一八メートルしかなかったから、ジャンガダがそこを通過するのはなかなかむずかしかったことだろう。

はしょっていえば、七月一三日カプロ島にいたり、東南西から来て四五〇メートルの河口から黒い水を放出するジュタイー河の河口を過ぎ、まっ赤な顔に硫黄のような白い毛色をしたかわいい猿の群れに見とれた。この猿は岸辺に生えた椰子の木からとれる、あのはしばみ大の木の実が大の好物である。またアマゾン河という名は、これらの椰子の木からきている。やがて旅行者たちは七月一八日フォンテボアという小さな町についた。

ここでジャンガダは一二時間碇泊して、乗組員たちはしばしの休息をとった。

フォンテボアも、アマゾン河伝道部落の大方と同じように、長い期間のあいだにそれらの村を一地域から他の地域へと移動させる、あの気まぐれな法則からまぬがれることができなかった。

しかしながらこの村落は、そういう流浪の生活とはきっぱり縁を切ったのか、今はまったくひとところから動こうとしないようだった。村にとってけっこうだったのは、その木の葉におおわれた三〇軒あまりの家々と、グワダループのノートルダム、メキシコの黒い聖母を祭った教会が、この村の眺めをとても美しいものにしていたことである。フォンテボアには、アマゾン両岸のインディオたちから出た約千人の住民が住み、村の周辺のゆたかな草地で無数の野獣を育てている。彼らの仕事はそればかりではない。彼らはまた勇敢な狩人、あるいはこういったほうがよければ勇敢な海牛とりの漁師だった。

だから到着したその夕べに、若者たちは海牛狩りのきわめて興をそそる遠征に立ち会うことができた。

今しも、これら草食鯨類の二頭が、フォンテボアに注ぐカヤランツ河の黒い水中に発見されたところだった。茶色の六つの点が水面を動いているのが見えた。二頭の海牛の、とがった二つの鼻面と四つのヒレだった。たいして経験のない漁師なら、ちょっと見ただけではこれらの動く点を漂流物と錯覚してしまうところだが、フォンテボアの土民たちは見まちがうはずがなかった。しかも、ほどなく息を吹く音がして、噴気孔のあるこの動物たちが、汚れて呼吸の用をなさなくなった空気を勢いよく吐きだしていることがあきらかになった。

それぞれ三人ずつの漁師を乗せた二艘の丸木舟が、岸を離れて海牛に近づいた。海牛たちはたちまち逃げだした。はじめのうち黒点は、水面に長い水脈(みを)を引いていたが、二頭同時に姿を消した。

漁師たちは慎重に丸木舟を進めつづけた。彼らの一人は、棒の先に長いくぎを打ちつけたきわめて原始的な銛をかまえて、丸木舟の上に立ちはだかり、他の二人は音もなく櫂を操った。海牛が、呼吸をする必要からふたたび射程内に出現するのを待った。はたして一〇分ほどたつと、海牛たちは多少せばまった圏内にふたたびあらわれた。

まさしく、ほぼ一〇分間の時が流れるや、黒い点はまぢかに浮上し、霧のまじった二条の空気を音高く噴きあげた。

丸木舟が近づき、同時に銛が投げられた。一本は的をはずれたが、もう一本は草食鯨類の一頭の脊椎の真上に命中した。

この動物を参らせるには、それ以上銛を打ちこむ必要はなかった。海牛は銛の先を射こまれると、ほとんど防禦力を失ってしまう。銛の尻に結んだ綱を少しずつたぐって丸木舟の近くに寄せ、村のふもとの砂浜まで引いていった。

それは小さな海牛にすぎなかった。やっと丈が九〇センチあるだけだった。これらあわれな草食鯨類は、あまりに乱獲されたために、アマゾン河とその支流の水中ではかなり珍しいものになりはじめている。生長する時間もほとんどないぐらいなので、大きな海牛でも今では一・八メートル以上になることはない。アフリカの河や湖におびただしく棲息している三メートル半から四メートル半の海牛に比べると何というみすぼらしさであろう。

しかしこのような滅亡を阻止しようとしても困難だと思われる。海牛の肉はじつに美味で、豚の肉にまさると言われるほどだし、厚さ七センチの脂肪からとれる食用油こそはじつに値うちのある産物なのだ。肉は

燻製にすれば長期間保存がきき、健康的な栄養食となる。それればかりか、この動物がわりにたやすく捕獲できることもつけ加えるならば、それらが絶滅に瀕しているとしても驚くにはあたらない。

かつては、一八〇リーヴルの目方がある二壺分の食用油を「産した」海牛一頭から、今日では、一カンタルに相当するスペインの四アローブ分の油しかとれないのだ。

七月一九日黎明、ジャンガダはフォンテボアを出て、人跡の絶えたアマゾン河の両岸のあいだを、どこよりもうっそうとしげったカカオの森の島々に沿って流れて行った。空にはあいかわらず電気を帯びた積乱雲が重たくのしかかり、新しい嵐の襲来を思わせた。

南東から流れてくるジュルア河が、まもなく左岸に姿をあらわした。この河をさかのぼれば、おびただしい支流がつくりだす流れを、ボートでも比較的やすやすとペルー奥地まで入って行くことができるだろう。

「オレラナをあんなにもびっくりさせた女戦士たちの子孫を探すのだったら、きっとここらの土地がいいだろうね」と、マノエルが言った。「しかし彼女たちはその先祖たちのように、もう独立の部族をなしてはいないようだ。今や彼女たちは、夫に従って戦いに赴く妻にすぎない。そしてジュルア族のあいだで、勇ましいという大評判をとっている」

ジャンガダは流れをくだりつづけた。それにしてもこのとき、アマゾンは何と入り組んだ様子を見せていたことだろう。アマゾンの大支流の一つで、八万メートル先に河口があるハプラ河が、アマゾン河と平行して流れていた。

二本の流れのあいだには、放水路あり、小支流あり、潟あり、流れの関係で一時的にできた湖ありで、網の目のように錯綜しており、それがこの地方の河川測量を非常に困難にしているのだった。

しかし水先案内人のアラヨは、先に進むに必要な地図こそ持っていなかったものの、豊富な経験がいっそう安全に彼を導いていた。彼が、この混沌のなかを、本流からけっしてそれることなく切りぬけてゆくのをまのあたりにするのは驚異であった。

結局、彼のすばらしい手腕のおかげで、七月二五日午後、パラニ＝タペラの村を通過したのち、ジャンガダは、エガあるいはテフェ湖の入口に投錨することができた。湖に入っても、アマゾンの水路にもどるためにはそこから出なければならないからむだなことだった。

しかしエガの町はかなり大きな町である。見物するために碇泊するだけの値打ちはあった。だから、七月二七日までここに碇泊し、翌二八日に一家全員で大きな丸木舟に乗り、エガに出かけようということになった。

このエガ見物は、筏の働き者ぞろいの乗組員にぴったりふさわしい休息になるだろう。

その夜は、小高い岸辺近くの碇泊所で過ごした。その静けさを乱すものは何もなかった。熱い稲光が幾条か地平線を赤く染めたが、嵐はまだ遠く、湖の入口では光らなかった。

XVI
エガ

七月二〇日午前六時、ヤキタ、ミンハ、リナ、それに二人の青年は、ジャンガダを離れる準備をした。ホアン・グラールはこれまで上陸しようという気持をみせたことがなかったが、今度は妻と娘にせがまれて、毎日の休みない仕事を中断することに決め、二人について町を見物することにした。

一方トレスはエガ見物に行きたいようなそぶりを示さなかった。この男をよく思っていないマノエルにはこのことはうれしいことで、彼は折をみてそのことをはっきり見せつけてやろうとねらっていた。

フラゴッソのほうは、このまえ、小さなエガの町と比べてもずっとへんぴな部落であるタバティンガには、自分のもうけになるからこそ出かけたのだが、今度のエガには行っても商売にはならないことははっきりしていた。

単なる僻村にすぎないタバティンガに比べて、エガは一五〇〇の人口をもつこの地方の中心地であり、この規模にまで栄えた都市を運営するに必要なあらゆる高官たちが住んでいた。すなわち軍司令官、警察署長、治安判事、法務官、初等教育者、あらゆる位の将校階級に、軍隊。

ところでこれだけ多くの官吏が妻子と一つの町に住んでいるときには、かならず床屋がいるとふんでよい。エガの場合がまさにそれであったから、この町ではフラゴッソの商売はあがったりだったろう。

しかしこの愛すべき男は、エガではまるきり仕事にならないとしても、一行のなかに加わるつもりだったにちがいない。リナが若い女主人ミンハについて行くからだ。しかしいざというときになって、彼は甘んじて筏に残ることにした。リナ自身に頼まれたからだった。

「お願いがあるのです」と、フラゴッソを離れたところに連れだしてリナが懇願した。

「何でしょう?」とフラゴッソが答えた。

「あなたのお友だちのトレスさんは、わたしたちとエガに出かけるつもりはないようですわ」

「ええ、彼は筏に残るでしょうね。しかしあの男をわたしの友だちだなどと呼んでいただきたくないものです」

「だって、あの人にすすめていっしょに筏に乗りこませたのはあなたですよ、乗せてほしいとも言っていないのに」

「そうですよ。ですからあの日、本心を申しますと、あるいはばかな真似をしてしまったんじゃないかと懸念しているんですよ」

「それではわたしの本心を申しますとね、フラゴッソさん、あたしあの人は嫌いですわ」

「わたしも嫌いですよ、リナさん。どうもあいつをどこかで見かけたことがあるような気がしょっちゅうするのですがね。記憶はまったく曖昧ですが、一つだけはっきりしたことがあります。それは、あいつの印象がまったくよくないということなんで」

「いったいどこで、いつごろお会いになったのかしら。思いだせませんか。あの人がどんな人なのか、そしてとくにどんな人だったのかがわかれば、きっと何かの役に立つでしょうに」

「思いだせませんね……待ってくださいよ……古いことだったかな……どんなところで、どういうふうにして会ったのだったか……どうも思い出せない」

「ねえ、フラゴッソさん」

「何ですか？」

「あなた筏に残って、留守のあいだトレスを見張っていてくださらないこと？」

「何ですって！」とフラゴッソは叫んだ。「いっしょにエガに行かず、一日じゅう顔も見ないで残っていろとでも言うんですか？」

「お願いします」

「命令ですか？」

「お願いです」

「残りましょう」

「フラゴッソさん！」

「リナさん！」

「ありがとう」

「お礼をおっしゃるなら、どうぞその美しいお手をとらせてください」と、フラゴッソは答えた。「ここに残ることのごほうびにですよ」

リナは、このけなげな男に片腕をさしのべた。彼は、若い女の美しい顔を見ながら、しばらくその手を握っていた。さてこういう次第でフラゴッソは、丸木舟に乗りこまず何げないふりをよそおいながら、トレスを監視することとなった。トレスは自分がみんなに嫌われていることに気づいているのだろうか。おそらく気づいていた。しかし同時にまた、そのことを気にかけないということには彼なりの理由があったにちがいない。

投錨地からエガの町まで一六キロの距離があった。六人の乗員と漕ぎ手の二人の黒人とで、往復三二キロの道のりは、空がうっすらと雲におおわれてはいるものの、気温がきわめて高いために生じる疲労をみこさなくとも、数時間はかかる予定だった。

しかしきわめてさいわいなことに、北西から快適な微風が吹いてきた。さいわいだというのは、風がこの方向から吹いてくれれば、テフェ河を渡るのに好都合だからである。おかげで何度も中断することなく、迅速にエガとのあいだを往復できた。

こうして大三角帆が丸木舟のマストに張られた。ベニートが舵を取り、リナが最後の合図をして、しっかり見張りをするようフラゴッソに注意したのち、丸木舟は筏のそばを離れた。

エガにつくには湖の南岸に沿って進めばよかった。二時間ののちに丸木舟は、かつてカルメル会修道女たちによってひらかれた旧「伝道村」の港に到着した。村はその後一七五九年に町となり、ついでガマ将軍によりブラジル国の支配下に入れられたのだった。

彼らは丸木舟から平坦な砂浜におりた。砂浜の近くには、この地方の小舟ばかりではなく、これから太平洋沿岸貿易に出かけようとしている小型スクーナー船も幾艘か並んでいた。

これがまず、エガの町に入ったときの二人の娘たちの驚きの的だった。

「まあ、何と大きな町なんでしょう」とミンハが叫んだ。

「家と人が何て多いんでしょう」とリナが応じた。そのつぶらな瞳は、もっとよく見ようとするかのように、じっとこらされていた。

「たしかにそのとおりだ」とベニートが笑いながら答えた。「住民が一五〇〇人以上、二階建てのもいれて

家が少なくとも二〇〇軒、それに通りが二、三本ある。家々を距てるほんものの通りだ

「マノエルさん」とミンハが言った。「あたしたちを弁護してくださいな。兄さんたら、アマゾンとパラ地方でいちばん美しい町々を見物したわけだねと言って、あたしたちをからかうの」

「それじゃ、おかあさんもからかうことになるわね」とヤキタがつづいていった。「だってあたしもこんなに賑やかな町は見たことがないもの」

「気をつけたほうがいいですよ、おかあさんもミンハも」と、ベニートがふたたび言った。「あとでマナウスについたら、二人ともぼおっとなってしまうし、ベレンについたら失神してしまいますよ」

「大丈夫ですよ」とマノエルが微笑しながら答えた。「ご婦人方も、アマゾン上流地帯の町を順々に見てゆくうちに、だんだんおどろくことにも慣れてくるでしょう」

「おや、マノエル、あなたまでが兄さんと同じような口ぶりですのね」とミンハが言った。「おからかいになるつもり?」

「とんでもない、ミンハさん、誓って言いますが……」

「笑うなら笑わせておきましょうよ」とリナが答えた。「そしてとっくり町を見物することにしましょう、ミンハさま、こんなにすてきなところなんですもの」

まったくすばらしいところだった。土壁や、白い石灰の壁の家々がひとかたまりに建っていた。ほとんどは藁や椰子の葉の屋根でおおわれていたが、なかにはまさしく石造や木造の家も幾軒かあり、花ざかりのオレンジの木がいっぱいに植えられた果樹園にとり囲まれ、原色のみどりに映えるベランダと玄関と窓とを見せていた。それに公共施設が、二、三。兵舎、聖女テレーズを祭る教会があった。教会はイキトスの質素な

礼拝堂に比べれば大伽藍であった。

ついで湖のほうに目を向けると、ココ椰子、アサイ椰子のふち取りのなかにおさまった美しい景色が一望のもとに眺められた。この景色は澄明な水をたたえた湖のほとりまでつづいていた。そして彼方、湖の向こう岸から十二キロほどのところに、美しいノグエイラの町が、小さな家々を、浜辺のオリーヴの老樹林に見えかくれさせていた。

しかし二人の乙女たちにとって、おどろく原因はもう一つ別にあった——いかにも女性らしいおどろきの原因が——それは優雅なエガ女性たちのモードであった。とは言っても、回心したオマス族やムラ族の女たちのような、まだかなり原始的な土民の女の身なりではなく、ほんもののブラジル女性の衣装だった。事実、町の官吏や大商人の妻や娘たちは、いささか時期おくれのパリモードを気どって身につけていた。パリから莫大な距離のあるパラ、そのパラからさらに二〇〇〇キロあるエガで、この調子であった。「ちょっと、ちょっと、ミンハさま、ごらんになって。着物も、着ているご婦人も何ときれいなんでしょう」

「リナは気が変になりそうだ」と、ベニートが叫んだ。

「ああいう服は、それにふさわしい人が着れば、きっとこんなに滑稽ではないんでしょうにね」とミンハが答えた。

「ミンハさん」とマノエルが言った。「木綿の粗末な服に麦藁帽をつけていても、あなたはこのブラジル女性たちよりもずっときれいに見えますよ。この人たちはふちなし帽をかぶり、羽根つきスカートを身につけていますが、本来これは彼女たちの生まれや環境とは無関係だから全然似あいませんよ」

「そんなに喜んでもらえるなら、わたしは誰もうらやましいと思うことなんかありませんわ」とミンハは答えた。

しかし結局みんなは見物するためにやってきたのだった。一同は街を歩きまわった。街には商店の数より露店の数のほうが多かった。それから広場をぶらついた。ヨーロッパふうの衣服を窮屈そうに身につけた伊達男や伊達女が集っていた。ホテルで食事をした――旅籠屋に近いものだった――料理はジャンガダでの最上の食事を思わせた。

いろいろなふうに調理された亀の肉ばかり出てくる食事がすむと、グラール一家は、おしまいに湖のほとりの風景を眺めに出かけた。夕陽が金色にかがやいていた。それから丸木舟にもどった。彼らはきっと、町の名所めぐりが一時間もあれば充分だったことに少々幻滅し、同時に、イキトスの木かげの多い小径におよばない、暑苦しいこれらの街路を散策するにも少々疲労を覚えていた。あの好奇心にあふれたリナさえも熱意がさめかけているようであった。

めいめいは丸木舟に乗って自分の席にもどった。風はあいかわらず北西から吹いており、夜気を含んで肌にひやりとここちよかった。帆が張られた。ふたたび、黒い水をたたえるテフェ河の朝きた道を引返しはじめた。テフェ河は、インディオたちによれば、南西に四〇日間の航行が可能であるらしい。午後八時、丸木舟は投錨地に帰りつき、ジャンガダに横づけされた。

リナはフラゴッソを離れたところに連れだすと、さっそく、「フラゴッソさん、何か疑わしいことに気づきましたか?」とたずねた。

「何もありませんよ、リナさん」とフラゴッソが答えた。「トレスはほとんど自室から一歩も出ずに読書や書きものをしていましたよ」

「ではわたしのおそれていたように、家のなかや食堂には入らなかったんですね」

「入りませんでしたとも。自室の外に出ているときには、いつも筏の舳先を歩きまわっていましたよ」

「いったい何をしていたんですか?」

「古い書きつけを手にして注意ぶかく読んでいたようでした。そして何やらわけのわからないことを、ぶつぶつぶやいていました」

「それはどれも、あなたの思っているようにどうでもいいというようなことではなくってよ。きっと、フラゴッソさん。読書したり、書きものをしたり、古い書きつけを調べたりすることはあの人にとって何か意味があるのだわ。あの人は、読書や書きものをしているといっても、べつに学校の先生や法律家ではないのですからね」

「ほんとだ」

「もっとよく見張っていましょうよ、フラゴッソさん」

「ええ、しょっちゅう見張っていることにしましょう、リナさん」とフラゴッソは答えた。

翌七月二十七日黎明、ベニートは水先案内人に出発の合図をした。

アレナポ湾上に浮かぶ二つの島のあいだから、幅一八〇メートルのハプラ河河口が一瞬顔をのぞかせた。この大支流は八つの河口から、ちょうど大洋が大湾に注ぎこむように、アマゾンにその流れを放出している。しかし水源ははるか彼方エクアドル共和国の山岳地帯にあって、そこから送りだされた水は洋々たる流れとなり、アマゾンとの合流点から八四〇キロ先で、一連の瀑布にさえぎられているだけだった。

ヤプラ島までくだるのにその日一日かかった。ヤプラ島から先は、障害物が減って、ジャンガダの進行はぐんと楽になった。流れはほぼゆるやかになり、比較的容易に小島を避けて進むことができた。暗礁に乗りあげたり衝突したりすることもまったくなくなった。

翌日ジャンガダは、非常に変化に富んだ高い砂丘になっている広大な浜辺に沿って進んだ。これらの砂丘は自然の柵となって、ヨーロッパじゅうの家畜をも飼育できるぐらいの涯(はて)しない放牧地を囲んでいる。このへん一帯の砂浜は、アマゾンの上流の地域でももっとも豊かな亀の繁殖地とされている。

七月二九日夕刻、カツア島にしっかりと碇泊した。あやめもわかぬ危険な夜をそこで過ごすためだった。

太陽が地平線上にまだ消え残っている時刻、島の上にインディオのムラ族が姿をあらわした。ムラ族は、テフェ、マディラ河間、アマゾン河流域を四〇キロ以上に渡って占拠していた昔の豪族の子孫である。

土人たちは、進むのを止めたジャンガダを、行きつもどりつしながら見守った。彼らは手に手に吹矢を持って一〇〇人ばかり集まっていた。吹矢はこの部族独特のもので、一本の葦からつくられ、外側は小人椰子の幹の芯をぬいたもので被ってつよくしてある。

ホアン・グラールは没頭しきっていた仕事の手をしばらく休めて、これらの土人たちを厳重に監視するように、そしてけっして彼らを挑発してはならないと注意した。実際太刀打ちできる相手ではなかったろう。ムラ族はおどろくほど巧みに吹矢を使い、いったん命中したら最期という矢を、三〇〇歩の遠くまで飛ばすことができる。

助からないのも道理、「ククリート」椰子の葉の繊維を用い、綿の矢羽をつけた、長さ二・七メートルから三メートルの、針のようにするどくとがった矢には、いわゆる「矢毒」が塗ってあった。

矢毒あるいは「ブラー」と呼ばれ、「万物を倒す」とインディオたちが称しているこの液体は、一種の灯

台草の蜜と球根馬銭（まちん）とを加え、さらに、毒アリをつぶした練りものに、同じく毒をもった蛇の牙をまぜあわせてつくられる。

「これこそはじつにおそろしい毒薬だ」とマノエルが言った。「神経組織のうち意志的動作をつかさどる神経を直接に攻める。しかし心臓はおかされず、生命の機能の火が消えるまで搏ちつづける。しかも四肢のマヒからはじまるこの中毒症状に対して、解毒剤は見つかっていない」

きわめて幸運なことに、これらムラ族は白人種にあきらかな憎悪を抱いているにもかかわらず、憎しみを行動に移すことはしなかった。事実、彼らは、祖先たちの武勇をもはや備えてはいなかった。

日が落ちると、五穴の笛が、もの悲しい歌のひびきを島の木々の背後に吹き鳴らした。別の笛がそれに和した。こうした楽の音によることばの交換が二、三分つづき、やがてムラ族は姿を消した。

たまたま上機嫌のフラゴッソが、お得意の歌で彼らにこたえようとしたが、折よく居あわせたリナは、彼の口を手でふさいで、彼が好んでひけらかす、歌い手としてのささやかな才能の披露をようやくおさえることができたのだった。

八月二日午後三時、ジャンガダは、カツア島から八〇キロ離れたアポアラ湖の入口に到着した。アポアラ湖から流れ出る黒い水は、同じ名前のアポアラ川の水源となっている。そして二日後、五時ごろ、コアリ湖の入口に碇泊した。

この湖はアマゾン河に通ずるもっとも大きな湖の一つで、いろいろな河の貯水池のような役割をしている。五本から六本の支流がそのなかに流れこみ、貯えられ、まじりあって、一本の狭い水路からその水がアマゾン河に放出する。

タフア＝ミリ部落の水屋（みずや）が、しばしばこの低い砂浜地帯を浸す満潮時の浸水から身を守ろうとして、まるでたかあしに乗っているように杭の上にのっかっているのを眺めたのち、ジャンガダは夜を過ごすために碇泊した。

碇泊地点からコアリ村が見渡せた。一〇軒ぐらいのかなりいたんだ家々が、オレンジとカルバシの密林のまんなかに建っている。こうした部落の外見ほど変化に富むものはない。湖が、満潮で広大な水面を見せているか、干潮時ではやアマゾンに流れこむこともできないほど浅く細い流れにまで減水しているかによって、猫の目のように変わるのだ。

翌朝八月五日、夜明けとともにふたたび出発したジャンガダはヤクラ河の水路を通過した。この水路はヤクラ河の、湖と川とが非常に錯綜した系統に属している。そして八月六日朝、ミアナ湖の入口に着いた。

これまでのところ筏の生活には何ら新しい事件は起こらず、毎日がほとんど組織的と言っていい規則正しさで過ぎていった。

フラゴッソはたえずリナにそのかされながらトレスの見張りをつづけていた。幾度か彼に過去の生活を語らせようとした。しかしこの山師は、そのことについては一切の会話を避け、とうとう床屋にたいして極端に用心ぶかい態度を示すようになった。

グラール一家との関係はあいかわらずだった。ホアンとはあまり口をきかなかったが、ヤキタと娘のミンハにはすすんで話しかけ、自分があきらかに冷たくあしらわれているのも知らぬふうだった。彼女ら二人は、そのうえ、筏がマナウスにつけばトレスは去ってゆくだろうから、それからは彼の噂をきかなくてすむだろう、と語りあった。このことではヤキタは、忍耐こそが肝心とすすめるパサンハ神父の忠告に従ったのだった。しかし神父の説得は、ふらちにも筏に乗りこんできた闖入者(ちんにゅうしゃ)を、実際のもとの境遇に突きもどしてやろうとしているマノエルには、あまり効き目がなかった。

その夜に起こった唯一の事件は、つぎのようなものである。

川をくだってきた一艘の丸木舟が、ホアン・グラールの招きに従ってジャンガダに横づけになった。

「マナウスに行くのだね？」と彼は丸木舟に乗っているインディオにたずねた。

「そうです」とインディオは答えた。

「いつごろ着くのかね？」

「一週間後には着きます」

「ではわたしたちより一足先だ。手紙を先方にとどけてはくれないかね？」

「よろしいですとも」

「それならこの手紙を受けとってくれたまえ、これをマナウスに運んでもらいたい」

インディオはホアン・グラールのさしだす手紙を受けとった。ひとつかみのレイス貨が、その仕事の代金だった。

家族はそのときみんな室内にひきこもっていて、誰もこのことに気づかなかった。一人トレスだけがそれを見ていた。彼はホアン・グラールとインディオの短いやりとりを聞きとった。そして、この手紙の発送で彼がおどろかずにはいられなかったことが、褐色に焼けたその表情からも容易に見てとれた。

XVII 攻撃

マノエルは、筏の上で乱闘場面でも起こしてはまずいと思い、何も言わないできたのだったが、しかしその翌日、彼はトレスのことで自分の本心をベニートに打ち明けた。

「ベニート、ちょっと話しがあるんだ」と、ジャンガダの舳先へ連れだしてマノエルは言った。

ふだんあれほど陽気なベニートは、立ち止まってマノエルを見、顔をくもらせた。

「わかってる。トレスのことだろう?」

「そうなんだ、ベニート」

「じつは、やつのことでぼくのほうにも話があるんだよ、マノエル」

「それではやつがミンハにしつこく言い寄っているのに気づいたんだね」と、蒼ざめながらマノエルが言った。

「きみはまさか嫉妬心のためにああいう男に憤慨しているんじゃないね?」とベニートがはげしく言った。

「全然ちがうよ」とマノエルが答えた。「神かけてそのようなことはないよ。将来妻となるべき女性にそんな侮辱を加えるようなことは! そうじゃないんだ、ベニート。彼女はあの山師を毛嫌いしている、だから問題はそんなことでは全然ないのだ。それにしてもあの山師めが押しの強さできみの母と妹に接近し、もうぼくの家族も同然のこの家族と親しくなろうとしているのを見るのは、耐えられないのだよ!」

「マノエル」と、ベニートが重々しく答えた。「あのいかがわしい人物には、ぼくもきみと同じ嫌悪を感じる。だからぼくの気持だけを考えるなら、とっくにトレスめを筏から追いだしてしまったところだ。しかしその勇気がなかった」

「勇気がなかったって?」とマノエルが友の手をつかみながら応じた。「勇気がなかったというのか!」

「まあ聞け、マノエル」とベニートはつづけた。「きみは充分トレスを観察したんだったね? それでやつが妹に言い寄っているのに気づいたのだ! これ以上の真実はない。だがそれを見ているあいだに、きみは見なかったのだ。あの不審な男がつかず離れずぼくの父から目をそらそうとしないってことを。説明しようのないしつこさで父を眺めているのだが、そこには憎悪を含んだ下心があるように見えるのだ」

「それはどういうことなんだ、ベニート。トレスがホアン・グラールに恨みを抱いていると考える理由でもあるのかい?」

「全然ない……はっきり考えているわけじゃない」とベニートが答えた。「ただ何となくそんな気がするだけなのさ。だがようくトレスを観察してみたまえ。注意ぶかくやつの表情をうかがってみたまえ。そうすれば、やつが父を見るとき、どんなにいやな笑いを浮かべるかわかるだろう」

「そうか」とマノエルが叫んだ。「もしそうなら、やつを追いだす理由がもう一つできるわけだ」

「理由がもう一つできるのか……それともなくなるのか……」と若者は答えた。「マノエル……ぼくはおそれるのだ……何をだろう……ぼくにはわからない……。しかしむりに父にトレスを追いださせるというのは軽率だろう……。もう一度言うけれど、ぼくはこわいのだ、なぜこわいのか、どうしてもはっきりとその原因をつきとめられないんだが」

このように話しているあいだ、怒りの身ぶるいのようなものがベニートをゆすぶった。

「では時期を待たなければならないと思っているんだね？」とマノエルが言った。

「そう……待つんだ。行動を起こす前に。しかし一等大切なのはぼくたちが充分注意して悟られないようにすることだ」

「とにかく」とマノエルが答えた。「二〇日ばかりあとにはマナウスにつく。トレスはマナウスに逗留しなければならない。だからマナウスでわれわれのもとを去り、永久にやつの姿にわずらわされなくなるだろう。それまで見張っていることにしよう」

「わかってくれたようだな、マノエル」とベニートが答えた。

「よくわかったよ、ベニート！」とマノエルはつづけた。「あいにくぼくはきみのおそれていることが全部わかるとは言えないし、わかりもしないが！　きみの父上とあの山師とのあいだに、どんなつながりがあるというのだろう？　たしかにきみの父上はやつに会ったことはないのだよ」

「父がトレスを知っているとは言わない」とベニートが答えた。「逆なのだ……トレスのほうで父を知っているのだと思う……。イキトスの森で会ったとき、農場のまわりであの男はいったい何をしていたのだろう。あのときにはぼくらの申し出た好意を断わったくせに、なぜあとになって気が変わって、むりやりいっしょに旅をする気になったのだろう。タバティンガについてみると、まるで待ちかまえたようにそこにいるとは！　ああして二度もやつに会ったのは、まったくの偶然だろうか。それともあらかじめ立てられた計画の結果なのだろうか。人を避けようとするくせに執拗なトレスの視線にあうたびに、こういう疑問がいっせいに頭をもたげてくる……ぼくにはわからない……。これらの問題をどう解けばよいのか、ぼくにはさっぱりわからない。ああ、どうしてあいつを筏に乗せようなどと考えたのだろうか」

「落ちつきたまえ、ベニート……おねがいだ」

「マノエル！」とベニートはやおさえきれないもののように叫んだ。「それじゃきみは、反発と嫌悪しか感じさせないあの男を、筏の外へ放りだすのをぼくが躊躇でもしていると思っているのかい！　しかし問題が父にも関係している以上、不吉な印象だけにたよって目的に突進してしまうことがおそろしいのだ。何ものかがぼくに告げるんだ。それにふさわしい権利を、いや権利ばかりか義務をも、何かがぼくらにあたえてくれないうちに行動したら、あの陰険な男のために大事が起こるかもしれない、とね……。結論を言えば、ジャンガダの上ではやつはぼくらの支配下にあるわけだから、二人で父の身辺を警戒しているうちに、いつかは、どれほどあいつの芝居がうまくても、かならず化けの皮をひっぱがし、本性を暴露してやれると思うのだ。だからもうしばらく時期を待とうじゃないか」

このときトレスが筏の舳先へやってきたので、二人の青年は話をうち切った。トレスはちらりと二人を眺めたが、ことばはかけなかった。

自分が見られていないと思うときは、この山師の目がいつもホアン・グラールから離れない、とベニートが言うのはまちがっていなかった。

なるほど、ホアン・グラールを眺めるトレスの顔つきは悪意にみちている、とベニートが断言するのはたしかに正しかった。

高潔そのもののホアンが、いったいどのようなきずなで――知らないうちに――トレスと結ばれているというのだろうか。

こうして、今や二人の若者と、フラゴッソとリナから同時に監視される身の上となったトレスは、何か行動を起こしてもたちまちその場でとりおさえられるにちがいなかった。たぶん彼にもそれはわかったであろう。ともかく彼はそんなことは表には出さなかったし、これまでの態度をいささかも変えなかった。

心の底を打ちあけあって満足したマノエルとベニートは、トレスの注意を呼びさますようなことは一切せず彼を監視しつづけようと約束した。

その後何日かのあいだにジャンガダは、カマラ、アル、ユリパリの各河の入口を、アマゾンの右岸に見た。これらの河の水はアマゾンに注がず、南に向かって流れ、プルス河に合流したのち、プルス河からふたたびアマゾンの大河に流れこんでいる。八月一〇日午後五時、一行はココス島に寄港した。

そこにはセリンガル工場があった。セリンガルという名は、学名シフォニア・エラスティカという樹セリングエイラに由来するゴムづくりの名である。

一説によれば、これらの樹木の数は、手ぬかりと開発のまずさから、アマゾン流域で減少しつつあるとのことだが、マデイラ河、プルス河、その他アマゾン支流の沿岸において、セリングエイラの森はまだとほうもなく繁茂している。

ココス島には約二〇部族のインディオがおり、ゴムの穫り入れと製造に従事している。この仕事は一年のうちでとくに五月、六月、七月のあいだにおこなわれる。インディオたちは、その根本から一、二メートルの高さに達する、アマゾンの満潮時の水によって充分育ったゴムの樹が、穫り入れにふさわしい状態になっているのを見定めてから仕事にとりかかる習慣だった。

セリングエイラの樹の白太(しらた)に切りこみをつけ、切り口の下に小さなかめをむすびつける。二四時間たつとかめは牛乳状の樹液でいっぱいになる。またこの樹液の穫り入れは、切りこみの端に節を抜いた竹筒をむすび、それを樹の根本においた何かの容器で受ける、という方法でもできる。

こうして樹液を採集すると、インディオたちは樹脂分子の分離をふせぐために、アサイ椰子の薪を燃した火にかけ、それを燻蒸(くんじょう)にする。樹液を木製シャベルの上にのばし、煙にかざすと樹液はたちまち凝固し、黄色味を帯びた灰色の固形物となる。ゴムの層がこうしてつぎつぎにできあがっていくと、それらはシャベルから剝がして太陽にあてられ、ゴムはいっそう固さを増し、ふつう見られるような茶色を呈し、こうして製造は完了する。

ベニートは絶好の機会とばかり、インディオたちから、小屋にためこまれ杭に吊るされていたゴムを全部買い占めた。そのかわりに支払った代金は利益をあげるに充分の額だったから、彼らは非常に満足の様子を見せた。

四日後の八月一四日、ジャンガダはプルス河の河口を通過した。これもまたアマゾン右岸の大支流の一つで、軍艦でも航行可能の水路を二〇〇〇キロ以上もくりひろげていた。この河は南西に向かってのび、幅約一二〇〇メートルの河口をもっている。フイクス、タウアリス、ニッパ椰子、セクロピアなどの葉かげを流れ流れて、五本の支流からアマゾンに注いでいる。

ここまで来ると、水先案内人のアラヨはごく気軽に筏を操縦することができた。流れをさえぎる島の数はぐっと減り、そのうえ両岸の幅は少なくとも八キロぐらいの距離はあるように思われた。

こうして流れは前より安定した速度でジャンガダを運び、八月一八日、筏は夜を過ごすためにペスクエロの村に止まった。

太陽はすでに地平線に低くかかり、低緯度地帯特有のスピードで巨大な火の球のようにほとんど垂直に沈んでいこうとしていた。夜と昼はほとんど薄暮を経ずに交替した。それはフットライトをいきなり消すと現

出する芝居の夜のようだった。

ホアン・グラールと妻、リナと老いたるシベールは、戸口に立って眺めていた。トレスは、ホアン・グラールのまわりを、何か秘密の話でもしたいようにしばらくうろついていたが、パサンハ神父が就寝の挨拶をしようとやってきたのにさまたげられたらしく、とうとう自室に帰ってしまった。

インディオと黒人たちは、舷側沿いにからだをならべ、筏を操縦するための各自の持場についていた。アラヨは舳先に坐って、前方に一直線にのびている流れを見守っていた。

マノエルとベニートはゆだんなく目を光らせながら、しかし無関心な様子で、むだ話をしたり、煙草をふかしたり、ジャンガダの中央をさまよったりして寝る時間のくるのを待っていた。

突然、マノエルが手でベニートをひき止めてささやいた。

「気のせいか何か変なにおいがするな。きみはにおわないか……何というか、ちょうど……」

「ちょうど麝香(じゃこう)を焚いたときのようなにおいだ」とベニートが答えた。「きっと近くの砂浜に鰐どもが眠っているにちがいない」

「なるほどね、こうしてにおいで鰐だと知れるようにするとは、自然もうまくつくったものだ」

「そのとおりだ」とベニートが言った。「これはありがたいことさ、何と言っても鰐はおそろしい動物だからな」

たいていの場合、これらのトカゲ類は、日が落ちると、好んで岸辺にあがって横になる。夜を過ごすためには、水中よりも陸のほうが住み心地がよいのである。そこで彼らは穴の口のなかに後向きに入ってうずくまり、上顎をまっすぐ上に立て口をあけたまま眠る。ただしこれは、獲物を待伏せしたり、狙ったりしていないときの話である。尾を推進装置として働かせ、水中を泳いだり、人間にはとてもおよびもつかないスピードで砂浜の上を走ったりして突進し獲物を捕えるのは、これらの両棲類にとっていとも容易なことなのだ。

この広大な砂浜の上で鰐たちは生まれ、生き、そしておどろくべき長寿の実例をしばしば示したのちに死んでいく。年経た鰐、一〇〇年の年を経た鰐は、背甲を飾るみどりの苔や、背甲上に散らばったいぼによって見わけられるばかりでなく、その生まれながらの獰猛さが年とともにつのっていくという事実によっても見わけられる。ベニートが言ったように、これらの動物はおそろしいものだから、襲われないように用心しなければならない。

突然、舳先のほうで叫び声が聞こえた。

「鰐だ！　鰐だ！」

マノエルとベニートは身を起こして声のほうを見た。

体長四メートル半から六メートルもある三匹の大トカゲ類が、いつのまにかジャンガダの甲板の上によじ登ってきていた。

「銃をとれ！　銃をとれ！」と、インディオと黒人たちに後退するよう指示しながらベニートが叫んだ。

「家に入れ！」マノエルがそれに呼応した。「そのほうが先だ！」

実際、まっこうから対抗してはならないとき、最上の策はまずわが身を守ることである。

それは一瞬のうちになされた。グラール一家は家のなかに避難し、あとから二人の青年が加わった。インディオと黒人たちはそれぞれ自分たちの小屋にもどった。

家の戸を閉めようとしたとたん、

「ミンハは？」とマノエルが言った。

「家のなかにはいらっしゃいませんわ」と、女主人の部屋から駆けもどったばかりのリナが答えた。

「たいへんだわ、いったいどこにいるのかしら」とミンハの母は叫んだ。

みんなは声を揃えて叫んだ。

「ミンハ！　ミンハ！」

答えはない。

「それでは筏の舳先にいるのかもしれない？」とベニートが言った。

「ミンハ！」とマノエルが叫んだ。

二人の若者と、フラゴッソ、ホアン・グラールはもはや身の危険もかえりみず、それぞれ銃をつかんで外に飛びだした。

彼らが家の外に出るとたちまち、鰐は、半回転して彼らめがけて走り寄った。

ベニートの撃った弾丸が頭部の目の近くに命中し、一匹の足を止めた。その鰐は瀕死の傷を受け、はげしくけいれんしながらのたうって死んだ。

しかしすでに二匹目の鰐が目前に迫り、こちらに向けて突進してき、もはや攻撃をかわす手段がなかった。

はたしてその巨大な鰐はホアン・グラールめがけて飛びかかってきた。そして、尾の一撃で横転させると、両顎をひらいてふたたび彼に向かってきた。

その瞬間、トレスが斧を手にして部屋から飛びだしてきた。そしてみごとな一撃をくれたので斧の刃が鰐の顎に突きささり、そのまま口のなかに残った。血に盲いたこの動物は、横にすっ飛び、故意か偶然か、ふたたび河のなかに落ちて見えなくなった。

「ミンハ、ミンハ！」とジャンガダの舳先にたどりついたマノエルが、なおも夢中になって叫んだ。

と、突然ミンハがあらわれた。最初アラヨの小屋に避難していたのだった。しかしこの小屋は三番目の鰐の力で押し倒されたばかりで、この怪物に追いかけられたミンハは、今度は艫のほうに逃げてきたのだ。怪物は彼女から二メートルのところまで追いついた。

ミンハがころんだ。

ベニートのねらった二発目の弾丸は、鰐の足を止めることができなかった。弾丸は動物の背甲にあたったものの、うろこが飛び散っただけで中までくいこむことができなかった。

マノエルはミンハのほうへ突進し、彼女を起こし抱きかかえ、死から救おうとした。動物が側面からふるった尾の一撃が、今度は彼を横転させた。

ミンハは茫然として気を失った。はや鰐の口はひらいて、彼女を、飲みこもうとしていた！……

と、そのとき、フラゴッソが鰐に飛びかかり、短刀をのどの奥にとどけとばかりつき刺した。急に鰐が口をかみあわせでもしたら、おそらくフラゴッソの腕は鰐の顎でかみ切られていたことだろう。

間一髪で、フラゴッソは腕をひっこめることができた。しかし、鰐のあおりを逃れることができず、彼は河にひきこまれ、水はあたり一帯が赤く染まった。

「フラゴッソ！　フラゴッソ！」とリナは叫び、ジャンガダのへりにひざまずいた。

一瞬後、フラゴッソはアマゾンの表面に姿をあらわした……。彼は無事だった。

それにしても、彼は生命の危険をおかして、ミンハを救ったのだった。マノエルやヤキタや、ミンハやリナの手がつぎつぎとさしのばされ、フラゴッソはどうしてよいかわからず、ようやくリナの手をつかんだ。

フラゴッソはミンハを救ったが、ホアン・グラールが挨拶をしなければならぬのはたしかにトレスにだった。山師が狙っていたのは、農場主の生命ではなかった。このあきらかな事実は認めないわけにはいかなかった。

マノエルは小声でベニートに話しかけた。

「たしかに！」と、困惑した様子のベニートは答えた。

「きみの言うとおりだ。少なくともあれは必死のことだ！　しかし、マノエル、ぼくの疑いは変わっていないよ！　その人の死をねがうことなしに、その人の最悪の敵であるということもないことではない！」

その間に、ホアン・グラールはトレスに近づいていた。

「ありがとう、トレス」と、グラールはトレスに手をさしのべて言った。

山師はそれには答えず、数歩あゆみ寄った。

「トレス」と、ホアン・グラールはまた言った。「きみの旅の終わりが近づいたのが残念だ。数日のうちにわたしたちはお別れになる！　きみには借りができた……」

「ホアン・グラール」と、トレスは答えた。

「気にすることはありませんよ！　あなたの命はわたしにとってかけがえなく大切なものなのですよ！　お許しがあれば……マナウスで旅を止めずに、ベレンまでくだってもいいと思いなおしているのですがね。

——乗せて行ってくれますかね？」

ホアン・グラールは、よろしいとうなずいた。

この要求を耳にすると、マノエルは思わず口をはさもうとのりだした。しかしマノエルはそれをおしとどめた。ベニートも必死に自分をおさえていた。

XVIII 到着の食事

あふれる情感をようやく鎮めた一夜ののちの、あくる日、この鰐の浜から、纜を解いて、一行はまた出発した。障害さえなければ五日のうちに、ジャンガダはマナウスの港に着くはずだった。

若い娘は、今や、まったくその恐怖からたちなおっていた。彼女の目と微笑は、自分のために生命を危険にさらしたみんなに感謝の気持をあらわしていた。

リナは、まるで自分が助けられでもしたように、勇敢なフラゴッソにますます感謝の念を深めていた！

「フラゴッソさん、いずれ今度のことのお礼はさせていただかなくては」と、微笑しながら彼女は言った。

「どうしてですか、リナさん?」

「言うまでもないことですわ!」

「それでは、いずれではなく、早いほうがいいですね!」と、愛すべき青年は答えた。

そしてこの日から、魅力的なリナは、フラゴッソのフィアンセになること、彼らの結婚は、ミンハとマノエルの結婚と同時におこなわれること、そしてこの新しい一組は、ベレンのミンハたちの側にとどまることになりそうだということになった。

「とってもしあわせです」と、フラゴッソはくり返した。「しかし、わたしはパラをこんなに遠いと思ったことは一度もないですよ」

マノエルとベニートのほうは、起こった事態について、長いあいだ話しあった。ホアン・グラールに、彼を救った男を解雇せよと申し出ることは、はやむずかしいことだった。

「あなたの生命が、他の誰の生命より大切ですよ」と、トレスは言っていた。

この、山師の口から出た、大げさで同時に謎めいた答えを、ベニートは耳にして、おぼえていた。しばらくのあいだ、二人の青年は何一つ手につかなかった。これまでになく、彼らは、四、五日というのではなくて、二か月近くも待たされるはめになっていた。つまり、ジャンガダでベレンまで要する全時日にわたってである。

「これらのことには、何かわけのわからない謎がある！」と、ベニートは言った。

「うむ。しかしぼくたちはこの点では安心だ！」とマノエルは答えた。「ベニート、たしかなことは、トレスがきみの父君の生命をとろうとはしていないことだ。これからもぼくたちは、見張ることにしよう！」

結局、この日からトレスは控え目にふるまおうとしているらしかった。どんなかたちでも彼はこの家族につよくあたろうとはしなかったし、ミンハの側につきまとわないようにしていた。彼は、たぶんホアン・グラールを例外としてみんなが容易ならぬことを感じていたこの状況のなかで、緊張をゆるめていた。

同じ日の夕方、河の右手にバロソ島が見え、小さな支流がいろいろと集まってできているマナオアリ湖が見えた。

夜はこともなく過ぎたが、ホアン・グラールは用心して見張りをするようにと言った。

翌八月二〇日、左方の気まぐれな逆潮を警戒して右岸まぢかに沿っていた水先案内は、土手と島とのあいだに入りこんだ。

この土手の彼方に、カルデロンやウアランディナのような大小の湖が、またいくつかの他の黒い水をたたえた潟が散在していた。この水路は、アマゾンのすべての支流のなかでも、もっともきわだったネグロ河が近いことを示していた。しかし、依然としてそれは、この大河の別名ソリモンエスだった。しかし、ネグロ河の河口をすぎれば、世界の一切の水流のなかでも、この流れを名高いものとしているアマゾンの名になっていた。

この日、ジャンガダは、非常に風変わりな状態のなかを航行しなければならなかった。カルデロン島と大地のあいだを、水先案内人によって導かれて行く水路は、一見広そうだが、非常に狭かった。水路は、ふつうの水位よりもやや高い、島の大部分がなおも水かさの増加によっておおわれたところを通っていた。

両側は大きな樹の森でこんもりとしていたが、その巨樹の頂(いただき)は地面の上、一五メートルのところに段々をなして重なっていた。そしてそれが両岸をむすんでつながって、一つの大きなゆりかごをつくっていた。左岸の、湖のまんなかに生えているかのような、水びたしの森ほど絵画的な風景はなかった。樹木の幹はしずかな澄んだ水面から出ていたが、その水面に、枝の交錯しているのが、比べもののない澄明さで映っていた。それらは、一つの大きな鏡の上に立てられていたが、まったくテーブルの鉢のミニアチュアの小灌木みたいだった。現実と空想が渾然と一つになっていた。上下ともみどりの広大な日傘でできている大きな模型、それは二つの半球とも見えたが、ジャンガダは、内側の大きな輪の一つのなかを進んでいるように見えるのだった。

つまり、筏は、この河の軽やかな流れのくだけている拱門の下をつき進んで行くほかはなかった。引き返すことは不可能だった。こうして、どこまでも正確に操作して、左右のショックを避けねばならなかった。

水先案内人のアラヨは、巧妙のかぎりをつくしてことにあたった。アラヨはそれに彼をよく援ける部下をもっていた。森の樹木は長い鉤竿を掛けるしっかりした支点の役割をし、方向が保たれた。ジャンガダは、ごくわずかな衝撃で、その巨大な骨組みがばらばらになるおそれもあった。また本体は大丈夫でも、積荷の損傷をまねきかねなかった。

「ほんとうに美しいわ」とミンハが言った。「いつも日光の直射を避けて、こんな静かな水の上を、こんなふうに旅ができれば、きっと快適だわ！」

「だが、快適であると同時に危険なんだよ、ミンハ」とマノエルが答えた。「船隊ならばこんなふうに航行しても何の心配もない。しかし、ジャンガダの場合は、自由でひろびろとした川の流れのほうがいいんだよ」

「二時には、わたしたちは完全にこの森を通りぬけているでしょう」と、水先案内人が言った。

「まあ、見てごらんなさいよ！」と、リナが叫んだ。「あんなに早く、きれいなものが何もかも過ぎて行くわ！　ああ、お嬢さま、木のあんな上のほうでじゃれているあの猿を、澄んだ水に姿を映している鳥たちをごらんなさいまし！」

「それに、水面でひらきかけている花が」と、ミンハはそれに答えた。「何と流れはそよ風みたいに揺らいでいるのでしょう！」

「あの長い蔓は、気まぐれに木の枝から枝へとはりめぐらされていて！」と、若い混血女はつけ加えた。

「わたしも仲間に加えてください！」と、リナの婚約者フラゴッソが言った。「しかしあなたがイキトスの森で摘んだのは、美しい花だった」

「世界でただ一本きりのこの花をごらんなさい！」と、リナはからかいながら答えた。

「ああ！　お嬢さま！　あの堂々とした木をごらんくださいまし！」

そしてリナは、巨大な葉をつけた睡蓮を示したが、その花は、ココの実のような大きな蕾をつけていた。それから、水にひたされた岸があらわれているところには、大きな葉の葦の束があった。そのしなやかな茎は、一つの船隊を通過させることができるほどおしひろげられ、また通ったあとはうしろで閉じあわされる。そこはまた、多くの水鳥が、流れにゆらぐ丈高いしげみのあいだに飛んでいたから、猟師にとっては誘惑的な場所だった。

半ば転倒したいくつかの古い幹の上に、碑銘でもあるような恰好で、トキがいた。片足で立ったまま動かない灰色のアオサギ。遠くから、草むらのなかにひろげられた、小さなバラ色の日傘のように見える、おごそかな紅褐、その他、多くの、いろいろな色の「フェニコプテール」が、束の間見える沼地に彩りをあたえていた。

また、水面すれすれに、長く、そしてすばやい蛇がすべって行った。それはあのおそろしい電気ウナギの一種かと思われ、そのつづけざまにくりかえされる放電は、もっとも強壮な人間や動物をもしびれさせ、死にいたらしめるのである。

なおも注意を怠ってはならないのは、あの蛇である。そいつは、何かの木の幹にとぐろを巻いて、ひろがったり、ゆるんだり、獲物をとらえたり、一頭の牛をおしつぶすほどの強力なとぐろで、その獲物をしめつけたりする。アマゾンの森で出会うのは、一〇メートル前後の長い爬虫類であり、カリイ氏によると大樽ほどの太さの一四メートルの長さに達するのがいたとかいうことである。

まったくの話、ジャンガダの上に飛びあがった蛇の一匹は、鰐とおなじようにおそろしいものだった！

まったく幸運なことに、旅行者たちは、電気ウナギとも蛇とも、たたかわずにすんだ。およそ二時間つづいた水上林のくぐりぬけは、こともなく終わった。

三日間が過ぎた。一同はマナウスに近づいていた。なお二四時間すれば、ジャンガダはアマゾン地方の首府のあるネグロ河の河口につく。

はたして、八月二三日、夕方の五時、ジャンガダは川の右岸の、ムラ島の北端についた。港につくには、十二、三キロの距離を斜めに進んで川を横切るだけだった。

しかし、水先案内人のアラヨは、夜が近づくと、冷静にもこの日、危険をおかすことをのぞまなかった。五キロ行くのに、三時間はかかる。明るいうちに川の流れを渡りきるのが肝心だった。

その晩のこと、旅の第一部の終わりとなるはずの食事は、祝賀会ともなった。こうした難条件で、アマゾンの流れの半分を越えたからには、たのしい食事となるべきだった。またみんなして、「アマゾン河の健康のために」ポルトかセッパルの葡萄園で醸造したリキュール酒の盃をあげるにふさわしい晩だった。

それにまた、フラゴッソと愛らしいリナの婚約を祝う会ともなるだろう。マノエルとミンハのそれは、すでに数週間前、イキトスの農場でおこなわれていた。若い主人側の二人のあとは、この二人に奉仕している忠実な一組の番だった！

こうして、この徳義ある家族のまんなかで、今後もミンハのお世話をするリナと、マノエル・バルデスの世話をするフラゴッソの二人は、同じ食卓に坐り、しかも特別のメインテーブルに坐った。

トレスもむろん、ジャンガダの召使と料理番にふさわしくこの食事につらなった。

ホアン・グラールの向かいに坐った、いつもむっつりした山師は、会話に加わらないだけに、そこでかわ

L. Benett
E. MEAULLE.

されることばに注意ぶかく耳を傾けていた。ベニートは、それとなくこの男を観察していた。一方ホアン・グラールにたえず向けられているトレスの視線は、異様にぎらついていた。飛びかかるまえに獲物をにらみすくめようとする獣の目みたいだった。

マノエルのほうは、ミンハとばかり話していた。そのうちに、彼の目もまた、トレスの上に向けられた。しかし、結局は、ベニートとはちがって、こうした状態はマナウスまではつづくとしてもベレンではきっとおさまるだろうという見方をしていた。

食事は充分たのしいものだった。リナはその機嫌のよさで、食事を賑やかにし、フラゴッソは、その陽気な当意即妙ぶりを示した。パサンハ神父は、微笑を浮かべて、自分の愛しているこの一団の人びとを眺めていた。彼は自分の手で、やがてパラの水でこの若い二人を祝福してやるはずだった。

「神父さま、どうぞおあがりになってください」と会話の仲間に入ったベニートが言った。「婚約の食事を祝ってやってください！　いっぺんに二組もの結婚式をおこなうためにも、あなたには精力をつけていただかなくては！」

「やあ、きみ」と、パサンハ神父は答えた。「きみにふさわしい、美しくて気立てのいい娘さんを見つけたいものだ。きっとわたしが見つけてあげることにしよう！」

「賛成です！　神父さま」と、マノエルが叫んだ。

「ベニートの来たるべき結婚のために乾盃！」

「みんなで、ベレンの若く美しいフィアンセをベニートのために見つけましょうよ」とミンハが言った。

「兄さんにも、わたしたちと同じようにしていただきましょうよ！」

「ベニートさまの結婚のために！」と、フラゴッソは、みんながもう一度自分たちと一緒に、結婚してくれたらいいとでも思っているらしい勢いで言った。

「ほんとね、ベニート」と、ヤキタが言った。「わたしもお前の結婚のために乾盃します。わたしがおとうさまのお側にいて幸福だったように、ミンハやマノエルがこれからそうなるように、お前にも幸福になってもらわねばなりませんからね！」

「あなた方が、いつまでも幸福でありたいなら、それは自分からのぞまなければならん」と、トレスは、誰とも盃をかわさずに、ポルトのグラスをあげながら言った。「ここにいる一人一人が、自分の手に自分の幸福をつかんでいる！」

誰一人、なぜかとは問わなかったが、山師の発したこの幸福への念願は、何かうるさい感じをあたえた。マノエルもそれを感じ、その気分を追いはらおうとした。

「ねえ、神父さま、わたしたちがここにこうしているあいだも、ジャンガダの上では、何組かの婚約者ができるのではないでしょうか？」

「そう思いますね」とパサンハ神父が答えた。……「トレス以外はね……きみは結婚してはいないのかね？」

「もちろんですよ。これまでも、これからも一人者ですよ！」

ベニートとマノエルは、こうしてしゃべりながらも、トレスの目がミンハの目を探しているのを見たと思った。

「きみの結婚には誰か邪魔するものがいるのかね」と、パサンハ神父がまた言った。「きみもベレンで、きみと年恰好の似あう婦人を探して、あの町に住んではどうかね。これまできみがやってきたような放浪生活よりもずっといいにちがいない！」

「たしかに。神父さま」とトレスは答えた。「いやとは言いませんよ！　こういうことは伝染するものでね。こういう若いフィアンセたちを見ていると、結婚への食指がのびますよ！　しかし、わたしはまったくベレンの町にとっては余所者ですよ。特別の条件がそろわなければ暮らしは今よりむずかしくなりますよ！」

「あなたはいったいどこから来たのです？」と、トレスとどこかで以前会ったことがあると思いつづけていたフラゴッソはたずねた。

「ミナス・ジェライスのほうですよ」

「生まれたのは？」

「ダイヤモンドの産地の首府、チュコですよ」

そのとき、ホアン・グラールは、トレスの視線がじっと注がれているのに恐怖を抱いていた。

XIX 古い物語

しかし会話は、フラゴッソによってつづけられようとしていた。フラゴッソはすぐにつぎのように訊いた。

「ほほう！　あなたはあのダイヤモンドの産地の首府、チュコの人ですか？」

「そうですとも！」とトレスが言った。「あなたもあの地方の出身なのですかね？」

「いや！　わたしはブラジルの北部地方、大西洋岸の地方の出身です」とフラゴッソは答えた。

「マノエルさん、あなたはあのダイヤモンドの産地をご存知ありませんか？」と、トレスはたずねた。

青年はただ首を振るだけだった。

「で、ベニートさん」と、トレスは、グラール家の息子をこの会話にひき入れようとして話しかけた。「ダイヤモンドの産地を訪ねてみようという好奇心を起こしたことはありませんかな？」

「一度もない」と、ベニートは、そっけなく答えた。

「ああ！　あの地方には行ってみたいもんですなあ！」とフラゴッソは叫んだ。彼は無意識のうちにトレスと口調を合わせていた。「あそこに行けば、わたしにも高価なダイヤモンドを発見することができるような気がしますよ！」

「その高価なダイヤモンドをどうなさるおつもり？　フラゴッソ」と、リナがたずねた。

「売ることにするさ！」

「じゃ、あなたはお金持になるわね？」

「そうさ、大金持さ！」

「もしも三か月前、あなたがお金持だったとしたら、あなたはわたしなんかと？」

「もし金持だったとしたら」とフラゴッソは叫んだ。「こんな可愛い娘さんは来なかっただろうに……何ごとも神さまのおぼしめしどおりでさあ！」

「ねえ、フラゴッソ、神さまがあなたを、あたしの大事なリナと結婚させたもうたからよ！」とミンハが受けた。

「ダイヤモンドはダイヤモンド、替わりはいくらでもあります！」

「何ですって、ミンハお嬢さま。でもわたしは儲けますよ！」とフラゴッソは、いんぎんに声を高めた。

トレスはこの話をつづけたいらしく、ことばをついだ。

「まったくの話、チュコには、みんなの気をそそるような、思いがけない富があったのです！ 七五億フラン以上もの値打ちのある、あの有名なアバエテのダイヤモンドの噂を聞いたことはありませんかね。一オンスの重さのあの小石を産出したのは、ブラジルの鉱脈なのですからね！ セロ・デ・フリオから三六〇キロの、アバエテ川で、偶然にそいつを見つけたのは、三人の囚人、無期懲役囚なのです！」

「いっぺんにその連中には財産ができたわけで？」とフラゴッソはたずねた。

「いや！」とトレスが答えた。「そのダイヤモンドは、鉱山の総支配人の手にもどされた。石の値打ちはひろく知られたが、ポルトガルのヨハネス六世がそれを世に出した。王はそれを首にかけてさまざまな大切な儀式に出たのだった。囚人は恩赦になったが、それだけだった。もっとも巧妙な連中が、そこからけっこうな利益を得たというわけですよ！」

「ほんとうの話ですか?」と、まったくそっけない調子でベニートは言った。

「そうですとも、うそは言いませんよ!……またどうしてですかね?」と、トレスは答えた。「あなた方は一度もダイヤモンドの産地を訪ねたことがないのですか?」と、今度はホアン・グラールに向かってつけ加えた。

「一度もないね」とホアンはトレスを見つめて言った。

「そりゃ残念ですな」と、トレスが答えた。

「あなたも一度、行ってごらんになるべきですな。保証しますが、とても興味ぶかいものですよ! ダイヤモンドの産地は、ブラジルの広大な帝国のなかの飛び領土で、周辺五〇キロの公園のようなものでしてな。そして高い山々の円環のなかに閉じこめられた砂地、その植物、土地の自然によってまわりの地方とは非常に異なっている。しかし、わたしが申しあげたように、そこは世界でもっとも富んだ場所なんですよ。というのも一八〇七年から一七年まで、年間産出額はおよそ一万八〇〇〇カラットだったのですからな。ところが、今は宝石を探して山々の頂に登らねばならず、宝石を密輸する業者もたいへんな面倒をしのばねばならない! 今や、開発ははるかにむずかしく、政府の手で鉱山労働につかわれている二〇〇〇人の黒人は、ダイヤモンドの砂を洗い流して宝石を抽出するために、水流の向きまで変えなければならないしまつだ。昔はずっと楽だった!」

「要するに」とフラゴッソは答えた。「よき時代はすぎてしまったのですね!」

「しかし悪人は、盗みによってダイヤモンドを掘るという方法をもっていますな。ところで一八二六年、わたしは八歳だったが、チュコでは一つのおそろしい悲劇が起こった。財産をどうあろうと手に入れるためには、犯罪者は断じてしりぞかないということの証拠ですよ！　だが、あなたにはきっと興味のない話でしょうな……」

「いやそんなことはない。トレス、つづけたまえ」と、ホアンは冷静な声で答えた。

「なるほど」とトレスは言った。「問題はダイヤを盗むことだ。ひと握りのあの美しい小石で、一〇〇万、いや、ときには二〇〇万だ！」

トレスはその顔に、何とも言えぬ、貪欲な表情を刻みつけていたが、その手は、ほとんど無意識に、開いたり閉じたりしているのだった。

「ことはつぎのように起こったというわけなんですよ」と彼は言った。「チュコでは、一年間に集められたダイヤを、一度だけ送りだすという慣習だった。ダイヤはさまざまな大きさに穴のあけられた十二の篩にかけて分けられ、その大きさによって二つの荷に分けるのです。これらの荷は袋に入れてリオ・デ・ジャネイロに送られる。知事によってえらばれた役人が一人、地方の連隊の四人の騎兵、そして一〇人の徒歩の男が輸送隊をなしている。彼らはまず、ヴィラ・リカに行き、そこでは指揮官が袋の上に自分の印を捺す。輸送隊はリオ・デ・ジャネイロのほうへと道をとる。もちろん用心には用心を重ねて、出発はいつでも秘密裡に保たれる。さて、一八二六年、年のころ二二、三の、数年前からチュコの政府の役所で働いているダコスタという名の若い役人が、つぎのような手をうった。彼はある盗賊の一味と通じ、やつらに輸送隊の出発の日を教えた。数も多く、武器もそろった悪党どもは、策を講じた。ヴィラ・リカのさきで、一月二二日の夜中、盗賊はふいにダイヤを護衛している兵隊たちにおそいかかった。兵隊たちは勇敢に抵抗した。しかし彼らは虐殺され、ただ一人、重傷を負ってはいたが逃れることのできたただ一人の男が、おそろしい待ち伏せのし

らせをもたらした。護衛の兵士たちを連れて行った役人も兵士たちと運命をともにした。悪党どもの襲撃に倒れ、彼は引きずられてどこかの淵に投じられた。彼の死体はついに見つからなかったのですよ」

「で、そのダコスタは？」と、ホアン・グラールはたずねた。

「さて、この犯罪によって彼は得はしなかった。さまざまな状況からして、疑いは彼にかかった。彼はこうした出来事を招いたというので責めたてられた。彼は自分は無実だと主張したがむだだった。その立場上、彼は輸送隊の出発の日を知っていた。彼一人が、悪党の一味にことをあらかじめ告げることができた。彼は責任を問われ、逮捕され、裁判にかけられ、死刑を宣告された。さて、こうした刑は、二四時間後に執行されることになっている」

「その不運な男は死刑になったのですか？」とフラゴッソはたずねた。

「いや」とトレスは答えた。「彼はヴィラ・リカの牢獄に閉じこめられていた。ところが、夜、死刑執行の数時間前、一人でしたのか、共犯の誰かに助けられたのか、彼はついに逃亡したのですよ」

「それ以来、その男については何の噂もないのだね？」と、ホアン・グラールはたずねた。

「まったくありませんな！」と、トレスは答えた。「彼はいちはやくブラジルを去って、今はどこか遠い国で、手にした盗品でうまくやっているんでしょうな」

「反対に、ただみじめに生きてきただけかもしれない！」と、ホアン・グラールはそのことばを受けた。

「いや、罪を悔んでいるにちがいない！」と、パサンハ神父はつけ加えた。

そのとき、会食者は席を立ち、腹ごなしに夕方の空気を吸おうとみんな外へ出た。日は地平に傾いていたが、夜になるにはまだ一時間はあると見えた。

「あの話は愉快ではないな」と、フラゴッソは言った。「今日の婚約の食事は上々の気分ではじめられたのに！」

「あなたがいけないのよ、フラゴッソ」とリナは答えた。

「どうして、わたしがわるいのかい？」

「ええ！　わたしたちには何の関係もないダイヤだの、ダイヤの産地の話をしつづけたのはあなたですからね！」

「たしかにそうだ！」と、フラゴッソは答えた。「しかしこんなふうになるとは思ってもみなかった！」

「あなたにいちばん罪があるのだわ！」

「それにわたしはいちばん損もしたよ、リナ。デザートだというのに、きみは笑わなくなってしまったんだからな！」

家族のみんなは、それからジャンガダの前部に向かって歩いた。マノエルとベニートは黙ったまま並んで歩いていた。ヤキタとその娘も、やはり無言でそのあとにつづいた。みんなは、説明しがたい悲しみを感じていた。まるで、何か重大な、不慮の出来事を予感しでもしたように。

トレスはホアン・グラールのそばにいたが、グラールは顔を伏せ、深く物思いに沈みこんでいるようだった。そのときトレスは手をホアンの肩に置いた。

「ホアン・グラール」と彼は言った。「あなたと一五分ほど話したいのですがね」

ホアン・グラールはトレスを見つめた。

「ここでかね？」とホアンは答えた。

「いや！　内々で！」

「じゃあちらに！」

二人は家のほうへもどり、なかに入り、扉を閉めた。

ホアン・グラールとトレスがその場を離れたとき、他のめいめいは何ともいえず複雑な気持を味わった。あの山師と、イキトスの篤実な農場主とのあいだに共通する何があるというのだろう？　家族全体の上にのしかかるおそろしい不幸のきざしのようなものがあり、誰一人、あえて尋ねあおうともしなかった。

「マノエル」とベニートは友人の腕をとって言った。「どんなことがあっても、あの男をマナウスでおろさなければならない！」

「そうだ！……そうしなければ！……」とマノエルは答えた。

「もしも、……もしもやつのために、ぼくの父に何か不幸なことが起こったら……ぼくはやつを殺してやる！」

XX　二人の男のあいだで

しばらくまえから、誰一人のぞいてみることも聞き耳を立てることもできない部屋のなかで、ホアン・グラールとトレスはひとことも口をきかずに、互いに見つめあっていた。山師はしゃべるのを躊躇していたのだろうか？　ホアン・グラールに何を言っても答えないにちがいないということを悟っていたのだろうか？　そうにちがいなかった！　こうして彼は問いかけることもしなかった。二人の会話のはじめに、トレスは確信をもち、弾劾者の役をえらんだ。

「ホアン」と彼は言った。「あんたはグラールという名ではなくて、ダコスタだ」

トレスが発したこの犯罪者の名に、ホアン・グラールはかすかなおののきをかくすことができなかったが、何一つ答えなかった。

「あんたはホアン・ダコスタだ」とトレスはまた言った。「二六年前、チュコの政府の役人だった。あの強奪と殺人事件の犯人はあんただ！」

ホアン・グラールは何一つ返事をしなかった。その異様な平静さは、山師の予想しないものだった。トレスはその主人を責めるというあやまりをおかしたのか？　いや！　ホアン・グラールはこのおそろしい弾劾にたいして身じろぎもしなかったからだ。おそらく彼はトレスが質問したばかりのことを自問していたのだ。

「ホアン・ダコスタ」と、トレスはまた言った。「くりかえすが、ダイヤモンド事件で追及され、罪に問われ、死刑を宣告されたのはあんただ。そして死刑執行の数時間前、ヴィラ・リカの監獄を逃げだしたのはあんただ！ 答えてもらいたいものだ」

トレスのこの直接的な問いに、長い沈黙がつづいた。あいかわらず平静なホアン・グラールはすわろうとしていた。彼の肱は小さなテーブルに寄りかかっていた。彼は顔をあげて、自分を責める男をじっと見つめた。

「答えてもらいましょうか?」と、トレスは言った。

「きみはどんな答えをわたしから、引きだそうとしているのかね?」と、ホアン・グラールは言った。

「わたしがマナウスの警察署長に会いに行って、つぎのように言わなくてもすむような答えですがね」と、ゆっくりとトレスは言った。「二人の男がいます。彼が、二六年前に姿をくらました、チュコのダイヤモンド強奪事件の扇動者だという証拠はすぐに立てられます。護衛兵殺害の共犯です。刑の執行を逃れた囚人で、ホアン・グラール、本名をホアン・ダコスタといいます、とですよ」

「ところで」とホアン・グラールは言った。「トレス、きみに気に入るような答えをしたら、ぼくは安心していいのだろうか?」

「もちろん。そのときは、お互いにこの事件についてはなかったことにしましょう」

「お互いに?」と、ホアン・グラールは答えた。「金できみに口どめをすることになるのではなかったのかね?」

「いや、金などいくら積まれても!」

「それじゃ、どうしたいというのだね?」

「ホアン・グラール」とトレスは答えた。「わたしにはわたしなりの提案があるのですよ。かたどおりにノーという返事をいそがないでもらいたい。あなたの運命はわたしがにぎっていることを思いだしてもらいたい」

「どんな提案なのかね?」とホアン・グラールはたずねた。

トレスは一瞬思いをこらした。彼がその運命をにぎっているこの罪人の態度がしっかりしているので、彼はけおされた。彼は何かはげしい口論を、哀願を、涙を予期していた。……彼は目のまえに、有罪を宣告された一人の男を見ていた。そしてその男はなおもひるんでいなかった。ようやくトレスは腕をくんで、言った。

「あなたには娘さんが一人ある。あの娘は気に入った。わたしは結婚したいんですよ」

おそらくホアン・グラールは、こういう男の考えていることのすべてを予期していたので、こうした要求にも少しも彼の平静さを損わなかった。

「それで」と彼は言った。「ご立派なトレスさんは、人殺しと泥棒の一家の一員となりたいわけなのだね？」

「わたしのことはわたし一人がきめるのだ」とトレスは言った。「わたしはホアン・グラールの婿になりたいのだし、なってみせる」

「トレス、きみはわしの娘が、マノエル・バルデスと結婚しようとしているのを、まんざら知らないわけではないだろう？」

「あなたはマノエル・バルデスに婚約破棄を言いわたすのですよ」

「で、娘のほうがいやだと言ったら？」

「あなたが一切を娘に話すのですな。わたしは彼女を知っていますよ。彼女は同意するにきまっていますさ」と、トレスは鉄面皮に答えた。

「一切を？」

「必要とあらば一切をですよ。彼女自身の感情と、家族の名誉、父のいのちの板ばさみになって、彼女は躊躇したりしはしませんよ」

「きみはまあ、何というい やしい男なのだ。トレス！」と、静かに、どこまでも冷静にホアンは言った。

「いやしい男と人殺しが理解しあうことが必要なんじゃありませんかね！」

このことばにホアン・グラールは立ちあがり、山師のほうへ進み、面と向かって山師を見つめた。

「トレス」と彼は言った。「お前がホアン・ダコスタ一家の一員になりたいと思うというからには、ホアン・ダコスタは無実の罪におとされているということになる！」

「そのとおり！」

「それに」とホアン・グラールはつづけた。「ダコスタの無実の証拠をきみはもっているということになる。で、きみがダコスタの娘と結婚することになったら、そのとき、きみはその無実の証拠を公表することにするのだ！」

「正に堂々とやろう、ホアン・グラールよ」とトレスは目を伏せて言った。「あんたがわたしの言うことをきいてくれたその暁には。とにかくあんたがわたしに娘をくれることを拒むことなどできるかどうか、一つためしてみようじゃありませんか」

「よしわかった、トレス」

「いいですとも」と、山師は、思わず口から洩らしたことを悔みでもするように、なかば口ごもりながら言った。「たしかにあなたは無実だ！　わたしはそれを知っている。わたしは真犯人を知っているからだ。わたしにはあんたの無罪を証明することができる！」

「それで、罪を犯したそのみじめな男は？」

「死んだ」

「死んだ?」と、ホアン・グラールは叫んだ。まるで汚名をそそごうとする力を一切失ったかのように、彼はわれにもあらずこの一語に蒼白になった。

「死んだんですよ」と、トレスは答えた。「しかし、あの犯罪のあと、長い月日がたって、誰が犯人であるかを知らずにわたしが知ったあの男は、自分の手で、その事実を残しておくために、細大もらさず、ダイヤモンド事件の物語を書きつづっていた。命が旦夕に迫ったのを知って、彼は悔恨にとらえられた。彼はホアン・ダコスタが、どこに難を逃れているのかを知っていた。どういう名にかくれて、無実のダコスタが、新生活を営んでいるかも知っていた。ダコスタが、幸福な家族にかこまれて金持になっているが、やはり幸福になりきれないことも知っていた! 当然の名誉回復によって、ダコスタは幸福になりたがっていた……しかし死は近づいた。……彼は仲間のわたしに、自分にはもうできなくなったことをしてくれるよう依頼した!……彼はダコスタにとどけるようにと、無言の証拠を渡してから死んだ」

「その男の名は?」と、ホアン・グラールは、おさえきれない口調で叫んだ。

「わたしがあんたの家族の一員になった暁にわかることですよ!」

「で、その書かれたものは?……」

ホアン・グラールはトレスに飛びかかって、おしたおし、自分の無実の証拠を奪いとりたい思いだった。

「その書きつけは安全なところにありますよ」と、トレスは答えた。「あんたの娘がわたしの妻になったあとで、あんたにあげましょう。こうなれば、あんたはわたしの言うことをきかないわけにはいかないでしょうな?」

「そのとおり」と、ホアン・グラールは答えた。「その書きつけとひきかえに、わたしの財産の半分をきみにやろう!」

「あんたの財産の半分だって？」と、トレスは叫んだ。「ひきうけました。ただし、ミンハがそれを結婚の持参金としてもってくるということでね！」

「きみは、悔恨に苦しみながら死んだ罪人の意志をそんなふうにしか尊重することができないのか。その人は、自分のした罪を、自分のかわりにあがなってくれるように依頼したのだ！」

「そのとおりですな」

「もう一度言おう、トレス」と、ホアン・グラールは叫んだ。「きみはいやしむべき男だ」

「たぶんね」

「このわたしは罪人ではないのに、われわれはついに理解しあえなかった！」

「それでは、あんたは拒否なさるんで？……」

「もちろんだとも！」

「そりゃご損ですよ、ホアン・グラール。あんたはすでに裁判にかけられているんですよ！　あんたは死刑囚です。ご存知のように、この種の犯罪の刑にあっては、政府は減刑の権利さえ禁じているんです。密告、すぐに逮捕です！　逮捕、すぐに刑の執行でさ……わたしはあんたを密告しますよ！」

さすがのホアン・グラールも、自制することがもはやできなかった。彼はトレスに飛びかかろうとした。

この卑劣漢の一つのジェスチュアが、ホアンの怒りを萎えさせた。

「剣呑、剣呑」と、トレスは言った。「あんたの奥さんは、まだご自分がホアン・ダコスタの妻だということを知っていないんですよ。あんたの子供たちは、自分たちがホアン・ダコスタの子供だということを知らないのですよ。あんたはそのことをみんなに教えようというんですかね！」

ホアン・グラールは自分をおさえた。彼はもう一度気をとりなおし、その顔はいつもの平静さにもどった。

「もう充分に議論はつくした」と、彼は扉のほうに歩みながら言った。「わたしにはしなければならないことがある!」

「ご用心なさいよ、ホアン・グラール!」と、最後にトレスが言った。彼は自分の恐喝の卑劣なやり口が失敗したということに思いいたることができなかった。

ホアン・グラールはもう答えなかった。彼はベランダに通じるドアを押し、トレスについてくるように合図した。二人は家族の集まっているジャンガダの中央部へ進んで行った。

ベニート、マノエルをはじめ、みんなは深い不安の面持ちで立ちあがった。彼らは、トレスのしぐさがまだ脅迫的であるのを見、目に怒りの色を浮かべていた。

それと異様なほど対照的に、微笑さえ浮べたホアン・グラールはみずからをおさえていた。

二人はヤキタと家族のまえに立ち止まった。誰一人、ことばを発しようとするものはなかった。

「最後のチャンスだ、ホアン・グラール」とトレスが言った。「返事がほしい!」

「わたしの答えはこれだ」

ホアン・グラールは妻のほうに向かって言った。

「ヤキタ。特別の事情があって、さきにきめていたミンハとマノエルの結婚に関して変更を余儀なくさせられたのだ」

「やったか!」とトレスは叫んだ。

ホアン・グラールはその声には耳をかさず、ただ山師のほうに、深い侮蔑の視線を投げかけた。

だが、そのことばに、マノエルは心臓が破裂するような思いを味わった。ミンハはまっ青になって立ちあがったが、まるで母親に寄りかかろうとするようだった。ヤキタは娘をかばい、守ろうと自分の腕をひろげた。

「おとうさま!」と、ホアン・グラールとトレスのあいだにいたベニートは叫んだ。「何をおっしゃりたいのです?」

「わたしは」と、声を高めて、ホアン・グラールは答えた。「ミンハとマノエルの結婚を、パラについてからするというのでは、待ちすぎることになると思うのだ! 結婚はこの場で、ジャンガダの上で、パサンハ神父の立会いのもとに、明日おこなうことにしよう。マノエルと話しあって、もし彼がわたしと考えを同じくするならばだ!」

「ああ! あなたはぼくの父だ。父と呼ばせてください!」と、青年は叫んだ。

「わたしを父と呼ぶのはもう少し待ってくれたまえ、マノエル」と、ホアン・グラールは言うに言われぬ苦悩にみちた口調で答えた。

そのとき、腕を組んでいたトレスは、家族のみんなに、形容しがたく厚顔無恥な視線を匍わせた。

「では、これがあんたの最後のことばなのですな」とトレスは、手でホアン・グラールをさしながら言った。

「いや、これだけではない」

「では、きこう」

「それはこうだ、トレス! わたしはここでは主人だ! きみの意志にかかわらず、即刻このジャンガダを出て行ってもらいたい!」

「そうだ、すぐにだ」とベニートが叫んだ。「さもないと、ぼくがやつを放りだしてやる!」

トレスは肩をすくめた。

「おどかしてはいけませんよ。むだですよ!」と彼は言った。「わたしにとっても、すぐにこのジャンガダをおりたほうが好都合なのですよ。しかし、わたしをよくおぼえておいてくださいよ、ホアン・グラール!どうせまたじきにお目にかかることになるのですからな!」

「わたしのせいではなくとも」と、ホアン・グラールは答えた。「また会うことになるだろう。たぶん、きみがのぞんでいるよりももっと早くにな! わたしは明日、この地方の知事であるリベイロ判事のもとに行く。判事にはマナウスへ行くことを知らせてある。きみがそうしたいなら、そこに会いに来るがいい!」

「リベイロ判事のところだな!」……トレスはあきらかに狼狽して言った。

「リベイロ判事のところだ」とホアン・グラールは答えた。

ホアン・グラールはそれからトレスに向かって、心からの軽蔑のこもったしぐさでカヌーをしめし、即刻この男をこの筏からいちばん近いところにおろすように、四人の男たちに命じた。

いやしい男は、ついに姿を消した。

まだふるえおののいている家族は、主人の沈黙をそっと見守っていた。しかしフラゴッソは、ことの重大さを半分しかさとらず、いつもの調子のよさにまかせて、ホアン・グラールに近づいた。

「ミンハとマノエルの結婚が明日、ジャンガダの上でおこなわれるとしてですね……」

するとホアン・グラールは、やさしく答えた。「きみたちのも同時にやろう、フラゴッソ」

それから彼は、マノエルに合図をし、マノエルとともに自室にひっこんだ。

ホアン・グラールとマノエルの会談は、三〇分つづいたが、それはこの家族にとっては一世紀にも思われるほど長かった。と、ようやく、住居の扉がひらかれた。

マノエルはただ一人で出てきた。

彼の目は不屈にかがやいていた。

ヤキタのところへ行き、彼は「母上!」と呼びかけ、ミンハには「ぼくの妻よ」と呼び、ベニートには「ぼくの兄弟」と言った。それからリナとフラゴッソのほうを向き、「ではまた、明日!」と言った。

彼はすでに、何がホアン・グラールとトレスのあいだに起こったかを知った。ホアン・グラールが、家族には黙って、一年前から、リベイロ判事と文通をすることによってとりつけた支持をたよりに、ついにことをあきらかにし、無実の罪をはらすつもりになっていることを知った。ホアン・グラールが、みずから犠牲者とされた厭わしい裁判を再審理させ、娘や婿に、自分が長いあいだ忍んできたこうした重い気持を味わせまいとして、断乎と、この目的のために旅立ったことを知った。

そう、マノエルは一切を知っていたが、また、ホアン・グラールが、というよりホアン・ダコスタが無実であること、彼の不幸が彼をしたわしい人物に、神聖な人物にしてきたことを知っていた!

彼が知らなかったこと、それは農場主の無実の、物質的な証拠が存在しているということ、この証拠がトレスの手ににぎられているという事実だった。ホアン・グラールは、山師があのとき真実を言ったとすれば、自分の無罪をあかしてくれるはずのその証拠の処置を判事にまかせようと考えていた。

マノエルは、二つの結婚式のための一切の準備を、パサンハ神父にたのむため、神父の家に赴くことを告げるにとどめた。

翌八月二四日、儀式があと一時間で終わろうとするころ、一艘の大きなカヌーが、川の左岸を離れて、ジャンガダに近寄ってきた。

十二人の漕ぎ手は、このカヌーをマナウスから大いそぎで引っぱってきていた。この舟に数人の警官とともにのっていた警察署長は、名乗りをあげて、上船した。

そのとき、ホアン・グラールとその家族は、すでに結婚式の装いをして、住居の外に出ていた。

「ホアン・グラール！」と警察署長は呼び求めた。

「ここにおります」とホアン・グラールは応じた。

「ホアン・グラール」と警察署長が言った。「お前はホアン・ダコスタでもあったのだな！　一人で二つの名をもっていたのだな！　お前を逮捕する」

このことばに、茫然自失したヤキタとミンハは、ただ立ちつくすしかなかった。

「おとうさまが殺人者だって！」と、ベニートは叫んで、ホアン・グラールのほうへ飛んで行こうとした。

ホアンは鎮まるように身ぶりをした。

「一つだけ質問を許してもらいたい」と、ホアン・グラールは、かたい声で署長に向かって言った。「きみがわたしを逮捕する令状は、マナウスの裁判官、リベイロ判事からわたしにあてたものなのですか？」

「いや」と署長は答えた。「リベイロ判事の代理人から、ただちに逮捕の命令が出されているのだ。判事は昨夜、脳溢血で、夜中の二時に意識がもどらないまま死去された」

「死んだ！」とホアン・グラールは一瞬このしらせにうちくだかれて叫んだ。「死んだ！……死んだのだって！」

だがやがて、顔をあげると、彼は妻と子供たちに話しかけた。

「お前たち、リベイロ判事一人が、わたしの無実を知っていたのだ！　その判事の死はわたしの今後の運命をきめるものかもしれない。しかし、わたしはまだ絶望はしない！」

それからマノエルに向かって彼は言った。

「神に栄光あれ。今こそ真実が地におちたかどうかを見きわめなければならない！」

警察署長は警官たちに合図をし、進み出てホアン・グラールをとらえようとした。

「おとうさま、話してください」と、絶望につきおとされたベニートは叫んだ。「ひとこと言ってください。そうすればわたしたちは力づくでも、あなたの受けたおそろしい誤解をそそぎますから！」

ホアン・グラールは答えた。

「いや息子よ、誤解ではない。ホアン・グラールとホアン・ダコスタは一人の人間なのだ。わたしは、つまりホアン・ダコスタなのだ！　二十六年前、司法上のミスで、不正にも真犯人のかわりに死刑を宣告されたが、わたしは潔白なのだ。わたしがまったく無実であることを、お前たちにかけて神に誓うことができるのだ！」

「家族と話してはならない」とそのとき署長が言った。「お前は囚人なのだ、ホアン・グラール。わたしは令状を執行する」

ホアン・グラールは、とり囲む子供たちや召使たちをおさえて、

「神の正義を待って、今は縛につこう！」と言った。

彼は顔をあげたまま、カヌーの人となった。彼は並いる人びとのなかにあって、こんなにも予期しない衝撃を頭に受けながら、それに砕かれることのない、ただ一人の者であるように見えた。

第二部

I　マナウス

マナウスの町は正確には南緯三度八分四秒、パリから見て西経六七度二七分に位置している。ベレンから四二〇キロ、ネグロ河の河口から、わずか一〇キロのところにある。

マナウスはアマゾン河のほとりに立てられた町なのではない。ブラジルの大動脈であるアマゾンの支流のうち、もっとも重要で、めざましいネグロ河の左岸にある。個人の住宅と公共の建物の絵のような一帯の全体を支配しているこの地方の首府がそこにある。

スペイン人ファベラによって一六四五年に発見されたネグロ河は、ブラジルと新グラナダのあいだ、ポパヤンの地方の中心から北西に位置する山々の懐に源を発している。そしてこの河はオリノコ、つまりギヤヌと、二つの支流、ピミシンとカシケールによってつながっている。

一七〇〇キロのみごとな流れのあとで、ネグロ河は、一一〇〇トワーズ（約二二〇〇メートル─訳注）の河口によって、アマゾンのなかにその黒い水を注ぎこんでいる。しかし、その黒い水は、アマゾンに、数キロのひろがりにわたって合流することはない。それほどその注水は活発で強力なのだ。このあたりでは、この川の両岸の先端は朝顔形にひろがり、アナビラナスの島々にまでひろがる、六〇キロのひろく深い入江をなしている。

マナウスの港が穿（うが）たれているのは、そこ、これらの狭いギザギザの一つである。多くの小舟がこの港で出会い、あるものは追風を待って河の流れにひたり、他のものは、町を気まぐれに走って、オランダふうの景観をなしている多くの運河のなかで修理中である。

二つの河のあわせ目の近くに、いちはやく建てられた蒸汽船の寄港地によって、マナウスの商業はめだってふえることになる。その結果、家具や建築用の木材、カカオ、ゴム、コーヒー、薬用サルサ根、砂糖キビ、藍、ニクズク、塩づけの魚、亀のバター、こうしたさまざまな品物が、あらゆる方面に運ばれるための支流を見いだすのである。すなわち、ネグロ河は、北方や西方に、マデイラは南方に、西方に、最後にアマゾン河は、大西洋の沿岸まで東方にのびている。この町の位置は、こうしてまったく幸運なものであり、これこそこの町の繁栄に強く貢献したにちがいなかった。

マナウスは、昔モウラと呼ばれて、その後ネグロ河のバラと呼ばれた。一七五七年から一八〇四年まで、この町は、この町がその河口をしめている大きな支流の名をもつ管区の一部をなしていた。しかし、一八二六年以来、アマゾンの広大な地方の首府になったこの町は、かつて中央アメリカの領土に住んでいたインディオの一種族から新しい名をとっていた。

一度ならず、この町は、事情にうとい旅行者たちによって、パリマの伝説の湖の近くに建てられたという幻想の町、有名なマノアと混同されてきた。このパリマの湖は、ブランコの上流、ネグロ河の単なる支流らしい。そこにはあのエル・ドラドの帝国があって伝説によると、毎朝、王さまが金粉をからだにかけるのだった。

この特権的な土地では、シャベルでかき集めるほど金があふれているのだった。しかしよくたしかめてみれば、この話はかなり眉唾ものだった。このいわゆる金は、値打ちのない雲母の豊富な産出からきているらしい。これが金を探している連中の欲にくらんだ目をあざむいていたのだ。

結局マナウスには、あのエル・ドラドの神秘の首府であるというお伽話の壮麗さはなかった。それは、およそ五〇〇〇人の住民のいる一つの町にすぎない。その人びとのあいだに三〇〇〇人の役人が少なくともいるのである。そこから、市の多くの建物は、役所としてつかわれていた。立法府、総理府、公共金庫、郵政庁、税関、それに一八四八年につくられた学院、一八五一年に設けられたばかりの病院一つがあった。そこにはまた丘の東の斜面を占める一つの墓地があった。この丘には一六六九年、アマゾンの海賊にたいしての、今はこわされたが要塞が建てられていた。そしてこの町にある市の建物のうち何が重要なのかを人びとはやがて知ることになろう。

宗教的な建物としては、二つだけしかあげることはできないだろう。すなわち、聖母(コンセプシオン)の小さな教会と、マナウスを見おろす丘の上に建てられたノートル・ダム・デ・ルメードの礼拝堂である。

もともとスペインのものだった町にしてはいささか少ない数である。この二つの記念物に、もう一つ、一八五〇年に火災にあって廃墟しか残っていないカルメル会の修道院を加えてもいい。

マナウスの人口は、さきにあげた数字にしかのぼらない。役人や兵隊のほかには、ポルトガルの商人たちと、ネグロ河のさまざまな種族に属しているインディオによって構成されているという特異さである。

かたい不ぞろいな、三つの主要道路は、この町をつらぬいている。この道路は、はっきりした意味のある名をしており、その名は色をもっている。すなわち、父なる神通り、子なる神通り、聖霊神通りである。そのうえ、西のほうに、一〇〇年たったオレンジの木のすばらしい通りがのびている。古い町を新しい町にした建築家たちがこの道を敬虔にあがめている。

これらの主要道路のぐるりに、舗装されていない小さな道、木の橋のかかっている四つの運河につぎつぎ

と出会う小さな道路網が交錯している。これらの水路は暗い水を、いくつかの地点で、はじけるような色をした花々やしげった雑草の点在する空地にみちびいている。すなわち、それらは同じくらいの大きさの自然の広場で、亭々たる樹木がかげをつくっている。その木のあいだに、あの、白い樹皮をつけ、その大きなドームがパラソルのように節くれだった枝をひろげている巨木「シュモメイラ」がある。

個人の住宅としては、かなり古びた何百もの家があった。あるものは瓦屋根で、他は椰子の葉を並べたもので葺かれており、上方に望楼があり、前に店先を突き出していた。大方はポルトガルの商人のものだった。

これらの公共の建物や、個人の住宅から、散歩の時間には、いったいどんな種類の人びとが出てきたか。高い鼻の男たちは黒いタキシードを着て、絹の帽子をかぶり、エナメル靴をはき、鮮やかな色の手袋をし、ネクタイの結び目にダイヤモンドをつけていた。大げさでけばけばしい化粧の女たちはごてごてした着物を着ており、帽子は古いモードのものだった。インディオも、やはり、アマゾン沿岸中部の地方色の残っている一切をこわしてヨーロッパ化している最中だった。

マナウスとはこういうところだということを、この物語をすすめるために読者に知らせる必要がある。ジャンガダの旅はこの土地で、悲劇的にも道の半ばにして中断されようとしていた。運命の急変はやがてはじまろうとしていた。

II 最初の瞬間

ホアン・グラールを、というよりもホアン・ダコスタ——この名前を復原させることにしたほうがいい——を連れ去るカヌーが、姿を消し去ってしまうと、ベニートはマノエルのほうへ歩み寄った。

「きみには何かわかっていることがあるのかい?」と、彼はマノエルにたずねた。

「きみの父君が無実だということはたしかなことだ! そうなのだ!」とマノエルはくり返した。「まったく、してもいない犯罪のために、二六年前、死刑の宣告を受けたのだ!」

「父は全部きみに話したの、マノエル?」

「何もかもだ。ベニート!」と、青年は答えた。「父君は、ミンハと結婚して第二の息子になるぼくに、自分の過去について、何一つかくしたくないとのぞまれたのだ!」

「無実だという証拠を、父はあきらかにすることができるのだろうか?」

「ベニート、その証拠は、二六年間も立派な、尊敬に価いする生活をしてきたという事実だ。また、裁判所に次のように言明したホアン・ダコスタの態度なのだ。『わたしはここにいる! わたしはこんな偽りの生活はもういやだ! 偽りの名のもとにかくれているのは、もういやだ! あなた方は一人の無実の者を罪人にした! 復権がほしい!』」

「それで、父がきみに……そのように話したとき……きみは一瞬もそれを疑ってみなかったの?」と、ベニートは叫んだ。

「もちろんだとも！　ベニート」と、マノエルは答えた。

二人の青年の手は、一つの思いにしっかりとつながれた。

それからベニートは、パサンハ神父のところに行って、つぎのように言った。

「神父さん、母と妹を、それぞれの部屋に連れて行ってくださいませんか！　ずっと見てやってください！　ここにいるものは誰一人、父の無実を疑っていません、一人もです！　明日、母と二人で、警察署長に会いに行きます。ぼくたちは監獄に会いに行く権利をもっているはずです。そうです！　ことはあまりに残酷すぎます！　ぼくたちは父に会って、どうやったら父の復権ができるか、その方法をきめます！」

ヤキタはもう力も萎えようとしていた。しかしこのけなげな妻は、最初のうちはこの打撃にうちひしがれていたが、やがて立ちあがろうとしていた。ヤキタ・グラールは、ヤキタ・ダコスタになろうとしているようだった。彼女は夫の無実を疑わなかった。ホアン・グラールが名前を偽って自分と結婚したことにも憤りの気持さえもっていなかった。彼女はただあの誠実な男が自分にあたえてくれた幸福な生活の一切しか思わなかった。その男が不当にも迫害を受けている！　そうなのだ！　明日は監獄の扉のところに行ってあくまでそこを動かないでいよう！

パサンハ神父は、ヤキタと、涙をとどめかねているミンハをともない、三人は住居のなかに閉じこもった。

二人の青年はあとに残された。

「さあ、マノエル、父がきみに話したことを何もかも教えてくれ」とベニートは言った。

「何もかくしていることはないよ、ベニート」

「ジャンガダの甲板で、トレスは何をしていたのだろう?」

「ホアン・ダコスタに、過去の秘密を売っていたのだ」

「それでは、イキトスの森で、ぼくたちがトレスに出会ったとき、彼の本心は、父と関係をつけることにあったのだね?」

「それは疑う余地はない」とマノエルは答えた。「あのいやしむべき男は、そこで、ずっと以前から用意していた汚らわしい恐喝行為を実行しようと、農場のほうへと向かったのだ」

「父や家族のみんなが国境を越える準備をしていると、ぼくたちがやつに教えたとき、やつは突然、行動プランを変えたのだな?……」と、ベニートは言った。

「そうだ、ベニート。ホアン・ダコスタは一度ブラジル領に入ったら、ペルー国境のこちらでよりも自分の意のままになるはずだからだ。そういうわけで、ぼくたちはトレスをタバティンガでふたたび見つけた。そこで彼は待ちかまえ、ぼくたちの到着の期をうかがっていたのだ」

「それなのにぼくときたら、やつにジャンガダに乗るように申し出たりなんかしたのだ!」と、ベニートは、絶望の身ぶりをまじえて叫んだ。

「ベニート」とマノエルは言った。「自分を責めてはいけない! トレスはおそかれ早かれ、ぼくたちのところに入りこんできたはずだ! やつは一度狙った獲物を放棄するような男ではない! タバティンガで失敗したら、マナウスでぼくたちをとらえたことだろうよ!」

「そうか! マノエル。それはたしかだ! だが、こうなった今、過去のことをあれこれ言ってもしかたがない……今が問題だ!……非難をくり返していてもはじまらない! ところで!……」

こう話しながら、ベニートは額に手をあてて、この悲しい事件の一部始終をたしかめようとした。

「ところで、あのトレスは」と、彼はたずねた。「ぼくの父が、二六年前、チュコのおそるべき犯罪によって刑を受けていたことを、どうして知ることができたのだろうか?」

「それは知らない」とマノエルは答えた。「きみの父君もご存知ないのじゃないかと思われるふしがある」

「それにしてもトレスは、ホアン・ダコスタのかくれみのだったホアン・グラールの名を知っていたわけだ」

「たしかに」

「しかも彼は、ぼくの父が少なからぬ年月かくれていたのが、ペルーのイキトスであることを知っていた」

「そうだ」とマノエルは答えた。「しかしどうして彼が知っていたのか、ぼくにはわけがわからない!」

「最後の疑問がある」とベニートは言った。「トレスは、放逐される直前のあの短い話合いで、父にいったい何をもちかけたのだろうか?」

「もし口どめ料を出さないなら、ホアン・グラールはホアン・ダコスタであると告発するとおどかしたのだ」

「どんな条件で?……」

「ミンハと結婚したいというのだ!」と、マノエルは怒りに青ざめ、ためらうことなく答えた。

「いやしいやつの言いそうなことだ!……」とベニートは叫んだ。

「やつの要求に父君がどうこたえたと思うかね! ベニート」

「そうだ、マノエル、そうだ!……一人の立派な男の返答なのだ! 彼はトレスを放逐した! しかしそれだけでは足りない。絶対に! ぼくは足りない。警察がぼくの父を逮捕にやってきたのは、トレスの密告によるものなのではないだろうか?」

「そのとおりだ!」

「それでは」と、腕を川の左岸のほうに威嚇するようにふり向けて、ベニートは叫んだ。「ぼくはトレスを見つけなければならない！　ぼくはどのようにしてやつがあの秘密を知ったのかをつきとめなくてはならない！……やつに、この犯罪の真犯人は誰なのかをつかんでいるかどうか吐かせなければならない！　やつに話させよう！……もしそれを拒むなら、……ぼくには最後の手段がある！」

「最後の手段……ぼくにも考えがある！」と、マノエルは、より冷静に、だが断乎としてつけ加えた。

「だめだ……マノエル……だめだよ……ぼく一人でいい！」

「ぼくたちは兄弟だよ、ベニート」とマノエルは答えた。「ぼくたちは二人で復讐しなければならない！」

ベニートはもう抗弁しなかった。この問題については、彼の決心はしっかりときまっていた。

そのとき、河の状態を観察していた水先案内人のアラヨが、二人の青年に近づいてきた。

「ジャンガダをムラ島に碇泊させておいたほうがいいか、それともマナウスの港に入れるべきか、お二人の決心はつきましたか？」と彼はたずねた。

そのことは夜にならないうちに解決しておく問題だった。どちらにするかは即刻、検討されねばならなかった。

つまり、ホアン・ダコスタの逮捕のニュースは、町じゅうにすでにひろまっているはずだった。このニュースが、当然マナウスの住民の好奇心をかきたてているということは、疑うべくもなかった。しかし、それは、罪せられた人にたいする同情からではなくて、かつてあのようにも噂されたチュコのあの犯罪の主犯にたいする好奇心でしかなかったのだ。贖罪のなされなかったこの犯罪に関して、何らかの住民の動きを心配しなくてもよかっただろうか？　このことを予測するなら、ジャンガダをマナウスから数キロの、川の右岸にあるムラ島近辺につないでおくのがよいのではないだろうか?

この問題の是非は困難だった。

「いけない!」と、ベニートは叫んだ。「ここにこのままいるということは、父を見捨てて、彼の無実を疑っているように見えるだろう! 父の肩をもつことをおそれているように見えるだろう! すぐに、マナウスに行かなくてはならない!」

「たしかにそうだ。ベニート、出発しよう!」とマノエルは答えた。

アラヨはうなずいて、島を離れる手段をこうじた。操作は慎重を要した。ネグロ河の流れと重なるアマゾンの流れを斜行し、左岸に面して下のほう二二キロのところにひらいている、この支流の河口のほうに向かうことだ。

島を離れようと、もやい綱はとかれた。川のなかに投げだされたジャンガダは、岸から斜めに遠ざかりはじめた。土手の尖端によってくだかれている流れのカーヴを巧みに利用し、アラヨは自分の部下の操る長い鉤竿をつかって、思いの方角に筏を向けることができた。

二時間後、ジャンガダは、ネグロ河の河口の少し上、アマゾンの他の岸に面していた。そしてその流れが、支流の左岸にひらかれている広い入江の内側の岸辺にジャンガダを誘っていくことになった。

ようやく夕方の五時、ジャンガダは、マナウスの港を避けて、この岸に沿ってしっかりとつながれた。ジャンガダは、かなりの急流をさかのぼらなければマナウスの港には到達することができず、一キロ半ほど下流にとどまった。

筏はそこで、ネグロ河の暗い水の上に、身を落ちつけた。金褐色の芽のあるセクロピアにおおわれ、イン

ディオがそれで攻撃用の武器をつくっている「フロクサス」という名のかたい茎の葦に囲まれた、かなり高い土手の側だった。

何人もの住民が、この土手の上をぶらついていた。疑いもなく、彼らはジャンガダの碇泊地へと、好奇心にひかれてやってきているのだった。ホアン・ダコスタの逮捕のニュースはいちはやくひろがっていた。しかし、これらのマナウスの人びとの好奇心は、づかづかと踏みこむといったものではなく、おずおずとしていた。

ベニートは夕方になったら上陸しようという心づもりだった。マノエルはそれを思いとどまらせた。

「明日まで待ちたまえ」と彼は言った。「夜が来ようとしている。ぼくたちはジャンガダを離れてはならない！」

「なるほど！　明日にしよう！」と、ベニートは答えた。

そのとき、ヤキタは娘とパサンハ神父とともに住居から出てきた。ミンハはまだ涙にぬれていたが、母の顔からは涙は消え、その姿は精気にみちて断乎としていた。彼女は自分の義務をどこまでも果たす気持をかためているように見えた。

ヤキタはゆっくりとマノエルに近づいた。

「マノエル」と彼女は言った。「これから言うことをよく聞いてください。わたしは、良心の命ずるところをあなたに話します」

「聞きますとも」とマノエルは答えた。

ヤキタはまっすぐマノエルを見つめた。

「昨日」と、彼女は言った。「昨日、夫のホアン・ダコスタと話したあとで、あなたはわたしのところへ来て、母とわたしを呼びましたね。ミンハの手をとって、ぼくの妻！　と言いましたね。あなたはそのとき、すべてを知っていました。ホアン・ダコスタの過去は、あなたにすべて知らされました！」

「そうです」とマノエルは答えた。「そこで何かためらいでもしたら、ぼくは神に罰せられてもしかたがありません！……」

「いいわ、マノエル」と、ヤキタは言った。「でも、あのときは、ホアン・ダコスタはまだ逮捕されてはいませんでした。でも、今となっては事情は別です。たとえ無実であったとしても、わたしの夫は裁きの手にゆだねられています。彼の過去はみんなにあきらかにされてしまいました。ミンハは死刑囚の娘なのです……」

「ミンハ・ダコスタも、ミンハ・グラールも、ぼくには何のかわりもありません！」と、はやおさえきれぬもののように、マノエルは叫んだ。

「マノエル！」と、若い娘は小さな声で言った。

彼女は、もしリナが腕で支えようとしてくれなかったら、その場に倒れこんでしまいそうだった。

「おかあさま、もし彼女をお見捨てになりたくないとお思いでしたら、ぼくを息子と呼んでください！」と、マノエルは言った。

「わたしの息子！　あなたはわたしの息子です！」

ヤキタはただそれだけを答えることができた。ようやくおさえていた涙が、彼女の目からあふれでた。

みんなは家に入った。しかしこのつらい試練にさらされた家族は、この長い夜、まんじりともできなかった。

ホアン・ダコスタが、絶対的にあてにしていたリベイロ判事の死は、まったく不運なことだった！　この地方の司法官、つまりマナウスの判事になるまえに、リベイロはホアン・ダコスタを知っていた。若い役人ダコスタは、ダイヤモンドの事件で、告訴されていた。リベイロはそのころ、ヴィラ・リカの弁護士だったが、並みいる裁判官のまえで、この被告を弁護した。彼はこの事件を心にとめ、自分で弁護をかって出ていた。資料や調査の細部の検討から、彼は単なる職務上の信頼ではなく、依頼人があやまって告訴されていると確実に思った。依頼人はダイヤモンド強奪と護衛兵殺しにどのようにもかかわっていないこと、予審はやりなおさなければならないこと——一言で言って、ホアン・ダコスタは無実であるのを知った。

けれどもリベイロ弁護士がどれほど力量があり熱意をもっていても、この確信は陪審員の心を動かすことができなかった。では何者が真犯人なのか？　輸送隊の隠密の出発を悪党どもに知らせるのに、もっとも都合のいい立場にいたのはホアン・ダコスタではないとして、いったい誰だったのか？　護衛に同行した役人は、大部分の兵隊とともに倒れていた。いきおい疑いはホアン・ダコスタを、この犯罪の唯一の犯人とする方向にむけられていた。

リベイロは、比類ない熱心さで彼を弁護した！　彼はこの事件に、全身全霊をあげて当った！……彼はダコスタを救うことに成功しなかった。陪審の評決は一切の疑問に断定をくだした。予謀の罪も加えて罪人の罪を告発されたホアン・ダコスタは、情状酌量の恩恵もうけられず、死刑の判決を受けた。

被告には何の希望も残されなかった。ダイヤモンドにかかわる事件だったので、いかなる減刑も不可能だった。囚人は自失した。……しかし、死刑執行の前夜、絞首台の準備もととのえられてから、ホアン・ダコスタはヴィラ・リカの監獄をついに逃げだした。――その後のことは読者もご存知のとおりである。

二〇年後、リベイロ弁護士は、マナウスの判事に任命されていた。イキトスの避難所にいて、農場主となったダコスタはこのことを知り、このことに、幸運を期待した。つまり再審理をしてもらえば、若干の成功のチャンスがあるかもしれない。イキトスの農場主は、あのときの弁護士の確信が、今の判事の胸のうちにそのまま残っているだろうということを信じていた。彼はこうして再審へともってゆくためにあらゆることを試みる決心をした。リベイロがアマゾン地方の最高の司法官に任命されるということがなかったとしたなら、彼もたぶんためらったことだろう。というのも彼は自分の無実をあかす物的証拠を何ら持っていなかったからである。たぶん、この誠実な男はイキトスのかくれ家のなかにひそんでいることで、ひどく悩んだとしても、彼は時が、あのおそろしい事件の思い出を消してくれることを求めただろう。だが、ある事情によって時を移さず彼を行動させることになった。

はたして、ヤキタが話を切りだすまえから、ホアン・ダコスタはマノエルが自分の娘を愛していることを知っていた。若い軍医と若い娘のこの結婚は、彼にはすべての点で気に入っていた。結婚についての許しの求めが、近々なされるだろうということはわかっていたが、ホアンは不意を打たれたくなかった。

しかし、そのとき、自分の娘を、ほんとうの彼女の名ではない名で結婚させなければならないということ、マノエル・バルデスが、グラール家に、その主人が死刑囚としてつねに逃亡者の憂き目にあるダコスタ家に入ってくるのだということを思うと、彼は堪えられない気持がした。だめだ！　この結婚は、自分自身のときがそうだったような、あんな状態でなされるべきではない！　どうあってもいけない！

あの時代にあったことが思いだされる。すでにマガルアエスの強い信頼を受けていた若い使用人が、イキトスの農場にやってきてから四年後、老マガルアエスは瀕死の傷を負って、農場に運ばれてきた。老いたるポルトガル人はそれから数日間生きただけだった。彼は自分の娘が、支えてくれるものもなく、ただ一人で残されるという思いにおののいた。ホアンとヤキタが愛しあっていることを知って、老人は二人がすぐに結びついてくれることを希望した。

ホアンははじめ辞退した。彼は夫となるのではなく、ヤキタの保護者、奉仕者としてとどまりたいと申し出た。……死の床のマガルアエスの意志は強く、それにあらがうことは不可能だった。ヤキタはホアンの手に、自分の手をあずけ、ホアンはそれを押しもどさなかった。

そうだ！　あれは重大な出来事だった！　そうだ！　ホアン・ダコスタは一切を告白するか、永遠にこの家を逃れて行くかしなければならなかったのではないか。彼はこの家にまったくねんごろに受け入れられ、彼もまたこの家に繁栄をもたらしていた！　そうだ！　恩人の娘に、自分のものでもない名、神のまえで無実を誓えると言いながら殺人罪で死刑を宣告されたものの名ではない名をあたえるより、むしろ一切を告白することだ！

しかし周囲の状態は急を要していた。老農場主は死のうとしていた。彼の手は若い者たちへとさしだされていた！……ホアン・ダコスタは何も言えず、結婚は成った。そして若い農場主の全生活は、妻となった娘の幸福に捧げられることになった。

「一切を告白したならば、ヤキタは許してくれるだろう！」と、ホアンは反芻した。「彼女はわたしを少しも疑わないだろう！　しかし、彼女をあざむかねばならなかったからこそ、わたしはミンハと結婚してわが家に入ってきたがっているちゃんとした男を、あざむくことはなおさらできないのだ！　そうだ！　いっそわたしが今の生活から離れて出て行ったほうがいい！」

おそらく、ホアン・ダコスタは、何度も何度も自分の過去のことを、妻にうちあけようと思った！　そうだ！　口のさきまで出かかったことがあった。なかでも、彼女が娘をアマゾンの美しい河を下って、ブラジルへ連れて行ってくれとたのんだときにだ！　彼はヤキタをよく知っていたから、そうなったところで、彼女が自分にたいする愛情にひびを入らせるようなことなど、もうとうないのを確信していた！……ただ、そうする勇気がなかったのだ！

彼の周囲に花開いていた、彼の作品とも言える家族たちのしあわせそうな様子を見ても、誰一人、彼が出て行ってしまって、この幸福を無にしてしまおうとしているなどとは考えもしなかった。

長い年月のあいだ、彼の生活はこのように過ごされていた。秘めかくしてきたあのおそろしい苦悩は、止むということがなかったが、その源はそこにあった。何一つかくし立てのなかったこの男は、実はこのような秘密をもっていた。まったくの不正のために、彼はこうしてかくれ住むことを余儀なくされていた！

しかし、ついに、マノエルのミンハにたいする愛情があかるみに出る日が来た。一年もしないうちに、この結婚に同意しないわけにはいかないだろう。彼はもはやためらってはいなかった。ごく近いうちに行動しなくてはならないという決心がついた。

リベイロ判事に彼は一通の手紙を出したが、そこには、ホアン・ダコスタが生きているということ、家族とどこに暮らしているかということ、また、自分の国の裁判所に自首する意志、ヴィラ・リカの不正な裁判の名誉回復をはかる再審要求の意志のあることが告白されていた。

誰の目にも公正なあの司法官の心に、どのような感情が起きるだろうか？　被告が訴えたのはかつての弁護士ではなく、この地方の最高の判事だった。ホアン・ダコスタは彼に一切をゆだね、秘密保持の要求さえしなかった。

予期しないこの告白に最初おどろかされたリベイロ判事も、自分の地位が要求している義務を、細心に果たそうとした。犯罪者の追求が彼の任務だった。突然、一人の犯罪人が自分から、彼の手のなかにとびこんできたのだ。たしかに彼はこの犯罪人をかつて弁護したことがあったし、この男が不正に罪せられたことを確信していた。この男が極刑を受けながら逃げだしたのを知って、リベイロの喜びは大きかった。必要とあらば、彼は逃亡をすすめ、手助けもしたことだったろう！……だが、弁護士が昔やったことを、判事になった今、果たしてできるだろうか？

「そうだ！」と判事は思った。「わたしの良心は、この正義を放棄しないことをわたしに命じる！　今日彼がとっている運動は、彼の無罪の新しい証拠、心的証拠である。というのも、彼は他の証拠をもたらすことができないからだ。しかしこれこそたぶんすべての証拠のうちでももっとも確実な証拠だ！　そうだ！　わたしは当然彼を見捨てることはできない！」

この日から、ひそかな文通が、判事とホアン・ダコスタとのあいだにはじまった。リベイロはまずまっさきに、彼の依頼人に、慎重を欠く行動を起こして身を危くしないようにと要求した。彼は事件をもう一度とりあげ、訴訟記録を見なおし、事件を再検討したいと思った。ダイヤモンド事件のなかに何か新しいことが見つかるかを知る必要があった。輸送隊を襲った強盗のあの共犯者どものうちで、あの事件後に逮捕されたホアン・ダコスタは事件の要因のうちにこそ、いったい罪を犯したのは誰なのかを見つけたいと思った。

ものはいないだろうか？　何か自白や、自白めいたものがなされなかっただろうか？　ホアン・ダコスタはあのようなことになり、ただ無実を叫びつづけた！　しかし、それだけでは不充分だった。リベイロ判事は事件の要因のうちにこそ、いったい罪を犯したのは誰なのかを見つけたいと思った。

ホアン・ダコスタはこうして慎重にふるまわねばならなかった。彼はそのことを約束した。しかし彼の試練がどのようなものであれ、最高の判事となったかつての弁護士のもとで、自分が無罪であるという確信を完全にたしかめられることは大きな慰めだった。そうなのだ！　ホアン・ダコスタは、彼の罪名にもかかわらず、犠牲者であり、殉難者であり、社会に謝罪を求めてしかるべき立派な人間だった！　そして、司法官は、有罪判決以来のイキトスの農場主の過去を、彼の家族の現状を、たゆむことなく家族の幸福を守ってきた彼の労働と献身の生活を知ったとき、彼の無罪を確信するばかりでなく、そのことに打たれ、チュコの囚人の再審に全力をあげることを誓った。

半年のあいだ、二人の男のあいだで文通がなされた。

ついにある日、せっぱつまったホアン・ダコスタはリベイロ判事に手紙を書いた。

「あなたのご都合さえよければ、二か月後に、お目にかかりたいのですが！」

「よろしい、いらっしゃい！」と、リベイロは答えた。

ジャンガダはこうして川をくだる準備ができた。ホアン・ダコスタは、妻や、子供や、召使ら、全家族とともに、ジャンガダに乗りこんだ。旅のあいだ、妻や子供の不審を他所に、彼はめったにジャンガダをおりようとしなかった。まずたいていは、彼は部屋に閉じこもって、商売の収支計算ではなく、ただ黙って、彼が「自分の生涯の歴史」と呼んでいる記録を書きつづけていたが、それは彼の裁判の再審に役立つはずのものだった。

機先を制して、ホアンの考えをつぶそうとするトレスの密告による彼の再逮捕の一週間前、アマゾンの一人のインディオに託して、まもなくそちらへつくと、リベイロ判事に予告する手紙を出した。手紙は出され、無事、判事のもとにとどいた。判事はホアン・ダコスタを待つことなく、事件に着手し、よいほうへもっていく希望を得た。

ジャンガダがマナウスへつく前夜、リベイロ判事は突然、脳卒中におそわれた。しかし、脅迫はホアン・ダコスタの高潔な憤激にあって失敗していたが、そのトレスの密告が、つづいて起こった。ホアン・ダコスタは家族の目の前で逮捕され、かつての弁護士ははや彼を守ってくれることができなかった！

そうなのだ！　それは比べるもののない、おそろしい打撃だった！　ほどこすすべもなく、運命はきまった。はや、身をしりぞけることもできなかった。

ホアン・ダコスタは自分に思いがけずもふりかかった打撃にもめげず、ふたたび立ちあがった。賭けられていたのはただ彼自身の名誉にとどまらず、家族全員の名誉だった。

ホアン・グラールことホアン・ダコスタに発せられた逮捕令状は、リベイロ判事の代理によって出されたものだった。正式の後任が任命されるまで、アマゾン地方において、判事の権能をこの代理が果たすことになっていた。

この代理の名は、ビセンテ・ハリケスといった。彼は非常に気むずかしい小男だった。四〇年、犯罪の訴訟手続きと刑の執行に従っていたが、被告にたいしてあまり恩恵をあたえるほうではなかった。彼はこの種の事件の多数を予審し、裁判し、多くの悪党を有罪にしていたが、彼にとっては被告人の無実などはまずあたまから認めがたいもののようだった。もちろん、彼は自分の良心に反した裁判はしなかった。しかし彼の良心たるや、ひどく鎧を着ていて、事件の訊問や論拠の弁護に、容易に着手しようとしなかった。多くの裁判官たちと同様、彼はすすんで、陪審員の寛大さに反対するのだった。そして、調査や証人訊問や予審のふるいにかけられたあとで、一人の被告が目のまえにやってくると、一切の状況推定は彼にはこの被告が一〇倍も有罪であるように見えるのだった。

しかしこのハリケスは少しも悪い男ではなかった。神経質で、落ちつきなく、多弁で、こまかく、小さなからだに大きな頭がのっかり、旧時代の臼砲式カツラよりもぶざまに乱れた髪がついている彼の姿は奇妙なものだった。両眼はくぼんで小さく、その視線はおどろくばかり鋭く、鼻は突きだしていたが、その鼻をうごめかして彼はたしかに身ぶりをしているらしかった。彼の耳は二つが離れていて、ふつうの耳のとどかぬ

外で話されていることを何もかもとらえるのに都合がよかった。指はたえず判事席のテーブルの上を叩き、身ぶりで練習しているピアニストの指みたいで、短すぎる脚に比べて長い胴をもち、司法官席の上にすわるとき、足はしじゅう組んだりほどいたりしているのだった。

私生活においては、頑固な独身者であるハリケス判事は、いつも刑法の書物をはなさず、ただこればかりは好きな食事と、ひどく好んでいるトランプのホイスト遊び、彼が名手であるチェス、とりわけ知恵の板、謎々、文字謎、判じ絵、アナグラム、判じ物などの遊びのときは例外だった。ヨーロッパの多くの司法官のように——職業においてと同様に趣味にあっても謎好きな真のスフィンクスであり——それで主にひまをつぶしていた。

衆目の見るところ、変わり者だった。こうしてみると、ホアン・ダコスタがリベイロ判事の死で失ったものがどれほど大きいかがわかるだろう。この、あまり寛大とは申せぬ司法官に、彼の事件はゆだねられた。それに、この件については、ハリケスの任務は非常に単純なものだった。彼は受託判事や予審判事の職務を果たす必要はなく、公判を指導することもなく、陪審の評決を求めることもなく、刑法の条文を適用することもなく、結局、有罪の判決をくだす必要もなかった。イキトスの農場主にとっては不運なことに、多くの手続きははや必要とはしなかった。ホアン・ダコスタはチュコの犯罪で、二十六年前、逮捕され、裁判され、有罪判決を受けていた。時効はまだ発効していなかった。どのような減刑の嘆願も入りこむ余地はなかった。どんな特赦請願も受け入れられる手段はなかった。結局、彼が本人であることを証明することだけが問題であり、リオ・デ・ジャネイロからとどく執行命令によって裁きがおこなわれるだけだった。

しかし、ホアン・ダコスタははっきりと自分の無実を求め、自分が不当に有罪の判決を受けたことを陳述するつもりだった。この点に関して彼がどんな意見をもっているにせよ、司法官の義務はそれをきくことにあった。一切の問題は、罪人が、どんな証拠を確言できるかを知ることにあるはずだ。そして、かつての判事たちの前では、その証拠をもたらすことができなかったとしても、今、それをすることができたのではないか。

訊問の一切の興味はそこにあるはずだった。

しかしながら、これまで安全に暮らしていた一人の男が、自分の過去を自分からあばいて裁判に直面しようとしているのであり、それは奇妙な、珍しいケースの一つであったから、裁判の弁論の有為転変についてはひどく無神経なこの司法官にさえ、そのことは興味をもたせた。これは、どのような犠牲をはらっても、一つの不正を正そうとのぞむ良心の発動なのではないか。それは秘密の生活に疲れたチュコの囚人の利益となるものだった。問題が異様であることはやがてわかるだろう。

ホアン・ダコスタの逮捕の翌日、ハリケス判事は、囚人の収監されている子なる神通りの監獄に身をはこんだ。

この監獄は、町の主要な運河の一つのほとりに建てられた、古い修道院だった。新しい用途にあまりしっくりしたしろものではなかったが、この建物には、かつての自由意志による収監者——修道士のかわりに、未決の囚人たちが入れられていた。ホアン・ダコスタの入れられていた部屋は、こうして、あの近代の懲治制度が認めているわびしい独房ではなかった。古い修道士の部屋で、空地に面した格子窓が一つあり、隅にベンチが一つ、他の隅に一種の粗末なベッドがあり、いくつかの粗末な道具があるだけだった。

その日、八月二五日、ホアン・ダコスタは朝の一一時ごろこの部屋から引きだされ、修道院の昔の共同広間にある訊問室に導かれた。

ハリケス判事は、机の向こうの、高い椅子にすわり、背を窓に向け、顔をかげにするようにしてそこにいた。他方、入ってきた者の顔は光でいっぱいのところにあった。書記はペンを耳に、テーブルの端に席をとっており、裁判所のこの人種らしい無関心をよそおい、質疑応答を書きとめる手はずになっていた。

ホアン・ダコスタは部屋のなかに導き入れられ、司法官の指図どおり、彼を連れてきた看守たちはひきさがった。

ハリケス判事はしばらく被告を見つめた。被告は判事の前に頭をさげ、礼儀正しい、ふてぶてしくも、へりくだってもいない態度をとって、答えを求めて質問が彼になされるのを神妙に待っていた。

「お前の名は?」とハリケス判事が言った。

「ホアン・ダコスタ」

「年齢は?」

「五二歳」

「住所は?……」

「ペルーのイキトス村です」

「どういう名で?」

「母方の名のグラール姓です」

「なぜこの名を名のったのかね?」

「というのは、二六年間、わたしはブラジルの司法当局の追及を避けようと思ってきたからです」

返答は非常に正確で、ホアン・ダコスタが自分の過去と現在を一切告白する決心をしている証拠とみえ、こうした振舞いにはあまりなれていないハリケス判事は、例の鼻をいつもよりもっと垂直に立てたのだった。

「で、なぜ、ブラジルの司法当局はきみにたいする追及をすることができたのかね？」

「それは、わたしが一八二六年、チュコのダイヤモンド事件で死刑の判決を受けていたからです」

「ではきみは自分がホアン・ダコスタであるということを認めるのだな？……」

「わたしはホアン・ダコスタです」

それらすべては平静に、このうえもなく淡々と答えられた。そのため、ハリケス判事の両眼は、瞼の奥にひっこみ、まるでつぎのように言いたがっているかのようだった。「この事件は放っておいてもうまくいきそうだ！」

しかし、あらゆる種類の被告がかならず自分の無実を述べて、申しあわせたような答えをする訊問がはじまった。

ハリケス判事の指は軽くテーブルの上で顫音（トリル）を打ちはじめた。

「ホアン・ダコスタ。きみはイキトスで何をしていたのかね」と彼はたずねた。

「わたしは農場主です。で、規模の大きな農業経営に専念しております」

「事業はさかんなのかね？」

「非常にうまくいっております」

「いつからきみは農場を離れているのかね？」

「およそ二か月前からです」

「なぜかね？」

「それについては、判事さん」とホアン・ダコスタは答えた。「わたしは理由をもっています。動機をもっているのです」

「その理由とは？」

「パラまで、筏と、アマゾンのさまざまな産物の積荷を運ぶのです」

「ほう！」とハリケス判事は言った。「で、きみの出発のほんとうの動機は何なのかね？」

こう問いながら彼は心に思った。「やっと、この男も嘘と否認をはじめたようだな！」

「ほんとうの動機は」と、かたい声でホアン・ダコスタは答えた。「自首をするという決心でした！」

「自首だと！」と判事は、椅子から立ちあがって叫んだ。「自首だと……自分でかね……」

「自分でです！」

「で、なぜなのだ？」

「こんな嘘の生活、偽名で生きなければならないということにもう堪えられなかったからです。妻や子供たちに、真の生活をかえしてやりたかったからです。それに、判事さん、実は……」

「実は？……」

「わたしは無実なのです！」

「そらおいでなすった！」とハリケス判事は心中ひそかに思った。

判事は指で、さきほどよりいささか調子づいた行進曲を奏でながら、うなずいたが、まるでダコスタに向かって「さあ！　きみの身の上話をするがいい！　わたしは一応知っているが、自由にきみが話すのをさまたげたくはないのだ」と言っているようだった。

ホアン・ダコスタは、司法官のこのたよりないありさまにくじけることなく、しっかりしようと自分に言いきかせた。彼はこうして、一切つつまず身の上の話をし、節度をもって、自分に課した平静さを捨てることもなく、自分の有罪判決の前後のどんな状況も省略せずに話しつづけた。彼は自分の逃亡以来の人に恥じるところのない立派な生活についても、また自分がきびしく果たしてきた、父として夫として家族の主としての義務についても、べつに強調したりしなかった。彼はただ一つの状況についてのみ力をこめた。——それは何にも強制されることなく、名誉回復を求め、再審理を求めてマナウスにやってきたという一事だった。

ハリケス判事は、もちろん一切の被告に悪い感情をもっているが、被告の釈明をさまたげはしなかった。彼は一〇〇回も同じ話を聞かされている人のように、目をあけたり閉じたりするだけだった。そしてホアン・ダコスタが、テーブルの上に、自分で書いた覚え書を置いたときも、それをとろうと身一つ動かさなかった。

「終わりかね?」と彼は言った。

「はい、判事さん」

「で、きみは、ただ、裁判所に再審を求めに行くというためだけで、イキトスを離れたとはっきり言うのだね!」

「ほかに動機はありません」

「誰がそれを証明する? きみの逮捕につながった密告がなければ、きみは自首しただろうと、誰が証明するのかね?」

「まずこの覚え書です」と、ホアン・ダコスタは答えた。

「この覚え書はずっときみが持っていた。きみがもし逮捕されなかったら、きみの言うとおりのつかわれ方をしたかどうか、証明するものは何もない」

「判事さん、ここには少なくとも、わたしのものではないものが一つあります。それが真実のものであることは疑い得ないと思いますが」

「何かね？」

「あなたの先任者リベイロ判事に、わたしが自分が近々到着すると告げた手紙です」

「ああ、きみが書いたのかね？」

「はい。必ずやリベイロ判事の住所についているあの手紙は、きっとあなたのもとへも届くにちがいありません！」

「ほんとうかね！」とハリケス判事は、やや疑わしい様子で答えた。「リベイロ判事にきみは手紙を書いたのかね？……」

「この地方の判事になるまえに」と、ホアン・ダコスタは答えた。「リベイロ判事はヴィラ・リカで弁護士だったのです。チュコの犯罪の裁判でわたしを弁護してくれたのが彼でした。彼は心からわたしのことを信用してくださいました。彼はわたしを救うため、あらゆることをしてくれました。二〇年後、彼がマナウスの裁判所の責任者になったとき、わたしは彼に、わたしが何者であるか、どこに住んでいるか、何を企てているかを知らせました。わたしの問題についての彼の確信はゆらいでいませんでした。わたしが農場を離れて、自分から、再審を求めてやってきたのも、彼の意見にしたがってのことです。しかし、彼は急死してしまいました。もしあなたがリベイロ判事のように見えるということがなければ、わたしはたぶん、茫然、なすすべを知らないでしょう、判事さん！」

面と向かって問われた司法官は、裁判官たるもののあらゆる習慣を失って、飛びあがりそうになった。しかし、彼はようやく自分をおさえ、ただつぎのことばをつぶやいただけだった。

「きついことだ、まったく、きついことだ！」

ハリケス判事はあきらかに心にタコができていた。彼は何にもおどろかないようにしていた。

そのとき、一人の看守が部屋に入ってき、司法官あての封書を持ってきた。

司法官は封を切り、手紙をとりだした。ついで、ひろげて読み、眉をしかめ、つぎのように言った。

「ホアン・ダコスタ。ここに、きみがリベイロ判事にあてた、さっきの手紙があること、これがわたしに伝えていることをきみにかくそうとは思わない。きみがさきほど言った問題を疑う理由はこれでもうなくなった」

「この問題だけではなく、さきほどお話しした、わたしの生活状況の一切に関してです。それらには疑う余地はありません！」

「ふむ！　ホアン・ダコスタ」と、ハリケス判事は活発に答えた。「きみは、きみの無実を訴えている。しかし、どのような被告もそうするものだ！　いずれにせよ、きみの持っているのは心証だけだ！　それとも物的証拠を持っているかね？」

「たぶん持っています、判事さん」と、ホアン・ダコスタは答えた。

このことばに、ハリケス判事は席から飛びあがった。ことは衝撃的だった。落ちつくまで部屋を二、三度、歩きまわる必要があった。

V 物的証拠

自分ではすっかり落ちつきをとりもどしたつもりで、司法官は席にふたたび着き、椅子にそっくりかえり、頭をあげ、目は天井をにらみ、平静このうえない声で、しかし被告のほうには目をやらず、「話したまえ」と言った。

ホアン・ダコスタは、まるで頭のなかのことを思いだすのをためらったかのように、一瞬思いをこらし、つぎのように答えた。

「判事さん、これまでわたくしは、わたし一個の名誉や誇りにかけて、心的証拠のみで無実をあなたに訴えました。わたしの考えでは、これらの証拠は正義につながるのにこのうえなくふさわしいものと思われます……」

ハリケス判事は、われにもあらず肩のふるえるのをいかんともできなかった。

「心証が不足とあれば、わたしにもたぶん提出できる物的証拠があります」とホアン・ダコスタはつづけた。「わたしは〈たぶん〉と言いました。と言うのも、わたしはどんな信憑性がそこにあるのかをまだ知らないからです。ですから、判事さん、わたしはそれについては、妻にも子供にも話していません。彼らに希望をあたえて、あとでがっかりさせたくなかったからです」

「つまり、どうなのかね」とハリケス判事は答えた。

「判事さん、わたしの思うところでは、マナウスにジャンガダでつくことになっていた前日のわたしの逮捕は、警察署長にあてた一つの密告によるものです」

「それはまちがいではない、ホアン・ダコスタ。しかし、その密告が匿名だったことを言っておきたい」

「いや、わたしはそれが、トレスという名の、いやしい男から出たものであることを知っております」

「どういうわけで、その密告者を、いやしいと……?」と、ハリケス判事はたずねた。

「いやしい男です。そうですとも、判事さん!」と勢いづいてホアン・ダコスタは答えた。「わたしが親身に扱ってやったその男は、わたしに口止め料を支払わせようという魂胆だけでわたしに近づいてきたのです。密告の結果がどうなろうと、わたしとしてははねつけざるを得ないような、醜い取引をわたしにせまったのです!」

「いつもの、自分を助けるために他人を責めるやり口だ!」と、ハリケス判事は考えた。

しかし彼は、ホアン・ダコスタが山師との関係について話した内容を、かなり注意して聞いていた。トレスが、チュコの犯罪の真犯人の名を知っており、それを明かしてもいいと告げに来たと、ダコスタは物語った。「で、犯人の名は?」とハリケス判事は冷静をよそおってたずねた。

「わたしは知りません」と、ホアン・ダコスタは答えた。「トレスはわたしにその名を教えようとしませんでした」

「で、その犯人は生きているのかね?……」

「彼は死にました」

ハリケス判事の指はいっそう早くテーブルを叩き、彼につぎのように答えたい気持をおさえきれなかった。

「被告の無実の証拠を持っているという男はいつも死んでいるわい!」

「判事さん、真犯人が死んでいるとしても」ホアン・ダコスタは答えた。「トレスは少なくとも生きていま

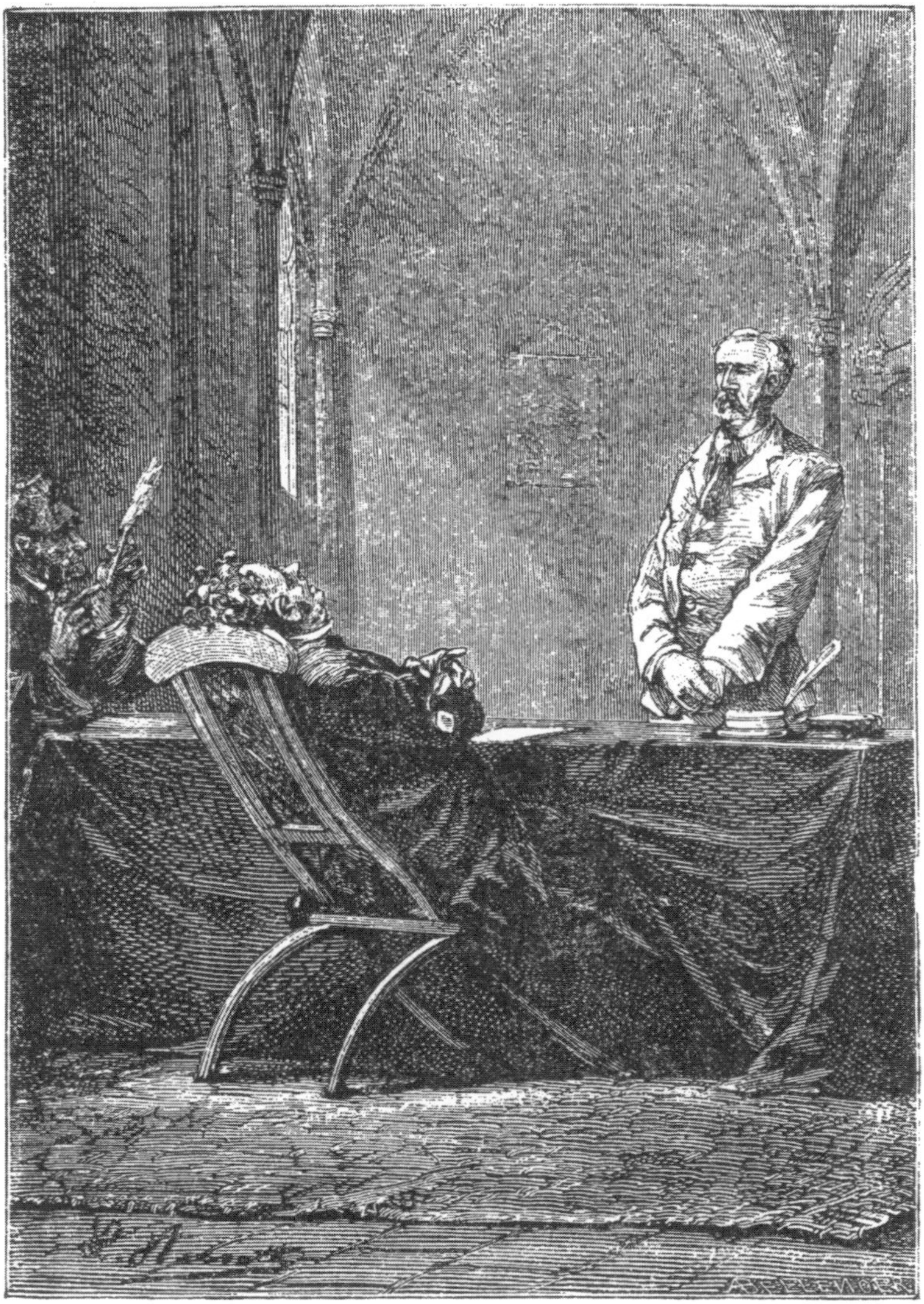

す。彼はわたしに、真犯人の自筆の証拠を持っていると確言しました！　彼はわたしにそれを売ろうともちかけたのです！」

「ほう！　ホアン・ダコスタ」とハリケス判事は答えた。

「それはきみの全財産を支払ってもたりないほど高くはなかったのだろうな！」

「トレスがただわたしの財産をのぞんだのだとしたら、わたしは彼にそれを投げてやったでしょう。わたしの家族の誰もそれに反対したりしません！　そうです判事さん、あなたは正しい。自分の名誉を売ることだって高すぎるということはありません！　しかし、あのいやしい男は、足もとを見て、わたしの財産以上のものを要求したのです！」

「それは何なのかね？……」

「この取引の条件を、わたしの娘を自由にするということにしたのです！　わたしは拒絶しました。そこで彼はわたしを密告した。こういうわけで、わたしはあなたの前に今立っているのです！」

「それでもしトレスがきみを密告しなかったとしたら」とハリケス判事はたずねた。「トレスがきみの道筋にあらわれなかったとしたら、きみはここについてリベイロ判事の死を知ったとき、どう振舞っただろうかね？　きみは裁判所に自首しただろうか？……」

「何の躊躇もありません、判事さん」とホアン・ダコスタは、かたい声で答えた。「なぜなら、くり返しますが、わたしはイキトスを出て、マナウスに来るのに、他の目的をもっていなかったからです」

それは真実にみちた口調で言われたので、ハリケス判事は、一種の感動が、かたくなった自分の心の一隅にさしこんでくるのを感じた。しかし彼はそれに屈服しなかった。

おどろくことは許されなかった。司法官はこの訊問にさきだって、この物語のはじめからトレスを見守っていた人びとの知っていることを皆目知らなかった。彼らは、トレスが、ホアン・ダコスタの無実の物的証拠を所有しているということを疑うことができなかった。彼らは文書が存在していること、文書にダコスタの無実の証明が書きこまれていることを確信している。そしてたぶん、ハリケス判事が仮借ない懐疑心をしめしていると考えざるを得ないだろう。しかし彼らは考える。それはハリケス判事が彼らと立場を同じくしていないためだ。彼は裁判所が彼に送ってくる被疑者のさまざまな抗議になれきっている。ホアン・ダコスタがもちだしている文書は彼のもとに提出されていない。判事はその文書がほんとうにあるのかどうか知りもしない。そして、結局、彼は一人の男を前にしているが、その男の罪状が彼にとって裁くべき材料としてあるにすぎないのだと。

しかしながら、彼は好奇心にかられたらしく、ホアン・ダコスタを、最後の砦にまで追おうとした。

「とすると」と彼は言った。「きみの希望は今や、あげて、あのトレスがきみにした表明にかけられているのだな?」

「そうです、判事さん」とホアン・ダコスタは答えた。「いよいよのところはそれに賭けられているのです!」

「今、トレスはどこにいると思うかね?」

「マナウスにちがいないと思われます」

「で、きみは彼が、きみに好意的に、その文書を渡してくれ、話してくれるだろうという期待をもっているのだね? 彼のもちだした取引を以前は断ったのにだ!」

「そう希望します、判事さん」と、ホアン・ダコスタは答えた。「立場は今や、トレスとはちがいます。彼はわたしを密告した。結果として、彼はもはや、彼のそうしたいと考えた条件で、取引をしなおすわけにはいきません。しかし、あの文書は依然として彼の一財産です。わたしが無罪になるか有罪になるかで、その財産は永久に彼の手からは失われてしまいます。ところで、彼は、どんな場合にせよ安全にあの文書をわたしに売るのが目的ですから、彼はその目的にしたがって行動するはずだとわたしは思うのです」

ホアン・ダコスタのこの推論に判事は答えようとしなかった。ハリケス判事はその推論がよくわかった。彼はただ可能な反論を加えただけだった。

「つまり」と彼は言った。「トレスの目的は、きみにその文書を売ることなのだな……もしその文書が実在しているとすればだ！」

「もし実在していないとすれば」とホアン・ダコスタは深い声で答えた。「わたしはもう人の裁きは信頼せず、神の裁きを待つつもりです！」

このことばにハリケス判事は立ちあがり、今度は、さきほどより冷淡ではない口調で言った。

「ホアン・ダコスタ。今、きみに訊問し、きみの特殊な生活の話を聞き、無実の訴えを聞いて、わたしはわたしの任務が要求している以上のことをした。この事件については予審はもうされている。そしてきみはヴィラ・リカの陪審のまえにも出頭している。陪審の評決は、情状酌量は認めがたいという満場一致の結論だった。きみはチュコのダイヤモンド強奪と兵士の殺害の教唆扇動と共犯で有罪となり、極刑がくだされた。それが脱獄によって執行をまぬがれたわけだ。しかし、自首しようとしてかどうか、いずれにせよ二六年後、きみはふたたびとらえられた。最後にたしかめるが、きみはダイヤモンド事件の囚人、ホアン・ダコスタだということを認めるね？」

「わたしはホアン・ダコスタです」

「きみはこの公述書にサインをするな？」

「します」

ホアン・ダコスタはハリケス判事が記録係に書かせたばかりの調書と陳述書の下に署名をしたが、その手はふるえていなかった。

「司法大臣にあてられたこの陳述書は、リオ・デ・ジャネイロに送られることになる」と司法官は言った。「数日後に、きみの裁きを執行する命令が来るだろう。もしも、きみの言うように、トレスがきみの無実の証拠を持っているとするなら、きみやきみの家族の手でそれを役立てるよう最善の努力をしたまえ！　命令がいったん届いたら、どんな猶予もあり得ない。裁きは断行されるのだ！」

ホアン・ダコスタはうなずいた。

「妻や子供たちとの面会は許されるでしょうか？」と彼はたずねた。

「今日からは、希望があれば」と、ハリケス判事が答えた。「もう面接禁止はとかれている。家族がやってきたら会ってよろしい」

司法官はそこで鈴を鳴らした。看守たちが部屋に入ってきて、ホアン・ダコスタを連れ去った。

ハリケス判事は、首を振りながらダコスタが出て行くのを見ていた。

「やれ！　やれ！　思っていたのとはまったくもってちがった、ふしぎな男だ」と、彼はつぶやいた。

VI　最後の打撃

ホアン・ダコスタがこの訊問を受けているあいだ、ヤキタは、マノエルの奔走によって、自分と子供たちが、囚人に面会を許されるだろうということを知った。同じ日の、夜の四時ごろである。

前日から、ヤキタは自室に閉じこもっていた。ミンハとリナは、彼女のそばにつきっきりで、彼女が夫に再会できる時を待っていた。ヤキタ・グラール、いやヤキタ・ダコスタは夫にとって献身的な妻であり、何よりもけなげな伴侶だった。

その日、一一時ごろ、ベニートはマノエルやフラゴッソといっしょに、ジャンガダのとっ先のほうで話しあっていた。

「マノエル」とベニートは言った。「ぼくはきみにたずねたいことがある」

「何だろう?」

「きみにもだ、フラゴッソ」

「わたしはあなたの命令にしたがいますよ、ベニートさん」と、この理髪師は答えた。

「何が起こったの?」と、マノエルは、友人の顔を見ながらたずねた。ベニートの様子は、ゆるがすことのできない決心をした男のそれだった。

「きみたちは変わることなく、ぼくの父の無実を信じてくれているね?」とベニートは言った。

「もちろん!」とフラゴッソは叫んだ。「むしろ、罪を犯したのはわたしだと思いたいくらいですよ!」

「今日は、ぼくが昨日考えた企てを実行にうつさなければならない」

「トレスを見つけだすことだろう？」とマノエルはたずねた。

「そうだ。やつから、どのようにして、ぼくの父のかくれ家を見つけたかを聞きださなくちゃならない！　そこには、説明のできないことがあるにちがいない！　やつはずっと前から知っていたのだろうか？　ぼくにはまったくわからない。というのも、ぼくの父はイキトスを二〇年以上も離れたことがないからだ。そしてあのいやしいやつは、やっと三〇歳だ！　それにしてもそのことを知らなくては何一つはじまらない。トレスのやつめ！」

　ベニートの決心は断乎としていた。そのため、マノエルもフラゴッソも、彼の企てを変更させることなど考えることもできなかった。

「ぼくはきみたちに、二人ともぼくといっしょに行動してくれるように頼みたいのだ」と、ベニートは言った。「ぼくたちはすぐに出発したい。トレスがマナウスを離れるのをみすみす座視してはいられない。彼も、今となっては口止め料をとれるなどとは思っていまい。何か新しい手を考えているに相違ない。さあ出発だ！」

　三人はネグロ河の土手に上陸し、町のほうへと向かった。

　マナウスは、それほど大きな町ではなかったが、数時間のうちに探索することはできなかった。三人は、トレスを求めて、もし必要ならば一軒一軒の戸口を叩きもしただろう。しかし、まず旅籠の主人たちに、どこかに山師がひそんでいないかたずねてみるのが上策だった。たぶん、もと森番は、名をかくしているにちがいない。彼はたぶん、裁判所と一切かかわりたくない理由をもっていたのだ。にもかかわらず、もし彼がマナウスを離れていなかったとしたら、彼が若者たちの探索の目を逃れることは不可能だった。いずれにせよ、警察にもちこむことは問題にならなかった。なぜなら、彼の密告が匿名でなされたということは、非常にあり得ることであり、そのほうが有利であるにちがいなかった。

一時間のあいだ、ベニートとマノエルとフラゴッソは、町の主要街路を走り、商店の商人たちにたずね、飲食店の主人たちに、通行人にたずねた。若者たちはことこまかにトレスの特徴を話したが、誰もその姿を見ていなかった。

いったい、トレスはマナウスを離れたのだろうか？　彼をとらえる希望はなくなったのだろうか？

マノエルはすっかり頭にきたベニートを懸命に慰めようとした。是が非でもトレスを見つけねばならないのだ！

ようやく僥倖がめぐってこようとしていた。真の足跡をさぐりだしたのは、フラゴッソだった。

聖霊神通りのある旅籠で、フラゴッソが山師の特徴を告げると、問題の男は前日、宿にやってきたという答えがもどってきた。

「あの男は旅籠に寝ましたか？」とフラゴッソはたずねた。

「はい」と旅籠の主人は答えた。

「今もいますか？」

「いや、外出しましたよ」

「それにしても出発する用意をしているようでしたか？」

「いや全然。一時間前に部屋を出ましたが、きっと夕食にはもどってきますよ」

「外へ出てどちらへ向かったか、わかりますか？」

「下町のほうへおりて、アマゾンのほうへ向かったのが見えましたよ。そっちのほうで、見つけることができるかもしれませんよ」

フラゴッソは、それについてなおもたずねることをしなかった。まもなく、他の二人がやってきたので、彼はつぎのように報告した。

「トレスの足どりをつかみました」

「ここにいるのか！」とベニートは叫んだ。

「いや、外出したばかりです。アマゾンのほうへ向かうのを見た人がいます」

「行こう！」とベニートが応じた。

また河のほうへひき返さねばならなかった。いちばんの近道は、ネグロ河の左岸を河口に向かうことだった。

ベニートとその連れは、やがて町はずれにまでやってきた。彼らは土手づたいに行ったが、まわり道をして、ジャンガダから見えるところを通らぬようにした。

野にはこの時刻、誰一人いなかった。かつての森林は耕地になっていて、遠くまで見渡すことができた。

ベニートはものも言わなかった。口をきくことができなかったにちがいない。マノエルとフラゴッソも、その沈黙を乱そうとしなかった。彼らはこうして三人連れだち、ネグロ河の岸からアマゾンの岸までの空間を眺めまわしながら、通を辿って行った。マナウスを出てから四五分たったが、まだ何一つ見つけることができなかった。

一、二度、畑で働いているインディオたちに出会った。マノエルは彼らにたずねた。ようやくそのなかの一人が、トレスらしい男が二つの流れのつくっている角のほうに向かって行ったことをおしえてくれた。

最後まで聞かずに、ベニートは、さも抑えきれないといった勢いで、前へと進んだ。あとの二人も、遅れをとらないように、足をはやめつづけねばならなかった。

アマゾンの左岸はそのとき、四〇〇メートルぐらいのところに見えた。断崖がそこにそそりたち、地平線の一部をかくしていた。まっすぐ数百歩のところで、その崖は視線をさえぎっていた。

ベニートは先をいそいで、やがて、その砂の丘の一つの向こうに消えた。

「もっと早く、さあもっと」と、マノエルはフラゴッソに言った。「ちょっとのあいだも、ベニートを一人で放っておいてはならない！」

二人が同じ方角を進むと、一つの叫び声が聞えた。

さては、ベニートはトレスを見つけたのか？　彼はトレスの姿を見たのか？　ベニートとトレスは、もう顔をあわせたのだろうか？

マノエルとフラゴッソは五〇歩離れたところにいたが、土手の頂上の一つをまわったところで、向かいあって動かない二人の男の姿をみとめた。

それはトレスとベニートだった。

一瞬のうちにマノエルとフラゴッソはそばにかけ寄った。

あれほどたけりたっているベニートのことであり、山師を見つけたら最後、ベニートは自分を抑えることができないのではないかと二人は思っていた。

その心配はなかった。

ベニートはトレスと向きあったとき、トレスがもう逃げだすことができないと知ると、一つの大変化が起

こり、彼の胸は軽くなり、冷静はとりもどされ、自分を抑えることができた。

二人の男は、しばらくひとことも口をきかずに見あっていた。

最初に、いつものずうずうしい口調で口をきったのは、トレスだった。

「おっと、ベニート・グラールさんじゃないですか?」と彼は言った。

「ちがう! ベニート・ダコスタだ!」と青年は答えた。

「いや、ベニート・ダコスタさんですか。それにマノエル・バルデスさんも、わが友フラゴッソもおそろいで!」

うんとこらしめてやろうとしていたフラゴッソは、この、人をばかにしたような山師の名指し方に、とびかからんばかりにしたが、あいかわらず冷静でいるベニートがそれをおさえた。

「いったいどうしたのだね、きみ」と、トレスは数歩しりぞきながら叫んだ。「これじゃ、わたしも自分の身を守らなければなりませんな!」

こう言うと彼は、上着から、ブラジル人なら誰もが身につけている、護身用でもあり攻撃用でもある短剣をとりだした。それから、なかば身をかがめて、足をふんばって身がまえた。

「ぼくはきみを探しにきたのだ、トレス」と、そのとき、この挑発的なトレスの態度に接しても身じろぎもしないでいたベニートが言った。

「わたしを探しに?」と、山師は答えた。「わたしに会うのはむずかしくないですよ! で、なぜわたしを探しているのですか?」

「きみの口から、ぼくの父の過去について知っているだけのことを聞こうとしてだ!」

「ほんとうですかい!」

「そうだ！　きみがどのようにして父を知ったのか、なぜきみがイキトスの森のなかの農場のまわりをうろついたのか。なぜきみがタバティンガで父を待っていたのかを聞きたいのだ」

「まったくはっきりした話ですよ！」と、トレスは冷ややかに笑いながら答えた。「わたしはジャンガダに乗せてもらおうと、彼を待った。で、わたしは彼にとても簡単な提案をするつもりで、乗りこんだが、彼はあやまってその提案をはねつけた！」

このことばに、マノエルは憤激した。顔は青ざめ、目はかっと燃え、トレスのほうへつめ寄った。ベニートは、どうそれを抑えていいかに迷いながら、山師とマノエルのあいだにはいった。

「落ちついてくれ、マノエル」と彼は言った。「ぼくはこんなに冷静でいる！」

それからトレスに向かって言った。

「ぼくにはどんな理由で、きみがジャンガダの通り道にいたのかはわかっている。おそらく秘密を知っている者がきみに教えたことを、きみは脅迫のタネにしようとしたのだ！　しかし今、聞きたいのはそんなことじゃない」

「いったい、何なのですかね？」

「どのようにしてきみが、イキトスの農場主をしていたホアン・ダコスタを知ることができたかということだ！」

「どうしてわたしが彼を知ったかって！」と、トレスは答えた。「それはこっちの話だ。あなたに話す義理あいはないようですな！　大事なことは、チュコの真犯人は彼だと密告したことは、これっぽっちもまちがっていないということですよ！」

「よくも言ったな！……」と、ベニートは叫び、われを忘れてしまいそうになった。

「もう何一つ言いませんぜ！」と、トレスがはげしく言い返した。「やれやれ、ホアン・ダコスタは、わたしの提案を蹴ったのですよ！　わたしを彼の家族の一員に加えることを拒否したのですよ！　だが、彼の秘密がばれ、彼が捕えられたからには、こちらで彼の家族の一員になることはおことわりですな。泥棒と人殺しと、いずれは絞首台にのぼる囚人の家族になることはね！」

「いやしいやつめ」とベニートは叫ぶと、自分でも革帯から短剣を抜きとって身がまえた。

マノエルもフラゴッソも、同時に、すばやく剣を抜いた。

「三人がかりか！」とトレスは言った。

「いや！　一対一だ！」とベニートは答えた。

「よろしい！　わたしはむしろ、人殺しの息子が身代わりになっての暗殺だと思いたいね！」

「トレス！」とベニートは叫んだ。「用意はいいか、さもないとぼくはおまえを狂犬のように殺してやるぞ！」

「狂犬だって！」とトレスは答えた。「それならわたしは嚙みついてやろう、ベニート・ダコスタ。嚙まれないように用心するんだな！」

それから、剣をかまえて防禦の姿勢をとり、ベニートに飛びかかろうと機を狙った。

ベニートは数歩、さがった。

「トレス」と、彼は一瞬失った冷静さをふたたびとりなおして言った。「きみはぼくの父の客だった。きみは父を脅やかし、裏切った。密告までした。無実の者を責めた。神のお加護のもとに、ぼくはきみを殺してやる！」

トレスはせせら笑った。たぶん、このいやしい男は、そのとき、ベニートと自分とのあいだの争いを回避しようと考えてそうしたのだった。結局、彼は、ホアン・ダコスタが、自分の無実の物的証拠となるあの文書について、何一つ言っていなかった意味がわかった。

さて、トレスはベニートに自分がその証拠を持っていることをもらして、一瞬ベニートの警戒をといた。しかしおそらくこの文書を最高の値段で売ろうとして、ぎりぎりまで時間をひきのばしていたが、青年の侮蔑にみちたことばと、青年が自分にもっている憎しみがその利害を忘れさせた。

また、しばしば使う機会があって短剣の操作に熟練していた山師は、たくましく、しなやかで巧妙だった。こうして、ようやく二〇歳という年齢の、力も狡猾さももたない敵対者にたいして、分はトレスのほうにあった。

同じくマノエルも、どうあろうと、ベニートのかわりに戦うことを言いはった。

「いけない、マノエル」と、ベニートは冷静に答えた。「ぼくの父の復讐をするのはぼく一人でいい。ルールにしたがって、きみがぼくの証人になってくれたまえ！」

「ベニート！」

「フラゴッソのほうは、この男の証人になってもらいたいのだ。どうか拒否しないでほしいのだが？」

「よろしい」とフラゴッソは答えた。「不名誉きわまることですが！――このわたしが遠慮会釈なく、こやつを獣みたいに殺してやりたいところですが！」

決闘のおこなわれようとしていた場所は平らな土手だったが、幅はおよそ四〇歩ほどあり、一五メートルの下にアマゾン河が流れていた。崖は垂直で、要するに絶壁になっていた。下のほうで、河はゆったりと流れており、その底を蔽う葦の束をひたしていた。

こうして、この土手の幅には余裕がなかった。二人の敵同士の、ゆずったほうがすぐさま淵のなかに追い落とされるのは必定だった。

マノエルが合図をすると、トレスとベニートは、おたがいに歩み寄った。

ベニートはそのとき満を持していた。神聖な理由をもつ戦士はあくまで冷静だった。トレスのほうは、その良心がどれほど無感覚で、どれほど冷酷でも、そのとき視線を乱さねばならなかった。

二人が向きあって、まず最初の一撃はベニートがとった。トレスがそれをそらした。二人の敵同士はそれから引きさがった。だが、ほとんどすぐに、二人ともたがいに近寄り、左の手で互いに肩をつかんだ。……彼らはもはや、気をゆるめることができなかった。

より頑丈なトレスは、側面から、短剣の一撃をつきだし、ベニートは完全に避けきることができなかった。右の脇腹に剣がふれ、彼の上着の布地が血で赤く染まった。

しかし、彼ははげしく突き返し、トレスも手に軽く傷ついた。

いずれも決定的なものではなかったが、何合かの剣がかわされた。あいかわらず静かなベニートの視線は、心臓まで突きとおす刃のように、トレスの目にくい入っていた。いやしいトレスは、はっきりと、崩れてきはじめた。彼は、自分の生命を守るよりも、自分の父の密告者の生命を奪う決心をした、この不戴天の正義をおこなおうとする青年に圧倒されて、少しずつ後退した。ベニートはただただ打ち殺したいとのぞみ、トレスはすでに、ただベニートの攻撃をかわすだけだった。

やがて、トレスは土手のふちに追いつめられたのを知った。すれすれのところで土手が河にのめりだしている場所だった。彼は危険をさとり、攻勢をとりもどそうとし、中央部にもどろうとした。……不安は増大し、鉛色になった目は瞼の下に消えかけた。……彼はついに、自分をおさえつけたベニートの腕の下にくずれるしかなかった。

「さあ、くたばるがいい!」とベニートは叫んだ。

剣は力いっぱい突きだされた。しかし剣の先は、トレスの上着の下にある、かたい身体の上でにぶった。

ベニートはもう一度攻撃を加えた。反撃してもその敵にはとどかないのを知ったトレスは茫然とした。彼はなおもしりぞかざるを得なかった。そこで彼は、ホアン・ダコスタの生命はわしの生命にかかっているぞ、と叫ぼうとした!……しかしその余裕がなかった。

第二の剣の突きは、今度は山師の心臓にまで達した。彼はうしろに倒れ、突然、足もとがくずれて、土手の向こうへ落ちていった。最後に彼の手は、葦の茂みの一つにしがみついてわなないたが、つかまっていることはできなかった……彼は河の水のなかに消えた。

ベニートはマノエルの肩に寄りかかった。フラゴッソはベニートの手をにぎった。ベニートは、二人の仲間に、傷は軽いから繃帯はする必要はないと主張した。

「ジャンガダへ、ジャンガダへもどろう!」と彼は言った。

マノエルとフラゴッソは、深く感動して、一言も口をはさまず、ベニートにしたがった。

一五分ののち、三人はジャンガダのもやっている土手の近くまで辿りついた。ベニートとマノエルは、ヤキタとミンハの部屋にいそいで、今しがた起こったことを二人に知らせた。

「息子よ!」

「兄さん!」

この叫びは同時に発せられた。

「監獄へ!……」と、ベニートが言った。

「そうしましょう!……行きましょう!……行きましょう!……」と、ヤキタは答えた。

ベニートとマノエルは、母親をひっぱった。三人とも陸にあがり、マナウスへと向かった。そして三〇分後、彼らは町の監獄に到着した。

ハリケス判事から前もって出されていた命令にしたがって、三人はすぐにみちびき入れられ、囚人の独房に案内された。

扉はひらかれた。

ホアン・ダコスタは、妻と息子とマノエルが入ってくるのを見た。

「ああ! あなた、大切なあなた!」と、ヤキタは叫んだ。

「ヤキタ! ベニート! マノエル!」と、囚人は腕をひらき、三人をひしと抱きしめて叫んだ。

「あなたは無実ですわ!」

「恨みは晴らしましたよ……」と、ベニートは叫んだ。

「恨みを! 何だって?」

「トレスは死にました。おとうさま。ぼくの手にかかってやつは死んだのです!」

「死んだって!……トレスが死んだって!……」と、ホアン・ダコスタは叫んだ。「ああ! ベニート! これで何もかもだめになったのだ!」

VII 解決

数時間後、ジャンガダにもどった家族全員は集会室に集まった。最後の打撃を受けたあの無実の人をのぞいて、みんながそこにいた。

深い悲嘆に暮れたベニートは、父を落胆させたことで自分を責めていた。ヤキタや、妹や、パサンハ神父や、マノエルの懇願がなければ、この不幸な青年は、その絶望のためにぎりぎりのところまで追いつめられたことだろう。だが、みんなが彼を見守り、一人にしておかなかった。それにしても彼の行為は、どこまでも気高い行為だったのだ！ あれは父の密告者にたいしてなされた、正当な報復行為ではなかったか！

ああ！ なぜホアン・ダコスタは、ジャンガダを離れる前に、一切を打ち明けなかったか！ なぜ彼は、自分の無罪のあの物的証拠を、判事に話すだけにとどめたのか！ なぜ、トレス追放のあとのマノエルとの話しあいのときに、山師が持っていると主張したあの文書について口をつぐんでいたのか！ だが結局、トレスが彼に言ったことに、どんな信用を彼がおかねばならなかったのか？ あのような文書を、あのいやしいやつが持っているということに、彼は確信がもつことができたのか？

いずれにせよ、家族は今や、ホアン・ダコスタの口から言われた一切を知った。この家族は、トレスの口からチュコの囚人の無実の証拠が実際にあるということを知っていた。またこの文書が、真犯人の手によって書かれたものだということもだ。悔恨にとらえられた犯人は、死に際して、それを仲間のトレスにゆだねたこと、トレスは死者の意志を果たしてやるかわりに、この文書を脅迫の材料にしたことである！……しかしトレスは決闘によって今しがた倒されたということ、トレスの肉体はアマゾンの流れのなかにのみこまれたということ、彼が真犯人の名を告げることもなく死んだということも、この家族は知ったのだった！

奇蹟でも起こらぬかぎり、ホアン・ダコスタは、今や、情容赦もなく見放されたものと考えられねばならなかった。一方でのリベイロ判事の死、他方でのトレスの死は、とりかえしのつかない二重の打撃だった。

ここで言っておいたほうがいいのは、いつもながら正当な証拠もないままに、熱狂的なマナウスの輿論が、まったくこの囚人に同情的ではなかったということだ。ホアン・ダコスタの予期せぬ逮捕は、二六年前以来忘れられていたチュコのあのおそるべき犯人を思いださせた。ダイヤモンド事件の若い役人の裁判、その極刑の判決、彼の刑執行数時間前の脱走といった、その間の出来事の一切がむしかえされ、せんさくされ、あげつらわれた。この地方でもっとも流布した新聞「オ・ディアリオ・デ・グラン・パラ」に出たばかりのある社説は、この犯罪のあらゆる状況を詳述してから、あきらかにホアン・ダコスタに敵意をしめしていた。彼らはダコスタの家族がすでに知っていたことを、何一つ知らされていないのだから、ホアン・ダコスタの無実を信じようもなかっただろう。――ダコスタの家族だけが知っていたことなのだから！

こうして、マナウスの住民たちは、たちまち、昂奮のるつぼにつつまれた。盲目的になったインディオや黒人たちの渦は、すぐさま死んでしまえという叫びをあげながら、監獄のまわりにあふれた。

二種類のアメリカ人、その一方はあまりにしばしば、いとうべきリンチの実行を適用されてきたので、この国では、群集はすぐに、狂った本能を爆発させるのだ。この場合も、自分たちの手で怪しげな正義をおこないたいというおそれなきにしもあらずだった！

ジャンガダの旅人たちにとって、この夜の何と悲痛なものだったことか！　主人たちも召使たちも、こうした打撃にうちひしがれていた！　ジャンガダのスタッフは一つ家族のメンバーではなかったか？　みんなは、こうして、ヤキタとその家族の安全を守るために夜をあかそうとした。ネグロ河の岸には、ホアン・ダコスタの逮捕によってあきらかに昂奮した住民の往来がたえなかった。なかば野蛮化したこれらの人びとがどんな過激なことをするか知れたものではなかった！

しかし、ジャンガダにたいして何の示威運動もなく、この夜は過ぎた。

翌八月二六日、日の出とともに、この苦悩の夜のあいだ一瞬もベニートのそばを離れなかったマノエルとフラゴッソは、絶望したベニートを説得しようとした。彼らは、ベニートを少し離れたところに連れて行き、一瞬もむだにしてはならないこと、行動の決心をしなくてはならないことを主張した。

「ベニート」と、マノエルは言った。「しっかりと気をとりなおしてくれたまえ。しっかりしてくれよ！」

「ぼくは自分の父を殺してしまった」とベニートは悲痛な声をあげた。

「いや」と、マノエルは答えた。「天の恵みがあれば、まだまだ望みはある！」

「わたしたちの言うことを聞いてください、ベニートさま」と、フラゴッソは言った。

手で顔をおおった青年は、懸命の努力をしているようだった。

「ベニート」とマノエルは言った。「トレスは、誰が彼の過去の足跡を知っているかについて、何一つ言わなかった。ぼくたちは、誰がチュコの犯罪の真犯人なのかも、どんな状態で、彼がそれを犯したのかも知ることができないでいる。こちらのほうから探さないと、時機を失してしまうことになる！」

「時間は切迫しているのです！」とフラゴッソはつけ加えた。

「それにまた」とマノエルが言った。「ぼくたちがトレスの仲間が誰だったかを見つけ出しても、その男は死んでいる。その男には、ホアン・ダコスタの無実を証言することはできない。しかし、無実の証拠があるということはたしかなことのようだ。文書が実在していることを疑う余地はない。トレスは、それを売買しようとしたのだから。彼はそのことを自分の口から言った。あの文書は罪人の手で全部書かれた告白で、あの犯罪のこまごましたところまで記録しており、ぼくたちの父を救うものなのだ！　そうだ！　そうだとも！　あの文書は実在するのだ！」

「しかしトレスはもうこの世にいない！」とベニートは叫んだ。「そして、あの文書はあのいやしい男とともに失われてしまった！……」

「待ちたまえ、もはや絶望してはいられないよ！」とマノエルは答えた。「ぼくたちが、どんな状況のなかで、トレスを知ったかをおぼえているかい？　あれはイキトスの森のまんなかでだった。彼は自分の金属製の鞄を盗んだ猿を追いかけていた。彼はあの鞄に異様な執着を見せていた。ぼくたちが弾丸であの猿を倒すまでに、彼は二時間も追いかけつづけていたのだ。ところで、トレスがとりかえそうとあんなにも夢中になっていたのは、あの鞄のなかに入っていた数枚の金貨のためだと思えるかい？　きみが、猿の手からもぎとったあの鞄を彼に渡したときに、彼が思わず見せた異常なまでの満足ぶりを思いださないかい？」

「そうだ！……そうだったのか！……」とベニートは言った。「ぼくはあの鞄を彼に返してやった！……たぶん、あのなかには！……」

「そこには、一つの可能性以上のものがある！……確実性がある！……」と、マノエルは答えた。

「それにこういうこともあります」と、フラゴッソは言った。――「今、思いだしました。あなた方がエガに遊んだとき、わたしはリナの忠告で、トレスを見張るため、甲板にとどまっていました。そこでわたしは見ました……そうです……わたしは彼が、すっかり黄ばんだ古い紙を何度も何度も読みなおしているのを見ました。……そしてわたしにはわけのわからない文句をつぶやいていましたよ！」

「それが問題の文書だったのだ」とベニートは、ようやく彼に残されたただ一つの希望にしがみつくように叫んだ！――「だがあの文書は安全な場所に置かれているはずはない」

「いや」とマノエルは答えた。「いや！……あれは大切なものでトレスはとても放り出してはいられなかっただろう！　彼はいつも肌身離さず持っていたにちがいない。それもあの鞄のなかだ！……」

「待って、待ってくれたまえ、マノエル」と、ベニートは叫んだ。「思いだした！　そうだ！　ぼくは思いだしたぞ！……決闘の最中、ぼくが最初に力いっぱいトレスに剣を突き刺したとき、ぼくの剣はやつの上着の下のかたいものにぶつかった……まるで金属板のような……」

「それが鞄だったのですよ！」とフラゴッソは叫んだ。

「ちがいない！」とマノエルが答えた。「疑う余地はない！　あの鞄は、彼の上着のポケットに入っていたのだ！」

「しかしトレスの死体は……」

「ぼくたちで見つけよう！」

「でもあの紙は！　水につかって、判読できなくなっているのでは！」

「なぜだ」とマノエルは答えた。「あの文書の入っている金属の鞄は、密封されていた！」

「マノエル」と、この最後の藁のような希望にしがみついたベニートは答えた。「きみの言うとおりだ！　トレスの死体を見つけださなくてはならない！　流れの全体をくまなく探したいほどだ。ともかくやつを見つけよう！」

水先案内人のアラヨが呼び寄せられ、この企てが知らされた。

「よろしい！」とアラヨが答えた。「わたしは、ネグロ河とアマゾンの支流の流れや渦を知っています。トレスの死体をきっと見つけることができますよ。二つの丸木舟と二つのウバ、十二人の手下のインディオとでやりましょう」

パサンハ神父はそのときヤキタの部屋から出てきた。ベニートは神父のところに行き、手短に、あの文書を手に入れるためにしようとしていることを話した。

「母にも妹にもまだ言わないでおいてください。もし失敗したら、彼女らは失望のあまり死んでしまうでしょう！」

「行きたまえ、ベニート、行きたまえ」とパサンハ神父は答えた。「きみたちの探索は神も見守りたもうはずです！」

五分後、四艘の舟はジャンガダを離れた。ネグロ河をくだり、船隊は、トレスが瀕死の打撃をうけて河の水に消えた、まさにその場所に面した、アマゾンの土手の近くに到着した。

VIII　最初の探索

探索はすぐさまはじめねばならなかった。それも二つの重大な理由のためである。

第一の理由――生死の問題――つまり、ホアン・ダコスタの無実の証拠は、どうしてもリオ・デ・ジャネイロから命令が届く以前につくられねばならなかった。リオからの命令は、囚人が本人であるとの証明はされたのだから、刑の執行の命令であるにちがいなかった。

第二の理由は、トレスの死体をこれ以上、水のなかに放置してはならないということだった。鞄と、そのなかに入っている文書を無傷のまま見つけることだ。

アラヨはこうした際に、ただ単に熱情と知恵だけでなくネグロ河との合流点の、河の状態の完全な知識をもっていることをしめした。

「もしトレスが」と、彼は二人の青年に言った。「まず、流れに流されたとしたなら、ひろく河をさらわなければなりません。というのも、やつの死体が、腐敗のため表面にふたたびあらわれるのを待っていては、数日もかかるだろうからです」

「それはできない」とマノエルは答えた。「今日じゅうにどうあっても見つけださなくては！」

「反対にですね」とこの水先案内人は言った。「もしやつの死体が土手の下の葦やその他の葦のなかにとどまっているなら、一時間もあれば見つけることができるでしょう」

「それじゃ仕事にかかろう」とベニートは答えた。

仕事にかかる方法は一つしかなかった。船隊は土手に近づき、長い竿を持ったインディオたちは、前日の争いのあった台地の崖下の河一帯を探りはじめた。

その場所は簡単に見つかった。血が一筋、傾斜の白堊質の部分を染めて、河のところまで垂直に垂れていた。そこでは、葦の上に無数の滴がひろがって、死体が消えた位置をしめしていた。

下流の約一メートル半のところにある岸辺の尖端が、大きな金だらいのなかのように、一種の逆潮のなかに、動かない水を溜めていた。波は砂浜のすそにまったく動かなかった。葦はどこまでもまっすぐに伸びていた。あるいはトレスの死体は水のただなかに引き込まれていないのではないかということがこうして期待されたのだった。かつまた、河床がかなりの傾斜をしめしている場合も、せいぜい土手から一〇メートルくらいすべり落ちていると思われ、その場所に流れは少しもないように見えた。

船隊は仕事を分担して、探索の範囲を逆潮の周辺一帯にかぎった。周辺から中心にかけて、作業班の長い竿はすみからすみまであまさず探しまわった。

しかし、どれほど探っても、山師の死体は、葦のしげみにも、河床の底にも見つけることはできなかった。河床の傾斜は慎重に調べられた。

この仕事がはじまって二時間後、死体はおそらく土手の傾斜に突きあたって、斜めに落ち、この逆潮の範囲外の、水の流れのはじまっている地点にころがったにちがいないと思われた。

「しかし、絶望するのはまだ早い。探索を放棄してはいけない！」とマノエルは言った。

「それじゃ、河全体をすみからすみまでさらわなければならないことになる」

「たぶん、河幅のほうは全体をさらう必要があります」とアラヨが答えた。「流れのほうは必要ないでしょう？……幸運なことです！」

「それはまたなぜです？」とマノエルがたずねた。

「ネグロ河の支流の下流、一キロ半のアマゾン河は、非常にきわだった屈曲部をなしているからで、同時に、河床の底は急に高まっているからです。またそこには一種の自然のせきのようなものがあります。フリアスのせきという名で、船乗りにはよく知られています。表面に浮かんだものだけがこのせきをのり越えることができるのです。しかし、流れが二つの水のあいだにそのものを流している場合、この停滞したせきをそのものがのり越えることはありません！」

やがて、みんなの意見が一致した。アラヨが錯誤をおかさなかったら、そこには幸運な状況があるはずだった。しかし結局、みんなはアマゾンのこの年とった水先案内人を誇りに思わないわけにはいかなかった。水先案内の仕事についてから三〇年、流れがその狭ばまりのためにつよまっている、フリアスのせきを越えることは、しばしば彼にとっては大きな困難をともなった。水路の狭隘さ、底部の砂の高さはこの通過をひどく困難にし、筏はよく立ち往生をしたものだ。

そこでアラヨはまさしく次のように言った。もしトレスの死体がまだ河底の砂地の上に、その特有の重さによってとどまっているなら、せきの彼方に流されている気づかいはない。たしかにあとになれば、ガスの膨張によって、死体が表面に浮かんで流れにさらわれ、下流の瀬戸の外へ見失われてしまうこともある。しかしまったく生理的なそうした状態は、まだ数日はあらわれるはずはなかった。

水先案内人のアラヨ以上によくこの地域について知っているといった男は、とうてい見つけることができなかった。さて、彼が、トレスの死体はたかだか一キロ半の空間の、せまい水路の彼方に流されていることなどあり得ないと確言するからには、河のこの部分の全域をさらえるなら、当然死体を見つけることができてよかった。

この場所では、アマゾンの流れをさえぎる島は大きいのも小さいのも一つもなかった。そこからの結論としては、河の二つの土手の基部がせきのところまでつづいているなら、綿密な調査をほどこす必要のあるのは、一五〇メートルのひろさの河床ということになった。

こうしてみんなは作業にかかった。アマゾンの左と右の二つの土手に沿って船隊は、進んだ。葦や雑草は、長い竿をさしてさぐられた。死体がひっかかるような岸のわずかな突出部は、くまなく、アラヨと彼のつかっているインディオたちによって探索された。

だが、このような作業にもかかわらず、どのような結果も出てこなかった。すでに一日の予定の半分はすぎたが、川の表面に死体はあがってこなかった。

一時間の休憩がインディオたちにあたえられた。この間に、彼らは腹ごしらえをし、また仕事にとりかかった。

今度は、アラヨと、ベニートと、フラゴッソと、マノエルと、それぞれ四人に指揮された四つの船が、ネグロ河の河口とフリアスのせきの間の全域を四つの部分に分けて、うけもった。今度は河床を探ることになった。ところで、いくつかの地点では、長い竿をさし入れても床までさらえるには足りないようだった。こうして、鉤や、頑丈な網に石や鉄を入れた杷(まぐわ)のようなものが、舟ばたにつけられた。船隊は岸に垂直に並べられ、他方、あらゆる方角に、床を掻く熊手が水中に投じられた。

この困難な仕事には、ベニートとその仲間が夕方にいたるまで従った。櫂をつかった船隊は、フリアスの

せきが下のほうで終わるあらゆる流域の表面を走りまわった。

この作業のあいだ、耙が、河底の何かにひっかかって手ごたえがあるときなど、ハッとするような瞬間がいくつもあった。と、人びとは引きあげるのだが、夢中になって探している死体のかわりに、底の砂地からひっかけられた、草の束や、重い石しかあがってこなかった。

しかしながら、一度はじめた探索を放棄しようとするものは誰一人いなかった。みんなはこの人助けの仕事に、われを忘れてうちこんでいた。ベニート、マノエル、アラヨは、インディオたちを叱咤することもなく、そそのかしもしなかった。彼らはインディオたちが、イキトスの農場主、主人も召使も平等としていたあの大家族の主人、自分たちが好きだったあの人のために働いているのだと思っていたのである！

そうなのだ！　もし必要とあらば、疲労などかまうことなく、夜を徹してこのあたり一帯の底をさらうこともできただろう。一分一秒の争われていることを、この人びとはみんな充分に心得ていた。

けれども、太陽が沈む直前、アラヨは、暗闇のなかで作業をつづけても無益だと考えて船隊に集合の合図を送った。船隊はジャンガダにもどるためにネグロ河の合流点に集まった。

あれほど細心に、あれほど知恵をつくして運んだにもかかわらず、作業は達成されなかった！

マノエルとフラゴッソはもどってくると、この不成功をベニートのまえで話す気にもなれなかった。彼らは、ベニートが失望のため、絶望するのではないかと心配しなくてはならなかった。

しかし、ベニートは勇気も冷静さもまだ失ってはいなかった。彼は、自分の父の名誉と生命を救うためにこの崇高なたたかいを、とことんまでやりぬく決心をしていた。そして彼はつぎのように仲間に話しかけた。

「ではまた明日！　ぼくたちはやりなおそう。できることなら、もっといい条件で！」

「そうだ、きみの言うとおりだ、ベニート」とマノエルは答えた。「もっとよい方法があるはずだ！　ぼくたちはこの流域を、両岸の底と、そのひろがりをくまなく探したとは言えない！」

「いや、それは不可能だ」とアラヨは答えた。「わたしはいったん言ったことには固執します。トレスの死体はあそこにある。あそこにありますよ。それというのも、やつは流されるはずはないからであり、フリアスのせきを越えることができないからです。また表面に浮かんで、下流に運ばれるには、なお数日がかかるからです！　そうです！　やつはあそこにいます。もしやつを見つけることができないなら、わたしはタフィア酒を今後断ちますよ！」

水先案内人がそこまで確言したということは説得力があった。そのことばは人びとに希望をもたせる性質のものだった。

しかし、これ以上調子のよいことばを聞きたくもなく、ことをあるがままに見ることをえらぶベニートは、つぎのように答えなければならないと思った。

「トレスの死体は、まだあの流域にあるというんだね。ぼくたちはそいつを見つけることができるだろう。ただし……」

「ただし?……」と水先案内人は言った。

「もしやつが鰐の餌食になっていたとしたら！」

マノエルとフラゴッソは、はらはらして、アラヨがどう答えるかを待った。

水先案内人はしばらく沈黙した。彼が答える前に、あれこれ思いをめぐらそうとしているのが感じられた。

「ベニートさん」と、彼はついに言った。「わたしは軽率なことはつねづね言わないようにしています。わたしもまた、あなたと同じ考えをもっています。だがよく聞いてください。今終わったばかりの一〇時間の探索のあいだ、あなた方は川の水のなかにただの一匹でも鰐の姿を見かけましたか?」

「一匹も見なかったですね」とフラゴッソは答えた。

「あなた方の誰もが見なかったということは、鰐がいないということです。鰐がいないということは、鰐が、白い水のなかで暴れる気を全然もっていないということですよ。ここから少し離れたネグロ河には、鰐が好んで探す黒い水のひろがりがありますがね! ジャンガダがあの鰐の何匹かに襲われたとすれば、つまりあの場所に、ネグロ河をのぞいてやつらの避難することのできるようなアマゾンの支流が何一つないということなのです。ここで、別の提案があります。ネグロ河へ行ってみてください。そこで、あなた方は、二〇匹もの鰐を見つけるでしょう! トレスの死体がもしもこの支流に落ちていたとしたら、たぶんそいつを発見することは、こんりんざいできないでしょう! しかし、彼が消えたのはアマゾンのなかです。アマゾンはわれわれに、やつの死体を返してくれるでしょう!」

不安な思いを軽減されたベニートは、この水先案内の手をとり、にぎりしめ、ただつぎのように答えた。

「では明日! 諸君」

一〇分後、みんなはジャンガダにもどっていた。

この日一日のあいだ、ヤキタは数時間、夫のそばで過ごしていた。しかし、ジャンガダを出かける前に、彼女は、水先案内人も、マノエルも、ベニートも船隊も見なかったので、みんなが何らかの探索をはじめたのだと知った。にもかかわらず、彼女は、つぎの日には成功のしらせをもたらすことができるという希望をもって、ホアン・ダコスタには何も言おうとしなかった。

しかし、ベニートがジャンガダにもどると、彼女は探索が失敗したことを悟った。気をとりなおして、彼女はベニートのほうへ近づいた。

「何にも？」と、彼女は言った。

「何にも」とベニートは答えた。「しかし明日こそはやります！」

家族はめいめい自分の部屋にひきこもったが、眠れるものではなかった。

マノエルはベニートをどうあろうと少なくとも一、二時間の休息をとらせるため、眠らせようとした。

「どうして？」とベニートは答えた。「ぼくに眠ることなんかできるだろうか！」

IX 第二の探索

翌八月二十七日、太陽の出るまえに、ベニートはマノエルを呼びだして、つぎのように言った。

「ぼくたちが昨日した探索は、むなしく終わった。今日も同じような方法でやりなおしたのでは、多分よい結果は生まれまい!」

「しかし、はじめることが肝心だ」とマノエルは答えた。

「そうだ」とベニートはまた言った。「だがトレスの死体が見つからない場合、死体が河の表面に浮かびあがるには、どれくらいの時間がかかるだろうか?」

「もしトレスが生きたまま水中に落ちたとすれば」とマノエルは答えた。「そしてひどい死に方をしたのでなければ、五、六日はかかるだろう。しかし極度の傷を負って水中に消えたとすれば、水面には、二、三日で十分浮きあがるのではないだろうか?」

この非常に正確なマノエルの答えには、二、三の説明がいる。

水に落ちた人間は、その肉体の比重と、液体の層の比重とが、うまく釣合ったときに浮きあがる。もちろん泳ぐことのできない人間の場合だ。このような条件では、口と鼻だけを水の上に出し、全身をすっかり水に沈めても、浮きあがるはずだ。しかし多くの場合はこんなぐあいにはいかない。溺れる人の最初の動作は、からだをできるだけ水の上に出そうとする。頭を起こし、腕をあげる。だから頭と腕はもはや流れに支えられず、すっかり水につけていればなくなるはずの重さを失わない。そこで重力が過ぎて、結局はすっかり沈んでしまう。となると、水は口から両肺に入りこみ、肺をいっぱいにみたしてしまう。

反対に、水中に落ちた人間がすでに死んでいる場合には、生きている場合とは異なり、浮きあがるために都合のいい条件をもつことになる。つまり、前述したような動作はこの死人にはできるはずはないし、また、この死人が沈んだところで、水は生きている場合ほど肺にはいりこまず、息を吸いこもうともしないから、死体のほうが早く浮きあがるのである。

したがって、マノエルが、生存中の人が水に落ちた場合と、すでに落命した人が水に落ちた場合を区別したのはもっともなことだった。生きている人が、水面にもどってくる時間はどうしても死人の場合より長くなる。

死体は、時期の早い遅いにかかわらず、いったん沈んだ後ふたたび水面に出てくる。これはガスを発生させる腐敗度によって決まり、このガスが細胞組織の膨張をもたらすからである。死体はその重さを増すことなくその容積を加え、したがって、それが占める容積分の水よりは軽くなって上昇し、浮力に必要な条件を得ることになる。

「そんなわけで」とマノエルが語をついた。「川に落ちたときにトレスの息は絶えていたから、われわれに予測できない事情で腐敗状態が変わりでもしないかぎり、水面にあらわれるには三日はかかるだろう」

「三日も待っていられるものか！」とベニートが言い返した。「いいかい、待つわけにはいかないんだ！だから、また新しく捜索にかからなくてはならない、ただ、やり方を変えるんだ」

「いったいどうするつもりなんだ？」とマノエルがたずねた。

「ぼくが自分で河底まで潜るのだ」と、ベニートが答えた。「自分の目で探り、自分の手で探すのだ……」

「百回も、千回も潜るのか！」とマノエルが叫んだ。「今日は、直接手をくだして捜索をする。鉤や爪竿を使う手探りのような方法をやめなくてはだめだ。この点はぼくもきみと同意見だ。盲めっぽうなやり方では、試みては失敗、試みては失敗のくり返しをするはめになる。そのうえ、ぼくたちは三日も待つことはできない。これにも同意見だ！　しかし、潜っては上に出る、また潜る、こんなことを何度やったところで探索はほんの短いあいだしかできはしない。とんでもないよ！　そんなことで間にあうものか。むだなことだ。これでは重ねて失敗する危険を冒すことになる！」

「じゃあ、別の手段を提案してくれるかい、マノエル？」とベニートが問いただした。彼はマノエルをくい入るように見つめた。

「聞きたまえ。いわば天から降ってきたようなチャンスが一つあるんだ。そいつがぼくたちを助けてくれるかもしれない！」

「じゃ言ってみてくれ！　話してくれよ！」

「きのうマナウスを通ったとき、ネグロ河の岸辺にある舟着き場を一か所修復しているのを目にしたんだ。で、その水底作業は潜水具をつけておこなわれていた。どうだい、その装具を借りようじゃないか。賃借りしよう、いや是非とも買い入れよう。そうすれば、より有利な条件で、捜索できるはずだ！」

「よし、アラヨや、フラゴッソ、仲間の連中に知らせよう、そして出発だ！」とベニートは即座に答えた。

水先案内人と床屋には、マノエルの計画どおりにこの決定が知らされた。二人はそろってインディオと四艘の小舟でフリアスの流域へと行き、そこでこのベニートたちを待つことにきまった。

マノエルとベニートはすぐに筏をおり、マナウスの舟着き場へと向かった。二人は舟着き場の作業請負人に、大そうな金額を示したので、請負人はさっそく装具を渡し、一日じゅう自由に使うように言った。

「わたしんとこの者を一人まわしましょうか?」と男がたずねた。「お役に立つかもしれんから」

「あなたのところの監督を一人と空気ポンプの操作をしてくれそうな仲間を二、三人頼みたい」とマノエルが返答した。

「それにしても、潜水服は誰がつけるんですかい?」

「ぼくさ」と、ベニートが答えた。

「ベニート、きみがかい!」とマノエルが叫んだ。

「自分でやってみたいんだ」

それはやめるようにいくら言ってもむだなことにちがいなかった。

一時間後、筏はポンプと作業に必要な道具をすっかり乗せて岸を離れ、小舟の待つ土手の下まで行った。

この潜水服という装具がどんなものかは誰でも知っている。これをつけると、肺を正常に活動させたまま一定の時間水中にとどまることができる。潜水者はゴムでできた防水性の服を着る。靴は底が鉛になっており、流れのなかで位置を垂直に保つことができるようになっている。潜水服の襟のところには、首の高さに銅製の首輪がはめてあり、そこに金属性の球が一個ネジでとめてあって、前面が窓ガラスになっている。潜水夫は頭をこの球のなかに入れ、首を自由に動かすことができる。球状のこの潜水帽には管が二本つながれ、そのうちの一本は、肺の活動による汚れた空気を排出する役目をし、他の一本は筏の上で操作されるポンプと連絡し、呼吸するのに必要な新鮮な空気を送る。潜水夫がその場を動かず作業しなくてはならぬときは、筏はその上方にじっと動かずにいるが、潜水夫が水底を行き来しなければならないときには、筏が彼の動きを追うか、彼が筏のあとを追うかする。要するに潜水夫と筏の作業班は互いにうまく連絡する。

この潜水服はなかなかよく改良してあり、以前のに比べて危険度が少ない。人はいったん水中に潜ると、そのからだに受ける過度の圧力に慣れてしまうが、心配しなければならない不慮のおそろしい出来事は、河の深みのそこここにいる鰐か何かに出くわすことだったろう。しかし、アラヨも言っていたように、前の晩には、これら両棲類がただの一匹でもいたという報告はなかったし、それに彼らがアマゾンの支流の黒ずんだ水を好んで求めることも周知のことだった。それに、何か危険がある場合には、潜水夫は、筏にある鈴につながれたロープをいつでも引っぱることができるようになっていて、少しでも鈴が鳴ればすばやく彼を水面に引きあげることができるのである。

ベニートは終始落ちついていて、決心をかためたのち、いよいよこれを実行に移すだんになって潜水服を着けた。頭は金属球にすっぽりはいった。片手には、海草やこの流域の河床の残骸を探るのに使う鉄の槍のようなものを持っていた。合図があって、ベニートは底のほうへとおろされた。

こうした作業に慣れている筏の人びとは、やがて空気ポンプを操作しはじめ、一方ジャンガダの四人のインディオに、長い竿を用いてこの筏を定めさせ、アラヨの指図のとられた方向へゆっくり押しやった。

一方にフラゴッソ、もう一方にマノエルが乗りこみ、それに二人の漕ぎ手を乗せた二艘の丸木舟が筏につきそって、いざベニートがトレスの死体を見つけて、アマゾンの水面に引きあげることになったら、すばやくその前後にかけつけるように待ちかまえたのだった。

X 砲声一発

さて、ベニートは、あの山師の死体をなおもひそめかくしている広大な水面におりていった。ああ！ この大河の水という水を、どこかほかへ移すことが、蒸発させるか涸らすことができるとしたら、下流のダムからネグロ河の支流にいたるフリアスの流域をすっかり涸らすことができたら、それだけでトレスの服にひめかくされた例の鞄は入手できたも同然だったろう！ ベニートの父親の無実が認められたも同然だったろう！ ホアン・ダコスタは自由の身となり、家族とともにふたたび河をくだり、おそろしい目に会わずにすんだことだろう！

ベニートの足は水底についた。重い靴底が河床の砂礫に当たってさくさくと音をたてた。このとき彼は、切り立った崖の真下、ちょうどトレスが姿を消した場所から四、五メートルの水中にあった。

そこには葦や樹木の切株、水生植物が、網の目のようにからみあって密集していた。これでは前日の爪竿による探索で、これらの絡みあいの一つ一つをすっかり調べることなどできないのは当然だと思われた。それゆえ、死体がこの海底のしげみにとどまって、今なお、落ちた場所にあることも考えられた。ここは岸の突出部の一つが伸びていて、水の逆流をつくっているため、水の流れはまったくなかった。だからベニートは、彼の頭上のインディオたちが爪竿でもって方向を変えている筏の動きだけに従っていた。

この時刻、日の光は澄んだ水のかなり深くまでさしこんでいた。水の上には、荘厳な太陽が雲のない空にまばゆく光りながら、垂直といっていいくらいに光の束を投げかけていた。水の層の視界は通常、深さ六メートルにもなればかなり限られてくるが、ここでは水に何か光りかがやく流れでも浸透しているようで、ベニートはさらに深みへと降りていくことができたが、河底が闇につつまれて目に見えなくなるようなことはなかった。

青年は崖をゆっくりと伝って行った。彼は手にした鉄の槍で、崖にはえた海草と、その底につみ重なった廃物を細かく調べていった。「飛んで行く」とでも形容できるだろうか、魚群がいくつか、生いしげった藪から飛び立つ鳥群のように逃げ去った。まるで、一枚の鏡が何千枚にも砕け、破片になったように、魚群は水を横切ってぴちぴちと跳ねて行った。と同時に、二、三百匹の甲殻類が、蟻塚を追われた大アリのように黄色っぽい砂を走った。

しかし、ベニートが河のすべての個所をあますところなく探しても、やはり探し物は見つからなかった。彼は、このとき、河床が、かなり傾斜しているのを見てとり、トレスの死体が逆流になっている個所を越えて、河のなかほどまでころがっていったと考えてもいいと思った。もしそうなら死体はまだそこに見つかるかもしれない。彼の今いる場所でも、すでにかなりの深さがあるのだから、さらに深くなっていると思われる中央部に、死体がさらわれていったかもしれないからである。

そこでベニートは、この海草類でごったがえした場所に探りを入れ終わったら、さっそく中央部のほうを調査してみようと決心した。こうして彼は進みつづけ、筏も取りきめてあった約束どおり、一五分ものあいだ彼のあとを追っていった。

その一五分が過ぎてもベニートはまだ何も見つけていなかった。そこで彼は水面にあがる必要を感じた。新たに元気を回復できるだけの力をとりもどさなければならなかった。河がとりわけ深まっているようなあ

L. Benett
FROMENT

る場所では、およそ一〇メートルもおりなくてはならなかった。だから、ほとんど一気圧にもあたる圧力に耐えねばならず、こうした労役に慣れていない者にとっては、いちじるしい肉体的疲労や精神的障害をもたらした。

ベニートが鈴のついた紐をひっぱると筏の男たちがベニートをひきあげはじめたが、からだに減圧による有害な作用を少しでも及ぼさぬよう、七、八十センチひきあげるのに一分もかけながらゆっくりと作業をしていた。

青年が筏の上に立つと、すぐに潜水服の金属球がはずされ、彼はながながと息を吸いこんでから、しばらく休息をとるため腰をおろした。

やがて、カヌーが近寄ってきた。マノエル、フラゴッソ、アラヨがそばに集まり、ベニートが口をきけるようになるのを待った。

「どうだった?」とマノエルが聞いた。

「まだ何も!……さっぱりだ!」

「全然その形跡もなかった?」

「まるでない」

「こんどはぼくがやってみようか?」

「いや、マノエル」とベニートが答えた。

「ぼくがやりかけたことだし……どこへ探しに行けばいいかわかってるんだ……このままつづけさせてくれ!」

ベニートはそこで水先案内人にわけを話した。フリアスのダムのところでは水底がもちあがっているため、トレスの死体がせきとめられている可能性があること。この死体が河を浮かびながら、たとえ少しでも流れの影響を受けたのであれば、なおさらこのフリアスのダムまでの崖の下の部分を捜索したい。しかしその前に、崖から横のほうに遠ざかり、河床の傾斜による沈下した地盤の部分を、爪竿で探すのはむりだった。だから直接おりてしっかり調べたい旨を説明した。

アラヨはこの考えに同意し、その手段をこうじようとした。

そこでマノエルは、ベニートに二、三の助言をしておかなくてはと思った。

「きみがそっちのほうで捜索をつづけたいなら」と彼は言った。「筏はそちらへ斜めに進むことになろう。だが、ベニート、慎重にやってくれ。これまでより深いところへ、おそらく十六、七メートルまで下りることになる。そのあたりでは二気圧の圧力に耐えなくてはなるまい。だから、ごくゆっくりと進んで危いまねはしないように。さもなければ心を落ちつけてことを運べなくなる。そうなれば自分がどこにいるのかも、何をしにきたかもわからなくなるよ。頭が万力でしめつけられるようだったり、たえず耳がぶんぶん鳴るようなら、すぐに合図をしてくれ。そうすればぼくらが水面にきみをひきあげよう。必要ならそのあとでやりなおせばいい。しかしそのうちに慣れて河の深層でも動きがとれるようになるだろうが」

ベニートはマノエルの警告をおろそかにはしないと約束した。その警告の重大であることがわかっていたのだ。沈着冷静な態度がおそらくいちばん必要になる瞬間に、人はそれを失うこともあるということを彼は肝に銘じた。

ベニートはマノエルの手を握りしめた。潜水服の球はふたたび首のところにネジでとめられ、ポンプがまた動きはじめた。潜水者はまた水面下に姿を消した。

筏は河の左岸からおよそ十二メートルも遠ざかっていた。しかし、筏が河の中央へと進むにつれて、流れが速くなり、急速に筏の向きを変えそうだった。そこで丸木舟を筏につなぎ、漕ぎ手は、どこまでもゆっくりとしか筏が移動しないように支えた。

ベニートはできるだけゆっくりとおりて行き、ふたたび河の底を見た。靴底が河床の砂をふんだとき、筏のロープの長さからおして、二〇メートルほどの深さにいるとわかった。周囲の状態からみて、そこはそのあたりのふつうの高さよりずっと深い、かなり大きな窪みだと思われた。

この時刻、水中は暗くなってきたが、透明な水底では、ベニートはさまざまな物を充分に見わけることができ、その光線を通して進めばまだ行けそうだった。それに雲母の散在する砂地は一種の反射鏡のようであり、光りかがやくチリのようにきらめく雲母の粒は、その数を数えられるくらいだった。

ベニートは歩みを進め、眺めわたし、もっとも小さい穴も槍で突いて調べてみた。彼はなおもゆっくりと奥へ入って行った。彼の求めに従ってロープは伸ばされ、空気の吸いあげと送りの用をつとめる管は、けっしてぴんと張ってしまうことはなく、ポンプの運転は好条件のもとにおこなわれた。

こうして、ベニートは、もっとも深い陥没の見られるアマゾンの河床の中央部へ達しようと進んで行った。ときおり、まわりの闇が濃くなり、そんなときには一寸先も見えなくなったが、それはほんの一時的な現象でしかなかった。それは、彼の頭上で場所を変えていた筏が、太陽光線をすっかりさえぎって、日なたを闇に変えていたからである。一瞬後には大きな影は消え失せ、砂地の反射現象はその面目をとりもどした。

ベニートはなおもおりて行った。彼はそのことをなかんずく、水の総量が彼のからだにあたえた圧力の増加で感じとった。呼吸作用は今までほど楽でなくなり、肺の収縮は、適当な平衡を保った空気中でのようには自在にいかなくなっていた。こうした条件のもとでは、これまでに知らなかったような生理作用が起こった。ぶんぶんという耳鳴りは、次第につよくなった。しかし、頭はまだはっきりしていたし、理性は完璧な明快さで働いている——いささか度はずれなくらい——と感じられたので、彼はひきあげの合図を送ろうなどとはつゆ思わず、そのまま、さらに深みへとおりつづけた。

一瞬、彼のいる薄明かりのなかに、一つのぼんやりとした塊りがあるのが彼の注意をひいた。それはひと塊りになった海草類に巻きこまれた人間のからだの恰好をしているように見えた。

はげしい興奮が彼をとらえた。彼は、その方向へと歩みを進めた。手にした槍でこの塊りを動かしてみた。それはすでに骸骨の状態に帰し、ネグロ河の流れによってアマゾンの河床まで運ばれてきた巨大な鰐の死骸でしかなかった。

ベニートはぎょっとした。いないはずの、生きている鰐がフリアスの深い水の層にはいりこんできたのかもしれないという考えが浮かんだ！

だが彼はこの考えをしりぞけ、陥没部の底まで達するべく歩みつづけた。

このとき彼は三〇メートルほどの深さに達していたはずであり、三気圧ほどの圧力を受けていた。そんなわけでこの窪みがさらに深くなっているとすれば、ほどなく捜索を中止しなくてはならないと思われた。

経験の教えるところによれば、三五ないし四〇メートル以下の深さでは、水底を散策するに際して、越えては危険だというぎりぎりの限界点がある。これほどの圧力のもとでは、人体には適切な働きをする用意がない。それればかりか潜水装置は、呼吸に適した空気をはや充分な規則正しさでは供給しない。

しかしながらベニートは、精神力と体力が衰えないかぎりは進んでみようと決心した。何かこの深みのほうへひきつけられていくのを感じていた。死体がこの窪みの底までころがってきているにちがいない。きっ

とトレスは、金、銀あるいは武器をはさんだ帯といった目方のあるものを身につけたまま、このあたりの深みにはまっているのではないだろうか。

そのときだしぬけに、彼は暗い窪みのなかの死骸を目にした！　そうだ！　死骸だ。衣服を着けたまま、両腕を頭の下にしいて、ぐっすり眠っている人間のように横になって！

これがトレスだったのか？　しかしそれも、このおそろしく不透明な暗がりのなかでは見わけにくかった。それにしても一〇歩と離れてはいないその場所に、微動だにせず横たわっているのは、まぎれもなく人間のからだであった！

突然、不意の、おそろしい打撃が彼の全身全霊を震駭させた！　一本の長い皮紐が彼のからだを鞭打った。潜水用のぶあつい衣服を着けていたにもかかわらず、彼はたてつづけに鞭打たれたように感じた。

「電気ウナギだ！」と彼はつぶやいた。

これが彼の唇からもれた、たった一つのことばだった。

事実それは「ピュラケ」だった。ブラジル人は電気ウナギや電気蛇をこの名で呼んでいる。飛びかかってきたのはこれだった。

皮膚は黒っぽくねばねばして、背面と尾の部分に、垂直の小薄片のつながれた薄板状の器官をそなえ、きわめて強力な神経でこれを刺戟するウナギである。この器官は珍しい電気じかけをそなえていて、おそるべきショックをあたえる。この電気ウナギには、やっと蛇の大きさに達するものと、体長三メートルもあるものとがある。またこのほか数少ないが、幅が二〇センチほどで、長さが五、六メートルを越えるものもある。

アマゾン河でも、その支流でも、電気ウナギはかなり多い。さて、弓をゆるめるようなぐあいにからだを伸ばしたのち、この潜水者に飛びかかってきたのは、およそ三メートルもある、こうした生きている「コイル」のうちの一匹であった。

ベニートは、このおそるべき生き物の襲撃にたいして、何を気づかわなくてはならぬかをすっかり承知していた。衣服は身をまもるには役に立たなかった。電気ウナギの放電は、はじめのうちは大して強くもなかったが、しだいにはげしくなっていき、これが電流の消費で疲れたウナギがまったく無力になる瞬間までずっとつづいた。

ベニートもさすがにこれほどの衝撃には耐えきれず、砂地の上になかば倒れていた。四肢は電気ウナギの放電のため少しずつ麻痺していった。ウナギはベニートのからだに、みずからのからだをゆるやかにこすりつけながら、からだをくねらせて彼を投げとばしていた。ベニートの両腕は、もうもちあがらなかった。やがて手に握った槍がすべり落ち、手は合図の鈴についた紐を握る力をもたなかった。

ベニートはもうだめだと思った。マノエルもその仲間たちも、自分たちの足もとで、一匹のおそるべきピュラケと、このあわれな潜水者とのあいだに、どんな戦慄すべき戦いが交じえられているかを想像することができないでいた。ベニートには身をまもる力はなく、ほとんど身をもがくことさえしなくなっていた。

しかも一個の死体——おそらくトレスの死体——が目のまえにあらわれたばかりだというのに！

ベニートはここで死んではならないという、おそろしくつよい本能をふるって人を呼ぼうとした！……その声は、頭をおおった金属の球のなかで消えうせ、そと側にはいささかの音ももれはしなかった！

ピュラケはその攻撃をさらにつよめた。それは、ベニートが断ち切られたミミズの胴体のように、砂の上に飛びあがったほどの放電をした。ベニートの筋肉は、この生き物の鞭の下でのたうちまわった。

ベニートは、思考力がまったくなくなっていくのを感じた。両眼は少しずつもうろうとしていき、四肢は強直していた！……

ところが、視力も理性の力もまさに失われようとする瞬間、一つの思いもかけぬ、わけのわからない奇妙な現象が眼前に生じた。

幾層もの水の層をつらぬいて、一発の重い砲声が伝わってきた。それはまるで、電気ウナギにゆさぶられてかき乱された水底の水の層を轟いて走り来たった、雷の一撃にも似ていた。ベニートはすさまじい音のなかを泳いでいるように感じた。それは河のもっとも深いところまでこだましていた。

と、彼の口から筆舌につくせぬ叫びがもれた！……目のまえにぞっとするような幽霊の姿があらわれた。

それまで水底にのびていた溺死人の死体が身を起こしたのである！……波打つ水がその両腕を動かしているのは、ちょうど死人が奇怪な活力を得てそれを動かしているようであった！……痙攣的な波のうねりが、このぞっとする死体を動かしていたのだ！

それはまぎれもなくトレスの死体だった。水全体をつらぬいて一筋の日の光がこの死体のところまでさしこんでおり、ベニートは、自分の手によって打ちとられ、この水の底で最期の息をひきとった悪党の、むくんで青みがかった顔を認めた。

ベニートが重い靴底のため、からだを動かすことができず、砂底に釘づけにされたようになり、麻痺した四肢にたった一つの動きも起こすことができないでいるとき、死体は身を起こし、頭は上から下までぶるぶるとふるえた。そして海草の雑然たる堆積にひきとめられていた窪みからぬけ出し、からだをまっすぐに起こし、ひろがったアマゾンの水の上方へと、見るもおそろしい様子で、宙に浮いたのであった！

XI 鞄のなかみ

何が起こったのか？　純然たる物理的現象なのだ。以下にその説明をする。
マナウスに向かうこの国の砲艦サンタ・アナ号は、アマゾンの流れをさかのぼっていたが、このときちょうどフリアスの水道を越えたばかりのところだった。ネグロ河の河口に達するちょっと前にその旗を掲げ、砲声の一発でブラジルの旗に敬意を表したのである。この砲声により、水面に振動効果が生じ、河底にまで伝播したこの振動は、細胞組織を極端に膨張させながら、腐敗のはじまりによってすでに固くなっていたトレスの死体をもちあげたのである。溺死者の死体は、当然なことだが、アマゾンの水面にのぼってきた。

この現象は誰でも知っていることで、この死体の再出現もこれで説明がついた。それにしてもサンタ・アナ号の到着が、さいわいにもぴたりと一致したことは認めなくてはならない。

マノエルが叫び声をあげ、つづいて仲間の男たちもそれぞれ叫びをあげたが、これを聞きつけて漕ぎ手の一人がすぐに死体のほうへと向かい、この間に潜水者は筏に連れもどされた。

だが、同時に、筏の甲板までひきあげられたベニートが身動きもできないままそこへおろされ、生死もわからないありさまを見て、マノエルは名状しがたいおどろきに襲われた。

それはアマゾンが返してくれた第二の死体ではなかったか？

潜水者は大いそぎでその潜水服を脱がされた。

ベニートは、電気ウナギの放電のはげしさに、すっかり意識を失っていた。

マノエルは無我夢中になって彼の名を呼び、自分の息を吹きこみ、心臓の鼓動を聞きわけようと努めた。

「動いている！　動いている！」と彼は叫んだ。

そのとおり！　心臓はまだ鼓動しており、数分間マノエルが手当てをするとベニートは息をふき返した。

「死体があった！　死体があった！」

最初にベニートの口からもれたのは、そのことばだった。

「ほら、あっちですよ！」トレスの死体を乗せて筏のほうへやってくる丸木舟を指さしながらフラゴッソが答えた。

「それにしてもベニート、いったいどうしたんだい！」とマノエルがたずねた。「空気がたりなかったのか？……」

「ちがう！　電気ウナギが飛びかかってきたんだ！……おや、この物音は？……この爆音は？……」

「大砲の音だ！」とマノエルが答えた。「死体を水面まで送り返してくれたのがこの大砲の音なんだ！」

そのとき、丸木舟が筏に横着けになった。トレスの死体は、インディオたちの手で回収され、舟底に置かれていた。水中に留まっていたにしては、まだくずれていなかった。それは容易に見わけがついた。この点、疑いをはさむ余地はない。

フラゴッソはさっそく丸木舟にひざまずき、溺死者の衣服をひき裂きはじめた。衣服はすり切れて、すっかりぼろぼろになっていた。

衣服をはがれたトレスの右腕がフラゴッソの注意をひいた。トレスの腕には、短刀の一突きによってつけられたと思われる古傷がはっきり見えた。

「この傷あとだ！」とフラゴッソが大声を出した。「まちがいない……たしかにあれだ！……やっと今思いだした！……」

「何だって？」とマノエルが聞いた。

「けんかですよ！……そうだ！　マデイラの州であったけんかで、わたしはその場に居あわせたのですよ……三年前のことです！　どうして今まで忘れていたのだろう！……このトレスというやつは森番だったんです！　ああ、この悪党は以前会ったことのあるやつとちゃんとわかっていたのになあ！」

「今になってはどうでもいい！」とベニートが叫んだ。「鞄だ！　鞄だ！……やつはまだ持っているだろうか？」

そこでベニートは、なおも仔細に調べるために、死体の身に着けている最後のものをひき裂こうとした……。マノエルが彼を制止した。

「ちょっと待て、ベニート」

そう言ってから、ジャンガダの乗組員以外の筏の男たちに向かって、つぎのように話した。後になって、彼らを証人とした場合、疑いをもたれないようにするためである。

「みなさん」と彼は男たちに言った。「裁判所の役人の前で、ことのなり行きを何度でも言えるように、ぼくたちがここですることを何もかもよく目にしておいてください」

男たちは丸木舟のほうへと寄った。

そこでフラゴッソは破れたポンチョの下でトレスの死体をしめつけている帯をゆるめた。それから上着のポケットを探りながら、

「鞄だ！」と、叫んだ。

喜びの叫びがベニートの口からもれた。彼は鞄のなかみを確かめようと手をつかんであけようとした……

「いけない」ここでも冷静さを失わずにいたマノエルが叫んだ。「裁判所の役人たちに疑いを抱かせるようなことがあってはいけない！　事件に無関係な証人が、この鞄はたしかにトレスの死体についていたと断言できたほうがいい！」

「それもそうだ」とベニートが返答した。

「ねえ、きみ」筏の監督に向かってマノエルが言った。「すまないがきみの手でこの上着のポケットを探ってくれないか」

監督は承知した。彼は一つの金属製の鞄をつかみだした。蓋はきっちりとネジでとめてあって、水のなかでも無事であるらしかった。

「紙……紙はまだなかにあるだろうな？」と、じっとしていられなくなったベニートが叫んだ。

「この鞄は裁判所の役人の目の前であけるんだ！」とマノエルが答えた。「このなかに文書があるかどうかを吟味するのは役人だけにまかせておくんだ！」

「なるほど……なるほど、それもそうだ、マノエル！」とベニートは答えた。「マナウスへ行くんだ！　さあみんな、マナウスへ行くんだ！」

ベニート、マノエル、フラゴッソと、それに鞄を持った監督は、まもなく丸木舟の一つに乗りこんで出て行こうとしたが、そのときフラゴッソが言った。

「で、トレスの死体は？」

丸木舟が停った。

はたして、インディオたちは山師の死体を水に投げこんでしまっていて、それは河の面を流れていた。

「トレスはただの悪党だった」とベニートが言った。「ぼくのほうが正しかったから、神はぼくの手をかりてやつを打ってくださったのだ。だが死体を葬式もしてやらないというのではいけない！」

そこで埋葬する島まで運ぶため、トレスの死体を取りに行くよう、二番目の丸木舟に指図した。

ところが、その瞬間、河の上を飛び舞っていた一群の猛禽が、水に浮かんだこの死体の上に飛びかかった。それはクロハゲタカ、つまり首に毛がなく、長い脚、烏のように黒色をした、南米で「ガリナゾス」と呼ばれる一種の小ハゲタカで、性質は無類の貪欲なやつだった。死体はその嘴でずたずたに切り刻まれ、そこから、これをふくらませていたガスが出ていった。死体は比重がましてゆくにつれて少しずつ沈んでいき、とうとう、トレスの名残りはアマゾンの水面下に姿を消してしまった。

一〇分後、いそいで漕いだ丸木舟はマナウスの港に到着した。ベニートとその一行は上陸すると、町の通りをぬって進んで行った。

彼らはほどなくハリケス判事の居所に到着し、召使いの一人を通じてすぐにお目にかかりたいと申しこんだ。

判事は一同を書斎に通すように言いつけた。

判事の書斎でマノエルは一部始終を物語った。正当な決闘によって、ベニートの手でトレスが致命傷を負ったときから、その死体に鞄が見つかり、監督の手で上着のポケットからとりだした瞬間までをである。

この物語は、ホアン・ダコスタがトレスに関して申し立てたすべてのこと、トレスがダコスタに申し出た

取引について、ダコスタが述べたことすべてを確認するものだったが、ハリケス判事は疑ぐりの微笑をかくすことができなかった。

「さあ、これがその鞄です」とマノエルが言った。「ぼくは全然さわってもいないんです。今あなたにそれを差しだしている男がトレスの死体から見つけたのです！」

判事は鞄を手にとり、まるで貴重品でも扱うように、ていねいにためつすがめつした。それから彼は鞄を振ってみた。なかにある貨幣のようなものが金属音をたてた。

さては、この鞄のなかには、あれほど探した文書、犯罪の真犯人の手で書かれたあの紙片、トレスが法外な値でホアン・ダコスタに売りつけようとした文書はなかったのだろうか？　有罪を宣告された無実の人の物的証拠は失われ、もうとり返しがつかないのだろうか？

その場に居あわせた人びとがどんなにはげしい動揺に襲われたか、読者もお察しあれ！　ベニートはほとんどひとことも口をきけなかった。心臓が今にも破裂しそうだった。

「さあ、あけてください、判事さん、さあこの鞄をあけてください！」彼はやっとの思いで声をふるわせながら叫んだ。

ハリケス判事は蓋のネジをゆるめた。蓋がとりはずされると、彼は鞄をひっくり返した。するとそこから、金貨がいくつか飛びだして、テーブルの上にころがった。

「紙片は！……紙片は！」もう一度ベニートが叫んだ。彼は倒れないようにテーブルにつかまっていた。

判事は鞄のなかに指を入れ、いくぶんの困難はあったがついに一枚の黄色い紙片をひっぱりだした。それはていねいに折りたたんであり、水にも濡れていないようだった。

「例の文書だ！　これが例の文書だ！」とフラゴッソが叫んだ。「そうだ！　これこそまぎれもなくトレスが持っていたあの紙切れだ！」

判事は紙片をひろげて目をとおし、それから、書物のページをくるようなぐあいにひっくり返した。両側ともかなり大まかな筆跡でびっしりと書かれてあった。

「なるほど、文書だ」と判事が言った。「疑問の余地はない。まちがいなく文書だ！」

「そうです」とベニートがことばをついだ。「この文書こそ、ぼくの父の無実の証拠となるものです！」

「さあ、どうかな」と、ハリケス判事が応じた。「おそらく内容を知るには骨が折れるんじゃないですかな！」

「なぜです?……」とベニートが叫んだ。彼は死人のようにまっ青になった。

「この文書は暗号文字で書かれているからだ」とハリケス判事が答えた。「ところがこの文字は……」

「どうなんです、えっ?」

「われわれにはこれを解く鍵がないのだ！」

XII 文書

これは、実際ホアン・ダコスタもその家族も予測しなかった、きわめて由々しい出来事だった。事実――この物語の最初の場面をまだおぼえておいでの読者なら、おわかりのことと思うが――この文書は暗号で使われるシステムの一つをかりて、読解不可能なかたちで書かれていたのである。

だが、いかなるシステムなのか?

このシステムを見つけるために、一人の人間の頭脳が示しうる創意工夫の全力がふりしぼられることになった。

ベニートとその一行を帰す前に、判事のハリケスは、自分がその原本を保管したいと希望した。当の文書の正確なコピーをつくらせてから、これも二人の青年にきちんと照合させ、彼らがコピーを囚人のもとに持って行けるようにはからった。

二人は翌日の会見を取りきめておいてから辞去した。彼らはホアン・ダコスタに面会する時間を一刻たりと遅らせたくなかったので、ただちに監獄へとおもむいた。

囚人との気ぜわしい会見のあいだに、彼らは事件の一部始終を告げた。

ホアン・ダコスタは文書を手にとり、注意ぶかく吟味した。それから頭を振り、それを息子に返した。

「たぶん」と彼は言った。「この書き物のなかには、わたしが今までどうしても提出できなかった証拠があるのだ! だが、たとえこの証拠がわたしの手につかめなくても、たとえわたしの過去の清廉潔白が、わたしの弁護にまわってくれなくとも、わたしとしては人間の正義から期待するものはもう何もない。ただ運命を神の御手にあずけるだけだ！」

誰もがそう感じていた！　この文書が解読されずに終わるようなことがあれば、受刑者の立場は最悪のものになるのだった！

「証拠は今に見つかりますよ、おとうさま！」とベニートが叫んだ。「こうした種類の文書で検討してもお解らないものはありはしません！　信じてください……そうです！　確信をもつのです！　神さまは、わたしたちの正しさを証してくれるこの文書を、奇蹟的に返してくださったのです。ですから、これを見つけだすのにわたしたちの手びきをしてくださったそのあとで、神さまがこれを判読させてやろうと、かならずおみちびきくださるでしょう！」

ホアン・ダコスタはベニートの、それからマノエルの手を握りしめた。大いに心動かされた二人の青年は、その場を離れ、ヤキタの待つジャンガダへまっすぐ帰った。

そこで、ヤキタは、前日以来起こった新しい事件について逐一知らされた。つまり、トレスの死体が出てきたこと、文書の発見と、犯罪の真犯人、つまりあの山師の相棒が、おそらくはその文書が他人の手にはいった場合、わが身を危くしないようにしようとして書いた、文書の奇妙な形式のことなどである。

もちろんリナもこの思いがけない複雑な出来事や、フラゴッソの発見したこと、つまり、トレスがかつてマデイラの河口付近で行動していた森番であったことを知らされた。

「でも、あなたはどんなふうにしてその男に出会ったの？」と混血娘がたずねた。

「あれはわたしがアマゾンの沿岸地方一帯を歩きまわっていたころだった」とフラゴッソが話しはじめた。

「仕事で村から村へ渡り歩いていたときのことです」

「で、例の傷あとは？」

「つまりこういうわけだ。ある日のこと、アラナスの伝道区についたとき、それまで会ったこともないあのトレスのやつが、ちょうど仲間の一人とけんかをおっぱじめたところだった。どう見てもあさましい話だ！しかし短刀の一突きでこのけんかにけりがついた。森番の二の腕を刺し通したんだ。ところで、医者が見つからないというので、やつの手当てを仰せつかったのがこのわたしなんだ。つまりこうしてこの男を知ったというわけだ！」

「でも」と娘が言い返した。「トレスの昔を知ったところで何にもならないわ！　真犯人はこの男ではないのだから、たいして埒があきはしないわ！」

「まあ、それはそうだ」とフラゴッソが答えた。「しかしね、しまいにはこの文書が読めることになるだろうさ。こんちくしょう！　そうすれば、ホアン・ダコスタさまの無実は、誰の目にも明々白々となるだろうよ！」

それが、ヤキタやベニート、マノエルや、ミンハの頼みの綱だった。そんなわけで、三人そろって屋内の共同の部屋に閉じこもると、文書の写しの解読を長い時間をかけて試みはじめた。

ところで、この解読がみんなの頼みの綱だったとしても——この点を力説しておきたいが——それは同じく、少なくともハリケス判事の希望でもあったのだ。

この司法官は、例の尋問をしたのち、ホアン・ダコスタが本人に相違ないことを確認する報告書を作成しおえると、これを司法省に送ってしまっていたのであり、彼としては、それでこの事件はけりがついたものと考えたとしても無理からぬことだった。ところが今やそれではすまなくなっていた。

実際、文書の発見以来、ハリケス判事は、自分の得意な分野に踏みこんで、がぜん有頂天になっていた。数合わせの研究家、パズル遊びの解き方、文字謎、なぞなぞ、語字判じなどの解読者である彼は、この文書を前にして、正真正銘、得意満面だった。

この文書がホアン・ダコスタの無実の証明を秘めていると思うと、彼は自分の分析本能がむくむくと首をもたげるのを感じるのだった。さあ、いよいよ眼前に暗号文書があるのだ！ というわけで、もうその意味を探求することしか頭になかった。彼が寝食も忘れるほどこうしたことにこる事実を疑う人がいたら、それはこの人物を知らない人だったに相違ない。

若者たちが出て行ったあと、ハリケス判事は書斎にどっかり腰をすえた。書斎のドアからなかへは誰も入れないことにして、数時間の完全な孤独を確保した。眼鏡は彼の鼻の上に、嗅ぎ煙草入れはテーブルの上にあった。彼は、頭脳の鋭敏さと聰明さをいっそう増進させ、嗅ぎ煙草をたっぷりひとつまみ分つかみとり、文書を手にし、やがてぶつぶつとひとりごちながら一種の瞑想に耽るのだった。わが尊敬すべき司法官は、ひそかにものを考えるよりは、考えたところをかくさずに言う、あけっぴろげな人間の一人だった。

「組織的にひとつひとつ片づけていこう」と、彼はつぶやいた。「方法なくして論理なしだ。論理がなければ成功もなしだ」

それから、文書を手にとり、はじめから終わりまで、ざっと目をとおしたが、何だかさっぱりわからない。

この文書は一〇〇行ほどのもので、六つの節からなっていた。

「うーむ」と、沈思黙考ののちにハリケス判事が言った。

「おのおのの節について、一つ一つ自分の力を試していくのは、どうやら貴重な時間を空費することになりそうだ。そうではなくて、これらの節のうちの一つ、いちばん利益になりそうな個所をえらばずばなるまいて。ところで、事件全体の物語が要約されている節といえばまず最後の節だろう。でなければなるまいな?固有名詞、とりわけホアン・ダコスタの名は成功への手がかりをあたえてくれるはず。この文書中のどこかにその名があるものなら、どうしたって最後の一節に見つからぬはずはない」

司法官の推理には筋がとおっていた。暗号文書に関する機略縦横の才知を、まずことごとく最後の一節に傾けようと考えたのはもっともなことだった。

ここにその最後の節を記そう、――というのは、分析精神が真実を見出すために、その能力をどんなぐあいに用いんとするかを示そうとすれば、やはり、読者の目の前に文書自体をさらすことが必要だからである。

《Phyjslyddqfdzxgasgzzqqehxgkfndrxujugiocytdxvksbxhhuypohdvyrymhuhpuydkjoxphétozsletnpmvffovpdpaj
xhyynojyggaymeqynfuqlnmvlyfgsuzmqiztlbqgyugsqeubvnrcredgruzblrmxyuhqhpzdrrgcrohepqxufivvrplphonth
vddqfhqsntzhhhnfepmqkyuuexktogzgkyuumfvijdqdpzjqsykrplxhxqrymvklohhhotozvdksppsuvjh.d.》

ハリケス判事は、まず、文書の各行が単語によっても、また文章によっても区切られてはいず、句読点もないことを見てとった。この事情は文書の判読をはるかにむずかしくするだけだった。

「やはり」と彼はひとりごとを言った。「文字の集まりのどこかの部分に単語を形成している様子があるか見てみよう。——ここに言う単語とは、母音、子音の数の比が発音を可能にするようなものをさすわけだ……まず第一に、冒頭にphy……その先にgasという単語か……おや!……ujugi……これはタンガニイカの境にあるアフリカの町の名前のつもりじゃないのかな? いったい、この町が事件の全体にどういう関係があるのだろう? さらに先へ行くと、そらypoという単語がある。さてはこれはギリシャ語かな? それからrym……puy……jor……phetoz……jyggay……suz……gruz……その前にred……let……ふん! これは英語の単語だ! それからohe……syk……ははあ! またさっきと同じrymという単語だな……そしてoto!」

ハリケス判事はこの写しをほうりだした。そして、しばらくのあいだ考えをめぐらした。

「ざっと読んだなかからマークした単語の、どれもこれもが変てこだ!」と彼はつぶやいた。「実際、ことばの出所を示すものが何もない! ギリシャ語みたいなのがあるかと思えば、オランダ語の観を呈するのがある。英語ふうのものがあるかと思えば、まったく素姓の知れぬ単語もある——そのほかに、人間の発音できそうもない、一続きの子音もいくつかあるし? まったくもって、この暗号文書の鍵をつくるのは楽ではないようだ!」

司法官の手の指は、そのようにして眠りこけた彼の諸能力を目ざましたいとでもいうように、事務机の上で軍隊式の起床太鼓の拍子をとった。

「それなら」と彼は言った。「この一節に文字がいくつあるか見てみよう」

彼は鉛筆を手にして数えた。

「二七六か!」と彼は言った。「よしと、今度はこれらのいろいろな文字が他の文字と比べてどんな割合で集まっているかをつきとめることが問題だ」

この計算は前の計算より少し長くかかった。ハリケス判事は文書をもう一度手にとり、それから鉛筆を手にして、アルファベット順にそれぞれの文字に印しをつけていった。一五分後、彼はつぎのような表を書きあげた。

a＝3回	繰越の分……120回
b＝4〃	n＝9〃
c＝3〃	o＝12〃
d＝16〃	p＝16〃
e＝9〃	q＝16〃
f＝10〃	r＝12〃
g＝13〃	s＝10〃
h＝23〃	t＝8〃
i＝4〃	u＝17〃
j＝8〃	v＝13〃
k＝9〃	x＝12〃
l＝9〃	y＝19〃
m＝9〃	z＝12〃
小計……120回	総計……276回

「おやおや！」とハリケス判事は言った。「第一の観察がすでに驚きだ。つまり、この一節だけで、アルファベットの文字がすべて使われているのだ！（ヴェルヌはWを全然考慮に入れていない―訳注）。これはなかなか奇妙なことだ！　実際、二七六文字を含むだけの行を、一冊の本のなかで、手当たり次第取ってみればいい。そこにアルファベット記号が、そっくり一つ一つ揃っているなんてことはめったにあるもんじゃない！　し

かし、ともかく、これは単なる偶然の結果かも知れない」

それから、考えを別な方向へ転じて、

「さらに大事なのは、母音と子音の割合が普通であるかどうかを調べてみることだ」

司法官はもう一度鉛筆をとり、母音だけをとりあげて数え、つぎのような計算の結果を得た。

a＝３回
e＝９〃
i＝４〃
o＝12〃
u＝17〃
y＝19〃

計……64母音

「したがって」と彼は言った。「この一節には、引き算をして、二一二の子音にたいし、六四の母音があるわけだ！　さてと、だがこれは普通の割合だ。つまり、アルファベット二五文字ちゅう六母音を数える、それと同じ割合でおよそ五分の一に当たる。したがって、この文書がわが国語で書かれたが、それぞれの文字の意味だけが変えられた、ということも考えられる。ところで、そのことばが規則的に変えられたものなら、たとえばbのかわりにこれをlで表わす、同様にしてoをvで、gはkで、uはrでといったぐあいであれば解読できぬはずはない。それでも、この文書がどうしても読めないとあれば、マナウスでの判事の地位など失ったってかまいはしない！　まったくだ！　エドガー・ポーというあの偉大なる分析の天才の方法に従って処理することができないというはずはない！」

こう言いながら、ハリケス判事は例のアメリカの有名作家の物語、一傑作のことをほのめかした。ポーの

「黄金虫」を読んでないような人がいるだろうか?

この物語のなかでは、数字、文字、代数記号、星じるし、句読点をいっしょに使って書かれた暗号文書が、まったく数学的な方法にゆだねられ、この鬼才の崇拝者たちにとって忘れ得ない非凡なやり方で解読されている。

なるほど、アメリカの文書解読に左右されるのは、財宝の発見だけであるが、こちらの場合は、一人の男の生命と名誉が問題になっているのだ! したがって、あの文書の数字を解くという問題のおもしろ味は、まったく別のものだったはずである。

司法官は、かの「黄金虫」を何度も読んでいたので、エドガー・ポーが精妙に用いた分析方法を熟知していた。彼は、この際この方法を使うことに決めた。

その方法を利用して、おのおのの文字の価値と意味が首尾一貫しているなら、解決に要する時間に長短の差はあっても、ホアン・ダコスタに関する文書を解読することは可能と思われた。

「エドガー・ポーはどのようにしただろう?」と、彼は自分自身にくりかえし問うた。「何よりもまず彼は、暗号文書のなかでいちばんひんぱんに使用されている記号――この場合は文字だ――は何であるかということを探った。ところで、本件においては、これがhに相当することがわかる。hは二三回も出ているからだ。この大きな割合だけから考えても、次のことをあらかじめ理解できるわけである。すなわち、hはhを意味してはおらず、hはわが国語(ポルトガル語―訳注)にいちばんひんぱんに出てくる文字のかわりになっている。なぜなら、わたしは、文書がポルトガル語で書かれているものと仮定せざるを得ないからである。英語、フランス語ではこれはおそらくcだろうし、イタリア語はiかaだろう。ポルトガル語ではaまたはo

のはず。したがって、さしあたり、hはその意味するところaないしoであると認めておこう」

hが片づいたので、ハリケス判事は、これについでこの写しのなかで数多く登場するのは、どの文字であるかを追求した。かくして彼は次に示すような表をつくることになった。

h＝23回
y＝19〃
u＝17〃
dpq＝16〃
gv＝13〃
orxz＝12〃
fs＝10〃
eklmn＝9〃
jt＝8〃
bi＝4〃
ac＝3〃

「という次第で、aという文字はたった三回出てくるだけだ」と司法官は大声を出した。「本来ならいちばんひんぱんに出てくるはずなのに！　ああ！　これこそ、意味が変えられたことの十二分な証明だ！　さて今度は、aあるいはoについで、わが国語にもっとも数多く登場する文字は何であろうか？　調べてみるとしよう」

で、ハリケス判事は、はなはだ観察力に富む精神をその特徴とする、まことに驚くべき明敏さをもって、この新たな探究に突進して行った。と言っても判事は、ただ例のアメリカの作家のまねをしていたにすぎない。偉大な分析家であったこの作家は、簡単な推理あるいは比較対照の手段により、暗号文書の記号に対応する一種のアルファベットをみずから再構成し、そこから文書をすらすら判読するにいたったのである。

司法官のやり方はまずこんなぐあいだったが、彼が例の高名なる巨匠エドガー・ポーに、おさおさ劣るものでなかったことは確言していい。文字の任意の配置に頼るだけの「語字判じ」や、「四角連語」、「長方形連語」その他の謎を苦心して解いたおかげで、また頭脳を使ってか、手に鉛筆をもってか知らないが、ともかくその解答を引きだすのに慣れていたので、判事は、こうした知恵くらべにすでにある程度の力量をそなえていた。

だから、この場合にも、文字が登場する頻度の順を、まず母音、つぎに子音と定めていくのに、別に苦労はしなかった。この仕事にとりかかってから三時間後に、彼は一種のアルファベットを目の前につくりあげており、これは彼の採用した方法が正しければ、文書のなかに用いられた文字の真の意味をあきらかにするはずなのであった。

したがって、あとはただこのアルファベットの文字を、文書の写しの文字に、一つ一つ当てはめて行きさえすればよかった。

こうしてこの適用をおこなおうとして、いささかの興奮状態がハリケス判事をとらえた。このとき彼は、数時間にわたる不撓不屈の作業を終えて、今か今かとじりじりしながら探究していた文字謎の意味があきらかになっていくのを目前にしている人の、あの知的快楽に——この快楽には人が考える以上に大きなものがある——すっかりわが身をゆだねていた。

「それでは試してみることにするか」と、彼は言った。「実のところ、これで謎が解けないとすれば、それこそふしぎというものだ！」

ハリケス判事は眼鏡をはずし、のぼせあがったために曇った眼鏡の玉を拭い、また鼻の上にかけた。それからもう一度テーブルに身をかがめた。

片手に、自己の発明になる例のアルファベット、もう一方の手に、例の文書をもって、彼は節の最初の行

の下に、自分では暗号文字のそれぞれに正確に対応するはずと思っている、実の文字を書きはじめた。

最初の行を終えると、同様にして二行目、三行目、それから四行目とすませ、かくして節の終わりに到達した。

この変わった男は、書き進めて行きながら、この文字の集合が人間の理解できることばを成しているかどうか調べてみようともしなかった。それどころか、この最初の作業のあいだ、彼の気持は少しでもその吟味をせずにおこうとしていたのだ。彼がのぞんだことは、解読の楽しみをいきなり、そして一気に、自分自身にあたえることだった。

さて、作業がすむと、

「読んでみよう！」と彼は叫んだ。

南無三、何たる不協和音！ 自分の発明したアルファベットの文字からなる数行は、文書の数行にまさる何の意味もそなえていなかった！ なるほどそこには別個の文字が並んではいた。が、それだけのことだ。それはただの一語も形づくっていなかった。毛筋ほどの値打ちもなかったのである！ つまるところ、これもやっぱりちんぷんかんぷんだったのである。

「えいっ、くそっ、こんちくしょう」とハリケス判事が叫んだ。

XIII 数字が問題になる場合

夕方の七時になっていた。ハリケス判事は、例のやっかいきわまる作業にあいかわらず没頭して――いっこうに先へ進みはしなかったものの――食事の時間も休息の時間もすっかり忘れていた。折しも、書斎のドアにノックの音がした。

ちょうどよい頃合だった。もう一時間遅かったら、むかっ腹を立てた司法官の脳味噌は、頭から発する高熱でかならずや溶けていたことだろう。

いら立った声で司法官が「入りたまえ」と言うと、ドアが開いてマノエルがあらわれた。

この青年医師は、例の難解な文書と格闘している友人たちを筏の甲板に残し、ハリケス判事にもう一度会いにやってきたのである。彼は、判事のほうの調べがはかどっているかどうかを知りたく思ったのだ。もしや、判事が暗号文書解読のシステムを発見したのでは、と聞きにきたのであった。

司法官は、マノエルがやって来たのを見ても、気を悪くはしなかった。

彼の脳髄は孤独によって悪化して、過度の興奮状態の域に達していた。誰か話し相手になる人間が彼には必要だった。相手が彼と同じように暗号文の鍵を発見したいと思っているとなればなおさらである。だから、マノエルはこの場にうってつけの人間だった。

「判事さん」とマノエルは部屋にはいるとすぐに言った。「まずまっ先におたずねしたいんですが、ぼくたちより首尾よく進行しているのでは？……」

「ひとまず腰をおろしたまえ」とハリケス判事は声をはりあげた。彼は立ちあがり、部屋を大股に行ったり来たりしはじめた。「すわりたまえ！　二人とも揃ってつっ立って、きみはこちらへと進む、わたしはあちらへ歩いて行く。これではわたしの書斎は狭すぎて、二人がはいりきらなくなってしまう！」

マノエルは腰をおろし、さきほどの質問をくり返した。

「いや！……きみたちより上首尾なわけじゃない！」と司法官が答えた。「きみたち以上のことは、わたしにもまったくわからん。一つだけ確実になったことがあるにはある。が、それ以外には別にどうとも言えないのだ！」

「どんなことです、判事さん。どんなことなんです？」

「この文書の根底になっているのは、紋切型の記号ではなく、暗号学で言う、いわゆる〈符諜〉、言いかえれば数なのだ！」

「それでは」とマノエルが聞き返した。「そうした種類の文書はかならず解読にこぎつけられる、とは言えないのですか？」

「どうしてどうして」とハリケス判事が言った。「できるとも。一つの文字が、終始一貫して同一の文字で表わされている場合ならね。たとえばaはどこまでもp、pがどこまでもxといった場合ならね……でなければ、解読できっこない！」

「で、例の文書はどうなんです？……」

「この文書では、文字の真義は、任意にとられた数に応じて変わるのだ。しかもこの数が文字を支配している！　たとえば一時はkで表わされていたbが、先へ行くと今度はzに、さらに先へ行くとm、あるいはn

あるいはfになる、あるいは、いやはやまったく別のものにだってなるのだ！」

「で、そうなったら？……」

「その場合は、残念ながら暗号文書は絶対に解読できないと言わなければならん！」

「解読できないですって！」とマノエルが声をはりあげた。「とんでもない！　判事さん、どうあってもわれわれはこの文書を読む鍵を見つけます。何しろ一人の人間の生命がこれにかけられているんですから！」

マノエルは自分では鎮めることのできない極度の興奮のとりこになって立ちあがった。彼がもらった返事があんまり絶望的なので、それを決定的なものとして受け入れたくなかったのだ。

しかしながら、司法官の、すわるようにというしぐさを見て、彼は腰をおろした。そして冷静さをとりもどした声で、

「それに第一」と彼は質問した。「この文書の全体を支配する法則が一つの符諜、というかあなたによれば数である、とお考えになる根拠は何ですか？」

「よく聞きたまえ、お若い方」とハリケス判事が応じた。「きみも明白な事実の前には兜をぬがざるを得なくなるだろう！」

司法官は文書をとりあげ、これをマノエルの目の前に、彼の手になる労作と並べておいた。

「まずわたしは」と彼は言った。「この文書を当然扱わなくてはならないように扱った。つまり論理的に、まぐれ当たりを一切頼らずにだ。すなわち、わが国語において、もっともよくつかう文字の割合にもとづいたアルファベットを応用することにより、例の不朽の分析家エドガー・ポーの教訓に従い、その解読を達成しようとしたのだ。……ところがどうだ、ポーで成功したものがここでは失敗に終わったのだ！……」

「失敗ですって！」とマノエルは大声をだした。

「そうだよ、お若い方。それに、こうしたやり方で成功を求めてもむりだと、もっと早く気づいてもよかったのだ！　実際、わたしよりもう少し有能な人なら、こんなところで躓いてしまうことはなかったろう！」

「ですが、お願いです！」とマノエルが叫んだ。「わかろうとは思うのですが、ぼくにはとても……」

「文書を手にとりたまえ」とハリケス判事が答えた。「ただし、文字の配列だけを、もっぱら観察するのだ。そして、もう一度全体を読み通してみたまえ」

マノエルは言われたとおりにした。

「どうだね。いくつかの文字の、実に何ともおかしな集まりがある、そのなかで何か気のついたことはないかね？」と司法官が問うた。

「別に何にも気がつきませんが」おそらくもう一〇〇回目になっただろうが、文書の各行にざっと目をとおしてからマノエルは答えた。

「それでは、最後の一節だけを、ようく観察したまえ。そこのところは、よろしいか、この文書全体の要約になっておるはずだ。――何かそこに変わったところはないかね？」

「別に」

「と、きみは言うが、文書が、数の法則に従っていることを、はっきり証明している部分がなくはない」

「で、それは？……」とマノエルがたずねた。

「それはと言うよりむしろ、それらは、二つの異なった個所に並んで見える三個のhなのだ！」

ハリケス判事の言ったことは事実であり、注意をひいた。一つは、節の二〇四番目、二〇五番目および二〇六番目の文字で、一つは、二五八番目、二五九番目、二六〇番目の文字、これらの文字はつづけて並べられたhだった。この特徴も、はじめは司法官の注意をひいてはいなかった。

「で、それが証明しているのは？……」とマノエルがたずねた。このhの集まりからどんな推論をひきだしてよいやら、さっぱり見当がつかなかったのである。

「お若い方、それが、文書が数の法則にもとづいているということだ。実に簡単なことじゃないか！このことは、一つ一つの文字がこの数をしめす数字によって、しかも数字がおかれている位置にしたがって変更されるということを、あらかじめ明証しておる！」

「それで、いったいどうしてなんです？」

「どのような言語にでも、同一文字が三つも重なっているような単語は存在しないからだ！」

マノエルはこの論法にびっくりしてしまったが、どう考えてみてもこれに答えるすべがなかった。

「もしもっと早くこうした観察ができていれば」と、司法官はことばをついだ。「ずいぶん手間もはぶけたのだが、今や偏頭痛がしはじめたよ！」

「まあともかく、判事さん」とマノエルが問いただした。「あなたのおっしゃる数字は何を意味するんですか？」彼は、ようやくつかみかけたわずかな希望が逃げて行くのを感じながらそう言った。

「数と言おうじゃないか！」

「数としてもかまいはしませんが」

「さあ見たまえ。くどくど説明するより、例をあげたほうがきみにはわかりやすかろう！」

ハリケス判事はテーブルの前に腰をおろし、紙片を一枚と鉛筆をとって、こう言った。
「マノエル君、何でもいい、思いつくまま、文章を一つとってみよう。最初に頭に浮かんだのを、たとえば、ほら、

Le juge Jarriquez est doué d'un esprit très ingénieux
(ハリケス判事はきわめて創意工夫の才に富む)

この文章を、文字と文字のあいだがあかないように書くと、つぎの一行が得られる。

LejugeJarriquezestdouéd'unespritrèsingénieux

司法官には、おそらくこの文章が異論の余地のない命題と思われたらしいが、彼はこうしておいて、マノエルを真正面からじっと見つめながら言った。
「さて、この自然につながった数語に、暗号文書の形式をあたえるため、わたしが思いつくまま、ある数をとるとしよう。さらにこの数が三種の数字からなり、これらの数字は4、2および3であるとしてみよう。わたしは前述の数、423を、つぎにしめす行の下におく。この数が文章の終わりに達するに必要なだけ何度でもくりかえし、またおのおのの数字が、一つ一つの文字の下に位置するようなぐあいにね。その結果はつぎに示すようなぐあいになる。

Lejuge Jarriquez estdoué d'unesprittrès ingénieux
423423 423423423 4234234 234234234234 342342342

さて、マノエル君、数字の値だけアルファベットの順番をさげて、おのおの文字を、それがアルファベットの順番で占めている文字にかえていくと、つぎのような結果を得る。

1マイナス4イコールp

e	−	2	＝	g
j	−	3	＝	m
u	−	4	＝	z
g	−	2	＝	i
e	−	3	＝	h

以下これに順ずる。問題の数を構成する数字の値によっては、差し引く相手の文字がなくなって、アルファベットの最後にくる場合があるが、そのときはアルファベットの最初から数字をとるようにする。わたしの名前の最後の文字がｚであるのがそれだよ。ｚの下には数字の３がおかれている。ところで、ｚのうしろには、アルファベットはもうないから、ａにもどって計算をするとこの場合、ｚマイナス３イコールｃと

なる。

こんなわけで、４２３――この数は任意にとりだされたものであることを忘れないでほしいが――という数で暗号文書を見ていくとさきほどの文章はつぎのようにおきかえられる。

Pg mzih ncuvktzgc iux hqyi fyr gutdy vuiu lrihrkhzz.

ところでお若い方、この文章をよく吟味してみるがいい。問題の文書の文章にそっくりそのままではないか？　どうしてこういうことになるのか？　つまり、文字の意味が、その文字の下におかれた数字によってあたえられることになるので、真の文字に関係する暗号文書の文字は、同一のものであるわけにはいかないからだ。たとえば、この文章中、最初のｅはｇで表わされているのに、二番目のｅはｈで、三番目のはｇで、四番目のはｉで表わされている。ｍが最初のｊに、ｎが二番目のｊに対応する。わたしの名前Jarriquez（ハリケス―訳注）の二つのｒについてみると、一つはｕで、二番目のはｖであらわされている。est（である―訳注）という単語のｔはｘとなりesprit（才能―訳注）という語のｔはｙになるが、très（きわめて―訳注）という単語ではこれがｖになっている。というわけで、もし４２３という数を知らないでいるなら、これらの行は判読することはできず、文書のシステムをなしている数が見つからない。となるとこれは判読できないわけだ。これだけのことはきみにもわかるだろう！」

司法官が、これほど緻密な論理をもって論ずるのを聞いて、マノエルははじめのうちは圧倒されつづけていた。だが、気をとりなおして、

「いや」と、彼は叫んだ。「そんなことはありません！　鍵となる数を見つけだす希望をぼくは捨てないつもりです！」

「見つけられるかも知れん」と、ハリケス判事が応じた。「文書の行を単語で区分けすることができたらね！」

「それはまたなぜです？」

「お若い方、わたしの論法はこうだ。文書の最終節は、そこまでに書かれていることの総まとめをしているに相違ない。そうだろう？　そうすれば、そこにはホアン・ダコスタの名が見つかることは確実だと思わないか。さて、もし単語を一つ一つ調べていって、文章の行が、ひょっとしてこの単語で区切れるなら——単語というのは、もちろん七つの文字でできているDacosta（ダコスタ—訳注）という名前のことだが——文書の鍵である数を見つけることもできなくはないだろう」

「どんなぐあいにやればいいのか説明してください」と、マノエルは頼んだ。彼はそこに、きっと最後の希望がかがやきだすと思ったのだ。

「なに、じつに簡単なことだ」とハリケス判事が答えた。「たとえば、今しがたわたしが書いた文章の単語を、お望みならわたしの名前を例にしてみよう。この名は、暗号文字の連なりでは以下のように表わされる。ncuvktzgc。さてと、これらの文字を縦に並べ、それからこれらと相対するようにわたしの名前を正しい綴りでおき、一方の文字から他方の文字へアルファベットの順番にして数えると次のような表ができる。

nとjのあいだに文字4個
c〃a　〃　2〃
u〃r　〃　3〃
v〃r　〃　4〃
k〃i　〃　2〃
t〃q　〃　3〃
z〃u　〃　4〃
g〃e　〃　2〃
c〃z　〃　3〃

ところで、このきわめて簡単な操作によってできた数字の、縦の列はどうなっているかね？　ほら！　数字は423 423 423とつづいている。423という数が何度かくり返されている」

「ええ！　そのとおりです！」とマノエルが答えた。

「それなら、こうして正しい綴りの文字から、見かけの文字へとたどるのではなく、見かけの文字から、正しい綴りの文字へと、アルファベットの順番を逆にたどることによって、容易にその数を見つけることができ、またそのかくされた数は、はたして、わたしが自分でつくった暗号文書の鍵としてえらんでおいた423である、ということをきみは理解した！」

「なるほど、それで」とマノエルは叫んだ。「当然ながら、もしDacostaの名が、この名を構成する七個の文字の最初のものつまりDとして、例の行のおのおのの文字をつぎからつぎへとっていって最終節に見つかるならば、やがては、かならず……」

「なるほど、それも不可能ではない」とハリケス判事が応じた。「だがしかし、それには条件が一つ必要だ！」

「どんな？」

「数値をしめす最初の数字が、Dacostaという語の最初の文字の下に正確にぴったり来るということだろうね。しかし、これはまったく不可能だときみも同意するだろう！」

「なるほど！」とマノエルが応じた。彼はここまできて最後のチャンスが逃げて行くのを感じた。

「と、すれば、偶然だけに頼るほかはなかろう」と、ハリケス判事が頭を横に振って語をついだ。「ところが、この種の研究には、まぐれ当たりというものはあり得ないのだ！」

「ですが、結局は」とマノエルがまた言った。「偶然に頼っても、その数を見つけられるんじゃないでしょうか？」

「その数だって？」と司法官が叫んだ。「その数！　などときみはいとも簡単に言うが！　いったいそれは何個の数字でできているのかね？　二桁かね、三桁、四桁、九桁、それとも一〇桁かね？　その数は相異なった数字からできているのか、それとも、数字が何度もくり返して出てくるのか？　お若い方、よろしいかね、記数法による一〇個の数字、このいずれをも用い、同じ数を二度と使わない場合でも、三二六万八一〇〇個の相異なった数をつくることができ、そこに若干の同一数字を用いる場合には、今言った何百万という組合わせがさらに増えるんだよ。そして、一年に含まれる五二万五六〇〇分のうちの、ただの一分をものがさず、これらの数の一つ一つを吟味するとしても、全部調べるには六年以上かかる。一つ調べるのに、もし一時間必要だということになれば、実に三世紀以上もかかる。とほうもないことだ！　きみ

が求めていることは不可能なのだ！」

「あり得ないのは、判事さん」とマノエルが応じた。「正しい者が罪の宣告を受けなくてはならぬということのほうです。無実をあかす物的証拠があなたの手中にあるのに、ホアン・ダコスタが生命と名誉を失うなどということのほうがあり得ない、考えられないことです！」

「ああ、お若い方」とハリケス判事が大声をだした。「つまるところトレスが言ったことは嘘でないと、誰が言えるのかね？　トレスが真犯人の書いた文書を本当に手にしていた、ここにある紙切れがこの文書であり、内容はホアン・ダコスタに関したものである、等々と言ったことの根拠はどこにあるのだね？」

「根拠！……」とマノエルはくりかえした。

そして、彼は頭をかかえこんだ。

事実、例の文書がダイヤモンド事件に関係のあることを、確実に証明するものは何一つなかったのである。その文書にはまったく意味がなく、トレス自身が空想したもので、彼は、偽の文書を売るつもりだったかもしれない。そうではないと証明するものは何一つ存在していないのであった！

「マノエル君」と、ハリケス判事は立ちあがりながらことばをついだ。「いや！　この文書に関わりある事件が何であろうと、わたしはこれを解く数字を発見しようとすることをあきらめない！　どっちみち、この文書は、語字判じ、あるいは謎々としてなら充分の価値があるからね！」

このことばを潮時に、マノエルは立って、司法官に挨拶をし、やってきたときよりもいっそう絶望してジャンガダに帰った。

XIV まったく偶然に!

さてこの間に、受刑者ホアン・ダコスタをめぐる輿論には、急激な変化が起こっていた。怒りが同情に変わっていた。住民たちがマナウスの牢獄までおしかけて、囚人に死刑をあたえよ、と口々に叫ぶということがなくなった。その反対なのだ! チュコで起こった犯罪の首謀者の罪を、ダコスタに負わせるのにもっとも熱心だった連中も、今では犯人は彼ではないと明言し、彼をすぐさま釈放せよと主張していた。群衆とはこうしたもので、極端から極端へと走るものである。

だからこうした急変があったのもうなずける。実際、この二日間に起こったいろんな出来事——ベニートとトレスの決闘、捜索の結果、トレスの死体があのような奇妙な状況のもとに発見されたこと、文書の幸運な発見、しかし、それにつきまとう「解読不可能性」、この文書が真犯人の書いたものである以上、ホアン・ダコスタの無実の物的証拠を含んでいると人びとが確信したこと、確信したがったこと——こうした事柄のすべてが、輿論のこのような変化にあずかって力があったのである。ここ四八時間のあいだ待ちに待っていたこと、もどかしげにのぞんでいたこと、それが今やほんとうになるのを人びとは恐れていた。それはリオ・デ・ジャネイロから送られて来るはずの訓令の到着であった。

しかし、それは猶予され得ないことだった。

事の次第は、こうである。ホアン・ダコスタは八月二四日に逮捕され、翌日尋問された。判事の具申書は二六日に送られた。この日は二八日だった。遅くとも三、四日のうちには大臣が受刑者についての裁決をおこならだろう。そうすれば「裁きは前例どおりに進行して行く」ことは火を見るよりあきらかなことなのだ！

いかにも！　このとおりになることを、誰も疑ってみなかった！　しかも、例の文書によってホアン・ダコスタの無罪が確実になったことは、彼の家族も、この劇的な事件の局面を、わくわくしながら追っていたマナウスの移り気な住民も、一人として疑いをさしはさまなかった。

しかし、外部にあって、こうした事件を遠くから見ていた無関係、あるいは無関心な観察者から見れば、この文書がどれほどの価値をもち得ようか。それに、文書がダイヤモンド輸送隊襲撃に関したものということさえ、どのようにしてたしかめたらいいか？　文書が現にあること、これには議論の余地はない。見つけた場所はトレスの死体だ。これ以上たしかなことはない。また、ホアン・ダコスタを密告したトレスの手紙と比べてみれば、この文書が、この山師の手で書かれたものでは絶対にないことをたしかめることすらできた。しかし、ハリケス判事が言ったように、なぜ、この悪党は、文書を恐喝の目的でつくらせなかったのか？　このことは、トレスが、ホアン・ダコスタの娘とあわよくば結婚してから、ということは、もうその事実を取消すことができなくなるときに、はじめてそれを手放すと言っていたからには、なおさらのことだった。

こうして、このような主張はすべて支持されたはずであり、この事件が、このうえなく人びとを熱狂させることになった理由もわかるのである。ともかくホアン・ダコスタの立場がいちばん険呑だったことはまちがいない。文書が解読されずにいるあいだは、文書はないも同然だったし、その暗号の秘密が三日たたないうちに、奇蹟的に解きあかされるか見破られるかしなければ、三日を経ずしてチュコの受刑者は極刑を課され、とりかえしのつかぬことになってしまう。

さて、この奇蹟を一人の男が実現するつもりでいた！　それはハリケス判事であった。今や判事は、自分の分析能力を満足させようというよりは、ホアン・ダコスタのためにこそ苦心していたのである。彼の心のうちには、はげしい変化が起こっていた。みずから進んでイキトスのかくれ家を捨て、一命を賭してブラジルの司法当局に名誉回復を訴えにきたこの男、謎もいろいろあろうが、そこには他の謎に劣らぬ一つの心の謎があるのではないか？　こうしたわけで、司法官はその数字を発見しないかぎり、この文書を投げだすことはあるまい。彼はこのことに無我夢中になっていた。彼はもう食事もとらず眠りもしなかった。一切はさまざまな数を組合わせたり、錠をこじあけるための鍵をつくることに費やされた！

その第一日目の夜、ハリケス判事の頭のなかでは、この考えが強迫観念に達していた。かろうじて抑えられていた憤怒が煮えたち、慢性状態になってしまったのだ。家じゅうの者がびくびくしていた。黒人たると白人たるを問わず、召使たちは彼の側に近寄ろうとしなかった。さいわいにして彼は独身だったが、そうでなくて結婚でもしていたら、ハリケス夫人はさぞ不愉快な気持になったことだろう。この変わり者を、これほどまでに夢中にさせた問題はこれまで一度もなかった。彼の頭はのぼせきっていたが、熱し過ぎた釜みたいに爆発でもしないかぎり、文書の解決方法を追求するのをやめようとは思っていなかった。

この尊敬すべき司法官の頭のなかでは、例の文書の鍵が、二つないし三つ以上の数字からなる一つの数値であること、しかしながらこの数値を知るにはいかなる推理も無力であるらしいことが、今やまったく疑う余地ないものとして映った。

ところが、これこそハリケス判事が、正真正銘の熱狂をもって企てたところなのであって、この日、八月二八日の一日じゅう、彼がその全能力を傾けたのはこうした人間業とは思えぬ作業だったのだ。

この数値を、行き当たりばったりに探すことは、自分でも言っていたが、何百万という組合わせのなかに溺れることであり、第一級の計算家が生涯を費やしてもなお足らぬことだった。だが、偶然に頼ることはまったく不可能だとしても、それなら推理によっておこなうことは不可能なのか？　いや、けっして不可能ではあるまい。そこで二、三時間、からだを横たえて眠ろうとして眠れなかったハリケス判事が、全身全霊を打ちこんでやったのは「論理の糸を失うに至るまで論理を押しとおす」ことだったのである。

彼の書斎には、絶対に誰も近づけないようになっていたが、あえて孤独をかたく守っている彼の姿を見ようとした者は、目の前にあの文書を置いて彼が書斎にいるのを見出したことだろう。その彼にとっては、文書の何千というごっちゃになった文字は、彼の頭のまわりをひらひら飛びかっているように思われた。

「ああ」と彼は叫んだ。「どこのどいつかしらないが、これを書いた悪党奴は、どうしてこの文章の単語を区切っておかなかったのだ！　しかしひょっとして……やってみるだけはやってみなくては。……いや、だめだ！　だが、まてよ、この文書でほんとうに強盗殺人事件が問題になっているとすれば、一定のことばが、ここに出てこないはずはない。輸送隊とか、ダイヤモンド、チュコ、ダコスタ、その他いろいろある！　そして、これらを、それに相当する暗号のところへもってくれば、数値を再構成するところまで漕ぎつけられよう！　ところが、そうはいかない！　ただの一つも切れ目がないのだからな！　たった一語、一語だけだ！……二七六文字のうちの一語だけだ！……これほどまでに念入りにこんぐらからしたごろつき奴、ああ、こんな奴はこのうえ二七六倍も呪われてしまうがいい！　これだけでも二七六倍も絞首刑に値する！」

こう言うと、ハリケス判事は、文書の上にげんこを一発つよく打ちおろして、この、あまり慈悲に富むとは言いがたい願望を強調した。

「だが、つまるところ」、と司法官はことばをついだ。こうした一つの単語を、文書の本文の全体にわたって探しまわることはできないとしても、せめて、各節のはじめなり終わりなりに、見つけようと試みることはできないものか？　おそらく、そこにはゆるがせにはできない何かのチャンスがあるのではないか？」

こうした推論に我を忘れて、ハリケス判事は、文書のいくつもの節のはじめか終わりの文字が、もっとも重要な語、かならずどこかに見つかるはずのDacosta（ダコスタ）という一語となる文字に対応するかどうかをつぎつぎに試みていった。

だがそんな気配はまるでなかった。

たとえば、最終節の冒頭の七文字だけについて言ってみれば、例の式はつぎのようになった。

p＝D
h＝a
y＝c
j＝o
s＝s
l＝t
y＝a

ところが、早くも最初の文字のところで、ハリケス判事の計算はさえぎられてしまった。なぜなら、アルファベット順に数えたpとdのあいだのへだたりは、一桁の数字ではなく二桁、すなわち十二を数え、この種の暗号文書では、一文字は当然一桁の数字になるはずだった。

この節の最後の七文字psuvjhbについても同様だった。この一つづきも同じくpではじまっており、どうしたってDacostaのdを表わすはずはなかった。なぜならこの場合も、十二文字だけのへだたりがあったからである。

このようにこの名はここには出てはこない。ついで試みられた「輸送隊」と「チュコ」ということばにあっても同じことだった。これらの語の構成もさきほどの暗号文字に比べてちゃんと対応していたわけではなかった。

この作業を終えると、頭が痛くなったハリケス判事は立ちあがり、書斎を大股に歩きまわり、窓際で空気を吸い、一種の唸り声を発した。そのためその物音で、ミモザの草むらでぶんぶん羽音をたてていた一群のハチドリがいっせいに飛び立った。彼はまた文書のところにもどった。

「ならず者奴！　ごろつき奴！」と、ハリケス判事はぶつぶつ言った。「おかげでわたしの頭も変になりそうだ！　いや、待て！　のぼせちゃいかん！　落ちつくんだ！　こんなことを言ってる場合ではないぞ！」

それから、冷たい水でたっぷり斎戒沐浴して頭を冷し、「別なのを試してみよう」と彼は言った。「このいまいましい文字を解く数値を自分で導きだせないというのなら、この文書の書き手であり同時にチュコの犯罪の下手人が、いったいどのような数値をえらんだかを検討してみるとしよう！」

それは今までとは別の推論のしかたであり、司法官はそちらに没頭した。あるいは、これでよかったのかもしれない。というのも、この方法には、ある種の論理があったからだ。

「それではまず」と、彼は言った。「一つ、年号を試してみようか！　あの悪人が、自分の身代わりに罪に陥れた無実の人、ホアン・ダコスタの生まれた年の年号を、彼がつかったと考えて不都合なことがあるだろうか？　仮に、自分にとって実に重要なこの数を忘れないため、というだけの理由にしろだ。ところでと、ホアン・ダコスタは一八〇四年に生まれた。1804を暗号数としたらどうなるか見てみよう！」

そこでハリケス判事は、例の節の最初に出てくる文字をいくつか書き、その上に1804の数字を三回繰り

返して記し、つぎのような新たな式を得た。

1804 1804 1804

phyj slyd dqfd

そして数字の値だけの文字をアルファベット順にさかのぼって、つぎのような一つづきの文字を得た。

o.yf rdy. cif

つまりは何の意味もなさなかった！　それに、そこにはピリオドで代用させた三個の文字が欠けていた。というのは、これらの三文字、h、dおよびdを支配する8、4および4という数字は、アルファベットのひとつながりをさかのぼっても、対応する文字を見出せなかったからだ。

「いや、これでもない！」とハリケス判事は叫んだ。「さらに別の数でやってみよう！」

そこで、彼は、文書の書き手は、この第一の年号のかわりに、むしろ犯罪のおこなわれた年の年号を選んだのではなかろうかと自問した。

さて、それは一八二六年のことだった。

そこで、前の場合と同様にして、この式を得た。

1826 1826 1826

phyj slyd dqfd

これでいくとつぎのようになった。

o.vd rdv. cid.

同様に無意味な文字の列だ。まったく意味をなさず、前の式と同じく、やはりいくつか文字が欠けており、その理由も同様だった。

「いまいましい数だ！」と司法官は叫んだ。「こいつもまたあきらめなくてはならないのか！ 別の数へ進もう！ それではこのごろつきは、盗んだ金高を表わすコントスの数をえらんだのだろうか？」

ところで、盗まれたダイヤモンドの価値は、八三四コントスの金高に見積もられていた。

そこで式はつぎのように定められた。

834 834 834 834

phy jsl ydd qf

この結果も前のと同じく芳しからぬものであって、つぎのようになった。

het bph pa. ic

「ええい、文書もこれを考えだしたやつも、両方ともくたばってしまえ！」と、紙片を投げ捨てながらハリケス判事が叫んだ。紙片は部屋の向こう端までひらひら飛んで行った。

「たとえ聖人君子でも、こんなものにはしびれを切らして、自分自身をののしるだろう！」

しかし、こうした腹立ちの瞬間が過ぎてしまうと、へまをやって恥をかくことを欲しなかった司法官は、もう一度文書を手にとった。いろいろの節の最初に出てくる文字について試みたことを、今度は最後に出てくる文字についてくりかえしてみた。その結果もむだに終わった。それから過度に興奮したその想像力にみちびかれて、つぎつぎと試みた。犯人がよく知っていたに相違ないホアン・ダコスタの年齢、逮捕の日付、ヴィラ・リカの重罪裁判所が刑を言い渡した日付、刑の執行に定められた日付等々の数、果てはチュコでの殺害による犠牲者の数に至るまで、つぎつぎに試してみた！

だが、やっぱりむだであった！

ハリケス判事は、気が変になったのではないかと思われるほど激怒の状態にあった。彼は敵とつかみ合っているかのように憤激し、じたばたし、戦闘状態にあった。それから、だしぬけに、

「一か八かだ」と叫んだ。「天よ我を助けたまえ、論理などくそくらえだ！」

彼の手は、仕事机の側にさがっていた呼鈴の引き綱をつかんだ。呼鈴がはげしく鳴った。司法官はドアのところまで行ってそれをひらくと、

「ボボ！」と、どなった。

しばらく時がたった。

ハリケス判事のお気に入りの召使で、自由の身の黒人だったボボは姿を見せなかった。ボボが、主人の部屋にはいろうとしてはいれないでいるのは目に見えていた。

もう一度呼鈴を鳴らし、ボボの名を呼ばわる！　ボボのほうは、この際聞こえぬふりをしたほうが身のためだ。これに限ると決めこんでいたのだった！

とうとう三度目の呼鈴で装置ははずれ、紐は切れてしまった。今度は、ボボがあらわれた。

「旦那さま、何かご用で?」と用心ぶかく、ドアの敷居のところに立ってボボがたずねた。

「ぐずぐず言わずにはいってくるんだ！」と司法官が答えた。その充血した目に、黒人は身ぶるいした。

ボボは前へ出た。

「ボボ」と、ハリケス判事が言った。「これからする質問に即刻答えるのだ。頭で考える手間さえかけずにな。さもないと……」

ボボは、うろたえ、目をすえ、ぽかんと口をあけ、武器をもたない兵士といったかっこうで両足を合わせ、待ちかまえた。

「わかったか?」と、主人が彼にたずねた。

「わかりました」

「気をつけるのだ！　いいか、考えずに言うんだ。お前の頭にまっ先に浮かんだ数を言ってみろ！」

「七六二二三」ボボは一気にこう答えた。

きっとボボは、そうした大きな数を答えて主人の気に入られようと考えたのだろう。

ハリケス判事は机に向かって走って行き、鉛筆を手にしてボボの指示した数にもとづく式を書きあげた。

ボボはこの場合、ただ思いついた偶然を伝えたにすぎなかった。

わかり切ったことだが、この七六二二三なる数がもしも文書の鍵の役目をする数であったとしたら、それはあまりにも虫のよすぎることだった。

ハリケス判事はその数字を聞くと立腹してののしったため、ボボはすたこら、尻に帆かけて逃げだすというはめになった。

XV 最後の努力

しかし司法官一人がこうしたいっこうに実を結ばぬ努力に身をすり減らしていたのではなかった。ベニート、マノエル、ミンハの三人は、件の文書から、自分たちの父の生命と名誉の鍵をにぎる秘密を是が非でも見出そうと、ひとところに集まり、力を合わせて頭をひねっていた。他方、フラゴッソのほうも、リナの協力を受けながら、これに遅れをとるまいとしていた。だが、彼らがどのように工夫してみてもうまくいかず、あいかわらず解決の道は見つからなかった！

「ねえ、見つけてよ、フラゴッソ！」混血娘はひっきりなしにくりかえした。「さあ、見つけてったら！」

「今に見つけるよ！」フラゴッソはそれに応じた。

だが、おいそれと見つかるものではなかった！

ところで、ここで言っておかなくてはならないが、フラゴッソは、リナにさえも打ち明けなかったある計画、彼の頭のなかで固定観念にまでなっていた計画を実行に移す考えでいた。それは、例のもと森番が属していた警備隊を探しに行き、自分がチュコでの犯罪の真犯人であることを告白した暗号文書の書き手が、いったいどんな男だったのかを探りだすことだった。さて、この警備隊が活動していたアマゾン流域、つまり数年前フラゴッソがトレスに出会っていた場所も、またその警備隊の管轄区も、マナウスからたいして遠くはなかった。それには、アマゾン右岸の支流であるマデイラの河口へ向かって、八〇キロほど河をくだればよく、そこでかつてトレスを部下としていた〈カピタエ・ド・マト〉（森林警備隊）の隊長におそらく会えるだろう。二日、いや、たかだか三日あれば、フラゴッソは、例の山師のかつての同僚たちと近づきになれる。

「そうだ、わたしにはきっとそれができる」と、彼はくりかえした。「だが、その後はどうなる？　駆けずりまわって、うまくいったとしても、その結果はどうだろう？　トレスの同僚の一人が最近死んだとたしかめることができるとしても、それでその男が犯人だという証拠になるだろうか？　だからと言って、その男が、罪を告白し、ホアン・ダコスタを自由の身にする文書を、トレスに手渡したことが証明できるとでもいうのか？　それで文書を解く鍵が見つかるのか？　そうはいかないのではないか！　例の数字を知っている人間はただの二人しかいない！　犯人とトレスだ！　ところが、この二人はもうこの世にいないのだ！」

フラゴッソはこんなふうに理を追って考えた。彼の奔走が何にもならないのはあまりにも明白であった。それなのに、そうした思いつきは理窟以上のものとなった。マデイラの警備隊を見つけだすことさえ確実とは思えなかったのに、抗しがたい一つの力が彼をついに出発させた。事実、警備隊の兵士たちは、その地方の別な地域へ逃亡奴隷狩りに出かけているかもしれず、そのときには、これに追いつくためにはフラゴッソの持ち時間ではとてもたりないことになるだろう！　それに、つまるところ何をしようというのか、どんな成果をめざしているのか？

にもかかわらず、翌八月二九日の未明、フラゴッソが誰にも告げず、ジャンガダをこっそり離れ、マナウスに到着し、毎日アマゾンをくだる多くの船の一つに乗りこんだのは事実だった。

彼の姿がジャンガダの甲板上に見えなくなり、この日一日、姿をあらわさなかったので、人びとはびっくりしてしまった。あの混血の娘リナでさえもが、あれほど献身的な従僕が、よりによってこうした、のるか

そるかの大事の時に姿をかくしたわけがわからないでいた！

気の毒に、この男は、国境でトレスに会ったとき、自分から進んで彼をジャンガダに呼び寄せるもとをつくったことに責任を感じ、なりふりかまわず、何らかの極端な手段に訴えたのではないかと考えた者もいたが、それもいくぶん正しいと言えるだろう。

だが、フラゴッソがそうした責任感に苦しんでいたとすれば、いったいベニートはどう自分に言いきかせればよかったのか？　一度目は、イキトスで農場主を訪ねるようにトレスを誘ったことがある。二度目のときは、タバティンガで、筏で航行してはと、彼をジャンガダの甲板に連れてきた。三度目は、この男に挑みこれを殺し、父ホアンに有利な証言のできるたった一人の証人を亡きものにしていた。

ベニートは、一切を自分のせいだと考えた。父親の逮捕も、その結果であるおそろしい不慮の出来事も！

実際トレスがまだ生きていたら、どのような経過をたどってであれ、また同情からにしろ、打算からにしろ、山師もしまいには文書をひき渡していただろうと、ベニートは考えたのではないか？　どうころんでも危い橋は渡らぬというトレスも、金の力をもってしたら、決心して打ち明けたのではなかったか？　これほど探しまわっている証拠も、ついには司法官たちの前に提出できたのではないか？　そうだ！　きっとそうにちがいない！……ところが、この証を提供できたただ一人の男がベニートの手にかかって死んでいたのである！

気の毒にも、こうしたことを、青年は、母親や、マノエルや、自分自身に向かってくりかえしくりかえししていた！　彼の良心はこうした容赦のない責任を感じていた！

ヤキタのほうは、許されるかぎりの時間を、夫のかたわらで過ごしていたが、その夫と、頭が変になるのではと心配されるほど絶望している息子とのあいだにあって、けなげにも自分を失うまいと気をはりつめていた。

彼女のうちにはマガルアエスのけなげな娘の面影と、イキトスの農場主にふさわしい妻の姿があった。それにホアン・ダコスタは、こうした試練のさなかで、彼女をどこまでも支えようとふるまっていた。思いやりぶかい男、厳格なピューリタン、その全生涯が一つの戦い以外のものでなかった峻厳な働き手、この彼にも一瞬の弱さを見せることがあった。

それは、彼を襲ったもっともおそるべき打撃、リベイロ判事の死であった。この人の心のなかには、ダコスタが無実であることにかんして、一点の疑念も残っていなかった。ダコスタが、自己の名誉回復のために戦う希望を失わなかったのは、知己であるこの弁護士の助けをかりられると思っていたからである。この事件のなかにトレスが割りこんできたことを、彼は自分にとっては二義的な意味でしかないと見ていた。それに例の文書は、彼がイキトスを離れて、自国の裁判にみずからをゆだねる決心をしたときには、存在することも知らなかったのだ。彼がもってきたのは、心の証だけ、後にも先にもそれだけだった。逮捕の前後に、具体的な証拠がはからずも出てきたとしたら、それをなおざりにするようなことはなかっただろう。しかし、たとえ残念な事情のためにその証拠が失なわれたとしても、彼は、ブラジルの国境を渡ってきたときと同じ心境だっただろう。つまり、つぎのような立場だ。「さあ。これがわたしの過去、これがわたしの現在、ほらここにわたしは、労働と献身からなる一人の正直な男のすべてをひっさげてきたのだ！　あなたがたが、まずそのお返しにくれたものは不正な判断だ！　二六年の亡命生活のあとで、わたしは自分をひき渡しにやってきたのだ！　さあ、これがわたしだ！　裁きたまえ！」

こうして、トレスの死、トレスの死体に見つかった文書の解読が困難なことなどは、その息子たち、友人たち、召使、要するに彼に関係のあるすべての人びとにあたえたほどのショックを、ホアン・ダコスタにあたえることはできなかった。

「わたしは自分の潔白を信じている」と、彼はヤキタにくりかえし言っていた。「ちょうど神を信ずるようになのだ！　わたしの命が家族や身内の者にまだまだ役に立つこと、この命を救うためには奇蹟が必要であることを、もし神がお認めくださるなら、神はこの奇蹟をおこなってくださるだろう。でなければ死ぬだけのことだ！　神だけが裁きの主なのだ！」

しかしながら、時がたつにつれて、マナウスの町では民心の興奮状態が次第にめだってきた。この事件についてては、さまざまなことが熱をこめて話されていた。謎めいたものなら何にでもひっかかる輿論は、なかでも件の文書をめぐって沸騰していた。この四日目の終わりには、文書がホアン・ダコスタの無罪証明を秘めかくしていることを疑う者は一人もいないほどだった。

それに、この文書の不可解な内容を解読することは、しようと思えば誰にでもできるような状態になっていた。つまり、日刊新聞の「ディアリオ・ド・グラン・パラ」が文書を原物のママ複写していたのである。原紙複写法で印刷されたのがマノエルの依頼で大部に流布されていたが、彼は、謎解きへと導いてくれそうなものなら何一つおろそかにはしたくなかったのだ。

それに、一〇〇コントスにものぼる懸賞金がだされていた。これはまさにひと財産といっていい額だった。そんなわけで、あらゆる階層の人びとが、このわけのわからぬ暗号に寝食を忘れて熱中した。

しかしながら、依然としてそれらはすべて徒労に終わっていて、おそらくこの世でもっとも巧妙な分析家であっても、この謎解きのためには、無益にいく晩も眠らずに過ごしたことだったであろう。

かつまた住民はどのような解答であれ、遅滞なく、子なる神通りのハリケス判事宅まで差しだすようにというおふれが出ていた。だが、八月二九日の夕方になってもまだ何一つ届いていず、希望は逃れ去ったかに思われた！

まったくのところ、このやっかいな問題の研究に没頭していた多くの人のなかで、ハリケス判事は、もっとも気の毒千万な一人であった。まったく当然な連想の結果、彼もまた、文書がチュコ事件に関係があり、真犯人自身の手で書かれ、ホアン・ダコスタを自由の身にするものだという一般の意見と今や同じ考えをもつにいたっていた。そこで、その鍵を探すことにますます熱がこもるのだった。彼を導いていたのはもはや単に謎解きのための謎解きではなく、不正な刑の宣告を加えられた一人の男に対する、一種の正義感、同情に近かった。彼はこの頭脳労働で、彼の有機体の燐分を消失していたが、その「感覚中枢」網を熱するのにそれを何ミリグラム消費していたかは外からはわからなかった。しかも、とどのつまりは、その結果何も見つからなかった。まったく何一つ！

それでも、ハリケス判事は、この仕事を見かぎるつもりはなかった。今や偶然しか当てにできないとしたら、その偶然こそ彼を助けにやってきていいはずだし、またそうあってもらいたいと彼は思った！　彼はどこかに解決法がおっこちていないものかと、めったやたらに、ありとあらゆる方策をめぐらしてみた！　それはついには狂乱、憤怒となったが、悪いことには、この憤怒は実質の伴わない憤怒だった。

この一日の後半の間に彼が依然として任意に取った数、さまざまに異なる数について試みたこと、それは人の思いもよらぬほどだった！　ああ、もし彼に時間の余裕があったら、ためらうことなく、記数法の一〇個の記号でつくれる何百万という組合わせのなかに、われとわが身を投じていたことだろう！　そのためには彼の全生涯を捧げても悔いなかっただろう！　そのため年の暮れには発狂してもかまいはしなかった！　気が狂う！　いや、すでにこの男は気違いではなかったか！

さてつぎに、彼は文書はきっと裏表を逆に読まなくてはならぬと考えついた。文書をひっくり返し、明かりに透かしながらふたたび手にとったのは、つまりそうした理由からだった。成果なし！　すでに考えついていた数値、この新たな形式のもとに彼が試みた数値は何の結果ももたらさなかった！

きっと、文書を逆に読まなくてはいけないのだ。そこで最後の文字から最初の文字へ進みながら、文面をもとへもどす必要がある。文書の書き手は読みをなおいっそう困難にするためにこんなことを考えだしたのではないか！

しかしそれもだめだった！　この新たな工夫もまったく得体の知れない文字の列を提供したにすぎない！

夕方の八時には、ハリケス判事は頭を両手で抱えこみ、心身ともに疲労困憊し、もうそれ以上からだを動かす力も、話す力も、考える力も、また一つの考えを別の考えに結びつける力もなくなっていた！

突然、外で物音がした。間髪を入れず、よくよく注意してあったのに、書斎のドアがだしぬけにあけられた。

ベニートとマノエルが立っていた。ベニートのほうは見るもおそろしい形相、マノエルはそのベニートを抱きかかえている。気の毒に、青年は自分で立つだけの力をもう失っていた。

司法官はぎくっとして身を起こした。

「どうしたのかね、きみたち、何か用かね？」と彼はきいた。

「数字！……数字です！……」と苦悩のために惚けたようになったベニートが叫んだ。「文書の数字です！……」

「では、きみはそれを知っているというのかね？」と、ハリケス判事が叫んだ。

「いいえ」とマノエルが言い返した。「でも、あなたのほうは？……」

「さっぱりだ！……とんとだめだ！」

「だめですか！」とベニートがわめくように言った。

そして、絶望のあまり、ベルトからピストルを引きぬき、それで自分の胸を撃とうとした。

司法官とマノエルは、彼に飛びかかり、やっとのことで、その手から武器をとりあげた。

「ベニート君」自分のうわずった声をしずめようとしながら、ハリケス判事は言った。「きみのおとうさんは、今になってはもう無実の罪で処刑されることから逃れられないのだから、きみには自殺するよりもっとしなくてはならんことがある！」

「いったい何でしょうか？」ベニートが叫んだ。

「おとうさんの命を救おうと試してみなくては！」

「で、どうやって？……」

「それを察するのはきみの仕事だ」と、司法官は答えた。「きみにそれを言うのはわたしの役目じゃない！」

XVI

手はずはととのった

翌八月三〇日、ベニートとマノエルは二人でしめしあわせていた。彼らは、判事が彼らのまえではっきりと口にださなかった考えが、ほんとうは何であるかわかっていた。彼らは今や、極刑に付されそうな雲行きのホアン・ダコスタを逃すための手段をこうじていた。

ほかにどうする道もなかった。

実のところ、リオ・デ・ジャネイロの司法当局にとっては、解読できない文書なぞ何の値打ちもない空文であって、チュコでの犯罪にかんしてホアン・ダコスタに有罪宣告した第一審は破棄されず、この際、減刑はあり得ないので、刑の執行は避けられない決定事項だった。

それゆえ、ホアン・ダコスタにとっては、不当にも彼に加えられている拘留から、脱獄という手段に訴えてでも逃れる以外に手段はなかった。

彼らが今からやろうとする秘密の企ては、絶対に外部にもらさぬこと、ヤキタやミンハにも知らさぬことが、二人の青年のあいだでとりきめられた。知らせてやれば、おそらく彼らに最後の希望をあたえることにはなろうが、計画は実現すまい！　周囲の思いがけない出来事から、この逃亡の試みが惨敗に終わらないと誰に保証できよう！

この際、もしフラゴッソがいてくれたら、きっと頼りになったことだろう。この慎重で献身的な男が二人の青年を助けにきてくれたなら。だが、フラゴッソは姿をあらわさなかった。リナでさえ、彼がどうなったのか、また彼がなぜ彼女に知らせもしないでジャンガダを去ったのか、そのわけを話すことはできなかった。

もちろん、フラゴッソにしても、事態がここまで発展するとあらかじめわかっていたら、ダコスタ一家を見捨てて、一つとして確実な結果をもたらし得るとは思われない奔走を企てはしなかっただろう。しかり！トレスの昔の同僚を探しに出かけるよりは、ホアン・ダコスタの逃亡を助けたほうがましかもしれなかった！

だがフラゴッソはその場にいないのだから、どうしても彼の力をあてにせずにやるしかなかった。

そこで、夜明けになるとすぐに、ベニートとマノエルはジャンガダを去り、マナウスに向かった。彼らは早々（はやばや）と町につき、その時刻にはまだ人影のない、狭い通りのなかへはいって行った。数分後、二人は監獄のまえに出た。彼らは、留置所の建物になっている旧僧院のそびえ立つ空地を、あらゆる方角にくまなく歩きまわった。

彼らはできるだけ入念に検討したが、地理を調べるには恰好の場所だった。

地面から七メートル半の高さのところ、建物の一角に、ホアン・ダコスタの幽閉されている独房の窓が開いていた。この窓は、かなり傷んだ状態の鉄柵で囲われていて、柵の高さまでのぼることができれば、窓の格子をこじ開けるか、鋸で切るかするのはむずかしくはないと思われた。壁面の石と石のつなぎが悪く、石はほうぼうでこまかく砕けて突出部をつくっており、ロープを使ってよじ登ることができるなら、おあつらえむきの足場となってくれるに相違なかった。ところでこのロープは、うまく投げあげれば、外に向かって鉤のようになっている鉄格子の一つに、きっとうまくかけることができるだろう。こうして人間が一人通りぬけられるように鉄格子を二、三本はずしてしまえば、あとはベニートとマノエルが囚人の部屋へ忍びこめ

FROMENT

ばよく、逃亡は鉄枠にロープを結びつけてたいした苦労なくおこなわれるだろう。夜になって空がすっかり暗くなれば、こうした作業はまったく人目につかず、ホアン・ダコスタは夜明けを待たずに危険を脱し得ることもできるだろう。

マノエルとベニートは、あやしまれないように行ったり来たりしながら、一時間にわたって、ロープを投げるにもっともふさわしい個所や、窓の状況、鉄枠の配置などについてきわめて綿密に位置を測定した。

「さて、これでよし」とマノエルが言った。「だがホアン・ダコスタに前もって知らせなくてはなるまい?」

「それはいかん、マノエル! 失敗するかも知れない企ての秘密は母にも打ちあけなかったんだ。父にもやはり黙っておこう!」

「ベニート、これはうまく行くぞ!」と、マノエルが応じた。「しかし、あらゆることを見越しておかなくてはならん。脱出の段になって看守長の注意をひくようなことにでもなった場合は……」

「その男を買収するに必要なだけの金を揃えるさ!」と、ベニートが答えた。

「なるほど」とマノエルが応じた。「だが、ホアン・ダコスタは、いったん監獄を出てしまえば、もう町なかにもジャンガダにもかくれてはいられない。かくれ家をどこに探したらよかろう?」

これが解決を要する第二の、きわめて由々しい問題だった。そのわけはこうだ。

監獄から一〇〇歩ほどのところの空地に、町の下を通ってネグロ河へ流れこむ運河が一本横切っていた。この運河へ丸木舟を一艘もってきて脱獄者を待たせておけば、この運河を伝ってネグロ河に出られるだろう。獄舎の壁の裾から運河までは、歩いて一〇〇歩あるかなしである。

ベニートとマノエルは、夕方の八時近く、水先案内人のアラヨと二人の屈強な漕ぎ手の操縦で、ジャンガダの丸木舟一艘が出発するように手はずをととのえた。丸木舟はネグロ河をさかのぼって水路にはいり、未開墾の空地を横切って進み、そこで土手の丈高い草むらにかくれ、囚人がいつでも乗りこめるよう一晩じゅうそこに留まることになる。

だがいったん丸木舟に乗りこんだあとは、ホアン・ダコスタはどこにかくれ場を探せばいいだろうか？

問題の可否をこまかく吟味したあげく、二人の青年が最後に決心した要点はそこにあった。

イキトスに戻る、これは危険にみちたやっかいな道をたどることだった。脱獄者が広野を横切って行くにしても、アマゾンの流れをのぼるなりくだるなりするにしても、ともかく道のりがありすぎる。馬も丸木舟も脱獄者を安全な場所に早く連れて行くことはむずかしかった。それに、この所有地は、もう彼にとって安全なかくれ場となってはいない。そこへ帰っても、彼はもう農場主のホアン・グラールではなく、たえず犯罪人ひき渡しの威嚇の支配下におかれる、受刑者ホアン・ダコスタということになる。彼はもや、かつての自分の暮らしをそこでもう一度はじめることはできないのだ。

ネグロ河を渡って州の北部まで、あるいはブラジル領土外まで逃亡する計画は、何よりも時間を要する。しかももっとも注意しなくてはならないことは、時をおかずにおこなわれる追跡を免れることだった。

アマゾンをさらにくだるにしても、両岸には宿駅、村、町が多数ある。受刑者の人相書が、各地の警察に送られるだろう。そうなれば、大西洋の沿岸に達しないうちに逮捕される危険がある。たとえたどりついたとしても、船に乗って裁判所と大海原でへだてられた地へ脱出する機を待つまで、どこへ、どうやって身をかくせばいいか？

こうしたさまざまな計画を検討したあげく、ベニートとマノエルは、どの計画も実行不可能と認めたが、救出のチャンスがつかめそうな企てもなくもなかった。

それは、監獄を出たら丸木舟に乗りこみ、運河づたいにネグロ河まで行き、水先案内人の案内でこの支流をくだって二つの流れの合流点に達し、それからはアマゾンをその右岸に沿って約一〇〇キロ流れくだるにまかせ、夜のあいだは舟を漕ぎ、昼間は休止しつつマデイラ河の河口にいたるというのだ。

この支流はラ・コルディエールの中腹からおりてきて、一〇〇ほどのさらに小さな支流によって大きくなり、実にボリビアの中心まで開けている天然の水路なのだ。それゆえ丸木舟なら、航行の跡をまるで残すことなく、思い切ってはいって行くことができ、ブラジルの国境の彼方にある町なり村なり、ともかく僻地へと避難できるのだった。

そこでは、ホアン・ダコスタも比較的安全であるはずだ。そこでなら、必要とあれば数か月ものあいだ、太平洋沿岸に近づく機会を待ち、沿岸の港に碇泊して、出帆をひかえた船舶に乗りこむことができるだろう。この船が彼を北米のいずれかの国へ運んでくれれば、彼の命は救われたことになる。あとは海のかなたの旧大陸に、今までかくもむごく、かくも不公平に苦しんできた人生の残りを過ごすための、最後のかくれ家を探しに行くこともできる。

彼がどこへ行こうと、彼の家族は少しも躊躇せず、少しの未練もなく彼に従うはずだ。またその家族には、運命的な絆で彼に結びつけられたマノエルも含まれるに相違なかった。それは、すでに自明のことだった。

「出発しよう」と、ベニートが言った。「夜にならないうちに、すっかり準備しておく必要があるから一刻もむだにはできない」

二人の青年は、運河の堤防に沿って、丸木舟でネグロ河まで帰ってきた。こうして、彼らは、そこでは丸木舟の進路にまったく何の障害もなく、水門の堰や、修繕中の船などの邪魔がはいって、舟がさえぎられるようなことはまったくないことを確信した。それから人がひんぱんに行き来している町の通りを避けて、この支流の左岸をくだり、ジャンガダの碇泊しているところについた。

ベニートのいちばんの気がかりは、母親に会うことだった。彼は、自分の憔悴と心痛を少しでも表にださないように自分を抑えていられることをたしかめた。彼は母親を安心させ、すべての希望が失われたわけではなく、文書の秘密は解かれるだろうということと、ともかく輿論はホアン・ダコスタの味方であり、彼に同情して起こった輿論のもりあがりを見ては、裁判所も、その無実の物的証拠をつかむに必要なだけの時日をくれるだろうと彼女に言うつもりだった。

「そうです、おかあさん、そうですとも！」と、彼はこれらのことにつけ加えて言った。「明日までには、きっと、おとうさまのことは何一つ心配しなくていいようになるでしょう！」

「神さまはお前の願いをかなえてくださるでしょう！」とヤキタが答えた。彼女の眼差は、いかにももの問いたげな様子だったので、ベニートは、その視線を受けとめることがようやくできたありさまだった。

マノエルはマノエルで、まるでしめし合わせたようにミンハを安心させようとしていた。ハリケス判事は、ホアン・ダコスタの無実を納得し、彼を救うためにその力の及ぶかぎりのあらゆる方策をこうじてくれるはずだとくりかえし説いた。

「あなたを信じることにするわ、マノエル！」とこの娘は言った。彼女はこらえきれず目に涙を浮かべた。

そこでマノエルもおさえきれずミンハのそばを離れたが、その目も涙でいっぱいになり、涙は、彼が今し方信じさせた希望的な観測を裏切っていた！

そろそろ、ホアン・ダコスタを訪ねて行く日課の時刻になっていたので、ヤキタは娘をつれて、いそいでマナウスに向かった。

一時間のあいだ、二人の若者は水先案内のアラヨと話し合った。二人は、自分たちが決めた計画を微に入り細を穿って彼に告げ、また逃走計画やその後の脱走者の安全を確保するに適当な策についても彼の意見を求めた。

アラヨはどれにも賛成した。日が暮れたら、人に少しでも怪しまれないように、丸木舟を運河を通ってもって行くことを約束した。彼はホアン・ダコスタの到着を待つ場所までの運河の道筋を熟知していた。その後でネグロ河の河口に出るのは少しも困難なことではなく、丸木舟は河の流れをひっきりなしにくだっている漂流物にまぎれて、誰にも気づかれずに通り過ぎるだろう。

マデイラ河との合流点までアマゾンに沿って進むという問題についても、アラヨはまったく反対しなかった。それ以上の策はないというのが彼の意見であった。マデイラ河の流れを、一八五キロ以上にわたって彼は知っていた。人跡まれなこれらの州のただなかで、ひょっとして、こちらのほうへ追跡の手が伸びるとしても、たやすくその裏をかいてやることができよう。たとえボリビアの中心まではいりこもうと、ホアン・ダコスタが多少でも国外に亡命したいという希望を捨てないでいれば、乗船は大西洋側よりは太平洋沿岸のほうが危険も少なくできる。

二人の若者を安心させるため、アラヨの賛成が力になった。二人は水先案内人の分別に信頼をおいていたが、それは理由のないことではなかった。

この実直な男の献身ぶりについては疑念をさしはさむ余地はない。イキトスの農場主を救うためなら、きっとわが身の自由も命も投げだしたことだろう。

アラヨは、この逃走の企てのうち、自分の役目である準備にさっそくかかったが、それは絶対の秘密のうちにおこなわれた。マデイラ河に向かう旅のあいだ、どんな不慮の出来事が起こるかわからないので、それに備えるため多額の金貨がベニートから彼にゆだねられた。それから自分はフラゴッソの行方を探しに行くつもりだからと告げて丸木舟の準備をさせた。フラゴッソはまだ姿を見せず、彼の仲間のみんなが彼の身の上を案じていたのはもっともなことだった。

それから自分の手で小舟に数日分の食料をきちんと積みこみ、その他、小舟が運河の端についたら、二人の青年が適当な時に、とりにくることになっているロープや道具類も入れた。

こうした準備はジャンガダにいる人びとの注意をとりたててひかなかった。水先案内人が漕ぎ手にえらんだ二人の屈強な黒人にさえ、この計画の秘密は明かされなかった。とは言っても、彼らはどこまでも信頼できる連中だった。この二人が自分たちがこれから協力することになる救助作業がどんなものかを知り、自由の身にやっとなれたホアン・ダコスタの世話をまかされることになれば、二人は進んで何でもやってのけ、主人の命を救うためなら自分の命をも投げだす男たちだということをアラヨはよく承知していた。

午後のうちに、すっかり出発の準備ができた。

しかしマノエルは行動に移る前に、最後にひと目ハリケス判事に会っておきたいと考えた。おそらく、判事は、例の文書について彼に何か新しいことを教えてくれるかもしれない。

ベニートのほうは、ジャンガダに残って母と妹の帰りを待っていた。

マノエルは単身ハリケス判事の家へおもむいた。彼はすぐに招じ入れられた。

司法官は、ずっとこもりきりだった例の書斎にいて、あいかわらず極度の興奮にとらえられていた。文書は、いらだった彼の指でしわくちゃになっていたが、依然としてテーブルの上にあった。

「判事さん届きましたか、リオ・デ・ジャネイロから?……」とこの質問をしながらマノエルの声はふるえていた。

「いや……」とハリケス判事が答えた。

「訓令はまだ届いていない……が、ほどなく!……」

「で、文書は?」

「だめだ!」とハリケス判事は叫んだ。「わたしの想像力を総動員して思いついたかぎりは……すっかり試してみた……だが、何も出てこない!」

「何も!」

「いや、そうでもない! この文書のなかで一語だけはっきりわかったことがある。……たった一語だがな!……」

「でそのことばとは?」とマノエルが叫んだ。「判事さん……どんな単語なのです?」

「脱走というのだ!」

マノエルはそれには何も答えず、ハリケス判事のさしだした手をかたく握り、ジャンガダに帰ると、そこで行動開始の瞬間を待った。

XVII 最後の夜

ミンハを連れてのヤキタの訪問は、夫妻が毎日いっしょに過ごしているその数時間のあいだ、いつもと少しも変わらぬものであった。自分がこんなにもやさしくいつくしんでいるこの二人を前にして、ホアン・ダコスタは胸にあふれる思いをようやくおさえていた。彼は、夫として、父親として、自分をおさえねばならぬと考えていた。この気の毒な二人の女性を元気づけ、わずかであるにせよ希望をあたえたのは彼のほうだった。しかしその希望も、彼の心のなかで残り少なになっていた。二人とも、囚人の気持をひき立ててやりたいと思ってきていたのに、心の支えを必要としていたのは、彼よりもむしろこの二人のほうだった。しかし、彼が気をしっかりもち、これほどの困難にもめげず誇りを失わずにいるのを見ては、彼女たちもまた希望をとりもどすのであった。

この日もホアンは、二人を元気づけるような話をしていた。彼はこの不屈の気力を、自分は無実であるという気持からだけではなく、彼の正義を多くの人びとの心に知らせ給うた神への信仰からも汲んでいた。そうなのだ！　ホアン・ダコスタは、チュコの犯罪ごときでうち砕かれるような男ではなかった！

それに、彼は、めったに文書のことを口にださなかった。この文書は筋目の正しいものかどうか、トレスの手で書かれたのか、真犯人によって書かれたものか、みんなが懸命に探している無実の証明を内容としているかどうか、ホアン・ダコスタがおのれのよりどころとして求めていたのは、こうした疑わしい仮定のことがらではなかった。そうではない！　彼は、自分自身こそ、この事件を論ずる際のいちばんのよりどころ

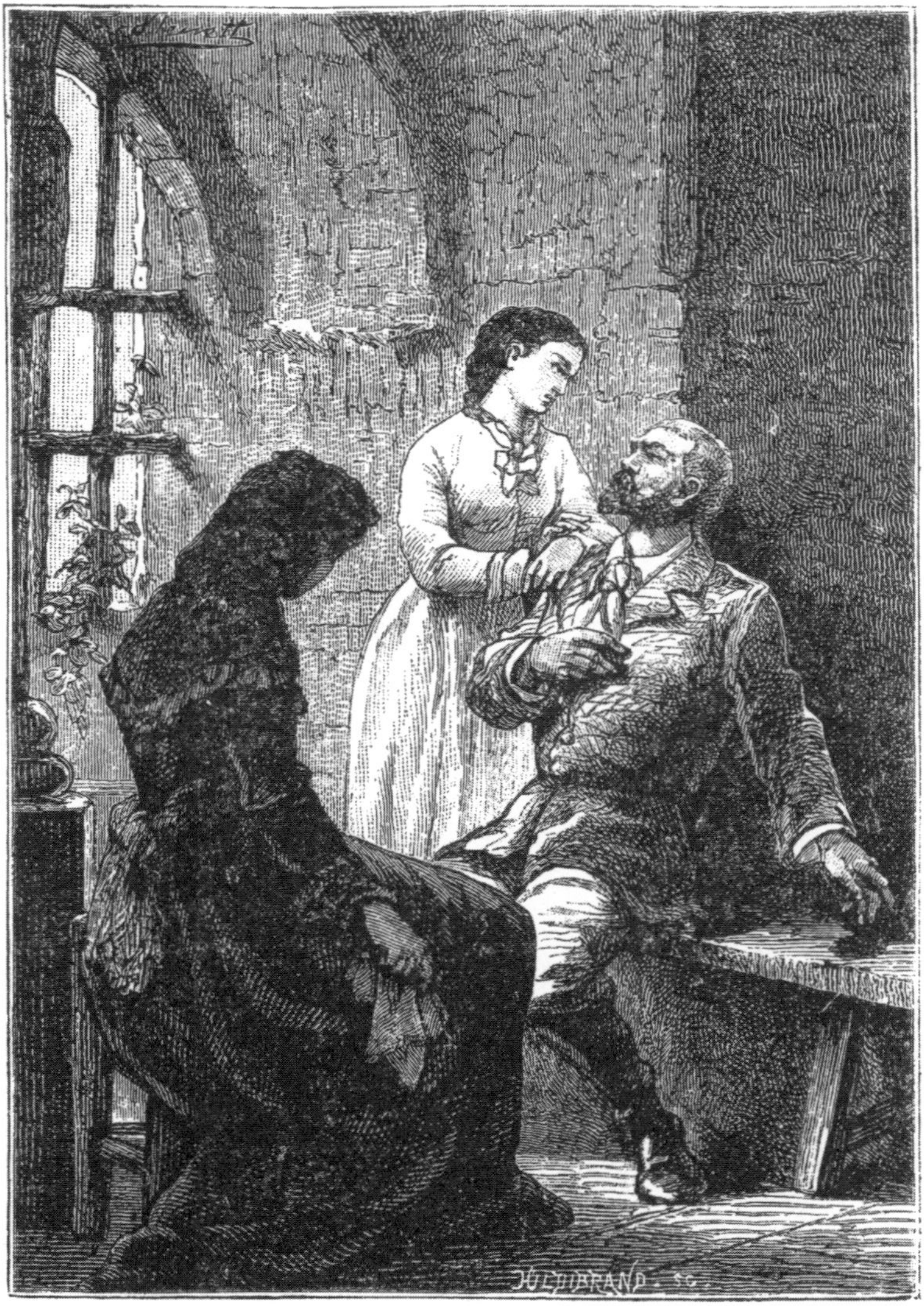

であると考え、自分の勤労と誠実の生涯をこそ弁護してやりたいものだと思っていた！

というわけで、その日の夕方、母と娘は、心の底までしみとおるこうした男らしいことばに励まされ、逮捕以来なかったほどに心の荷をおろして帰って行った。囚人は最後にもう一度、ふだんの倍ものやさしさで二人を胸にかたく抱きしめた。彼は、いずれにせよこの事件の大詰めが近いという予感をもったらしかった。

ホアン・ダコスタは一人になって、長いあいだ身じろぎもしないでいた。彼は小さなテーブルの上に頭をかかえて動かなかった。

彼の心に何が起こったのか？ 人間のおこなう正義は一度は過失を犯したが、ついには自分の無罪放免を言い渡すことになると確信するにいたったのだろうか？

そうなのだ！ 彼はまだ希望を失っていなかった！ 彼があれほど確信をもって書いておいた証拠となる覚え書は、彼が本人であるとの証明の付されたハリケス判事の具申書といっしょに、リオ・デ・ジャネイロの裁判所の最高責任者のもとにあることを彼は知っていた。

すでに読者もご承知のとおり、この覚え書は、彼がダイヤモンド輸送隊にはいってから、ジャンガダがマナウスの近くに碇泊するまでの彼の一生を記録したものだった。

ホアン・ダコスタは、このとき、自分の全生涯を回想していた。彼は、孤児の境涯でチュコにたどりついた時期以後の歴史にふたたび生きていたのだ。その地で、彼は、まだほんの若年で許されてはいった総督の事務所で、熱心に働くことにより、その地位を高めていた。未来は彼にほほえみかけていた。彼は何かしら高い地位に達するにちがいなかった！……それから、いきなり、この破局――ダイヤモンド輸送隊の強奪、護衛兵の虐殺、出発の秘密の漏洩ができたただ一人の役人として、嫌疑がかけられ、逮捕、陪審員の面前へ出頭、判決、彼の弁護人のあらゆる努力にもかかわらずヴィラ・リカの牢獄の死刑囚独房での最後の時が流れ、超人的勇気を必要とする条件のもとで脱走がなされ、北部の諸州を股にかけて逃走、ペルー国境への到着、それから一文無しで飢餓のため死にかけている逃亡者は、世話好きな地主マガルアエスにあたたかく迎え入れられた！

ホアン・ダコスタは、これら自分の人生をむざんに挫折させた出来事のすべてを思いかえしていた！　こうして、物思いにふけり、思い出に我を忘れていた彼は、ふつうの状態だったら当然気がつくはずの物音が聞こえなかった。古びた僧院の外壁のおかしな物音も、その窓の格子にひっかけられたロープのゆれる音も、鉄格子にきしる鉤の音も聞こえなかった。

ホアン・ダコスタはなおもペルーについてからの、彼の青春の日々をまざまざと思い浮かべていた。農場で使用人になっている自分を、あの年老いたポルトガル人の共同経営者になって、イキトスの農場をもりたてようと働いていた自分を思いだしていた。

ああ、それにしても、どうしてはじめから恩人に一切を打ち明けておかなかったのか！　あの人なら自分に疑いをもったりしなかっただろう！　それは彼がつよく悔いているただ一つの過ちだった！　どうして彼は、自分がどこから来たのか、また何者であるかを打ち明けておかなかったかと思った。とりわけ、マガルアエスが、自分の手と娘ヤキタの手を結びつけてくれたときにである。ヤキタは、彼があの恐るべき犯罪の下手人だなどとはけっして考えなかったにちがいない！

このとき、外の物音が囚人の注意を充分ひくくらい耳に立った。

ホアン・ダコスタは一瞬顔をあげた。彼の目は窓の外に向けられた。だがその眼差しは、無意識の状態にあるかのようにぼんやりしていた。そしてすぐまた、その額は両手でおおわれた。彼の思いはなおもイキトスへともどって行った。

そこでは、年寄りの農場主が危篤であった。死に瀕しながら、農場主はその娘の将来に不安がないように、また彼の共同経営者がその農場の主人となり、その指図の下に農場が大いに繁栄するように望んだ。ホアン・ダコスタとしてはこのときにこそ打ち明けるべきだったろうか？……おそらく！……彼には思い切ってそうすることができなかった！……彼はヤキタと二人寄りそって過ごしたしあわせな日々、子供たちの誕生、チュコに関する記憶、自分のおそるべき秘密を打ち明けなかったという後悔、心を悩ますと言えばただそれだけの、そのころの生活のあらゆる幸福を思い浮かべていた！

これらの出来事がこのようにおどろくべき鮮やかさ、強烈さをもってホアン・ダコスタの脳裡につぎつぎと再現されるのだった。

彼は、今度は、娘のミンハとマノエルの結婚がきまりそうになったときの自分を思い浮かべていた！　この縁組を偽りの名のもとに、この青年に自分の生涯の秘密の部分を知らせずに、そのままとりきめてしまうことができるだろうか？　否！　そこで彼は、リベイロ判事の忠告を聞き、裁判の再審を請求しにアマゾンをくだり、久しく求めてきた名誉回復の訴訟を起こす決心をしたのだった。彼は家族や身内の者たちと出発した。それから、トレスが割りこんできた。この悪党の申し出たいやらしい取引、名誉と生命を救いたいなら、娘をさしだせ、という要求に憤慨した父親は、これを拒絶、それから告訴、そして逮捕だ！……

このとき、窓が外側からはげしく押され、いきなりぱっと開いた。

ホアン・ダコスタは立ちあがった。過去の思い出は幻のように消え失せた。

ベニートが部屋に躍りこんで、父親の目のまえにいた。一瞬の後マノエルが、鉄格子のはずれた窓を飛び越えて、ベニートのそばに並んで立った。

ホアン・ダコスタは驚きの叫び声をあげそうになった。が、ベニートがそうする暇をあたえなかった。

「おとうさま」と彼は言った。「ほら、この窓の鉄柵は破られました！……ロープが一本、地面まで垂れています！……丸木舟が一艘、ここから一〇〇歩の運河で待っています！……そこにアラヨがいて、舟をマナウスから遠く離れた、アマゾンの反対岸のほうへもって行きます。そこまで行けば、もう追いかけられることもなくなるはずです！……おとうさま、今すぐ逃げなくてはなりません！……判事さんも自分からそうしろと忠告してくれたのです！」

「是非そうしてください！」とマノエルがつけたした。

「逃げる！　わたしが！……またしても逃げるのか！……またか！……」

そう言って、腕をくみ、昂然と頭をあげ、ホアン・ダコスタは部屋の奥のほうへゆっくりと後ずさった。

「絶対にいやだ！」彼があまりに断固とした声でそう言ったので、ベニートとマノエルはただもう呆然としていた。

二人の若者はこのような抵抗を予期していなかった。この脱走計画にたいする邪魔が、ほかならぬ当のホアン・ダコスタから出てこようとは、思いもよらないことだった。

ベニートは父親につめ寄ってその顔を真正面からじっと見つめ、その両手をとった。無理やり彼を連れて行くためではなく、彼に言い分を聞いてもらい、黙って承服してもらうためにだった。

「どうしても、とおっしゃるんですか、おとうさま？」

「どうしてもだ」

「おとうさま」と、そこでマノエルが口をだした。「おとうさま！　わたしにも、そう呼ばせていただく権利があります。ぼくらの言うことを聴いてください。一刻の猶予もなく逃げなくてはならないと申しあげるのも、もしあなたがこのままでいらっしゃれば、他の人びとにたいし、またおとうさまご自身にたいして罪をつくることになるからです！」

「このままここにいるのは」とベニートがことばをついだ。「死を待つことです！　ほどなく死刑執行の命令がとどくことになっているのです！　人間の手になる正義が、不正な裁判にうち勝つと信じてらっしゃるのなら、またこの正義が、二〇年前有罪を宣告されたあなたの名誉を回復してくれるものとお考えでしたら、それはまちがっています！　もう望みはないんです！　逃げなくては！……どうか逃げてください！」

ベニートは有無を言わせぬといった身のこなしで、父親をつかんで窓のほうへひっぱった。

ホアン・ダコスタは息子の手をふりほどき、身をしりぞけた。

「逃げるんだと！」と、彼はゆるがぬ決意をかためた人の調子で答えた。「しかしそうすることによってわたしは面目を失うことになるし、そのためにお前たちまで恥をさらすことになるのだ！　そんなことをするのは、自分に罪があることを白状するようなものだ！　わたしが自分の国の裁判官に身柄をあずけにやってきたのは、誰に無理じいされたからでもないのだから、善くも悪くも、わたしは彼らの判決を待たなくてはならん、だからわたしはそれを待つつもりだ！」

「でも、あなたが頼みにしておられる推定証拠は充分なものではないはずです」と、マノエルが応じた。「それにまた今までのところ、あなたの無実の物的証拠はぼくらのもとにはないのです！　逃亡のことを何度もぼくたちが言うのは、他でもないハリケス判事が自分でぼくたちにそう言ったからなのです！　今になっては死刑をまぬがれるにはこれしかないのです！」

「そんなら死ぬだけのことだ！」と、ホアン・ダコスタはおだやかな声で言った。「わたしはわたしに有罪を宣告する裁判に抗議しながら死ぬことになるだろう！　わたしは一度、死刑執行の数時間前に脱獄したことがある！　そうだ！　当時わたしは若かった。わたしの前途には人間のこしらえた不正と闘う人生があった！　しかし今はちがう。今逃げだしては、偽りの名前にかくれた罪人のみじめな生活を、もう一度やりなおすことになる。罪人のありとあらゆる努力は警察の追跡をごまかすことに費やされる。二三年間もやってきたこんな気苦労な生活をやりなおし、お前たちもわたしといっしょにそんな生活を余儀なくされる。遅かれ早かれやってくる告発を毎日毎日待ち受けることになる。犯罪人ひき渡しの要求は外国にいてもわたしにとりついて離れないだろう！　いったいこんなふうに生きて行くことが真に生きると言えようか！　いやいや！　けっして逃げなぞしない！」

「ねえ、おとうさま」とベニートがこれに応じた。彼の頭はこれほどの強情さに出会って変になりそうだった。「逃げてください！　そうしてほしいんです！……」

そう言って彼はホアン・ダコスタをつかまえ、力ずくで窓際までひっぱって行こうとした。

「だめだ！……だめだ！……」

「じゃぼくが気違いになってもかまわないんですか！」

「ねえ、ベニート」とホアン・ダコスタは大声を出した。「ほうっておいてもらいたいのだ！……すでに一度わたしはヴィラ・リカの監獄を脱走したことがある。そのとき人びとはわたしが逃げたのも刑の宣告を受けるようなことをしたからだと思ったのだ。それももっともなことだ！　そうだ！　みんながそう信じたのもむりはないのだ！　だから、お前たちのもっている名前の名誉にかけても、わたしは同じことをくりかえしたくないのだ！」

ベニートは父の膝もとにくず折れた！　彼は父に両手をさしだし……哀願した……

「しかしおとうさま」と彼はくりかえした。「例の命令は今日にも届けられるかもしれないのです……今すぐにでも……そしてその内容は死刑の宣告かもしれないのですよ！」

「命令はやがて届けられるだろう。しかしわたしの決意は変わらない！　いや、ベニート！　ホアン・ダコスタは有罪ならば逃げるかも知れない！　無実のホアン・ダコスタは逃げはしない！」

このことばのあとにつづいた情景は悲痛だった。ベニートは自分の父と力ずくで争った。マノエルは度を失って、囚人をひっさらって行こうと身がまえたまま窓際に立っていた。このとき独房のドアが開いた。

入口のところに、監獄の看守長と数人の兵士をしたがえて警察署長の姿があらわれた。

警察署長は今しがた脱獄の企てがなされたことを見てとったが、同時に、囚人の態度から、囚人自身は逃げようとしなかったのを知った！　彼は何も口にはださなかった。彼の顔には深い同情の気持があらわれていた。おそらく彼もハリケス判事と同じように、ホアン・ダコスタがこの牢獄から脱走していたほうがよかったと思っていたのかもしれない。

時はすでに遅かった！

警察署長はその手に一枚の紙きれをもっていたが、このとき囚人のほうへ進み寄った。

「まずわたしのほうから言わしていただこう」とそのときホアン・ダコスタが署長に言った。「あなたに向かって断言するが、逃げる逃げないはわたし次第だったのだ。けれどもわたしはそうしたいとは思わなかった！」

警察署長は一瞬うつむいた。それから、声をはりあげようとしたが、うまくそのとおりにならなかった。

「ホアン・ダコスタ、今しがた、リオ・デ・ジャネイロ裁判所の最高責任者から命令が届けられた」

「ああ、おとうさま！」と二人の青年が叫んだ。

「その命令書には」と、両腕を胸もとにくみ合わせたホアン・ダコスタがたずねた。

「判決の執行が記載してあるのですか？」

「そのとおり！」

「それは？……」

「明日おこなわれる！」

ベニートは父親のほうに身を投げた。彼はなおもその父を今一度、独房の外へひっぱって行こうとした……兵士がとめにはいって、彼をこの最後の抱擁からもぎはなさなくてはならなかった。

警察署長の合図でベニートとマノエルは外に連れだされた。どこまでもつづけられそうなこの悲嘆にみちた情景にけりをつけなくてはならない。

「署長さん」受刑者が口を開いた。

「明日の朝、刑の執行の前に、ちょっとのあいだでいいパサンハ神父と、時を過ごすことができますか。神父にはあなたから知らせていただきたいのですが」

「承知しました」

「家のものに会って、最後に一度、妻や子供たちを抱くことができますか？」

「できますとも」

「ありがとう、署長さん」とホアン・ダコスタが答えた。「さてそれでは、この窓を見張ってください！わたしが自分の意志に反してここから連れだされるようなことがあってはならないから！」

ダコスタがこれだけのことを言うと、警察署長は承知したしるしに一礼し、看守と兵隊を連れて出て行った。

受刑者が一人きりになった。今やわずか数時間が彼に残された命となった。

XVIII　フラゴッソ

さて、命令書は届いた。そしてハリケス判事が予期したように、その内容はホアン・ダコスタにくだされた判決の即時執行である。だが、ただ一つの証拠も提出されないでいた。裁判は例によって例のごとき経過をたどったにちがいなかった。

受刑者が絞首台に消えるのは、翌日の午前九時となっていた。

ブラジルでは、黒人の場合はさておき、死刑はまず減刑されるのがふつうであるが、今度の場合は、死刑が一人の白人に執行されようとしていた。

ダイヤモンド輸送隊に関係した犯罪に該当する刑法諸条項には、そのようなとりきめがあり、これらの条項には、公益を考慮して、特赦の申し立てはいっさい認められないというのが法律の意図であった。

したがって、もはや、ホアン・ダコスタを救い得るものは何もなかった。彼が失おうとしていたのは生命ばかりでなく名誉もであった。

この日八月三一日、夜明けとともに一人の男がマナウスに向かって全速力で馬を走らせていた。馬の走る速さがあまりに速いので、町から八〇〇メートルのところで、このあっぱれな馬はそれ以上進むことができずに倒れてしまった。

乗り手はその馬を起こそうともしなかった。この男は、あきらかにその馬に無理じいをしそれ以上は使えぬところまで使っていたのだ。そして、自分自身も極度の疲労状態にあったにもかかわらず、マナウスの町

の方向へ突進していた。この男は河の左岸づたいに東部の州からやってきていた。彼はこの馬を買うために貯えをすっかり使い果たしていたが、馬は、アマゾンの流れをさかのぼる丸木舟よりは速い速度で、彼をマナウスまで運んだところだった。

それはフラゴッソだった。

それでは、この勇敢な男が、誰にも秘密のまま実行した例の企てに成功したのだろうか？　トレスの属していた警備隊を見つけたのだろうか？　今からでもホアン・ダコスタを救いだせるような秘密を何か発見したのか？

彼は自分でもはっきりとはわからなかった。しかし、ともかく彼は、その小旅行のあいだに聞き知ったことを、ハリケス判事に伝えようと、めっぽう急いでいたのである。

それにはつぎのような次第があった。

フラゴッソはトレスに、マデイラの河沿いの州で行動している例の警備隊の中隊長の面影を見出していたが、それはまちがいでなくそのとおりだったのだ。

そこで彼は出発し、この支流の河口について、この「森林警備隊」（カピタエ・ド・マト）の隊長が、たまたま付近にいることを知った。

フラゴッソは、一時間もしないうちにその探索を開始し、かなり骨折ったあげく隊長に追いつくまでに漕ぎつけた。

フラゴッソの質問にたいし、警備隊の隊長はためらうことなく答えてくれた。というのもその簡単な質問にたいして口をつぐんだとしても、それで幾分でもその隊長の利益になるわけのものではなかったからだ。

フラゴッソが彼にした質問はわずか三つだけだった。

「森林警備隊のトレスは、数か月前にあなたの警備隊に所属してましたか?」

「そうだ」

「その当時の彼の親しい仲間に、最近死んだあなたの同僚がいはしませんでしたか?」

「いかにも」

「で、その男の名は何と?……」

「オルテガ」

これが、フラゴッソの知ったすべてだ。この情報は、ホアン・ダコスタの立場を変えることができるか? そんなことはまったく考えられないことだった。

フラゴッソにはそのことがよくわかっていたので、警備隊の隊長のそばをはなれずに、彼がこのオルテガという男と知合いかどうか、以前どこにいた男か、またその過去について何か知っていることを教えてくれないかと、しつこくがんばった。このことはとにかく、ほんとうに大事なことだった。なぜなら、トレスの言にしたがえば、このオルテガなる男こそ、チュコでの犯罪の真犯人なのだからだ。

しかし、警備隊の隊長は、この点については、あいにく、ぜんぜん情報をもっていなかった。

たしかなことは、このオルテガが、ずいぶん前から警備隊に所属していて、トレスとは親密な友情で結ばれていた、二人はいつもいっしょにいて、しかもオルテガが息をひきとったとき、トレスがその枕もとで看病していたということだった。

以上が、この点について警備隊隊長の知っているすべてであり、彼にはそれ以上のことを話すことができ

なかった。

そこで、フラゴッソは、こうしたとるにたりないこまごました事実で満足しなくてはならず、ほどなくそこをひきあげるほかなかった。

だが、この献身的な男は、例のオルテガという人物がチュコの犯罪の下手人であるという証拠をもってこなかったにせよ、この奔走により、少なくともつぎのようなことが結果として言えたわけである。つまり、トレスが警備隊の仲間の一人を失ったこと、その最期をみとったと断言したとき、彼はほんとうのことを言っていたということだ。

オルテガがトレスに問題の文書をあずけたという例の仮定については、今や、大いにあり得るということになった。この文書は、真犯人がオルテガである犯罪に関わりをもち、その内容が、オルテガが有罪であることの告白で、そのことについては疑い得ないような事情がある等々のことは大いにありそうなことだった。

というわけで、もしこの文書を読むことができ、もしその鍵が見い出され、もし、その解読の基礎になる数字が知られたとしたら、ついには真実が陽の目を見るのは疑いないところだった。

だが、その数字をフラゴッソは知らなかった。それ以外には、いくつかの推測と、山師が出まかせではなく告げた若干の状況が、十中八九文書に含まれていることへの確信こそ、この律儀な男が、かつてトレスの所属した警備隊隊長を訪れて得たすべてだった。

しかし、これだけのこととはいえ、彼は一切をハリケス判事に物語ろうと急いでいた。彼は一刻もぐずぐずできないことを知っていた。この朝、八時ごろ、彼がくたくたに疲れて、マナウスまで、八〇〇メートルの地点に到達したのには、上に述べたような事情があったのである。

この町までの距離を、フラゴッソは数分間で踏破した。一種否応のない予感が、彼を前へ前へと押していた。ホアン・ダコスタ救済の鍵は今や自分の手中にあると、彼は確信していた。

突然、フラゴッソは立ち止まった。彼の両足がどうしようもなく地に根をおろしたようなぐあいだった。彼は町の城門の一つが開いている小広場の入口にいた。

広場の、すでに足の踏み場もないほど集まった群衆の頭上およそ六メートルの高さに、絞首台がたてられてあって、そこに一本のロープがぶらさがっていた。

フラゴッソは最後の気力も抜けていくように感じた。彼はそこへばったり倒れ、思わず両眼をとじていた。彼は見たくなかった。唇からこんなことばがもれた。

「遅すぎた！　遅すぎた！……」

しかし、超人的と言っていい力をふりしぼって、彼は身を起こした。そうではなかった！　遅すぎはしなかった！　ホアン・ダコスタのからだはこのロープの端にゆれてはいなかった！

「ハリケス判事！　ハリケス判事！」とフラゴッソは叫んだ。

そして無我夢中で、あえぎながら、彼は町の城門に向かって突進し、マナウスの目抜き通りを上手へ駆けぬけ、判事の家の入口に半死半生の状態でばったり倒れこんだ。

ドアはしまっていた。それでもフラゴッソはこのドアをノックするだけの力を残していた。判事の召使の一人がドアを開けた。主人は誰にも会いたくないということだった。

この禁止を耳に入れず、フラゴッソは家の入口に通せんぼしているこの男を押しのけ、ひと跳びに判事の書斎まで突進して行った。

「私はトレスが森林警備隊員の職についていた例の州へ行ってきました！」と彼は叫んだ。「判事さん、トレスが言ったことはほんとうなんです！……延期してください……刑の執行をひきのばしてください！」

「例の警察隊のありかがわかったのかね？……」

「はい！」

「で、文書の数字を知らせに来てくれたわけかね？……」

フラゴッソは答えなかった。

「では、かまわんでくれたまえ！　出て行ってくれたまえ！」とハリケス判事が叫んだ。彼は、まぎれもない憤怒の発作にかられ、文書をわしづかみにし、これを破ろうとした。

フラゴッソはその両手をつかみ、これを押しとどめた。

「そこには真実があるのですよ！」と彼は言った。

「わかっとる」とハリケス判事が応じた。「だが、陽の目を見られない真実とは何かね！」

「今にはっきりします！……そうでなくては！……そうでなくてはならない！」

「もう一度たずねるが、数字を手に入れたのかね？……」

「いいえ！」とフラゴッソが答えた。「でも、もう一度言いますが、トレスの言ったのは真実なんです！あいつが親しくしていた仲間の一人が、数か月前死んだんです、それでこの男こそ、トレスがホアン・ダコスタに売ろうとした例の文書をトレスにあずけたことはまちがいないのです！」

「それはそうだ！」とハリケス判事は答えた。「さよう！……疑うまでもない……われわれにとってはね。だが受刑者の生命を左右する連中には確実とは思えなかったのだ！……出て行ってくれたまえ！」

フラゴッソは、はねつけられても、その場を離れようとしなかった。今度は、彼は司法官の足下に匐いつくばった。

「ホアン・ダコスタは無実です!」と彼は大声で言った。「このまま死なせていいわけはない! チュコの悪事をやったのは、あの方ではないのです! トレスの仲間です。文書を書いたのは、オルテガという名の男です!……」

この名を耳にすると、ハリケス判事はとびあがった。それから、心中に嵐が猛り狂ったあとに一種の凪がくると、ひきつった手のつかんでいた文書をテーブルの上にひろげ、額に手をやると、

「この名前だ!……」と言った。「……オルテガ!……試してみよう!」

そこで、あらゆる固有名詞で試みて失敗していた判事は、今度はフラゴッソの報告した新しい名前で暗号解読を試みはじめた。文書の例の一節の最初の六字の下にこの名を記して、彼はつぎのような式を得た。

Ortega
Phyjsl

「全然だめだ!」と彼は言った。「これでは問題にならん」

なるほど、アルファベットの順番では、hの文字はrの文字の前に席を占めるから、rの下に位置するhは数字で表わすことができなかった。o、t、eの文字の下に置かれたp、y、jだけが1、4、5と数字化されるのであった。

この単語の終わりに位置するｓとｌについては、それらをｇおよびａから切り離している間隔が十二文字分なので、このｓ、ｌ二つをただ一個の数字で表わすのは不可能だ。ゆえに、これらはｇにもａにも対応していなかったのである。

このとき、通りにぞっとするような叫び声、絶望の叫喚が起こった。

フラゴッソは窓に向かって突進して行き、それをおし開いた。司法官には彼を止める余裕がなかった。群衆が通りにあふれていた。受刑者が監獄を出る時間が迫っていた。群衆は絞首台の立っている広場の方角へ押し流されていた。

ハリケス判事は文書の行文を食い入るように見つめていた。その眼差しは見るも恐ろしいくらいにじっとすえられていた。

「終わりのほうの文字だ！」と彼はつぶやいた。「今一度、最後の文字を調べてみよう！」

それは、これが最後の、ぎりぎりの希望であった。

そこで、彼はほとんど字も書けぬくらいにふるえる手で、いましがた最初の六文字についてやったようにして、Ortega（オルテガ）の名を節の最終の六文字の頭においた。

彼の口から叫びがもれた。まず彼が見てとったのは、これらの六文字はOrtegaという名前を構成する文字に、アルファベットの順番で見ると遅れており、したがってどの文字も数字化することができ、また一個の数値を構成し得る、ということであった。

事実そのとおりで、下にある文書の文字から上にある文字へとさかのぼって式をまとめてみると、つぎのような結果に達した——

Ortega
432513
suvjhd

かくしてつくられた数は４３２５１３であった。

それにしてもこの数字が、果たして文書作成に際して支配的な役割を演じた数字なのだろうか？　これも、前にやってみた数字同様に的はずれなのではなかろうか？

この瞬間、叫び声がいっそうはげしくなった。それはこの群衆全体の思いやりにあふれた心を思わずあらわにした同情の叫び声なのだった。あと数分、これが受刑者に生きるべく残されたすべてだった！

フラゴッソは、苦悩のあまり逆上し、部屋の外へ飛びだして行った！……彼は、今や死に赴こうとしている恩人の姿を最後にひと目だけ見ておきたいと思ったのだ！……彼は絞首台へと進んで行く行列の前に身を投じ、「この無実の人を殺さないで！　その人を殺さないで！」と叫びながら行列を止めようとしていた……。

しかしながら、ハリケス判事は、すでに、手に入れた数を節の冒頭の文字の上に置き、つぎのように、必要なだけそれをくりかえしていた――

432513432513432513432513
Phyjslyddqfdzgasgzzqqch

それから、アルファベットの順序をその数だけさかのぼって正真正銘の文字を再構成しながら読み進んだ。

Le véritable auteur du vol de……（ダイヤモンド強奪事件の真犯人は……）

判事の口からは歓喜の叫びがもれた！　この数値４３２５１３、あれほど探した数はこれだったのだ！　Ortega（オルテガ）という名のおかげで、この数字を逆算することができたのだ！　とうとう彼は文書の鍵を手に入れた。この鍵はホアン・ダコスタの無実をはっきり証明してくれるだろう。彼は、その先を読まずに書斎の外に飛びだし、通りへ出るところ絶叫した。

「中止だ！　中止だ！」

判事は道をあける群衆のなかをかきわけかきわけ、ちょうどこのとき受刑者が出てきたばかりの牢獄へと走って行く。この間、受刑者の妻と子供たちは、はげしい絶望にかられて受刑者にとりすがっている。ハリケス判事にとって、これらはただ一瞬の出来事だった。

ホアン・ダコスタの前まで来ると、彼はもう口をきけなかったが、彼の片手は例の文書を打ちふっていた。それから、ようやく彼の口からこんなことばがもれた。

「無罪だ！　無罪だ！」

HILDIBRAND

判事がやって来たとき、死刑執行の行列は全員足を止めていた。判事の後につづいて起こった嵐のような反響は、「無罪！　無罪！」と叫んでいたが、あらゆる人の口をついて出たこの叫びは、その後もなお、谺（こだま）になってくりかえされていた。

それから、完全な沈黙があたりを領した。人びとは、これから発言されることばを一語も聞きもらすまいとしていた。

ハリケス判事は石づくりのベンチに腰掛けた。ミンハ、ベニート、マノエル、フラゴッソは彼を取巻き、ホアン・ダコスタはヤキタを胸にひき寄せていた。判事はそこで、まずはじめに、例の数を用いて、文章の最終節を組立てて行った。暗号文字が正真正銘の文字にかえられ文脈がはっきりとあらわれてくるにつれて、それらのことばを判事は区切り、句読を入れ、大声で読みあげた。

この深い沈黙のまっただなかで彼が読みあげた文章はこうであった。

Le véritable auteur du vol des diamants et de
43 251343251 343251 34 325 134 32513432 51 34
Ph yjslyddqf dzxgas gz zqq ehx gkfndrxu ju gi

l'assassinat des soldats qui escortaient
32513432513 432 5134325 134 32513432513
ocytdxvksbx hhu ypohdvy rym huhpuydkjox

le convoi, commis dans la nuit du vingt-deux
43 251343 251343 2513 43 2513 43 25134 3251
phetozsl etnpmv ffov pd pajx hy ynojy ggay

janvier mil huit cent vingt-six, n'est donc
3432513 432 5134 3251 34325 134 3251 3432
meqynfu qln mvly fgsu zmqiz tlb ggyu gsqe

pas Joam Dacosta, injustement condamné
513 4325 1343251 34325134325 13432513
ubv nrcr edgruzb lrmxyuhqhpz drrgcroh

à mort; cést moi, le misérable employé
4 3251 3432 513 43 2513 43251 3432513

e pqxu fivv rpl ph onth vddqf hqsntzh

de l'administration du district diamantin
43 251343251343251 34 32513432 513432513
hh nfepmqksyuuexkto gz gkyuumfv ijdqdpzjq

oui, moi seul, qui signe de mon vrai nom,
432 513 4325 134 32513 43 251 3432 513
syk rpl xhxq rym vkloh hh oto zvdk spp

Ortega.
432513
suvjhd.

（ゆえに、一八二六年一月二二日の夜におこなわれたダイヤモンドの強奪および輸送隊の護衛兵殺害の真犯人はホアン・ダコスタではない。彼にたいする死刑の宣告には正当な根拠がない。犯人は、ダイヤモンド鉱山の事務所の下級事務員の私なのである。いかにも、私一人のしわざであり、ここに私の本名オルテガをもってこれを記す）

この朗読が終わるといつ果てるともしれない歓呼の声が空中に湧きあがった。

事実、文書全体を要約しているこの最終節、イキトスの農場主の無実をこれほど完全に宣言し、このおそるべき誤審の犠牲者を絞首台から救った最後の一節ほどに決定的な証拠がまたとあろうか！

ホアン・ダコスタは、妻や子供たち、友人たちに取巻かれ、彼のほうにさしだされる手を握りしめるのだったが、一人ではこれに応じ切れないほどだった。どれほど彼の気力がすぐれていたとはいえ、すでにこのときには気もゆるめられ、両眼からは歓喜の涙がこぼれていた。それとともに感謝にあふれた彼の心は、最後の贖罪である死刑の寸前に、こんなにも奇蹟的に救いたもうた神、この罪悪という罪悪のうちでも最悪のもの、正しい者の死が行使されるままにしておきたまわなかったこの神に向かって高まっていくのだった！

しかり！　ホアン・ダコスタの無実の証明はもはやいかなる疑念をも生じさせなかった！　チュコの犯罪の真犯人が、自分でその罪を告白し、それがおこなわれた状況をあますところなくあきらかにしていたのである！　実際、ハリケス判事は、数値を用いて、暗号文をすっかり再構成することをやってのけたところであった。

さて、オルテガの白状したところはつぎのようなものだった。

この悪党は、ホアン・ダコスタの同僚で、彼と同じく、チュコのダイヤモンド輸送の監督事務所で働いていた。リオ・デ・ジャネイロまで輸送隊に随行するよう任命された年若い書記、それがオルテガだった。殺人と強奪により金持になれる、とただちに考えた彼は、輸送隊がチュコを離れることになっていた日時を、正確に密輸入業者の仲間に知らせていた。

ヴィラ・リカの向こうで輸送隊を待ちかまえていた悪人どもが襲撃しているあいだ、彼は護衛兵らとともに防戦するふりをした。それから死者たちのなかに倒れていた彼を共犯者たちが運び去り、こんなわけで、この殺戮にただ一人生き残った兵士は、オルテガが戦闘で一命を落としたと断言したわけだった。だが盗んだ品物は文句なく彼のものになったわけではなかった。まもなく、今度は彼が、この犯罪をおこなうのを手助けした連中に品物を奪われてしまった。

金もなく、また今さらチュコにもどるわけにもいかず、オルテガはブラジル北部の地方へ逃げ、例の《カピタエ・ド・マト（森林警備隊）》のいるアマゾン上流地方へ向かった。生きていかねばならなかったオルテガは、このあまり芳しいとは言えない隊に入ることを許された。

そこでは身分や出身などを問われなかったので、オルテガは森番になりすまし、長年月のあいだ山狩りの職務を果たしたのである。

そうこうするうちに、無一文になって暮らしていけなくなった山師のトレスが、彼の仲間になった。しかし、トレスも言っていたように、後悔の念が少しずつこの悪党の生活を曇らせるようになった。自分の犯した罪悪の思い出が彼をぞっとさせた。別な人間が自分のかわりに刑を言い渡されたことを彼は知っていた！　この別な男とは、自分の同僚のホアン・ダコスタであることを知って、彼はたえず死刑の宣告におびえていた！

ところが、数か月前、ペルー国境の向こうでおこなわれた警備隊の遠征のあいだ、オルテガは偶然にもイキトス付近に行き、そこで会ったホアン・グラールの姿に、先方はこちらに気づかなかったが、変身したホアン・ダコスタその人を見出したのである。

自分のかつての同僚が不当にも強いられている犠牲を、できるかぎり償おうと彼が決心したのはこのときだった。彼は、チュコの犯罪に関係あるすべての事実を文書に記録した。だが、読者もご存知のように、彼はそれを謎の文字で記録した。彼の意図したところは、それを解読できる数字の鍵とともに、それをイキトスの農場主のもとへ届けさせることだった。

死がやってきて、彼はこの謝罪行為を遂行することができなくなった。マデイラ河の黒人たちとの遭遇で深手を負ったオルテガは、万事休したと思った。仲間のトレスが彼のそばにいた。彼は、自分の全存在にこれほど重くのしかかっていた秘密を、この仲間に打ち明けようと思った。彼はトレスに、はじめから終わりまで自分で書いた文書をあずけ、それをホアン・ダコスタのもとに届けるように彼に誓わせた。そしてダコスタの名前と住所を彼に教えたあと、最後の息とともに彼の唇からは、あの432513という数、それなくしては文書はどうしても解読されないはずのその数値が知らされたのだった。

オルテガは死に、そのあとあの憎むべきトレスがいかにしてその使命を遂行したか、いかにして彼が、自分の所有する秘密を自分の利益のために利用しようとしたか、いかにして、彼がそれをいまわしい恐喝のたねにしようとしたかはご承知のとおりである。

トレスはその所業を終わりまでやりとおさぬうちに決闘で非業の死を遂げ、例の秘密をその死といっしょにもって行かざるを得なかった。しかし、フラゴッソのもたらしたこのオルテガという名が、文書の署名になっており、ハリケス判事の洞察力のおかげで、結局はこの名によって文書を構成しなおすことができたのである。

そうだ！　これこそ、あれほど探しに探した物的証拠だったのだ。今や蘇生し、名誉を回復したホアン・

ダコスタの無実を証明する議論の余地ない証拠なのだった。

尊敬すべき司法官が、大声で、あますところなく一切合切を知らせようと、文書からこのようなおそるべき物語をひきだすと、歓呼の声はさらに大きくなった。

このときを境にして、確実な証拠の所持者となったハリケス判事は、ホアン・ダコスタの新たな手続きがリオ・デ・ジャネイロで請求されるのを待つあいだ、ダコスタを自分の邸に住まわせることを主張し、警察署長もこれに同意した。

異議のあろうはずもなく、ホアン・ダコスタは、家族や身内の者にともなわれ、マナウスの住民の雑踏のただなかを、まるで凱旋将軍のように、司法官の家まで見送られた。いやむしろ運び去られて行った。

このとき、清廉潔白なイキトスの農場主は、かくも長年月にわたる追放のあいだにこうむった苦しみを充分に償われていた。彼が喜んだとしても、自分自身のためよりは、ずっと家族のためを思ってだったが、それにもまして、このもっともひどい不正がついに犯されなくてすんだことにたいし、その祖国のために喜び、これを誇りに思ったのである！

ところで、こうした騒ぎのなかで、いったいフラゴッソはどうしていたのだろうか？

そう、この愛すべき男は、愛撫、抱擁を浴びせられていた！ ベニート、マノエル、ミンハは彼にたいして愛撫のかぎりをつくし、むろんリナだってそれを惜しみはしなかった！ 彼には、誰が何を言ってるのかもわからなかった。自分自身を保っているのが精いっぱいだった！ いや、自分はそれほどの手柄をたてたわけではない！ これらはみんなただのまぐれ当たりなのだ！ 自分がトレスに森番の面影を認めたからといって、人に感謝されたりなどしていいものか？ むろん、そんなことはない。トレスがかつて所属していた警備隊を探しに行くという彼の思いつき、これはべつだん事態の進展に寄与しはしなかったらしいし、このオルテガという名前に関しては、彼はそれがどれほどの価値をもつかということさえ知らずにいたのだ！　えらいぞ、フラゴッソ！　彼の考えがどのようなものであれ、ともかく彼はホアン・ダコスタを救ったのだ！

しかしながら、そこには、何とさまざまの出来事がつぎつぎにひき起こされたことか！　しかもこれらの出来事は、こぞって同じ目標を指していたのである！　密林で疲労困憊の極度にあって、まさに死に絶えんとしていた瞬間のフラゴッソの救出、彼が農場でうけたあたたかいもてなし、ブラジル国境でのトレスとの出会い、トレスのジャンガダへの乗り組み、そして、最後に、彼にフラゴッソが以前どこかで会っていたという記憶！

「ええ、まあそりゃ！」とフラゴッソが叫んだ。「ですが、こうしたしあわせをいただく人間はわたしではありませんよ。リナです！」

「あたしが！」と混血娘が応じた。

「ええ、そうですとも！　あの蔓（リアーヌ）がなかったら、リナが蔓のことを思いつかなかったら、わたしがこれほどどしあわせになれたはずがありませんよ！」

フラゴッソとリナは、このホアン・ダコスタの一家や、多くの試練を通じてマナウスで得た新しい友人たちにどれほど祝福され、感謝されたかを力説する必要はないだろう。

しかし、ハリケス判事のことも忘れてはなるまい。彼も彼なりにこの無実の人の名誉回復に貢献していたのではなかろうか？　その分析の才能による洞察力をことごとく傾けた彼も、あの鍵となる数字なしには絶対解読できない文書を読むことはできなかったにちがいないが、それにしても判事は、少なくとも、文書の基礎をなす暗号システムの何たるかを理解したではないか？　彼がもし、いなかったら、今や二人ながら死んでしまった、真犯人とトレスにしか知られなかった例の数値を、いったい誰が再構成することができただろうか？

というわけで、彼の場合も、感謝のことばをふんだんに浴びせられることになった！

言うまでもないが、この日のうちに、リオ・デ・ジャネイロに向かって、この出来事をあますところなく詳細に記述した報告書が送られ、これには例の文書の現物と、これを解読するに必要な数字が添えられていた。新たな訓令が大臣から法の審判者へ送られるのを待たなくてはならなかったが、この訓令が囚人の即時釈放を指示するものであることには疑いの余地がなかった。

まだ数日はマナウスで過ごすわけである。それから、ホアン・ダコスタとその一行は、すべての束縛から自由になり、あらゆる心配事から解放されて、邸の主人であるハリケス判事に暇乞い(いとまご)をし、ふたたび筏に乗り、アマゾン河をパラまでくだって行くだろう。そしてパラで、ミンハとマノエル、リナとフラゴッソの二組の縁組が、出発前にとりきめた予定どおりにおこなわれて旅は終わることになっていた。

四日後の九月四日、釈放の命令が届いた。文書は公正な文書と認められた。その筆跡はたしかに以前のダイヤモンド鉱山書記のオルテガという男のもので、その犯罪の告白はそのもっとも些細な個所にいたるまで、すべて彼の手で書かれていたことに疑問の余地はなかった。

ヴィラ・リカの受刑者の無実がやっと認められた。ホアン・ダコスタの名誉回復が司法を通じて正式に認められたのだった。

この同じ日に、ハリケス判事は、ジャンガダの甲板でホアン・ダコスタの一家と夕食をともにした。日が暮れて、みんなの手が判事の手を握りしめた。それは感動的な別れであった。その別れは、帰りがけにマナウスで、さらに後日イキトス農場で、再会しようという約束とともになされていた。

翌九月五日、日の出とともに出発の合図がされた。ホアン・ダコスタ、ヤキタ、その娘、その息子たち、全員が巨大な筏の甲板上にあった。纜をといたジャンガダが河の流れに乗った。ジャンガダがネグロ河の曲がり角に姿を消したときも、全住民の歓呼の声は川面に迫り、なおも轟き渡っていた。

XX　アマゾンの下流

さて、大河の流れにそっておこなわれようとしていた、この第二の旅行について、何を話したらいいだろう？　この折目正しい一家にとって、それはただうちつづく幸福な数日だった。ホアン・ダコスタは新たな生活に元気づき、家族のだれの顔にもやはり新たな生命がかがやいていた。

ジャンガダは、洪水のためなお水嵩の増している流れを常よりははやく航行した。筏は左手にドン・ホセ・ド・マツーリの小村を見て過ぎ、右にあのマデイラの河口をやり過ごした。このマデイラの名は、小型船団のような漂う植物、ボリビアの山奥から河が運んでくる裸のや、枝葉のついた木の幹の隊列に由来する。筏はカニニー群島のまんなかを通り過ぎた。その小島の一つ一つはまさに棕櫚の植えられた盆栽だった。またセルパの部落を通過したが、これは右岸にあったかと思うと左岸に、また右岸にというぐあいにつづいていた。最後にはその小さな家々は河の左岸に落ちつき、入口は砂浜の黄色いじゅうたんの上に安らいでいた。

アマゾンの左岸に建てられたシルベスの村、あらゆる地方のガラナの大市場である、ビラ・ベラの小部落もやがて長い筏の背後にとり残された。ファロの村も、また名高いヌハムンダの川も同じく過ぎた。この川のほとりで、一五三九年、女戦士の襲撃にあったと、あのスペインの探検家であり、アマゾンの命名者でもあるオレラーナは主張していた。もっともそれ以来、女戦士は二度とは見られていないのだが、それでもアマゾンの河の不朽の名を正当化するにたる伝説であるにちがいない。

ここでネグロ河の広大な州が終わった。以後はパラの管轄がはじまる。この同じ日、九月二二日、比類ない流域の美しさに感嘆した一家は、東には大西洋しか境界のないブラジル帝国にはいった。

「まあ何てすばらしいのでしょう！」と、若い娘はひっきりなしに言っていた。

「何て長い旅だ！」とマノエルがぶつぶつ言った。

「美しいこと！」とまたリナが言った。

「いったい、いつになったら着くことやら！」とフラゴッソがつぶやいた。

愛しあう若い二人二組の気持は、何をかくそう、こうした見解の相違のなかにさえ、互いにつながりあうものを見出していた。こういうわけで、ともかく時は楽しく過ぎて行った。しんぼう強くもなく、かといってせっかちでもないベニート、彼のほうは以前の上機嫌をすっかりとりもどしていた。

やがて、ジャンガダは、果てしない暗緑色のカカオ畑をぬうようにすべって行った。カカオ畑の暗緑色に、オビドスから、モンテ・アレグレの小部落に至る両岸の開墾者の小屋の、黄色い藁葺の屋根や赤い瓦の色がよく映えていた。

それから、黒い流れでオビドスの家々を浸しているトロンベタス河の河口が開けた。ベレンまでわずか三三〇キロほどの、カカオの貨物集散地である小さな町へシタドレ、美しい住いの立ち並ぶ広い通りが開けた。

このとき、灰緑色の水をした、南西からくだっているタパジョースの支流が見えた。それからサンタレン。ここは豊かな町で、人口は五万をくだらず、大部分はインディオ、その高級な家々は白砂の広大な砂浜に建てられている。

マナウスを出発して以来、ジャンガダは、アマゾンの広々した流れをくだりながらもはや碇泊することはなかった。筏は、その熟練した水先案内人の油断のない監視のもとに、昼も夜も流れていた。もう通行許可をもらうためや、交易の必要やらで停止することもなく、どんどんくだって行き、目標の地点は急速に近づいてきた。

左岸に位置するアレンケルを過ぎ、視界に新たな水平線が浮かびあがってきた。このときまで水平線をしめだしていた森林のカーテンのかわりに、前景には、目がそのやわらかな起伏を追うことのできる小山があらわれ、背後には、はるかな天空の奥に鋸歯（きょし）状になった、まさしくこれこそ山と名づけたい山々のぼんやりした頂があった。

ヤキタも、その娘も、リナも、ばあやのシベールも、これまでこんな景色を見たことがなかった。だが、このパラでは、マノエルが勝手を知っていた。彼は大河の谷を少しずつ狭くしている、この重なった山脈の名を、一つ一つ言うことができた。

「右手のあれは」と彼が言った。「パルアカルタ山脈で、南へ向かって丸く半円形になっている！　左手のあれがクルバ山脈で、ぼくらはまもなくその最後の支脈を通り過ぎることになる！」

「じゃ近いわけですか？」とフラゴッソがまた同じことを口にした。

「もう近いよ！」とマノエルが答えた。

きっと、この二人の婚約者はお互いに理解しあったのだろう。というのは、問いにも答えにも小さくうなずく動作がともなっていて、これほど意味深長なものはなかったからである。

オビドス以来感じられはじめ、ジャンガダの航行をいささか遅らせていた潮流にもめげず、ついにモンテ・アレグレの町を、それから、プライーニャ・デ・オンテイロの町を通過し、またシング河の河口を過ぎた。この河口はインディオのユルマ族のよく出没するところで、彼らの主要産業は、博物学の陳列室用に敵の頭蓋骨を準備することにあった。

アマゾン河がいかにすばらしく幅ひろかったか！　この河の女王がやがてその裾を海に向けてひろげるのがどんなに予感されたことか！　高さ二、三メートルの草があたりの砂浜をおおい、その縁には葦の林が生えていた。ポルト・デ・モス、ボア・ビスタ、グルパ、これらの隆盛も今では衰微しているが、これらはもうやがて背後に押しやられる点でしかなかった。

そこで河は大西洋に向かって伸びる二本の支流となって分岐していた。一方は北東に、他方は東にはいりこみ、その間にマラジョの大きな島がひろがっていた。この島は全体が一つの州になっている。周囲は七二〇キロをくだらない。この島は沼や川でさまざまに切断され、東部は全体が草原（サバンナ）、西部は全体が森林で、何千頭という家畜の飼育には実にもってこいの土地だった。

マラジョというこの巨大な堰は、自然の障害となり、アマゾンがその奔流を海の水に投ずるまえにこれを二分するのである。ジャンガダが、この大きなほうの支流に沿って、カビアナ、メシアナ両島を通過すれば、幅二〇〇キロの河口に出ることになる。しかし、この場合には、筏は《プロロロカ》という障害、つまり新月あるいは満月に先立つ三日間は、河の最低水準より三・五ないし四・五メートル潮が高まるのに六時間かかるところが、わずか二分ですんでしまうという、あのおそるべき潮津波（しおつなみ）に出くわしていたことだろう。

だから、そこへはいればおそろしい津波に襲われることになる。さいわいなことに、パラの天然の支流の小さなブレベス運河はこうしたおそろしい現象が起こるような不測の事態にはゆだねられておらず、ずっとむらのない動きをする潮流になっている。水先案内人のアラヨはこのことを充分にわきまえていた。彼はこの水路のすばらしい森林にはいり、大きな椰子におおわれた島に、あちらまたこちらと沿って進んだ。天気は実によかったので、このブレベスの水路全体に吹くことのある暴風雨をおそれる心配もなかった。

二、三日後、ジャンガダはブレベスという名の村を通った。この村は、一年のうち数か月にわたる洪水で浸水する土地に建てられているが、一八四五年以来、一〇〇戸もの家の建つ重要な町になっていた。タブヤ族のよく出入りするこの地方の主要部では、このアマゾン下流のインディオたちは、ますます白人の住民と混血する傾向にあり、この種族もしまいには白人に吸収されてしまうだろう。

こうしているあいだも、ジャンガダはあいかわらず河をくだって行った。ここで筏は、その根を巨大な甲殻類の脚のように水中に伸ばしているマングローヴの根茎とすれすれに通った。筏はこの根にひっかかる危険があった。そこでは、薄みどりの葉をつけたマングローヴのすべすべした幹が、この筏の長い竿の支点の役をし、筏は河の流れに戻ることができた。

それからトカンチンスの河口にきた。その流れはゴイアスの州の河からきたもので、幅のひろい河口でアマゾンの流れとまじっている。そしてモジュ川、そのあとにサンタ・アナの町。

これら二つの河川の全景は、まるで巧みな機械仕掛けで、下流から上流へと展開していると思われるほど、一瞬も休むことなく荘厳な変転を見せていた。

すでに河をくだっていた数多くの小舟、ウバ、エガリテア、ヴィジリンダスなどあらゆるかたちの丸木舟、アマゾン下流や大西洋沿岸の小型、中型の船が、何やら怪物じみた戦艦に従うランチみたいに、ジャンガダのお供をしているのだった。

ついに左手に、この国ではただ「町」と呼ばれているサンタ・マリア・デ・ベレン・ド・パラが、数階建

ての白い家の絵のような並びや、椰子の木の下に見えかくれする修道院、ノストラ・セニョーラ・ド・メルセド聖堂、あるいはこの町を通商の上から旧世界に結びつけている二本マスト、三本マストのスクーナー船の小船隊とともにその姿をあらわしたのである。

ジャンガダの乗組員の胸は高鳴った。彼らはついに、一時はもう到達できまいと思われた旅行の終点に接したのだ。ホアン・ダコスタの逮捕のため、まだマナウスにひきとめられていた当時、つまり旅程の半ばにあって、彼らははたしていつかこのパラの州の首府を眺められるという希望をもっていただろうか？

河を急速にひとまわりしてベレンの姿が見えたのは、この一〇月一五日のこと、イキトス農場を出てから実に四か月半のことだった。

ジャンガダの到着は数日前から知らされていた。町じゅうがホアン・ダコスタの一件を知っていた。人びとは、この清廉潔白な人物を待ちかまえていた！　彼や、その一家にたいし、人びとは思いやりにあふれた歓迎を準備していた！

かくして、何百艘という小舟が農場主の前にやってき、やがて、ジャンガダは、こんなにも長い追放からもどってきた同国人を祝福しようとする小舟ですっかり囲まれてしまった。筏が碇泊所に達しないうちに、何千人という見物人、いや友人たちがこの水に浮かぶ村におし寄せてきた。だが、この村は、全住民を乗せられるくらい広く頑丈だった。

このようにしてつめかけてきた小舟のうち、最初の丸木舟の一艘がマノエルの母親、バルデス夫人を乗せてきた。彼女は、息子がえらんだ新しい娘を両腕に抱きしめた。この人のいい婦人は、イキトスまで出かけることはできなかったが、この娘こそ、アマゾンが新しい家族とともに運んできた農場のひとくれの土のようなものではなかったか？

日暮れ前、水先案内人のアラヨは、ジャンガダを、入江の奥、海軍工廠の裏手にしっかりと繋いだ。ブラジルの大動脈を三二〇〇キロも漂い流れたあと、ここがその最後の碇泊地、最後の休息場になるはずだった。ここで、インディオたちの小屋や、黒人の小さな家、貴重な積荷を納めた倉庫などが少しずつこわされていくだろう。そのつぎには、木の葉や花のみどり色のじゅうたんの下にかくれた母家が姿を消し、最後に、このときベレンの教会の鐘が合奏する響きわたる音に応えていた小さな鐘のある小さな礼拝堂（チャペル）も消えて行くだろう。

が、そのまえに、ほかならぬそのジャンガダの上で儀式がおこなわれようとしていた。すなわち、マノエルとミンハの結婚式、リナとフラゴッソの結婚式だ。いかにも未来の幸福を約束している二つの結婚式をおごそかにつかさどるのはパサンハ神父だった。この二つのカップルが神父の手から婚礼の祝福を受けるのは、この小さなチャペルで、ということになっていた。

たとえ、チャペルが狭すぎて家族の者しかはいれないとしても、この儀式に列席したいと思っている人たちをみんな受け入れるには充分な、巨大なジャンガダがあった。また、群衆の集まりが大きくなって、ジャンガダさえ、なお充分でないということになっても、かがやかしい名誉回復で当日の花形になった人を祝福したがっている思いやりぶかい群衆には、アマゾン河がその広大な堤という階段座席を提供した。

二組の結婚式が非常な盛儀のうちにとりおこなわれたのは、翌一〇月一六日のことだった。

すばらしい天気のなかを、午前一〇時から、ジャンガダは多数の列席者を迎えた。川べりには、晴れ着に身を飾った、ベレンのほとんど全住民が押し寄せてくるのが見えた。

川面には、訪問者を乗せた小舟が、巨大な筏の舷側にぴったりとつき、アマゾンの水はこの小船隊のために、文字どおり見えなくなっていた。

チャペルの鐘がはじめて鳴ったとき、それは人びとの耳目に歓喜の合図のようにうつった。一瞬のうちにベレンの教会という教会が、ジャンガダの鐘に呼応した。港の船という船はマストのてっぺんまで満艦飾をほどこし、ブラジルの国旗に他の国々の旗が敬意を表した。祝福の銃声が四方八方から轟きわたったが、この陽気な銃声も、何千人という人の口から空に舞いあがったさかんな歓声とやっとのことでたちうちできるといったありさまだった！

このとき、ダコスタ一家は住居から出て、人びとのあいだをぬってチャペルへと向かった。

ホアン・ダコスタは熱狂的な拍手に迎えられた。彼はバルデス夫人に腕をかしていた。ヤキタはベレンの知事に導かれていた。知事には、若い軍医マノエルの友人たちがお供をしていたが、知事は自分が出席してこの結婚式を栄えあるものにしたいとかねてから思っていたのだ。マノエルはと言えば、真新しい花嫁衣裳に身を包んだ愛らしいミンハと並んで歩みを進めていた。そのうしろに、晴れやかなことこのうえないリナの手をとって、フラゴッソがあらわれた。これにつづいて最後に、ベニート、ばあやのシベール、この律儀な一家の召使たちが、ジャンガダの乗組員が二列に並んだなかを進んだ。

パサンハ神父が、チャペルの入口で、二組のカップルを待っていた。式は簡素にとりおこなわれた。昔、ホアンとヤキタを祝福したその同じ手が、今度も、彼らの子供たちの結婚に祝福をあたえようとさしだされた。

これほどの幸福が長い別離の悲しみによってかき乱されてはならなかった。

はたして、マノエル・バルデスは、イキトスにいる一家全員のところへもどることになり、ほどなく軍医

の職を辞すことになった。彼は、イキトスで、民間の医師としてその職務を有効に遂行するであろう。

むろんのこと、フラゴッソ夫婦も、自分たちにとって主人というよりは、むしろ友人である人たちと行動をともにするはずだった。

バルデス夫人はこの似合いの子供たちをわけへだてしようと思っていなかった。そのかわりに、彼女は一つの条件をつけた。つまり、二人がたびたび、ベレンまで彼女に会いにきてくれるなら、というのである。

これ以上簡単なことはあるまい。この大河は、イキトスとベレンを結ぶ、もうこれから先破れてはならないつながりの絆として、そこにあるのではないだろうか？ 事実、二、三日うちに、商船が最初の定期急行便の運行を開始することになっていて、この商船はジャンガダがくだるのに実に何か月も要したアマゾン河を、たった一週間でさかのぼってしまうだろう。

例の重要な商取引は、ベニートがうまくやってのけて、最上の条件で成立し、まもなく、これまであのジャンガダであったものは、つまり、イキトスの密林全部でできた筏は、影も形もとどめないことになった。

その後、一か月してから、農場主、その妻、その息子、マノエルとミンハ・バルデス、リナとフラゴッソは、やがてベニートが監督することになるイキトスのひろい農地へ帰るため、アマゾン河の定期船の一つでふたたび出発した。

ホアン・ダコスタは、今度こそ胸を張ってイキトスへ帰った。そして彼がブラジル国境の地方へ連れ帰った家族は一人残らず幸福になった！

フラゴッソはと言うと、一日に二〇度もこんな文句をくりかえしていた――

「どんなもんです！ 何と言ってもあのリアーヌ（蔓）がなくてはね！」

そして、おしまいにはこのリアーヌというかわいい名を若い混血娘にあたえたが、彼女はこの人のいい男へのやさしい愛情によって、この名をいかにもふさわしいものにした。

「一字ちがうだけで」と彼は言うのだった。「リナ（Lina）もリアーヌ（Liane）も同じですよ。そうじゃありませんかね？」

800 LIEUES
JULES VERNE
SUR L'AMAZONE
LA JANGADA
DESSINS PAR BENETT

訳者あとがき

フランスの詩人ランボーが海をはじめて見たのは、ヴェルレーヌとロンドンに旅行した時だというが、それ以前に、この詩人は海を詩人一流の魅惑をこめてうたっている。想像力の不思議というほかはないが、ジュール・ヴェルヌは南米に旅をすることなく、空想のアマゾンを実に見事に書ききっている。この『ジャンガダ』を読んだ人は、アマゾン河についてこれ以外にはないほどの強烈なイメージを印象づけられてしまうだろう。本書を訳すかたわら、アマゾン関係の文献を二、三目にしたが、ヴェルヌの描き出す水とみどりに陶然とさせられるような詩情に比べるとき、あまりに散文的で読みすすむことに困難を感じざるを得なかったほどである。また、『ジャンガダ』は、アマゾン河に最初の定期急行便の商船が開通するところで終わっているが、一九世紀にジャンガダという筏でアマゾンを航行するのと、今日の汽船、あるいは航空機で旅行するのでは、アマゾン流域のイメージは当然異なってくるだろう。読者は中途でさまざまな事件に遭遇しながら、四か月半をかけて、奥地のイキトス村から河口のベレンの町まで空想の旅をすることになる。最終節になってベレンに主人公ホアン・グラール（ダコスタ）一家の筏が着いたとき、読者もまた大きな吐息を一つつく気持になるのである。

しかもこのアマゾン下りには、グラール家の主人ホアンの名誉回復という、もう一つの筋がついてまわる。緑の地獄と言われるアマゾンの濃密な気分と、主人公の心のうちの地獄があいまって、本書には一つの緊張がつらぬいている。ヴェルヌのやや冗長と思われる語りも、長い旅の雰囲気をかえって高める効果となっている。しかしこの小説はけっして陰惨な物語でなく、最終節にいたって浄福とでも呼びたい晴れやかな水と空が展開する。ヴェルヌはこの小説で一人のオプティミストとしての相貌を提出しているとも言えよう。ハリケス判事のエドガー・ポー由来の謎解きの情熱、副人物のフラゴッソとリナの二人が終始、この小説に無欲な民衆の好ましいユーモアと気安さをつけ加えていることも見落とすことはできない。

訳者はさきに『カルパチアの城』で、ヨーロッパの奥地ルーマニア周辺の山岳地帯の奇想物語を訳したが、今度はうって変わって水とみどりの世界を移動する物語であり、その対照の妙にヴェルヌの想像力の二つの型を見たように思った。これに空と地底の冒険を加えれば、彼の驚異の旅の体系は完結する。

くどくど説明はすまい。第一ページから読みすすんで、アマゾン下りをたのしんでいただきたい。ノアの方舟にも似たこの筏――ジャンガダの遭遇するさまざまな事件に、読者諸賢に少年のころ、誰しも味わったであろう読書のよろこびを再体験していただければ訳者の望外のしあわせである。

なおグラールという名はガラールと表記するのが正しいが、ガラールでは日本語の発声上、耳ざわりなので、あえてグラールと表記したことをおことわりしておく。

翻訳にあたっては、飯島耕一君の協力を得た。

一九六八年十二月

安東次男

※「訳者あとがき」は一九六九年刊の集英社版『ジャンガダ』のものを転載しました。

訳者略歴

安東次男

1919年、岡山生まれ。俳人、詩人、評論家。東京大学経済学部卒業。加藤楸邨に俳句をまなび、1946年、金子兜太らと句誌「風」を創刊。1962年の評論集「澱河歌の周辺」で読売文学賞受賞。翻訳書に『みどりのゆび』(モーリス・ドリュオン著、2002年岩波書店より新版)など多数。

＊今日の人権意識に照らして不適切と思われる語句や表現については、
時代的背景と作品の価値をかんがみ、そのままとしました。

ジャンガダ

2013年8月1日初版第一刷発行

著者：ジュール・ヴェルヌ

訳者：安東次男

発行者：山田健一

発行所：株式会社文遊社

東京都文京区本郷4-9-1-402　〒113-0033

TEL: 03-3815-7740　FAX: 03-3815-8716

郵便振替：00170-6-173020

書容設計：羽良多平吉 heiQuiti HARATA@EDiX+hQh, Pix-El Dorado

本文基本使用書体：本明朝小がな Pr5N-BOOK

印刷：シナノ印刷

乱丁本、落丁本は、お取り替えいたします。

定価は、カバーに表示してあります。

Jules Verne

La Jangada, 1881

　ISBN 978-4-89257-087-2